SOPHIE BONNET
Provenzalische Flut

Sophie Bonnet

Provenzalische Flut

Ein Fall für Pierre Durand

blanvalet

FSC
www.fsc.org
MIX
Papier | Fördert gute Waldnutzung
FSC® C014496

Penguin Random House Verlagsgruppe FSC® N001967

1. Auflage

Redaktion: Angela Troni
Umschlaggestaltung und -motiv: www.buerosued.de
DK · Herstellung: kw
Satz: Vornehm Mediengestaltung GmbH, München
Druck und Bindung: GGP Media GmbH, Pößneck
Printed in Germany
ISBN 978-3-7645-0849-4

www.blanvalet.de

Prolog

Die Morgensonne tauchte den Himmel in ein orange-violettes Farbenmeer, als das Luftkissenboot sich dem Ufer näherte. Noch war die Bucht ein milchig grauer Streifen, ihre Konturen waren verschwommen. Und doch erkannte er den bewaldeten Landvorsprung, den weit ins Wasser ragenden Steg, die konvex geschwungene Hotelfront mit den gleichmäßigen Balkonen.

»Die *Plage du Rayol*«, flüsterte er. »So ein verdammter Mist.«

Die ersehnte Küste hatte vor ihm gelegen wie das gelobte Land. Erleichtert hatte er auf sie zugehalten, nur um jetzt festzustellen, dass er viel zu weit abgetrieben war.

Er hatte gedacht, sich weiter westlich zu befinden, in der Nähe des Hafens von Le Lavandou. Von dort hätte ein Rettungshubschrauber ihn zum *Hôpital de Sainte Marguerite* in Marseille bringen können, dessen *Centre hyperbare* über moderne Überdruckkammern verfügte. Doch er hatte die Orientierung verloren, hatte immer wieder innegehalten, um gegen den Schmerz anzuatmen, der sein Innerstes in Stücke riss. Er brauchte dringend einen Arzt.

Er reduzierte die Geschwindigkeit und überlegte, was er tun sollte, doch die Benommenheit machte es ihm unmöglich, einen klaren Gedanken zu fassen.

Ratlos sah er zum Ufer. Der Morgennebel hatte sich gelichtet, die aufeinandergestapelten Liegestühle aus bespanntem

Stahlrohr waren nun zu erkennen. Der türkisblau flatternde Windschutz.

Der Tag versprach schön zu werden. Vierundzwanzig Grad waren angesagt, bei leichten Böen. In weniger als einer Stunde würde sich der Strand mit Urlaubern aus dem *Hôtel Le Bailli de Suffren* füllen. Männern und Frauen, Kindern mit Sonnenhüten und Sandeimern. Die Gesichter eingecremt, zum Schutz vor der Maisonne. Doch jetzt war der Abschnitt menschenleer.

Mit zusammengekniffenen Augen betrachtete er die Strandlinie, während er mit den Fingern seine Stirn massierte, um die Benommenheit zu vertreiben. Sein Blick fiel auf die steil aufragenden Klippen links der Badebucht. Unwillkürlich musste er lächeln. Davor, im Schatten der Agaven, hatten sich Camille und er im Sommer vor drei Jahren zum ersten Mal geküsst.

Ihre Lippen waren warm und weich gewesen. Immer wieder hatte ihr Mund den seinen gesucht. Mit jedem Kuss war ein Stromschlag durch seinen Körper gegangen und das Verlangen nach mehr. Ihre Gegenwart genügte, um ihn zu entflammen. Daran hatte sich bis heute nichts geändert.

Das Verlangen, sie noch einmal im Arm zu halten, riss ihn zurück in die Gegenwart.

Er überlegte, wieder Fahrt aufzunehmen und der Küstenlinie weiter zu folgen, als ihn ein erneuter Krampf durchzuckte. Er würde es nicht bis Le Lavandou schaffen. Der Rettungshubschrauber musste hierherkommen, und zwar sofort.

Inzwischen war er bei den gelben Bojen angelangt, die den Badebereich abgrenzten. Er gab Gas, hielt direkt auf den Strand zu. Die Geschwindigkeit trieb den Bug in die Höhe, als ein fürchterliches Knarzen erklang und der Motor abrupt mit einem Ächzen erstarb.

Irritiert sah er in Richtung des Propellers, von dem das Geräusch ausgegangen war. Das Boot drehte jetzt wieder in

Richtung des offenen Meeres. Hektisch versuchte er gegenzulenken, ohne Erfolg. Offenbar war die zwischen den Bojen gespannte Leine gerissen und hatte sich in der Schraube verheddert. In diesem Zustand, daran gab es keinen Zweifel, war das Boot manövrierunfähig.

Fluchend griff er nach seinem Mobiltelefon, in der Hoffnung, inzwischen wieder Empfang zu haben, doch es glitt ihm durch die zitternden Hände, prallte an der luftgefüllten Bordwand ab und fiel in hohem Bogen ins Wasser.

»So ein verdammter Dreck!« Ihm entfuhr ein Schluchzen, das in einen neuen Krampf überging. Der Schmerz hatte inzwischen eine Heftigkeit erreicht, die ihm die Luft nahm. Er schien im ganzen Körper zu sein. In den Muskeln, in der Lunge, im Herzen.

Erschöpft legte er sich auf den Boden vor dem Steuerstand. Ihm war sterbensübel. Es war nur auszuhalten, wenn er ganz ruhig dalag, den Rücken fest auf dem schwankenden Untergrund. Er versuchte, seinen Atem zu kontrollieren, lauschte dabei auf das Rauschen der Brandung, die in regelmäßigem Rollen ans Ufer schlug. Über ihm schrie eine Möwe.

Er wusste, was in seinem Körper vor sich ging, konnte jedes einzelne Symptom bis in die physiologischen Details deklinieren. Er kannte Taucher, die unter den Folgen gelitten und bleibende Schäden davongetragen hatten oder daran verstorben waren. Aber nie hätte er gedacht, dass ihm selbst je so etwas passieren würde. Ausgerechnet ihm mit seiner Erfahrung. Er hatte sich im Meer immer sicher gefühlt, zu Hause.

Und trotzdem war da dieser Impuls gewesen, aufzusteigen. Ein Impuls, der nicht mehr willentlich steuerbar gewesen war. Er fragte sich, wie es hatte geschehen können. Es musste einen Auslöser gegeben haben, der ihn so unkontrolliert hatte reagieren lassen.

Er schloss die Augen und versuchte, den Tag zu rekapitulieren. Hatte er einen Fehler gemacht? Etwas Wichtiges übersehen?

Er erinnerte sich, im Licht des frühmorgendlichen Sternenhimmels sämtliche Sicherheitsüberprüfungen durchgeführt zu haben. Das Tarierjacket mit dem Inflatorschlauch, die Schnellablässe, den Bleigurt und die Verschlüsse der Ausrüstung. Die Druckgasflasche, den Atemregler und alle übrigen Gerätschaften.

Er hatte den Unterwasser-Metalldetektor geschultert und noch einmal seine Position überprüft, fernab der vielen Wracks, die bereits morgens von Tauchern umlagert waren.

Alles war bereit gewesen, er empfand Vorfreude, geradezu Euphorie bei der Aussicht auf das, was ihn dort unten zwischen Seegraswiesen und Korallen erwartete. Eine Sensation, deren Entdeckung er bislang nur mit zwei Menschen geteilt hatte, weil es unweigerlich Begehrlichkeiten wecken würde. Weshalb er zu Zeiten rausfuhr, wenn andere noch schliefen, und trotz der Gefahr alleine tauchte, ohne Buddy.

Bereits das Abtauchen hatte sich anders angefühlt als sonst. Er war enorm erschöpft gewesen, hatte sich zusammenreißen müssen. Aber die Nacht war auch kurz gewesen, und er verließ sich darauf, dass die Kälte des Wassers die Müdigkeit rasch vertrieb.

Um keinen Preis der Welt wollte er sich diesen Moment entgehen lassen, in dem er den Lohn für die Arbeit der vergangenen Wochen empfing.

Meter für Meter war er dem Meeresboden näher gekommen. Alles war ruhig und friedlich gewesen. Die Stirnlampe schickte ihr Licht durch die immer dunkler werdende Unterwasserwelt.

Er liebte diesen Ort. Die direkte Begegnung mit dem Meer. Die Stille, die Schwerelosigkeit in der Tiefe. Hier ließ man alle Sorgen, allen Stress, allen Lärm zurück. Wenn dann auch noch die Sonne das Licht an der Oberfläche brach und blaugrün flimmernd in die Tiefe streute, war es reine Magie. Eine Magie, die süchtig machte.

Hier unten fühlte er sich wie in einer anderen Galaxie, und er hätte die Augen schließen mögen, um sich einfach nur treiben zu lassen. In seiner Erinnerung sah er den teuren Metalldetektor von seinem Arm gleiten und weiter hinabtrudeln. Es war ihm auf unerklärliche Weise egal gewesen. Nun, mit einigem Abstand, wusste er, dass er einen besonders schweren Tiefenrausch erlitten hatte.

Selbstverständlich wusste er um die Gefahren des Zustandes, wenn man durch den im Blut freigesetzten Stickstoff in meditative Zustände geriet. Eine euphorisierende Erfahrung, die einen aus Raum und Zeit zu lösen schien. Er hatte schon Tauchschüler mit unstillbaren Lachanfällen erlebt, die sich schließlich auch auf ihn übertrugen. Aber er wusste damit umzugehen.

Dieses Mal jedoch war seine Wahrnehmungskraft einem traumartigen Zustand gewichen, der ihm unerklärlich war.

Und dann …

Was als Nächstes geschehen war, daran konnte er sich nicht mehr erinnern. Es war wie ein Filmriss, alles lag hinter einer dichten Nebelwand.

Er wusste nur noch, dass ihn eine plötzliche Angst überwältigt hatte. Und das Verlangen aufzutauchen war so übermächtig gewesen, dass er es nicht mehr kontrollieren konnte.

Noch nie hatte er eine derartige Panik gespürt.

Viel zu schnell war er nach oben gestiegen, ohne sich Zeit für die Dekompression zu lassen, ohne Zwischenstopp. Gegen jeden Verstand war er aus dem Wasser geschossen und hatte sich röchelnd ins Boot gehievt. Er hatte sich die Maske vom

Gesicht gerissen und das Mundstück ausgespuckt. Sich dann von der Gasflasche und dem Gürtel befreit. Vom Tarierjacket und vom Neoprenanzug, der ihm auf einmal wie eine Zwangsjacke vorkam, obwohl er kaum noch die Kraft fand, ihn über die Funktionskleidung zu streifen und auszuziehen.

Dabei hatte er laut geflucht und seinen Frust in den Morgen geschrien, weil er wusste, dass etwas Furchtbares geschehen war, das nicht mehr rückgängig zu machen war.

Er hatte den größten Fehler begangen, den man als Taucher tun konnte. Und nun tanzten die Stickstoffbläschen durch seine Blutbahnen, als wäre er eine Flasche Mineralwasser, die man zu stark geschüttelt hatte. Die Bläschen würden die Arterien verstopfen, das Blut am Strömen hindern und unversorgtes Gewebe absterben lassen. Bereits jetzt spürte er eine zunehmende Taubheit im rechten Unterschenkel und in den Fingern. Dazu ein heftiges Ziehen im Rücken, als würden sich die Stickstoffbläschen auch in den Nervenbahnen sammeln.

Ihn fror. Trotz der Sonne, deren Strahlen sein Gesicht erreichten, trotz des warmen Windes, der ihm sanft über die Wangen strich.

Es war zweifellos zu spät, um schadlos aus der Sache herauszukommen. Und er fragte sich, ob er wirklich als Krüppel weiterleben wollte.

Mit einem Seufzen öffnete er die Augen. Die Farbe des Horizonts hatte inzwischen von Violett zu einem hellen Blau gewechselt. In diesem Moment stellte Camille vielleicht die Kaffeetasse in die Spüle und machte sich auf den Weg zur Arbeit.

Er dachte daran, wie er in der Frühe aufgestanden war. Er hatte sich verabschieden wollen, doch sie hatte geschlafen wie ein Murmeltier. Er hatte ihr Gesicht betrachtet, die hohen Wangen, die schmale Nase, hatte ihr mit den Fingerkuppen über das Haar gestrichen. Dann hatte er seine Sachen zusammengerafft und war in den noch dunklen Morgen gelaufen.

Camille …

Ein Gedanke durchzuckte ihn. Noch einmal rekapitulierte er den Abend, den Tagesbeginn, und auf einmal wusste er, was geschehen war.

Es war kein Zufall, dass er unter Wasser in Panik geraten war. Jemand hatte ihn vergiftet, auf eine ganz perfide Art. Und er wusste auch, wer es gewesen war. Wenn er es nicht rechtzeitig an Land schaffte, würde man das Ganze als einen tragischen Unfall abtun. Als eine unglückliche Verkettung von Zufällen.

Mit einem Stöhnen richtete er sich wieder auf. Er durfte nicht aufgeben, musste sich zusammenreißen, den Schmerz bezwingen. Er konnte nicht zulassen, dass dieser Plan aufging. Die Tat durfte nicht ungesühnt bleiben, und deshalb musste er so schnell wie möglich an Land, um davon zu erzählen.

Das Boot war bereits ein Stück abgetrieben. Er versuchte, die Distanz zum Ufer einzuschätzen, es waren mehr als einhundert Meter bis zum Strand. Er würde das letzte Stück schwimmen, er musste es wenigstens versuchen!

Mit aufeinandergepressten Lippen schleppte er sich zum Rand des Bootes und hob ein Bein über die Bordwand, um sich ins Meer gleiten zu lassen. Doch sein taub werdender Unterschenkel bremste die Bewegung, sodass er wie ein nasser Sack ins Wasser fiel. Kalte Wellen schlugen über ihm zusammen, und während er versuchte, an die Oberfläche zu kommen, sah er seine eigenen Luftblasen im Schein der Morgensonne.

Endlich stieß er durch und rang keuchend nach Luft. Er machte einen Schwimmzug, aber sein rechtes Bein gehorchte ihm nicht mehr, es hing schwer und tief, als wollte es ihn bis zum Meeresboden hinabziehen.

Die Angst überwältigte ihn. Sein Herz schlug einen Trommelwirbel.

Panisch begann er zu schreien und mit den Armen durch die Luft zu rudern – als er eine männliche Gestalt am Ufer wahrnahm, die sich ins Wasser stürzte und sich mit kräftigen Schwimmzügen auf ihn zubewegte. Er tauchte unter, schluckte Wasser. Stieß gegen etwas Warmes und trat um sich. Ungestüm und kopflos.

Eine plötzliche Ahnung, es nicht mehr zu schaffen, legte sich über seine Hoffnung. Mit dem Sprung ins Wasser hatte er viel riskiert.

Und alles verloren.

DREI TAGE ZUVOR

I

»Sie hat Ja gesagt!« Luc sprang auf und öffnete das Fenster des Trauzimmers, durch das nun eine frühsommerlich warme Brise ins Innere drang. Weit lehnte er sich über die Brüstung, sodass Pierre Sorge hatte, er würde vornüberkippen. »Charlotte hat Ja zu unserem *Chef de police municipale* gesagt!«

Vom Platz erklang ohrenbetäubender Jubel, schallte bis hinauf ins Bürgermeisteramt. Er war begleitet von dem Getöse eines Tamburins und einer Flöte, deren Spieler kaum einen Ton trafen. Dafür stimmten sie die Melodie, in der Pierre ein okzitanisches Hochzeitslied erkannte, mit besonderer Verve an.

Charlotte, die links neben ihm saß, unterdrückte ein Kichern. »Der mit der Flöte ist Didier«, flüsterte sie mit breitem Lächeln. »Ich habe ihn üben gehört, als er die Ziegen versorgte. Ob du es glaubst oder nicht, er hat sich stark verbessert.«

Pierre lauschte andächtig, auch wenn die schrägen Töne in seinen Ohren brannten, und erwiderte ihr Lächeln.

Er hätte nie gedacht, dass er jemals heiraten würde. Dabei hatte er bereits bei ihrer ersten Begegnung vor drei Jahren gemerkt, dass Charlotte etwas ganz Besonderes für ihn war.

Zu jener Zeit war sie noch Chefköchin in dem luxuriösen

Hotel *Domaine des Grès* gewesen und eine der Verdächtigen in seinem ersten Fall als *Chef de police municipale*. Er, der ehemalige Pariser *Commissaire*, hatte sie jedoch nie wirklich als Täterin in Erwägung gezogen, was nicht nur an ihrem offenen, herzlichen Wesen gelegen hatte. Sondern auch an der Anziehungskraft, die schon damals spürbar gewesen war.

Dennoch hatte es Monate gedauert, bis sie ein Paar wurden. Und mehr als ein Jahr, bis Charlotte zu ihm in das ehemalige Bauernhaus zog, das nun dank ihres Stilgefühls Wohnlichkeit und Atmosphäre ausstrahlte. Letzten Herbst hatte er ihr schließlich einen Heiratsantrag gemacht. Und nun war es so weit. Nur noch die Formalitäten, und Charlotte war seine ihm angetraute Ehefrau.

Als Pierre sie vor den Stufen der *mairie* zum ersten Mal in ihrem Brautkleid gesehen hatte, da hatte es ihm glatt die Sprache verschlagen, und er hatte die Träne, die sich aus seinem Augenwinkel löste, mit einer raschen Handbewegung daran gehindert, sich auf den Weg über die Wange zu machen.

Charlotte war bezaubernd schön in ihrem taillierten weißen Chiffonkleid, dessen weiter Rock bis über den Boden reichte, weshalb sie ihn zum Gehen an einem Knopf befestigte. Sie hatte es mit ihrer Trauzeugin Anouk in einem Brautmodenladen in Aix-en-Provence entdeckt und es bis zu diesem Augenblick vor Pierre versteckt gehalten. Das schulterlange kastanienbraun gelockte Haar trug sie mit einer Spange zusammengesteckt, die mit echten Jasminblüten dekoriert war. Das ovale Gesicht hatte sie dezent geschminkt, Wangen und Lippen in der Farbe von Rosenholz, passend zu den manikürten Nägeln.

Aber auch er hatte sich schick gemacht. Beiger Anzug, weißes Hemd, sogar eine Weste hatte er sich vom Herrenausstatter aufschwatzen lassen. Weil sie so wahnsinnig elegant und gleichzeitig maskulin sei, hatte der Mann behauptet. Und weil sie genau das Richtige sei zu dieser Jahreszeit. Man wisse ja, wie kühl der Mai oft sei, sogar Regen sei angesagt. Nicht nur deshalb würde er selbst niemals im Mai heiraten. Es sei einfach der falsche Monat für derartige Feste.

Ganz vorsichtig zog Pierre das gerade abgesteckte Jackett wieder aus. »Warum?«

»*Mariages de mai ne fleurissent jamais*«, sagte der Herrenausstatter näselnd, die Stecknadeln zwischen den Lippen. »Hochzeiten im Mai blühen nie auf. Dieser Monat ist der Jungfrau Maria gewidmet und der Verehrung der Verstorbenen. Es bringt Unglück, mit einer derart lebendigen Feier darüber hinwegzugehen.« Er nahm die Nadeln aus dem Mund und seufzte tief. »Ich kann gar nicht glauben, dass der Pfarrer der *Église Saint-Michel* die Trauung trotzdem durchführt.«

»Wir heiraten nicht kirchlich«, antwortete Pierre knapp. »Außerdem halte ich nichts von diesem mittelalterlichen Unsinn.«

Der Herrenausstatter hob die Brauen. »Dann lassen Sie in Gottes Namen wenigstens die Hochzeitsnacht aus, um die Heilige Jungfrau nicht zu entehren.« Er sah Pierre unverwandt an und zuckte, als der nicht antwortete, mit den Schultern. »Na, wenigstens heiraten Sie nicht an einem Freitag oder an einem Tag mit einer neun im Datum.«

Pierre hatte nicht weiter nachgehakt. Kurz hatte er überlegt, einen anderen Ausstatter zu wählen, aber der Anzug saß hervorragend, und in einem Anflug aus Trotz nahm er sogar die Weste. Vorsichtshalber hatte er am Morgen schnell noch etwas Salz in die Jackentasche gestreut, um das angemahnte Unglück von vornherein abzuwehren.

Und so saß er nun im Trauzimmer der *mairie* und ihm war viel zu warm in der Maisonne, die vom stahlblauen Himmel brannte und den Raum aufheizte.

»Sie spielen jetzt schon vier Minuten«, kam es flüsternd aus den Reihen hinter ihnen. »Dabei sind wir noch gar nicht fertig. Wie lange dauert das denn noch?«

Pierre wandte den Kopf. Charlottes Vater Richard warf einen skeptischen Blick auf seine Armbanduhr. Seine Frau Fabienne, die sich verstohlen mit dem Taschentuch eine Träne der Rührung aus dem Augenwinkel tupfte, legte ihm beschwichtigend eine Hand auf den Arm.

Auch Charlotte hatte sich umgedreht und zwinkerte ihrem Vater zu. »Ein bisschen Geduld brauchst du noch. Das Stück geht knapp zehn Minuten.«

»Die werden doch nicht etwa die lange Version spielen!« Marianne Levy, die auf der anderen Seite des Amtstisches saß und mit dem Stift auf das vor ihr liegende Dokument getippt hatte, richtete sich abrupt auf und sah stirnrunzelnd in Richtung des Fensters.

Die Kuratorin des Burgmuseums, nach kurzer Interimszeit in eilig einberufener Wahl als Bürgermeisterin von Sainte-Valérie bestätigt, war eine korpulente Frau von ausgesprochener Fröhlichkeit und mit einem Hang zu farbenfroher Kleidung. Zur Durchführung der Trauung jedoch trug sie ein dunkelblaues Kostüm, über der Schulter eine breite Schärpe mit den Landesfarben und sah aus wie die Nationalheilige höchstpersönlich.

»Monsieur Chevallier«, rief sie jetzt gegen den Lärm der Flöte und des Tamburins an. »Würden Sie sich bitte wieder setzen? Wir sind noch nicht ganz fertig. Ohne die Unterschriften der Brautleute ist die Ehe nicht offiziell geschlossen.«

Luc, der eben noch jovial aus dem Fenster winkte, als sei er der Bräutigam und nicht der Trauzeuge, strich sich mit hochroten Wangen über das kurze, struppige Haar. »Sehr wohl, *Madame le maire.* Pardon.«

Im Raum wurde leise gekichert.

Die Bürgermeisterin schob den Brautleuten das Dokument zu, nickte zufrieden, als die Unterschriften platziert waren, und sah die beiden Trauzeugen fragend an.

»Wer von Ihnen hat die Ringe?«

»Die gibt es doch erst draußen«, sagte Anouk mit verschwörerischem Grinsen.

»Stimmt, das hätte ich fast vergessen.« Madame Levy lachte. Mit einem Strahlen sah sie Pierre und Charlotte an. »Damit sind Sie nun Mann und Frau. Sie dürfen sich küssen.«

Das ließen die beiden sich nicht zweimal sagen.

Weiße Tauben stiegen flatternd in den Himmel, als das frisch getraute Paar Hand in Hand die *Place du village* betrat, auf dem sich blumengeschmückte Bögen formierten, durch die sie nun zu schreiten hatten. Gehalten wurden die Stangen von ihren Freundinnen und Freunden, von denen sich nicht wenige für traditionell provenzalische Kleidung entschieden hatten. Die Frauen trugen weite Röcke in Orange und Blau, das Haar von Häubchen und wagenradgroßen Strohhüten verdeckt. Die Männer graue Zylinder und rote Bauchbinden.

»Ist das nicht wunderschön?«, flüsterte Charlotte ergriffen und sah Pierre unter einem Tränenschleier an.

»Ja.« Pierre nickte nicht minder gerührt, und gemeinsam tauchten sie in den duftend bunten Blumentunnel.

Den ersten Bogen hielt Gisèle, die Empfangsdame der *mairie*. An der goldenen Kette baumelte ihre Brille, die sie immer zum Lesen aufsetzte, sie musste vergessen haben, sie abzulegen. Ihr gegenüber stand Penelope, die junge Schreibkraft der Wache, deren hoher blonder Zopf unter dem Häubchen vollständig verschwand. Sie lachte über das ganze Gesicht und winkte mit der freien Hand, als Pierre zu ihr sah, und er winkte fröhlich zurück. Neben ihr warteten Robert Lechat, der junge *Commissaire* aus Cavaillon, mit seiner Frau und Immobilienmakler Farid Al-Ghanouchi, der Pierre vor drei Jahren das ehemalige Bauernhaus verkauft hatte. Und der seinen Zylinder in dem Moment, als Charlotte und Pierre an ihnen vorbeizogen, übermütig in die Luft warf.

Zum Spiel von Flöten und Trommeln liefen Charlotte und Pierre unter den Bögen hindurch, lachend, glücklich. Gefolgt von ihren beiden Trauzeugen, Charlottes Eltern und Pierres Vater Alain, der seine neue Lebensgefährtin eng im Arm hielt.

Während sie in gebeugter Haltung durch den Tunnel aus Blumengirlanden schritten, versuchte Pierre, jeden einzelnen Gratulanten zu begrüßen – Madame Duprais und Madame Farigoule, Martin Cazadieu mit seinem Freund Ian, Barinhaber Philippe und seine Frau Georgette –, bis er einsah, dass zu viele Spalier standen, um jeden von ihnen einzeln willkommen zu heißen. Also ergab er sich der fröhlichen Stimmung und stieg am Ende des Bogentunnels mit Charlotte über den geschmückten Ast, den die Gäste ihnen in den Weg gelegt hatten. Als Symbol, dass sie von nun an gemeinsam alle Hindernisse zu überwinden vermochten.

Als sie vor den schleifengeschmückten Ziegen Cosima und deren maronenbraunem Töchterchen Lilou zum Stehen kamen, gab Didier Carbonne Lilou, an deren Hals eine kleine Schachtel angebracht war, einen Klaps.

»So, hübsche junge Dame, bring den beiden die Ringe«, sagte er feierlich.

Sie trabte auf Pierre zu, und er ging in die Hocke, um die Schachtel in Empfang zu nehmen, als ein lautes Kläffen erklang, und die Ziege innehielt.

»Lilou, hierher!«, rief Pierre, doch die kleine Ziege spähte mit geweiteten Augen zu dem Hund der Roziers hinüber, der sich losgerissen hatte und mit lautem Bellen auf sie zustürmte, als wäre sie ein junger Hase, den es über ein Feld zu jagen galt.

Hinter ihm stürzte sein Besitzer Arnaud über den Platz, er keuchte und schwitzte, doch es gelang ihm nicht, den Hund einzuholen.

»Beaufort, verdammt, bleib endlich stehen!«

Einige Gäste stellten sich dem Jagdhund in den Weg, versuchten, die Leine zu ergreifen, die er hinter sich herschleifte. Aber der Hund entwischte ihren Armen, Händen und Füßen, schlüpfte durch deren Beine und hatte nur noch Augen für das Zicklein, das mit panischem Blick das Weite suchte.

Unter lautem Kläffen, Rufen und Meckern ging es rund um den Platz, zwei Mal, dann hatte Ziegenmama Cosima die Faxen dicke und stellte sich dem Jagdhund in den Weg. Mit drohend gesenktem Kopf. Und als Beaufort auswich, galoppierte sie mit ihren kurzen Beinen und unerwarteter Geschwindigkeit hinter ihm her und rammte die kleinen Hörner in seine Hinterläufe.

Jaulend kniff Beaufort die fedrige Rute ein und ließ sich sogar freiwillig von seinem Besitzer wieder an die Leine nehmen. Unter dem erleichterten Aufatmen der Umstehenden schob Cosima ihre Tochter zurück an ihren Platz, den Kopf stolz erhoben.

»Gut gemacht, meine Hübsche«, sagte Pierre und tätschelte die tapfere Ziegenmama. Dann nahm er Lilou das Kästchen vom Hals, und Charlotte und er steckten sich die Ringe unter dem Applaus der Gäste gegenseitig an die Finger.

Nur wenige Minuten später erklang die Musik einer Folkloregruppe, und im Nu war der Platz gefüllt mit Paaren, die zu den Klängen hüpften, sich im Kreis drehten und dabei ausgelassen lachten. Selbst der Gastronom Albert Petit, den er noch nie hatte tanzen sehen, wirbelte seine Gattin herum. Und als Pierre sich mit Charlotte in den Reigen der Tanzenden einreihte, fiel ihm auf, dass Penelope und sein Assistent Luc ganz besonders gut harmonierten. Zumindest in diesem Punkt.

Um sieben Uhr zog die Hochzeitsgesellschaft weiter zum Burgmuseum, in dessen kerzengeschmücktem Kaminzimmer später das Festessen stattfinden sollte. Es ging die Treppen hinauf bis zu den Zinnen, wo die Feier mit einem Sektempfang startete.

Die Aussichtsplattform des Burgturms war mit üppig bewachsenen Kübeln geschmückt, in denen Rosen, junger Lavendel und Jasmin blühten. Über den ganzen Bereich waren Stehtische mit weißen Hussen verteilt, dekoriert mit Windlichtern und Blumengestecken. Kellnerinnen und Kellner trugen Tabletts mit dem hauseigenen Crémant, der wunderbar feinperlig war, wie Pierre fand. Dazu kleine Schalen mit Oliven, *crudités* und Appetithäppchen aus dünn gewalktem Weißbrot, in das mit Frischkäse bestrichener Räucherlachs gerollt war.

Als Pierre und Charlotte zu den Klängen eines Jazztrios alle Glückwünsche entgegengenommen und mit jedem Gast angestoßen hatten, stellte er sein Glas auf einem der Stehtische ab und nahm Charlotte bei der Hand.

»Wohin führst du mich?«, fragte sie, obwohl ihr Blick sagte, dass sie es längst ahnte.

»Zu der Stelle, an der wir uns zum ersten Mal geküsst haben.«

Hand in Hand gingen sie an den Rand der Plattform zu den mannshohen Zinnen und blickten durch die Auslässe über die in der gleißenden Abendsonne leuchtenden Dächer von Sainte-Valérie hinab ins Luberontal. Zu Füßen des Dorfes lag der Flickenteppich aus frühlingshaft blühenden Wiesen und Feldern, in deren Farben sich das Rot des Mohns mischte. In seiner Leuchtkraft nur von dem Gelb der Ginsterbüsche übertroffen, die sich entlang der Straße ins Tal zogen.

Pierre betrachtete Charlottes Gesicht, das sie der Abendsonne entgegenreckte. Es wirkte ganz weich im goldenen Licht. Die Augen hatte sie geschlossen, der Mund war leicht geöffnet, als trinke sie den Duft des Jasmins, der zu ihnen herüberwehte.

»Es gibt da eine Sache, die wir nie so richtig besprochen haben«, sagte sie leise, ohne die Lider zu heben.

Ihm wurde warm. »Du meinst …?«

Charlotte wandte den Kopf und sah ihn an. »Ich habe beschlossen, die Pille abzusetzen.«

»Ich …« Das weiche Timbre des Sängers drang zu ihnen herüber. *Paroles, Paroles, Paroles*, spielte die Band. *Mais c'est fini le temps des rêves* – aber die Zeit der Träume ist vorbei, sang er und imitierte dabei die weibliche Singstimme. Pierre atmete tief ein und wieder aus. »Ich weiß, wie wichtig dir das Thema Kinder ist.«

»Und? Was sagst du dazu?«

Pierre lächelte, obwohl ihm angesichts der immensen Verantwortung, die damit auf sie zukam, mulmig zumute war. Der Gedanke, mit der Geburt eines Kindes seine Freiheit zu verlieren, hatte vor nicht allzu langer Zeit noch heftige Beklemmungen ausgelöst. Aber mit Charlotte konnte er sich so einiges vorstellen.

Tu es pour moi la seule musique qui fait danser les étoiles sur les dunes, schallte es zu ihnen. Du bist für mich die einzige Musik, die die Sterne auf den Dünen tanzen lässt.

»Ich bin bereit«, sagte Pierre tapfer.

Er zog sie an sich und gab ihr einen langen Kuss, als hinter ihnen ein zaghaftes Räuspern erklang.

»Entschuldigt bitte die Störung«, sagte Anouk. »Aber dürfte

ich die Braut für einen Moment entführen? Die Catering-Firma hat eine Frage wegen des Essens.«

»Selbstverständlich.«

Pierre trat einen Schritt zur Seite und blickte Charlotte nach, die ihrer Trauzeugin die Treppe hinunter zum Kaminsaal folgte, als sein Vater auf ihn zugeschlendert kam, eine Zigarette in der Hand.

Alain sah gut aus, man merkte ihm die sechsundsiebzig Jahre nicht an. Das noch immer volle graue Haar war zurückgegelt, der elegante Anzug schmal geschnitten. Wo dem pensionierten Juristen im letzten Herbst noch ein dichter Bart den verwegenen Ausdruck eines Künstlers verliehen hatte, war nun ein exakt gestutzter Dreitagebart, der ihm – das musste Pierre zugeben – ausgesprochen gut zu Gesicht stand.

Jetzt winkte er eine Kellnerin heran und nahm ihr zwei Gläser Crémant vom Tablett, von dem er eines Pierre reichte.

»Na, mein Junge, du hast ja gar nichts zu trinken.«

Pierre ergriff das Glas und spürte, wie er sich unwillkürlich verspannte. Er hatte noch nie ein besonders gutes Verhältnis zu seinem Vater gehabt. Was er darauf zurückführte, dass Alain ihn nach dem Tod der Mutter mit seiner Trauer allein gelassen hatte. Stattdessen hatte er Gefallen daran gefunden, sich immer neue Freundinnen zuzulegen, die von Mal zu Mal jünger wurden. Seine neueste Flamme hieß Audrey, eine dunkelhaarige Schönheit mit knallrot geschminkten Lippen und eng anliegendem Leopardenkleid, die mit ihren fünfunddreißig sogar ein Jahr jünger war als Charlotte.

Pierre prostete seinem Vater zu und rief sich zur Raison. Bei ihrem letzten Treffen hatten sie sich dazu entschlossen, die Vergangenheit ruhen zu lassen und nach vorne zu blicken. Sich in ihrer Unterschiedlichkeit zu nehmen, wie sie waren.

»Gut siehst du aus«, sagte Alain, nachdem er einen Schluck

getrunken hatte. Er zog an der Zigarette und blies den Rauch aus, während er Pierre ausgiebig musterte. »Hast du abgenommen? Ich hatte dich dick in Erinnerung.«

»Ich war nie dick.«

»Entschuldige bitte, du warst richtiggehend fett.«

Pierre starrte seinen Vater an. Am liebsten hätte er ihm eine scharfe Erwiderung entgegengeschleudert, aber er war fest entschlossen, sich den Tag nicht verderben zu lassen.

»Ich habe vor fünf Wochen zu joggen begonnen«, erklärte er mit gespielter Ruhe. »Ich will mehr für meine Gesundheit tun.«

Dass er seit einigen Wochen auf den Zucker im Kaffee verzichtete und nach Möglichkeit allzu fette Speisen und vor allem Weißbrot tunlichst mied, erzählte er nicht. Es war einfach an der Zeit gewesen, er hatte sich selbst nicht mehr im Spiegel leiden mögen.

Alle zwei, drei Tage stand er jetzt eine Stunde früher auf, um zu laufen. Erst war es eine Qual gewesen, aber dann hatte er gemerkt, wie gut ihm das regelmäßige Training tat. Zwar würde er niemals derart sportlich sein wie sein Kollege und Freund Robert Lechat, der jeden Morgen joggte. Aber er wollte sich nie wieder derart gehen lassen, das hatte er sich geschworen.

»Darf ich ehrlich sein?«, fragte Alain, als würde er seine Zunge sonst immer im Zaum halten.

»Nur zu«, knurrte Pierre.

»Ich hätte nie gedacht, dass du tatsächlich einmal heiraten würdest. Versteh mich nicht falsch, ich freue mich wahnsinnig für dich. Aber weißt du, mein Sohn«, Alain Durand legte einen Arm um Pierres Schulter, »bei aller Unterschiedlichkeit: In diesem Punkt sind wir aus demselben Holz geschnitzt. Eine zu enge Bindung ist uns unerträglich. Es schnürt uns die Luft ab, habe ich recht? Ich kann nur hoffen, dass eure Ehe hält. Ich meine, ich wünsche es dir von ganzem Herzen.«

Pierre atmete tief ein. »Charlotte ist die Richtige. Es ist für immer, du wirst sehen.«

»Na, wenn du das sagst … Hübsch ist sie ja, mein Junge, da hast du wahrlich Glück gehabt.« Alain nahm die Hand von Pierres Schulter und schaute zu seiner Freundin, die etwas verloren mit ihrem Sektglas am Eingang zur Plattform stand. »Ist Audrey nicht sexy? Schade, dass sie nicht kochen kann.« Damit wandte er sich um und ging in ihre Richtung. Die Arme weit ausgebreitet wie ein Walfänger auf Kutterfahrt.

Pierre sah ihm missmutig nach. Er hatte in den Monaten ohne Kontakt beinahe vergessen, wie anstrengend sein Vater bisweilen war. Er hoffte, dass Alain sich später nicht dazu berufen fühlte, eine launige Rede zu halten.

»Was guckst du so sauertöpfisch? Ist dir etwa eine Laus über die Leber gelaufen?«

Unbemerkt war Didier Carbonne neben ihn getreten. Das schüttere Haar stand wirr zu allen Seiten ab, und den schlecht gestutzten Bart hatte Pierre noch nie in Form gesehen. Und doch ließen der viel zu große Anzug, der am hageren Körper schlotterte, und die geschnittenen Fingernägel erkennen, dass der ehemalige Uhrmacher sich für diesen Anlass zurechtgemacht hatte.

»Die Laus ist gerade entschwunden«, antwortete Pierre und grinste.

Er mochte den betagten Uhrmacher. Schon immer, trotz aller Schlitzohrigkeit, mit der er sich durchs Leben schlug. Vor allem bei der Beschaffung von Nahrungsmitteln erwies Carbonne sich als enorm findig. Eine Überlebensmaßnahme, wie Pierre inzwischen wusste, Folge einer nicht anerkannten Kriegsverletzung und einer Grundsicherung, die ihn nicht ausreichend ernährte. Anlass genug, ihm regelmäßig mit Arbeit und Essen unter die Arme zu greifen.

»Gut schaust du aus«, sagte Pierre anerkennend.

»Und du erst.« Der Alte zeigte auf sein Handgelenk. »Bis auf diese fürchterliche Armbanduhr. Die wirkt, als hättest du sie aus einem Kaugummiautomaten gezogen.«

»Immerhin funktioniert sie.«

Pierre lachte. Seit er zum ersten Mal in Carbonnes ehemaliger Uhrmacherwerkstatt gestanden hatte, zog dieser ihn mit seiner Uhr auf. Er hatte sie vor etlichen Jahren als Zugabe für ein Jahresabonnement der *Le Monde* erhalten. Inzwischen war das Chrom an den Gehäusekanten abgeblättert, und auch das Lederarmband zeigte deutliche Gebrauchsspuren.

»Zeit für eine neue.« Umständlich nestelte Carbonne an seiner Anzuginnentasche, zog ein verblichenes Holzkästchen hervor und hielt es Pierre hin. »Das ist für dich. Geschenkpapier gibt's nicht, das wird ohnehin nur weggeworfen. Na los, mach schon auf!«

Pierre nahm es entgegen und öffnete den Deckel. Vor ihm lag ein alter, auf Hochglanz polierter Chronograf mit hellbeigem Ziffernblatt und schwarzer Lünette.

»Eine Uhr?« Überrascht sah er auf.

»Es gibt noch mehr Geschenke. Wir Dorfbewohner haben uns eine hübsche Überraschung für euch ausgedacht, aber das hier ist etwas, das ich dir schon lange geben wollte.«

»Sie ist wunderschön. Nur viel zu wertvoll, das kann ich nicht annehmen.«

»Papperlapapp! Die Uhr habe ich mal vor vielen Jahren für einen Kunden angefertigt, der sie bezahlt und nie abgeholt hat. So sind sie nun mal, die Urlauber. Werfen mit ihrem Geld um sich und verschwinden auf Nimmerwiedersehen. Seitdem liegt sie bei mir in der Werkstatt herum.« Er grinste und entblößte seine Zahnlücken. »Was ist denn nun, nimmst du sie oder nicht? Du kannst damit sogar tauchen gehen. Sie ist bis zu zwanzig Meter wasserdicht.«

Pierre strich über das metallene Armband. Es war der erste von einem Uhrmacher angefertigte Chronograf, den er je besessen hatte.

»Ich werde sie in Ehren halten.« Feierlich band er seine alte Uhr ab und legte die neue an. »Sie ist wunderschön, vielen Dank.«

»Nicht wahr?« Carbonnes Augen glänzten. »Ich danke dir, für alles, was du für mich getan hast.« Er rieb sich den struppigen Bart und wirkte auf einmal sehr verlegen.

Weil Pierre wusste, dass der Alte überschwängliche Umarmungen hasste, klopfte er ihm unbeholfen auf die Schulter, als sich in diesem Moment Charlotte durch den Ausstieg zur Plattform schob.

»Pierre, kommst du? Die Gäste nehmen gerade ihre Plätze ein.«

»Aber sicher, *ma douce*.«

Er nahm Didier Carbonne am Arm, der seine Hand mit der geknurrten Bemerkung wieder abschüttelte, er sei schließlich kein hilfloser Tattergreis und könne gut allein laufen. Dann folgte Pierre seiner frisch Angetrauten hinab in den über und über mit Kerzen, Blumen und Efeu geschmückten Kaminsaal. Bereit, den neuen Lebensabschnitt gebührend zu feiern.

2

Das Morgenlicht fiel in einem schmalen Streifen durch den Spalt zwischen den Vorhängen, als Pierre die Augen aufschlug. Irritiert rieb er sich die Lider, dann endlich wusste er, wo er sich befand: im Zimmer des geschmackvoll eingerichteten Hotels in Rayol-Canadel-sur-Mer, einem ruhigen unscheinbaren Ort zwischen Saint-Tropez und Le Lavandou. Hier sollten sie acht wundervolle Flitterwochentage verbringen.

Schlagartig war er wach. Er warf einen Blick auf die neue Taucheruhr, die auf dem Nachttisch lag, es war nicht einmal sieben. Neben ihm schlief Charlotte, sie atmete tief und gleichmäßig. Ihre braunen Locken bedeckten das Kissen und umrahmten ihr Gesicht. Mit zarten Fingern strich er über das Haar, ganz vorsichtig, um sie nicht zu wecken, dann setzte er die nackten Füße leise auf den Holzboden und ging zum Fenster. Schob den Vorhang ein winziges Stück beiseite.

Das Farbenspiel, das ihm entgegenleuchtete, war wundervoll. Die Sonne hatte sich gerade über dem Meer erhoben und ließ die wenigen Wolken orange und violett schimmern. Die Luft wirkte kühl und klar, und Pierre beschloss, die Zeit zu nutzen, um noch vor dem Frühstück joggen zu gehen.

Den letzten Lauf hatte er am Abend vor ihrer Hochzeit absolviert, und das war bereits vier Tage her. Auf der Feier hatte er geschlemmt wie in alten Zeiten, er hatte gar nicht anders gekonnt. All die guten Speisen, der zarte Rinderbraten, das Erdbeersorbet mit Sahne vom Nachtischbüffet, von dem er sich zweimal genommen hatte.

Alle Speisen waren nach Charlottes Rezepten gefertigt, und sie hatte sich bei der Auswahl selbst übertroffen. Eigentlich waren Spargel mit pochiertem Ei auf Parmesanschaum und Seezunge mit getrüffeltem Kartoffel-Sellerie-Stampf geplant gewesen. Doch nachdem sie den Ort für die Feier festgelegt hatten, war Charlotte unsicher geworden, ob der Aufwand für das Catering-Team nicht viel zu groß war. Sie hatte ihre Pläne verworfen und in ihrem ureigenen Perfektionismus immer neue Vorspeisen, Hauptgänge und Desserts ersonnen, die nicht nur köstlich schmeckten, sondern auch gut vorzubereiten waren. Und Pierre musste alles probieren. Was er gerne tat.

Sie schmorte und dämpfte und vakuumierte, als gelte es, einen Michelin-Stern zu ergattern. Alle paar Tage duftete es in der Küche nach Knoblauch, Kräutern und Röstaromen, und anfangs freute er sich auf das Ergebnis ihrer Kochkunst, die immer mehr zur Küchenschlacht wurde. Je öfter sie gekocht hatte, desto häufiger war er joggen gewesen, und irgendwann war er nicht mehr dagegen angekommen und hatte ermattet Einspruch erhoben.

»*Ma douce*«, hatte er zärtlich geflüstert, als sie wieder einmal mit fettverspritzter Schürze und erhitzten Wangen vor ihm stand, um sein Urteil einzuholen. »Egal, was wir am Ende servieren: alles, was du da kochst, ist köstlich. Wir haben genügend Auswahl. Es ist gut jetzt.« Damit hatte er Charlotte die Schürze abgebunden, um sie in die Arme zu nehmen, und sie hatte tief und schwer geseufzt. Fast schien sie dankbar für seinen Einspruch.

Schließlich gab es für jeden Tisch dreistöckige Vorspeisen-Etageren, auf denen Rotbarben-Rillettes und *tartare de taureau* mit frittierten Kapern lagen, dazu gebackener Ziegenkäse mit

Lavendelhonig und Schälchen mit Spargelcremesuppe, Kerbel und Croutons. Als Hauptgang standen Fisch, Fleisch oder ein veganes Gericht zur Wahl.

Darauf folgte ein Büffet mit verschiedenen Desserts und Käsevariationen. Opulente Köstlichkeiten, die sich die Gäste anschließend zur Musik eines DJs von den Hüften zu tanzen versuchten. Gekrönt wurde der kulinarische Teil des Abends von einer *pièce montée*, einer pyramidenförmig zulaufenden Hochzeitstorte aus sahnecremegefüllten, zuckerglasierten Brandteigbällchen, die in einer Tanzpause in den Saal getragen wurde.

Am Ende des Abends hatten alle versichert, dass sie lange nicht mehr so gut und reichlich gegessen hätten. Und da die Gäste nicht alles verzehrten, bat Didier Carbonne um Frischhaltedosen, die er für die nächsten Tage füllte. Der Rest ging an eine mit dem Burgmuseum verbundene Organisation für Bedürftige.

Beim Gedanken an den Abend musste Pierre lächeln.

Es war ein rauschendes Fest gewesen, wie es schöner nicht hätte sein können. Obwohl sein Vater tatsächlich eine Rede gehalten hatte, in der er Geschichten vom »kleinen Pierre« zum Besten gab. Die Erzählungen hatten für diverse Heiterkeitsausbrüche gesorgt, die er tapfer ertragen hatte. Aber Pierre hatte das Ganze mit Humor genommen, viel zu sehr genoss er das Beisammensein mit seiner Charlotte und den Gästen. Und so hatte er seinen Stolz heruntergeschluckt und sich mit seiner großen Liebe zum Takt der Musik gedreht, bis ihm die Füße brannten.

Pierres Lächeln wurde breiter, als er daran dachte, wie müde er und Charlotte gewesen waren, als sie endlich um fünf Uhr morgens in die Federn sanken. Viel zu müde für eine Hochzeitsnacht.

Der Sonntag hatte der Familie und den weit angereisten Freunden gegolten. Am Montag hatten sie frühmorgens in die Flitterwochen fahren wollen. Sie hatten sich die Côte Varoise ausgesucht mit ihren einsamen Buchten und langen Sandstränden.

Doch es hatte Ewigkeiten gedauert, bis sie endlich loskamen. Sie hatten erst Charlottes Eltern zum Bahnhof nach Avignon gebracht und anschließend Alain und Audrey, die spontan ihren Aufenthalt in Sainte-Valérie verlängerten, mit Ausflugstipps versorgt. Dann hatten sie Charlottes Berlingo, der wegen anstehender Lieferaufträge in Sainte-Valérie benötigt wurde, vor der Épicerie abgestellt und den reservierten Leihwagen aus Stéphane Poncets Autowerkstatt abgeholt. Einen weißen Renault Twingo, der bereits vierundachtzigtausend Kilometer gefahren, aber noch gut in Schuss war.

Als sie den Wagen endlich auf dem Hotelparkplatz abstellten – entnervt angesichts des unerwarteten Verzugs –, war es bereits fünf Uhr gewesen. Doch beim Betreten der Anlage war die Anspannung von ihnen abgefallen, und sie hatten sofort entschleunigt.

Der Außenbereich war mit farbenfrohen Sträuchern bepflanzt, mit Stechpalmen und Rosmarinbüschen. Charlotte, die sofort die Fotosuche ihres Browsers aktivierte, um die Namen der erdbeerroten, gelben und violetten Blüten zu erfahren, fand Flaschenputzer, Strauchmargeriten, Zierknoblauch und Kreuzblumen.

Das Hotel war offenbar erst vor Kurzem erbaut worden und bestand aus einem größeren Komplex, der sich hinter einem ausladenden Pool gruppierte, rechts davon ein modernes Restaurant mit bodentiefen Glasfronten.

Am beeindruckendsten jedoch war die Aussicht. Vor ihnen tat sich ein überwältigendes Panorama auf. Hinter sanft abfallenden, dicht bewachsenen Hügeln lag das Meer. Die Nachmittagssonne beleuchtete das Wasser, in dem tausende Brillanten zu funkeln schienen. Reflektierte die Klippen einer vor der Bucht liegenden Insel, als bestünden sie aus purem Gold.

»Das ist die Île du Levant«, erklärte Charlotte. »Sie gehört zu einer Gruppe aus drei Inseln, auch *Îles d'Or* genannt, die goldenen Inseln. Jede einzelne hat ihre Besonderheiten. Diese hier besteht zum größten Teil aus einem militärischen Sperrbezirk, dessen Betreten streng verboten ist. Mitte der Sechzigerjahre hat man von der zugehörigen Militärbasis aus noch Tests zum Start von Mittelstreckenraketen durchgeführt. Heute finden hier vor allem Schulungen und Trainings für die Streitkräfte statt. Der restliche Teil der Insel gilt als Mekka für Nudisten.«

Pierre grinste. »Militär und Nacktheit auf einer Insel? Du machst Scherze.«

»Nein, das ist tatsächlich so«, lachte Charlotte. »Nacktheit ist dort völlig normal. Im Ort selbst sollte man zumindest mit einem Stringtanga bekleidet sein, aber an den Strandabschnitten herrscht Textilverbot.«

»Und was sind die Besonderheiten der anderen beiden Inseln?«

»Port-Cros ist die naturbelassenste, sozusagen das Herzstück des ersten Nationalparks Europas, der auch maritime Zonen einschließt. Die Insel Porquerolles ist wohl am bekanntesten wegen der feinen Sandstrände und dem türkisblauen Wasser.«

Pierre sah sie überrascht an. »Woher weißt du das alles?«

»Ich habe mich informiert.«

Charlotte zog den Reiseführer aus ihrer Handtasche, der neben einem dicken Buch über Kindererziehung Beigabe des Hochzeitsgeschenkes ihrer Eltern gewesen war. Sie schlug eine mit einem rosa Klebestreifen markierte Seite auf.

»Porquerolles müssen wir uns auf jeden Fall ansehen. Die

Insel ist zwar autofrei, aber es gibt viele gut ausgebaute Radwege, auf denen man sie erkunden kann.«

Pierre hatte folgsam genickt. Für einen kurzen Moment fühlte er sich an seinen Schwiegervater erinnert. Als sie ein Wochenende mit Charlottes Familie in Châteauneuf-du-Pape verbracht hatten, hatte Richard zu jeder Gelegenheit den Reiseführer konsultiert und alle daran teilhaben lassen. Was zuweilen ein wenig anstrengend gewesen war. Aber bei Charlotte war das natürlich etwas ganz anderes.

Der Wind wehte die salzige Meeresluft herüber, als Pierre seine Joggingschuhe schnürte und vor das Hotel trat. Der Rezeptionist hatte ihm eine Strecke empfohlen, die entlang dem *Jardin des Méditerranées* führte, dem botanischen Garten der *Domaine du Rayol*. Und weiter zu einer Treppe, der *Escalier fleuri*, 1925 aus Schiefer vom Massif des Maures gebaut, über die man zu einem kleinen Strandabschnitt gelangte.

Es sei keine der fotogenen Badebuchten, die man in den sozialen Netzwerken finde, hatte der Mann ihm erklärt. Nicht zu vergleichen mit der *Plage de Pramousquier* oder der *Plage de la Fossette*, wo es ein hervorragendes Restaurant mit gutem Ambiente gebe. Man könne ihn auch nicht mit jenen Naturständen westlich des Cap Bénat vergleichen. Dafür sei es beinahe wie eine Privatbucht, an die nur die Bewohner des Ortes kämen und die Gäste des *Hôtel Le Bailli de Suffren*, das in den Sechzigerjahren erbaut worden war, als es noch kein Küstenschutzgesetz gab.

In dem Versuch, sich die Strecke einzuprägen, warf Pierre einen letzten Blick auf die mit rotem Stift bemalte Umgebungskarte, dann faltete er sie zusammen und steckte sie zu seinem Mobiltelefon und der Trinkflasche in die Gürteltasche, bevor er sich in Bewegung setzte.

Nach zwölf Minuten erreichte Pierre die Hauptverkehrsstraße, die den bergigen Teil des Ortes von dem meerzugewandten trennte. Der Himmel hatte inzwischen ein helles Milchblau angenommen, es war kein Wölkchen mehr zu sehen.

Er ließ eine Kolonne vorbeifahrender Autos durch, dann überquerte er die frei gewordene Straße und bog in die *Avenue Courmes*, die in einer weiten Kurve zum botanischen Garten führte, flankiert von Oleanderbüschen, Kakteen und blühendem Thymian.

Der intensive Geruch exotischer Pflanzen stieg Pierre in die Nase, als er den Parkplatz der *Domaine du Rayol* passierte. Der Weg führte stetig abwärts, und er hielt kurz an und warf einen Blick auf den entfalteten Plan, um sich zu orientieren. Es lag noch eine ordentliche Strecke vor ihm, und er musste zugeben, dass er länger brauchte als erwartet. Und dass er den Rückweg fürchtete, der ausnahmslos bergauf führte.

Sein Atem ging schnell, als er endlich die alte Treppe erreichte, die sich wie eine überdimensionierte Prachtallee vor ihm auftat, als wäre sie für Napoleon persönlich errichtet worden. Es gab vier Abschnitte, an deren Anfang und Ende tönerne Amphoren standen. Die Treppe war so steil, dass er spontan beschloss, den Heimweg über die seitlich davon entlangführende Straße zu nehmen und ohne den Umweg über den botanischen Garten zum Hotel zurückzukehren.

Mit in die Hüften gestützten Händen blieb er stehen und blickte die Stufen hinab, die am *Hôtel Le Bailli de Suffren* und an hoch gewachsenen Palmen vorbei direkt auf das smaragdgrün schimmernde Meer zuzulaufen schienen. Am Horizont lag die im Morgendunst dunkel und unnahbar wirkende Île du Levante, ausgestreckt wie ein müder Wal.

Pierre joggte weiter, die Treppe hinab. Die vom Rezeptionisten angepriesene Badebucht wollte er auf jeden Fall noch sehen.

Die Stufen endeten an einem von hüfthohen Büschen umsäumten Sandplatz auf einer Klippe unterhalb des Hotels. Vollkommen außer Atem suchte Pierre sich einen Platz auf der Aussichtsplattform und lehnte sich gegen die Brüstung. Das vor ihm liegende Wasser wirkte jetzt fast türkis, änderte im weiteren Verlauf ganz abrupt seine Farbe: erst Azurblau, dann, weiter hinten, dunkles Stahlgrau.

Weiße und gelbe Bojen schaukelten im Wind, dazwischen eines dieser modernen Luftkissenboote, schmal und lang. Dem Aufbau nach gehörte es zu einer Tauchschule.

Pierre strich sich das von den Böen zerzauste Haar nach hinten.

Die morgendliche Stille tat gut. Der Strand, durch die vorspringende Klippe in zwei Teile separiert, war menschenleer. Rechts eine verschlossene Bar, gestapelte Liegen hinter einem flatternden Windschutz mit der Aufschrift *Boukarou Beach*.

Pierre schloss die Augen und lauschte dem Geräusch der Brandung, die schaumig an das Ufer rollte. Genoss die Brise auf seinen erhitzten Wangen, bevor er die Lider wieder hob.

Plötzlich zog das einsame Boot seine Aufmerksamkeit auf sich. Ein Mann in Shorts und engem Shirt schwang ein Bein über die Bordwand, es wirkte unbeholfen, fast, als wäre er betrunken. Jetzt fiel er wie ein nasser Sack ins Meer und begann hektisch mit den Armen zu rudern und laut zu schreien.

»*Zut!*«, rief Pierre aus. Der Mann schien tatsächlich betrunken, er kämpfte mit dem eher ruhigen Wasser, als befände er sich in einem Sturm.

Zweifellos brauchte er umgehend Hilfe.

Hastig sah Pierre sich um.

Der Strand war zu weit entfernt, er hielt nach einem näheren Zugang zum Meer Ausschau, fand ihn in Form von schmalen Stufen, die er nun hinablief. Er rannte über die unebenen Steine, über die sich anschließenden Holzbohlen, vorbei an Agaven, Strandhafer und straff gezogenen Drahtzäunen. Hörte sein eigenes Keuchen, spürte das Klopfen seines Herzens, bis er endlich unten angelangt war und auf die Ausläufer der Klippen trat, wo er mit fliegenden Fingern die Nummer des Notrufes wählte. Mit bellender Stimme gab er seinen Standort durch. Er riss sich die Sporthose samt Hüfttasche vom Leib, zog Schuhe und Socken von den Füßen und legte sein Handy in den Kleiderhaufen, dazu seine neue Taucheruhr, die ihm zu wertvoll war, um ihre Wasserfestigkeit auf die Probe zu stellen. Dann stürzte er sich, in Unterhose und Sporthemd bekleidet, ins Meer.

Das Wasser war kalt und brachte seine Haut zum Brennen. Er schwamm mit kräftigen Zügen, ignorierte das Stechen in der Lunge. Kraulte, als ginge es um sein eigenes Leben – bis er endlich den Mann erreichte, der noch immer mit den Armen ruderte. Den Kopf mehr unter Wasser als an der Luft.

Da Pierre wusste, dass ein in Panik geratener Schwimmer auch für den Retter gefährlich werden konnte, näherte er sich von hinten und machte sich mit beruhigenden Worten bemerkbar, doch der Mann strampelte ohne Unterlass, sodass ein Tritt ihn am Oberschenkel traf.

Pierre unterdrückte ein Fluchen. »Ganz ruhig«, sagte er beschwörend, und als auch das nichts half, wurde er energischer. »Hören Sie gefälligst auf zu zappeln! Sonst kann ich Sie nicht an Land bringen.«

Endlich zeigte sich der in Not Geratene erschöpft und ließ sich rücklings am Kopf umfassen, sodass Pierre ihn im Schleppgriff auf dem Rücken schwimmend ans Ufer ziehen konnte: Keuchend und völlig außer Atem kamen sie im Sand nebeneinander zum Liegen.

»Das war knapp«, flüsterte Pierre und strich sich mit beiden Händen das Wasser aus dem Haar, als der Gerettete auf einmal von einem Krampfanfall geschüttelt wurde und sich vor Schmerzen zusammenkrümmte.

Abrupt setzte Pierre sich auf und beugte sich über ihn. »Was ist mit Ihnen, wie kann ich helfen?«

»Arzt«, stieß der Mann zwischen zusammengepressten Lippen hervor. »Ich … brauche Hilfe.«

»Ich habe einen Notarzt gerufen, er müsste jeden Moment eintreffen.«

»Ist … gut«, flüsterte der Fremde, dessen Zähne nun zu klappern begannen. »Alles wird taub. Meine Beine, meine Hände. Ich kann sie nicht mehr …«

Sein Gesicht war fahl. Viel zu fahl. Pierre legte ihm eine Hand auf die Brust. Das Herz raste, stolperte, als absolviere es einen Hürdenlauf.

Der Mann keuchte. »Etwas stimmt nicht mit meinem Körper.« Er rang nach Worten. »Vergiftet«, stieß er dann heiser hervor.

»Sie sind vergiftet worden?« Sofort war Pierre alarmiert. »Wissen Sie, womit? Und wer es getan hat?«

Der Fremde nickte heftig und schien etwas sagen zu wollen, dann zuckte er in sich zusammen. Er hatte offenbar furchtbare Schmerzen.

»Haben Sie etwas Vergiftetes gegessen oder getrunken?«

»Gegessen. Einen …« Er brach ab. Unfähig, weiter zu antworten.

»Halten Sie durch«, flehte Pierre, zutiefst beunruhigt. Nach der Einnahme giftiger Substanzen, so hatte er einst gelernt, sollte man dem Betroffenen reichlich zu trinken geben. Er sah hinüber zu dem Felsen, wo neben seinen Schuhen und dem Telefon auch die Wasserflasche lag. »Ich bin gleich wieder bei Ihnen.«

»Warten Sie, Monsieur.« Der Mann hob den Kopf, das Gesicht war inzwischen kalkweiß. »Rufen Sie bitte … Camille an und erzählen Sie ihr, was passiert ist. Die Nummer lautet …«

Der Fremde versuchte, sie ihm zu diktieren. Die Zunge klebte ihm am Gaumen. Er leckte sich über die Lippen und suchte im Geiste nach den Ziffern, die sich irgendwo im Crescendo des Schmerzes verborgen hielten. Dann legte er erschöpft den Kopf ab und schloss die Augen, ohne eine einzige davon zu nennen.

Pierres Herz machte einen Satz. Er war drauf und dran, ihn zu verlieren! »Bleiben Sie wach, hören Sie? Um Himmels willen, bleiben Sie bei mir.«

An das, was danach geschah, konnte er sich später nicht mehr genau erinnern. Alles lief automatisch ab. So, als stünde er neben sich und folge einer oft gelernten Übung.

Als er den eintreffenden Wagen oben bei den Parkplätzen hörte, hatte er den Verunglückten bereits in die stabile Seitenlage gedreht und den immer schwächer werdenden Puls kontrolliert. Erst als der Arzt den Notfallkoffer samt Sauerstoffflasche neben ihm abstellte, das Ohr an den Mund des Bewusstlosen hielt und schließlich seine Vitalfunktionen überprüfte, erhob sich Pierre von seinem Platz und ging zu den zurückgelassenen Sachen.

Der Wind strich über sein nasses Haar und über das Shirt, das ihm feucht am Körper klebte. Er fröstelte. Erst jetzt bemerkte er, wie ausgekühlt er war. Pierre zog die Trainingshose, Socken und Sportschuhe an, legte die Hüfttasche um und band seine neue Uhr ums Handgelenk. Dann griff er nach dem Mobiltelefon und wählte die Nummer der Polizei.

Er hielt das Telefon noch immer fest umklammert, als er zum Ort des Geschehens zurückkehrte. Der Arzt hatte inzwischen mit einer Herz-Lungen-Wiederbelebung begonnen, presste mit ausgestreckten Armen die Handballen auf die Brust des jungen Mannes.

Mit vor Kälte verkrampften Fingern stand Pierre da, hilflos, und starrte auf das nur wenig bewegte Wasser. Das herrenlose Boot war inzwischen abgetrieben, bewegte sich auf den Küstenstreifen zu, an dem der botanische Garten lag.

»Nichts zu machen«, sagte der Notarzt schließlich und erhob sich schwerfällig, als trage er eine viel zu große Last. »Trébert ist übrigens mein Name, *Docteur* Edgart Trébert.« Er wies mit dem Kopf auf Pierres weiß hervortretende Knöchel. »Sie sollten das Telefon nicht so quetschen. Das Material hält es aus, aber Ihre Finger sterben allmählich ab.«

Pierre starrte ihn irritiert an. Der Mann war groß, bestimmt zwei Meter. Ein kahler Kopf und eine randlose Brille, die in dem breiten, rotgeäderten Gesicht etwas verloren wirkte. *Docteur* Trébert wirkte müde, unter den Augen lagen Schatten, doch als er jetzt aufmunternd lächelte, schien die Müdigkeit wie weggezaubert.

»Kommen Sie, es ist vorbei.«

»Wie bitte?« Endlich sah Pierre auf seine Finger und löste den Krampf. »Mein Name ist Pierre Durand«, stellte er sich schließlich vor.

Der Mann nickte. »Sie sind nicht von hier, habe ich recht?«

»Nein, aus Sainte-Valérie im Luberon«, antwortete Pierre und fragte sich, was den Arzt darauf hatte schließen lassen. »Meine Frau und ich machen Urlaub.«

Er schlug die Arme um seinen vor Kälte zitternden Körper und betrachtete den leblos daliegenden Körper, der bis zum Oberkörper von einer Rettungsdecke umhüllt war. Der Mann war noch jung gewesen, Pierre schätzte ihn auf Mitte zwanzig. Das nasse, dunkle Haar klebte in Strähnen im Gesicht. Der

Notarzt hatte das Funktionsshirt aufgeschnitten, sodass die unbehaarte Brust frei lag. Im Sand lag eine verpackte Kanüle, daneben die unangebrochene Flasche einer Infusionslösung.

Er schauderte.

Docteur Trébert blickte ihn stirnrunzelnd an. Holte eine weitere Rettungsdecke aus seinem Notfallkoffer und reichte sie Pierre, der sie dankbar entgegennahm. Dann sah er auf das offene Meer, wo sich inzwischen weitere Boote eingefunden hatten, die in einiger Entfernung ankerten.

»Sie haben ihn aus dem Wasser gezogen?«

»Ja.« Mit wenigen Worten schilderte Pierre, wie der Mann über die Bordwand geklettert war und versucht hatte, an Land zu schwimmen, dass er dabei sichtlich Mühe gehabt hatte, sich über Wasser zu halten. Wie er selbst den Notruf abgesetzt hatte, bevor er ins Wasser rannte, um den Mann zu retten.

Die Rettungsdecke knisterte, während er sprach, das Gold der Beschichtung reflektierte die Sonne. Allmählich wurde Pierre wieder warm.

»Er hätte nicht alleine tauchen dürfen. Das ist ein ungeschriebenes Gesetz.« *Docteur* Trébert verzog den Mund. »So ist viel zu viel Zeit vergangen. Die sofortige Gabe von hundertprozentigem Sauerstoff wäre lebensnotwendig gewesen.«

»Sie glauben, dass ein Tauchunfall die Todesursache war?«

Docteur Trébert wiegte den Kopf, schien etwas sagen zu wollen. Hielt dann aber inne, als wollten die Worte nicht fließen.

»Die Anzeichen sprechen dafür«, sagte er schließlich und zeigte auf ein marmoriertes Hautareal, das sich vom Hals bis zur Brust zog. »Man nennt es Dekompressionskrankheit. Das ist ein hochakutes, leider mitunter tödlich verlaufendes Geschehen. Dazu kommt es, wenn man nach längeren Tauchgängen in tiefen Gewässern und einer entsprechenden Stickstoffaufsättigung zu schnell an die Oberfläche zurückkehrt. In der Tiefe kommt es zur Bildung von Gasbläschen, die bei langsamem Auftauchen mit mehreren Zwischenstopps über das Blut zur Lunge transportiert und abgeatmet werden. Taucht man dagegen zu schnell auf, fällt der Umgebungsdruck viel zu rasch ab, es bilden sich größere Bläschen, die den Blutfluss in den Gefäßen blockieren. Sind lebenswichtige Organe davon betroffen, endet es letal.«

»Er hat behauptet, man habe ihn vergiftet.«

Der Arzt schrak zusammen. »Das hat er Ihnen erzählt?«

Pierre nickte. »Er hat stark gekrampft und hatte ganz offensichtlich furchtbare Schmerzen. Er meinte, eine beginnende Taubheit in Händen und Beinen zu fühlen. Und sein Herz raste und stolperte, bevor er das Bewusstsein verlor.«

»All diese Symptome entsprechen einer schweren Dekompressionskrankheit vom Typ zwei. Aber …« *Docteur* Trébert ging vor dem leblosen Körper in die Hocke und beugte sich über den Mund des Toten, sog witternd die Luft ein. Hob ein Lid und beleuchtete mit einer kleinen Stablampe die Pupillen, bevor er das Auge wieder schloss. Schließlich schob er die Rettungsdecke beiseite und betrachtete die Beine. »Da sind Stichwunden wie von einem Giftfisch.«

»Ein Drachenkopf?« Pierre hockte sich neben ihn.

»Ja, oder ein Petermännchen. Eine äußerst schmerzliche Angelegenheit. Sehen Sie? Die Haut um den roten Punkt dort ist geschwollen.«

»Dann könnten die Symptome also auch eine Folge dieser Verletzungen sein?«

Der Notarzt betrachtete die Leiche mit nachdenklicher Miene. »Die Symptome solcher Stiche sind ähnlich, aber sie führen nicht zum Tod. Auch wenn die meisten Menschen die oft kolportierte Mär glauben.« Er rückte seine Brille zurecht, obwohl sie gar nicht verrutscht war. »Ein alter

Bericht im *British Medical Journal* über Experimente an Tieren legt jedoch nahe, dass das Toxin bei intravenöser Kontamination eine hämolytische Wirkung auf die Erythrozyten haben kann.«

»Eine … Was bitte bedeutet hämo …?«, versuchte Pierre zu verstehen.

Der Blick des Arztes wurde düster. »Auflösend. Wir reden hier von der Einleitung eines programmierten Zelltodes. Man müsste es histologisch abklären lassen. In diesem Fall habe ich jedoch Zweifel. Eher könnte ich mir vorstellen, dass der Taucher durch den Stich des Giftfisches in Panik geraten und zu schnell an die Oberfläche gelangt ist.«

In diesem Augenblick erklang das Geräusch eines herannahenden Motors. Pierre erhob sich aus der Hocke und sah dem Wagen der Gendarmerie entgegen, der nun vor den Pollern, die den Strand von der Straße trennten, zum Stehen kam. Zwei Beamten stiegen aus und eilten auf sie zu.

»Wer von Ihnen beiden ist Pierre Durand?«, fragte der ältere der beiden. Ein massiger Kerl, dessen Gesicht von schwarzen Löckchen umrahmt wurde.

Ein *Capitaine*, wie Pierre unschwer an den drei weißen Streifen auf dem blauen Emblem erkennen konnte, das unterhalb der Knopfleiste des hellblauen Poloshirts prangte.

»Das bin ich«, sagte er und wies in Richtung des Leichnams. »Es gibt einen Toten.«

»Sie sagten am Telefon, es handele sich um einen Mord?«

»Zumindest besteht der Verdacht«, erwiderte Pierre ernst. »Der Mann hat mir erzählt, er sei vergiftet worden. Offenbar hat er etwas Kontaminiertes gegessen, zumindest hat er das auf Nachfrage bestätigt. Dann haben die Vitalfunktionen nachgelassen. Der hinzugerufene Notarzt konnte leider nichts mehr ausrichten.«

»Der Notarzt, das bin ich«, sagte *Docteur* Trébert und reichte dem Beamten eine Visitenkarte.

Der *Capitaine* warf einen kurzen Blick auf die Karte und reichte sie seinem Kollegen weiter. »Haben Sie einen Hinweis auf ein Tötungsdelikt gefunden?«

»Nicht auf den ersten Blick. Die Beine des Toten weisen zwar Stichverletzungen von einem Giftfisch auf, vermutlich ein Drachenkopf, vielleicht auch ein Petermännchen. Aber das wäre ein natürliches Gift, kein verabreichtes.« *Docteur* Trébert gab eine kurze Zusammenfassung seiner medizinischen Erkenntnisse.

»Sie sind aus Hyères?« Das war von dem jüngeren Polizisten gekommen, einem muskulösen Mann mit schiefer Nase, der jetzt von der Karte aufblickte. Nur ein Streifen auf der Brust, bemerkte Pierre, ein *Sous-Lieutenant.* »Das ist ziemlich weit weg vom Einsatzort.«

»Ich war gerade auf dem Rückweg von einem Termin«, antwortete *Docteur* Trébert ausweichend. »Und da habe ich den Notruf über die Zentrale angenommen.«

Der junge Polizist nickte. Er ging zu dem Toten, stützte die Hände auf die Knie und begutachtete die Wundmale. »Gleich zwei Stiche, der arme Kerl.« Er richtete sich wieder auf und verzog den Mund. »Ich hatte auch schon mal das Vergnügen mit einem Giftstachel. Das ist kein Zuckerschlecken, das kann ich Ihnen sagen! Diese Fische sind Meister der Tarnung, viel zu schnell tritt man auf ein Exemplar, das im Sand vergraben auf Beute lauert.«

Der *Capitaine* stellte sich neben ihn. »Kein Hinweis auf Fremdverschulden. Ich denke, der Fall liegt klar.«

»Aber«, entgegnete Pierre, »was ist mit der Aussage des Mannes, vergiftet worden zu sein?«

»Vielleicht haben Sie ihn ja missverstanden?« Der *Capitaine* runzelte die Stirn. »Es war schließlich auch für Sie eine Ausnahmesituation.«

»Nein, ich habe ihn ganz bestimmt nicht falsch verstanden. Er hat ganz zum Schluss sogar noch zu mir gesagt, dass …« Pierre rieb sich mit beiden Händen über den Kopf. Was genau? Es war offenbar sehr wichtig gewesen. Aber er konnte sich partout nicht mehr daran erinnern.

»Der Mann wird fabuliert haben«, beendete der *Sous-Lieutenant* Pierres Grübeln. »So ein Tiefenrausch löst häufig Halluzinationen aus, von den Wirkungen des schnellen Aufstiegs auf das Gehirn ganz zu schweigen.«

»Der Hinweis auf eine Tötungsabsicht ist natürlich ernst zu nehmen«, entgegnete *Docteur* Trébert. »Inwieweit es jedoch der Wahrheit entspricht, sollte besser ein forensischer Toxikologe entscheiden.«

Pierre lächelte. Der Mann war ihm sympathisch.

Der *Capitaine* nickte ergeben und blickte über das Wasser. »Sie sagten, der Verunglückte sei aus einem pneumatischen Boot ins Wasser gestiegen? Ich sehe nur normale Motorboote.«

»Es ist abgetrieben.« Pierre zeigte zu der dicht bewaldeten Landzunge auf der linken Seite der Bucht. »Wenn er tatsächlich vorsätzlich vergiftet worden ist, werden sich möglicherweise Spuren davon an Bord finden.«

Der *Capitaine* gab seinem jungen Kollegen ein Zeichen, woraufhin dieser ein Funkgerät zückte. Er selbst notierte sich Pierres Kontaktdaten, gab ihm dann eine Karte mit einer Rufnummer, unter der Pierre ihn erreichen könne, sobald ihm noch etwas Ermittlungsrelevantes einfiele. Damit ließ er ihn stehen.

»*Capitaine* Laurent Roubaud aus La Croix-Valmer«, las Pierre und steckte die Karte ein. Der Ort lag bestimmt zwanzig Fahrminuten von hier entfernt. Offenbar war Rayol-Canadel-sur-Mer zu klein für eine eigene Polizeistation.

Inzwischen hatte sich eine Menschentraube um die Unglücksstelle geschart. Noch in gebührendem Abstand, aber schon zückten die Ersten ihre Handys, um die Szenerie zu fotografieren.

Pierre atmete tief ein. Vielleicht hatte der Sterbende sich ja doch geirrt und die Reaktionen seines Körpers im Rausch der Tiefe nur missverstanden. Aber selbst, wenn nicht: Was konnte er als Urlauber schon tun? Es ging ihn nichts an. Es war nicht sein Revier, sondern das des *Capitaines*.

Alles würde seinen gewohnten Gang gehen.

Auch dank *Docteur* Trébert, zu dem er jetzt noch einmal trat.

»Hat mich sehr gefreut«, sagte Pierre und gab ihm die knisternde Rettungsdecke zurück.

Der Arzt lächelte. »Mich ebenfalls, Monsieur Durand. Wünsche noch einen schönen Urlaub!«

Sie verabschiedeten sich mit einem Handschlag. Dann trat Pierre im Laufschritt den Rückweg zum Hotel an.

Er freute sich auf die gemeinsamen Tage mit Charlotte. Und er war froh, dass nichts – auch wenn es erst anders ausgesehen hatte – die Flitterwochen gefährden würde.

3

»Du warst schon joggen?«, begrüßte ihn Charlotte, als er die Tür zum Hotelzimmer öffnete. Ihr Haar war nass vom Duschen, und um ihren Körper hatte sie ein Handtuch gewickelt.

Sofort bekam Pierre ein schlechtes Gewissen. »Ich habe ganz vergessen, dir eine Nachricht zu hinterlassen«, sagte er und wollte sie an sich ziehen. »Tut mir leid.«

»Kein Problem«, sagte sie lächelnd und trat einen großen Schritt zurück. »Sieh nur, was der Page gerade gebracht hat.«

Pierre folgte ihrem Blick zum Schreibtisch, auf dem ein Rosé-Champagner stand. An der Flasche lehnte ein Briefumschlag.

»Für Charlotte und Pierre«, las er laut und nahm den Umschlag in die Hand. »Von wem ist das?«

»Keine Ahnung. Mach mal auf.«

Charlotte stellte sich dicht neben ihn und sah zu, wie Pierre eine Künstlerkarte aus dem Kuvert zog. Die Vorderseite zierte ein in pastelligen Farben gemaltes Bild von Sainte-Valérie, das man im Souvenirladen in der *Rue du Porteil* erhielt.

»Na, da bin ich aber mal gespannt«, sagte Pierre und drehte die Karte um.

Liebes Brautpaar,

Ihr dachtet doch wohl nicht etwa, dass wir euch ohne ein Geschenk in die Flitterwochen ziehen lassen? Ganz im

Gegenteil haben wir uns ein paar Überraschungen ausgedacht, um Euch die Tage zu versüßen.

Wir wünschen Euch une magnifique lune de miel *und hoffen, dass Ihr am Ende erholt und glücklich nach Sainte-Valérie zurückkehrt.*

»Keine Namen«, stellte Charlotte fest. »Und die Schrift kenne ich auch nicht. Sie scheint aber von einer Frau zu stammen.«

»Vielleicht gehört sie Gisèle«, spekulierte Pierre. »Didier erwähnte ein Geschenk, bei dem unsere Freunde zusammengelegt haben. Was wohl mit den Überraschungen gemeint ist?«

»Der Page meinte vorhin noch, man habe uns für heute Abend im Restaurant einen Tisch reserviert. Gebucht sei das Menü zur freien Zusammenstellung.« Charlotte lächelte, und die Vorfreude war ihr an der Nasenspitze anzusehen. »Er empfehle die Bouillabaisse als Vorspeise. Danach den marktfrischen Fisch, aromatisiert *à la Chef.* Was auch immer das heißen mag, ich werde beides auf jeden Fall probieren.«

»Was für eine schöne Idee«, befand Pierre. »Das ist sehr großzügig von unseren Freunden.«

Er unternahm einen zweiten Versuch, Charlotte an sich zu ziehen, aber sie streckte den Arm aus und musterte ihn eingehend. Dann betastete sie sein Sportshirt.

»Ist das etwa Schweiß?«

Er sah an sich hinunter. Das Shirt klebte ihm noch immer am Körper, er hatte doch tatsächlich für einen klitzekleinen Moment den morgendlichen Vorfall vergessen.

Kurz überlegte er, Charlotte davon zu erzählen, entschied sich aber dagegen. Er wollte den Beginn ihrer Flitterwochen nicht mit einer solch tragischen Angelegenheit belasten.

»Es war eine lange Strecke, und der Rückweg ging bergan.«

Er lächelte entschuldigend. »Ich ... bin dann mal unter der Dusche.«

Damit drängte er sich an ihr vorbei und verschwand im Badezimmer.

Das Frühstück nahmen sie auf der Terrasse ein, von der aus sie einen herrlichen Blick über die gesamte Bucht hatten. Vor ihnen lagen die Île du Levante und Port-Cros wie von einem Riesen ins Meer geworfen. Hinter dem sich weit ins Wasser schiebenden Cap Bénat ragte ein Stück der größten Insel hervor: Porquerolles. Das Licht war nun ein anderes als bei ihrer Ankunft. Die Sonne stand schräg und beleuchtete das Wasser, das von einem satten Blau war, fast im selben Farbton wie der Himmel. Unter ihnen die bewaldeten Hügel, die sanft geschwungen zum Ufer hin abfielen.

Charlotte hatte eine Schale mit *brouillade* aus mit Butter und Sahne aufgeschlagenen Eiern vor sich stehen. Auf ihrem Teller lag eine dicke Scheibe Weißbrot, dazu Feigenmarmelade und ein Stück Käse – der weißgrauen Rinde zufolge ein *tomme grise* –, den sie pur mit einem einzigen Bissen verschlang.

»War unser DJ nicht fantastisch?«, sagte sie mit schwärmerischem Lächeln, während sie die Gabel schon in die *brouillade* schob. »Ich habe dich noch nie so viel tanzen sehen.«

Pierre nickte. Tanzen war in seinen Augen immer etwas für Frauen gewesen, aber bei der Musik war er kaum vom Parkett zu bekommen. »Ein wahrer Zauberer«, lachte er.

Mit erhobenen Brauen starrte er auf das Weckglas mit den frischen Früchten, über die er einen fettarmen *fromage blanc* und ein paar Nusskerne verteilt hatte. Viel lieber hätte er sich ein Stück von dem Biskuit auf den Teller geladen, der mit einer sahnigen Creme und Erdbeeren gefüllt war. Oder wenigstens den Kuchen mit Zitrusfrüchten, alles *fait maison*. Auch die

Schokoladencroissants sahen verlockend aus. Aber er hatte sich zurückgehalten. Aus Angst, wieder in alte Verhaltensweisen zu fallen. Bequem zu werden. Lieber zu essen, als sich zu bewegen. Nur ein einziges Gramm Industriezucker, und seine Endorphine würden sich daran klammern wie Ertrinkende und dafür sorgen, dass wieder regelmäßig Nachschub reinkam.

So hatte es ihm zumindest sein Freund Robert Lechat erklärt. Der *Commissaire* aus Cavaillon war ein dynamisch-sportlicher Gesundheitsapostel und wusste, wovon er redete.

Woran er sich jedoch nie gewöhnen würde, dachte Pierre mit Blick auf seine Kaffeetasse, das war ungesüßter *café noir*. Er schmeckte grauenhaft, fast wie ein Magenbitter. Wie eine dunkle, säuerliche Medizin.

»Wie war's eigentlich beim Joggen?«, fragte Charlotte in seine Gedanken hinein und verteilte einen großen Klecks Feigenmarmelade auf ihrem Weißbrot.

Pierre verfolgte den Weg des Brotes in ihren Mund und schluckte heftig, bevor er antwortete. »Gut. Der Rezeptionist hat mir eine Laufstrecke empfohlen, die am botanischen Garten entlangführt und dann über eine historische Treppe bis zum Strand.«

Sie sah ihn stirnrunzelnd an. »Vielleicht solltest du es hier ein bisschen ruhiger angehen. Die Steigungen sind nicht ohne, ganz anders als zu Hause.«

»Ach, so schlimm war es nicht.«

»Nicht so schlimm?« Aus ihrem Blick sprang tiefe Besorgnis. »Du warst klitschnass, als du zurückkamst. Ich habe dich noch nie so schwitzen sehen.«

Pierre schloss die Augen und atmete tief durch. Es kränkte ihn, dass sie ihm die Herausforderung nicht zutraute. Als ob er je derart schwitzen würde! Sie musste denken, er wäre total unsportlich. Was sprach eigentlich dagegen, Charlotte von dem morgendlichen Unglück zu berichten? Er konnte ja den Mordverdacht weglassen.

»Nun ...«, begann er langsam und hob die Lider. »Eigentlich wollte ich es dir gar nicht erzählen, um dich nicht zu beunruhigen.«

Charlotte ließ das Weißbrot sinken. »Ja?«

»Es gab einen kleinen ... Vorfall.« Er zögerte kurz und sortierte seine Gedanken. »Als ich am Strand ankam, sah ich einen Schwimmer, der in Not geraten war. Ich bin sofort ins Wasser und habe ihn an Land gezogen. Er ist leider verstorben.«

Charlotte beugte sich mitfühlend vor. »Wie schrecklich!«

»Das ist es. Aber es ist nun mal geschehen, daran lässt sich nichts ändern, und ich möchte nicht, dass der tragische Vorfall unsere Hochzeitsreise trübt.«

Pierre angelte eine zurückgelassene Tageszeitung vom Nebentisch, um zu signalisieren, dass die Sache damit für ihn erledigt war.

Er überflog die Schlagzeilen, die ihn sofort in den Bann zogen. Aufmacherthema waren wiederholte Sabotageakte an der sogenannten *Waterline*, über die derzeit heftig in der Politik diskutiert wurde. Einer Pipeline, die dringend benötigtes Trinkwasser vom Festland nach Porquerolles bringen sollte und deren Fertigstellung für den nächsten Sommer geplant war.

Pierre tauchte den Löffel in die Frischkäse-Früchte-Mischung, während er den Artikel überflog, der die bisherigen Störungen aufzählte: entwendetes Material, eine gekappte Leitung, durchstochene Reifen an Baustellenfahrzeugen. Die nächtliche Explosion vergangene Woche auf dem Parkplatz, wo die Wasserleitungsrohre montiert wurden, so hieß es in dem Text, hätte dem Ganzen eine neue Qualität verliehen.

Ein Anwohner habe drei vermummte Gestalten beobachtet, die über den Platz in Richtung Strand gelaufen seien. Nur Sekunden später weckte ein ohrenbetäubender Knall ganze Straßenzüge, und die Druckwelle ließ die Fenster eines Geschäftes für Strandbedarf zu Bruch gehen. Zum Glück sei niemand verletzt worden, aber es sei ein bedrohliches Szenario gewesen, das die Feuerwehrleute vor Ort erwartet hatte. Der Parkplatz liege am Rand eines Wohngebietes, das entstandene Feuer hätte auf die Häuser übergreifen können. Was glücklicherweise das schnelle Eingreifen der Truppe verhindert hatte. Aber die Belastung durch die entstandenen Gase sei enorm hoch gewesen.

Man tue alles, um den Störern das Handwerk zu legen, hieß es vonseiten der Polizei. Zitiert wurde eine Kommissarin namens Ann-Christine Giraud, die das Ermittlungsteam leitete. Der Vorfall erinnere sie an die Sabotageakte an den Jachten im vergangenen Sommer, als Unbekannte unterhalb der Wasserlinie Löcher in die Außenhaut mehrerer Boote gebohrt hatten. Damals sei ein Schaden von insgesamt einhunderttausend Euro entstanden.

Man habe nun einen Sicherheitsdienst eingeschaltet, so der Kommentar des Betreibers. Der Bau der *Waterline* werde fortgesetzt.

»Ich möchte, dass du mir alles darüber erzählst.«

Pierre blickte auf. Charlotte sah ihn unverwandt an. Offenbar wartete sie auf eine Fortsetzung.

»Stell dir vor, es hat eine Explosion auf einer Baustelle gegeben«, sagte er, als wisse er nicht, dass sie das morgendliche Unglück meinte. »Ein ganzer Stapel Rohre ist dabei vernichtet worden. Es wird Wochen dauern, Ersatz zu beschaffen.«

»Eine Explosion?« Charlotte runzelte die Stirn.

Pierre tippte erklärend auf ein abgedrucktes Foto, auf dem unter dichtem weißen Schaum rußgeschwärzte Kunststoffteile aufragten. Auf einem weiteren sah man bereits montierte blaue Rohre, die auf dem strandnahen Teil des Parkplatzes über den Sand hinweg ins Wasser verliefen wie eine überlange Seeschlange. An einigen davon, so hieß es in der Bildunterschrift, sei formbarer Sprengstoff gefunden worden, der aus Gründen, die noch zu klären seien, nicht gezündet hatte.

»Ganz schön was los an der Côte Varoise«, sagte er und schob den Löffel in den Mund. Ananas und reife Kiwi, immerhin. Damit konnten auch seine Endorphine etwas anfangen. Und die hatten ein wenig Nervennahrung bitter nötig.

Charlotte schüttelte den Kopf. »Das meinte ich nicht, und das weißt du ganz genau. Es hat einen Toten gegeben. Das kann man doch nicht einfach so von sich schieben.«

Mit einem tiefen Seufzen legte Pierre den Löffel ab. Sie hatte recht, das Geschehen nahm ihn noch immer mit. Seit er ins Hotel zurückgekehrt war, quälte ihn ein vages Gefühl von Schuld, obwohl er nichts an dem Ausgang der Rettungsaktion hätte ändern können. Vielleicht lag es auch an seiner situationsbedingten Untätigkeit. Er konnte nur hoffen, dass die Beamten dem Hinweis auf Vergiftung wirklich nachgingen.

»Doch, das kann man«, beharrte er und wandte sich an die vorbeieilende Kellnerin. »Mademoiselle«, es war mehr ein Ablenkungsmanöver als eine Notwendigkeit, »bringen Sie mir bitte noch einen *café noir*.«

»Du hast den anderen nicht einmal ausgetrunken«, bemerkte Charlotte.

Pierre überging den Kommentar. Er spähte über die Brüstung der Frühstücksterrasse zum Pool. Auf den Liegestühlen machten es sich die ersten Hotelgäste bequem, ein Angestellter spannte die Sonnenschirme auf. Der ganze Bereich wirkte sehr einladend. Vor allem die lauschigen Sitzgruppen, die mit Blick auf die Küste ausgerichtet standen, hatten es ihm angetan. Man saß direkt vor dem abschüssigen Garten mit Zwergpalmen, Rosmarinsträuchern und der üppig blühenden Pflanzenpracht in Gelb, Violett und Bordeaux.

»Was hältst du davon, wenn wir heute einen entspannten Tag einlegen?«, sagte er. »Das Wetter ist herrlich, das sollten wir ausnutzen.«

»Einen Pool-Tag?« Charlottes Mundwinkel zuckten. »Es ist ideales Ausflugswetter! Es gibt so viele Dinge anzuschauen, die passen gar nicht in eine Woche. Ich dachte, wir fahren nach Saint-Tropez. Dort gibt es hübsche Geschäfte und Cafés. Zu Mittag könnten wir im *La Pesquiere et le Mazagran* essen, einem Restaurant mit traditioneller provenzalischer Küche. Anouk hat es mir empfohlen.«

Sie tippte auf das Display ihres Mobiltelefons und hielt Pierre ein Foto hin, das ein gelb verputztes Haus mit grünen Fensterläden zeigte. Davor ebenso grüne Sonnenschirme, in deren Schatten mehrere Tische standen.

»Wirklich sehr nett«, bestätigte er. Froh, dass damit das morgendliche Unglück endlich vom Tisch war.

»Nicht wahr? Das Restaurant liegt versteckt abseits der belebten Gassen, und man hat einen fantastischen Blick auf einen Kieselstrand. Die *moules frites* sollen hervorragend sein. Und danach machen wir einen Ausflug an den Weinfeldern vorbei nach Grimaud oder Ramatuelle.«

Pierre wiegte den Kopf. »Ist das nicht ein bisschen viel für einen Tag? Es war viel los in den letzten Wochen. Wir sollten es etwas geruhsamer angehen.«

Charlotte nickte. »Du hast recht. Dann eben nur Saint-Tropez, die Bergdörfer können wir ein anderes Mal besuchen. Oder wir fahren heute nach Hyères. Bei La Capte, an einem der Dünenstreifen, die das Festland mit der Halbinsel Giens verbinden, liegt eine Saline, die ebenfalls einen Besuch wert ist. Mit etwas Glück sehen wir dort Flamingos oder Kormorane. Von Giens gibt es auch eine Fährverbindung zur Insel Porquerolles. Aber dafür sollten wir einen ganzen Tag einplanen. Selbst mit Elektrofahrrädern braucht man mindestens fünf Stunden, wenn man die Insel einmal umrunden möchte.«

Sie schlug ihren Reiseführer auf und blätterte durch die Seiten, während Pierre sich zurücklehnte und das Gesicht in die Vormittagssonne hielt. Er schloss die Augen und genoss die warmen Strahlen auf der Haut.

»Der Legende nach sind die Îles d'Hyères versteinerte Jungfrauen«, hörte er Charlotte sagen. »Es heißt, dass einst ein Prinz namens Olblianus vier schöne Töchter hatte, die gerne im Blau des Meeres schwammen. Eines Tages, als sich die Mädchen besonders weit vom Ufer entfernt hatten, entdeckte der Vater das Segel eines sich rasch nähernden Piratenschiffs. Er rief seinen Töchtern zu, sofort zurückzukehren, doch obwohl sie gute Schwimmerinnen waren, holte das Schiff sie ein. Also wandte der Prinz sich in seiner Not an den Himmel und flehte um Beistand. Er wurde erhört. In jenem Moment, als die Piraten nach den Mädchen griffen, ergoss sich ein intensives Licht über das Meer. Die Körper der Prinzessinnen erstarrten und wurden zu Stein. Die drei älteren Schwestern, die am weitesten vom Ufer entfernt waren, wurden zu den Inseln Port-Cros, Porquerolles und Île du Levant. Die jüngste Prinzessin, die ihren Vater fast erreicht hatte und bereits den Arm nach ihm ausstreckte, wurde zur Presqu'île de Giens, der Halbinsel vor Hyères.«

»Aha.«

Charlotte war nicht zu bremsen. »Die Legende ist nicht so alt, wie sie klingt. Sie stammt aus der Feder eines heimischen Schriftstellers. Gustave Roux hat auch Bücher über die Besatzung von Hyères während des Zweiten Weltkrieges geschrieben.« Sie machte eine kurze Pause. »Oder wir fahren nach

Bormes-les-Mimosas. Das ist ein entzückendes Dorf am Fuß des Massif des Maures.«

Ob der Taucher, fragte Pierre sich plötzlich, von einer der Inseln gekommen war? Es war sicher noch dunkel gewesen, als er losfuhr. Wonach er wohl zu so früher Stunde getaucht hatte?

Die Beamten mussten das Boot inzwischen geborgen haben. Er wüsste zu gerne, ob es an Bord Hinweise auf den Verlauf des Unglücks gab. Oder auf ein Gift.

»Pierre?« Charlotte sah ihn fragend an.

Offenbar hatte sie längst weitergesprochen. Ihre Finger ruhten auf dem Bild einer blumengeschmückten Gasse.

Er nickte lächelnd. »Großartig, das machen wir.«

»Und was genau von all den Dingen, die ich aufgezählt habe?«

»Vollkommen egal. Wir haben ja ein paar Tage Zeit. Du bist die Reiseführerin. Wir schauen uns einfach alles an, was du willst.«

Sie legte den Kopf schief. »Du bist in Gedanken noch immer bei dem Unglück, nicht wahr?«, fragte sie. »Willst du darüber reden?«

Pierre blies die Luft aus. Dankbar nahm er die Tasse *café noir* entgegen, die ihm die Kellnerin gerade an den Tisch brachte. Unter Charlottes überraschtem Blick griff er nach dem Zuckerspender und kippte einen gehäuften Löffel in die Tasse. Gesundes Leben hin oder her. Was er nun brauchte, war eine ordentliche Portion Süße. Wenigstens der Kaffee sollte schmecken.

Charlotte sah ihn unverwandt an, und er wusste, dass sie nicht lockerlassen würde, bevor er ihr alles erzählt hatte.

Er trank einen Schluck. Und dann noch einen.

Der *café noir* schmeckte so, wie er sein sollte. Er dachte an die Situation vom Morgen und daran, dass er die Sache vielleicht sogar überinterpretiert hatte. Wer sagte ihm denn, dass an der Vermutung des Tauchers, er sei vergiftet worden, etwas dran war?

»Weißt du«, begann er stockend, »ich mache mir Vorwürfe, dass ich den Mann nicht retten konnte. Aber das ist natürlich Unsinn.« Er stellte die Tasse ab.

»Was war denn die Todesursache?«

»Der Notarzt meinte, es sei ein Tauchunfall gewesen. Offenbar hat sich der Mann an den Stacheln eines Giftfisches verletzt. Er ist in Panik geraten und zu schnell aufgestiegen.«

»Oje, so ein Stich ist sehr schmerzhaft, da kann ich ein Lied von singen.« Charlotte verzog den Mund. »Während meiner Ausbildung habe ich mich mal bei der Zubereitung einer Bouillabaisse an einem Drachenkopf verletzt. Es war wie der Schnitt einer Glasscherbe, der durch den ganzen Körper zieht. Seitdem trage ich immer geeignete Handschuhe, sobald ich die Stacheln entferne.«

Pierre sah sie überrascht an. »Dieser Giftfisch kommt in die Bouillabaisse?«

»Das wusstest du nicht?« Charlotte schüttelte erstaunt den Kopf. »Die *racasse* ist doch ein wichtiger Bestandteil des Fischeintopfes.« Sie lächelte beruhigend. »Aber keine Sorge, das giftenthaltende Protein ist hitzeempfindlich und zerfällt beim Kochen. Daher sollte man auch die Temperatur-Schock-Methode kennen.«

»Was ist denn das für eine Methode?«

»Die wird vom Giftinformationszentrum Marseille empfohlen und ist, soweit ich weiß, das Einzige, was wirkt. Man behandelt die Einstichstelle mit heißem Wasser oder einem Fön und legt anschließend einen Eisbeutel darauf. Dadurch wird ein zerstörerischer Prozess gestoppt, der später zu starken Beeinträchtigungen führen kann.«

Pierre nickte. Das war ihm neu.

»Es gibt übrigens noch einen Giftfisch, der in der klassischen Bouillabaisse landet: das Petermännchen.« Sie grinste spitzbübisch. »Das ist noch gar nichts gegen die Gepflogenheiten in Japan. Beim Kugelfisch sind sogar die inneren Organe giftig, inklusive der Haut. Das Toxin eines einzigen Fisches reicht aus, um dreißig Menschen zu töten. Und trotzdem wird er dort als Luxusgut wertgeschätzt. Es gibt spezielle Zubereitungstechniken, mit denen die Organe entfernt werden, die kommen dann in einen Behälter für Sondermüll. Dafür benötigen die Köche sogar eine Lizenz.«

»Zum Glück ist Japan weit weg.«

»Japan ja, nicht aber der Kugelfisch.« Charlottes Augen funkelten, ganz offensichtlich erheiterte sie der mörderisch-kulinarische Diskurs. »Eine Variante, der sogenannte Hasenkopf-Kugelfisch, ist über den Suez-Kanal eingewandert und breitet sich nun im Mittelmeer aus. Sein Nervengift gehört zu den tödlichsten. Und es ist hitzestabil, da bringt das ganze Kochen nichts. Wer den im Fischeintopf hat, überlebt das Essen nicht. Dein Bekannter, der Rechtsmediziner Louis Papin, hat mir mal erzählt, dass dieses Gift in einem normalen Screening nicht vorkommt. Das wäre doch das perfekte Verbrechen, oder nicht?«

Pierre keuchte. Ihm war die Lust auf Bouillabaisse gründlich vergangen. Die Idee eines Mordes mithilfe eines Giftfisches war jedoch interessant. Er fragte sich, ob es vielleicht doch einen Zusammenhang zu dem Gift gab, von dem der Sterbende erzählt hatte. Nur die Logik dahinter erschloss sich ihm noch nicht.

»Danke, dass du mir von dem Unglück erzählt hast«, sagte Charlotte. »Ich hatte schon Sorge, du wärst in einen neuen Fall gestolpert. Mitten in unseren ohnehin schon viel zu kurzen Flitterwochen!«

Pierre schüttelte hastig den Kopf. »Keine Sorge, *ma douce*«, sagte er und hoffte, dass er jetzt nicht rot wurde. »Du stehst bei mir an erster Stelle.«

»Das ist schön.« Sie lächelte, und die Erleichterung war ihr anzumerken. »Also, was machen wir denn nun an unserem ersten Ferientag?« Charlotte rückte ein Stück näher und strich mit sanften Fingern über seine Hand. »Wir könnten natürlich auch an unserem neuesten Projekt arbeiten und erst später die Gegend erkunden.«

Ihre grünen Augen waren jetzt ganz dunkel. Es klang verlockend, allerdings war Pierre das mögliche Ergebnis dieses »Projektes« noch nicht ganz geheuer.

Er setzte zu einer Antwort an, als sein Telefon klingelte, eine unterdrückte Nummer. Mit gerunzelter Stirn nahm er den Anruf entgegen.

»Ja bitte?«

»Monsieur Durand? Edgart Trébert hier. Ich muss dringend mit Ihnen reden.«

4

Pierre hatte Charlotte entschuldigend zugenickt und sich von seinem Platz erhoben. Jetzt stand er an der Brüstung, von der aus man den gesamten Poolbereich überblickte. Dort, wo der Blick über die Botanik am schönsten war, füllten sich allmählich die Sitzgruppen.

»So, jetzt kann ich reden«, sagte er. »Woher haben Sie meine Telefonnummer?«

»Sie haben sie den Polizeibeamten durchgegeben, schon vergessen? Ich habe ein gutes Zahlengedächtnis.«

»Und warum rufen Sie mich an? Ist etwas passiert?«

»Wie man es nimmt«, sagte *Docteur* Trébert. »Ich möchte mit Ihnen noch einmal über den heutigen Vorfall sprechen. Der Name des Verstorbenen lautet übrigens Florent Besnard.«

»Sie kannten ihn?«, fragte Pierre verwundert. Am Unfallort hatte der Arzt nicht den Eindruck gemacht.

»Ja. Er stammt von Porquerolles und ist Inhaber der Tauchschule *Besnard Plongée.*« Der Arzt machte eine bedeutsame Pause.

»Dieser Mann war also mit den Gefahren der Unterwasserwelt vertraut«, sagte Pierre. »Dann wusste er um die Folgen eines zu schnellen Aufstieges.«

»Mit Sicherheit«, bestätigte der Arzt. »Wobei auch versierte Taucher eine Panik nicht immer unter Kontrolle haben. Vor allem nicht, wenn man ihnen etwas beimischt.«

Pierres Herz machte einen Satz. Er spähte zu Charlotte, die sich wieder über das Display ihres Mobiltelefons beugte, dann senkte er die Stimme. »Sie glauben also auch, dass ihn jemand vergiften wollte?«

»Ich halte es zumindest für möglich.«

»Was hat Ihre Meinung geändert?«

Ein kurzes Zögern. »Florent Besnard hat mir vor seinem Tod mitgeteilt, wer die Tat begangen hat.«

Ungläubig riss Pierre die Augen auf. Nun erinnerte er sich an den Moment, als der Arzt sein Ohr über den Mund des Verunglückten gehalten hatte. Das musste der entscheidende Moment gewesen sein.

»Und das erzählen Sie erst jetzt?«, fragte er und hatte Mühe, seine Empörung zu verbergen. Die Sache hätte längst erledigt sein können. »Warum haben Sie der Polizei nichts davon gesagt?«

»Ich war in dem Moment wohl zu perplex.« *Docteur* Trébert atmete tief durch. »Ich dachte, Florent hätte fabuliert, die Fakten sprachen ja gegen eine solche Tat. Aber jetzt weiß ich, dass er die Wahrheit gesagt hat.«

»Dann haben Sie einen Beweis für die Richtigkeit der Behauptung?«

»Ja, den habe ich.«

»Welchen?«, fragte Pierre voller Ungeduld. »Und vor allem: Wer hat es getan?«

»Das möchte ich lieber nicht am Telefon besprechen. Mir fehlt aber noch ein entscheidendes Detail. Sobald ich es habe, rufe ich *Capitaine* Roubaud an.« *Docteur* Trébert klang jetzt ganz konzentriert. »Und genau aus dem Grund habe ich mich auch an Sie gewendet. Sie sagten, Florent habe etwas Vergiftetes gegessen. Hat er Ihnen erzählt, was es war?«

»Nein.«

Docteur Trébert seufzte.

»Aber er hat explizit von einem Gift geredet oder nur von Manipulation?«

Pierre überlegte. »Er hat nur ein einzelnes Wort herausbekommen. *Vergiftet.* Mehr nicht. Dann habe ich nachgefragt, ob er etwas gegessen oder getrunken habe, und da sagte er: *gegessen.*«

»In Ordnung.« Es klang enttäuscht. »Worüber haben Sie eigentlich ganz zum Schluss gesprochen, kurz bevor ich gekommen bin?«

»Was meinen Sie?«

»Sie haben heute Morgen etwas erwähnt, aber der junge Polizist hat Sie unterbrochen. Ich möchte Sie bitten, mir alles zu erzählen, was Florent Ihnen mitgeteilt hat. Jedes noch so kleine Detail könnte entscheidend sein.« Er machte eine kurze Pause. »Hat er Ihnen vielleicht ebenfalls einen Namen genannt?«

Pierre dachte nach. Versuchte den Nebel, der sich am Morgen über die Ereignisse gelegt hatte, beiseitezuschieben.

Er hatte den Mann an Land gezogen und sich neben ihn in den Sand gelegt. Erschöpft und mit schmerzenden Armen. Danach hatte er sich aufgerichtet und sich über ihn gebeugt.

Gesprächsfetzen waberten durch seinen Kopf. Mit einem Mal erinnerte er sich wieder ganz genau an die letzten Minuten, bevor der junge Mann das Bewusstsein zu verlieren drohte und sein Puls immer flacher wurde.

Der Sterbende hatte ihm tatsächlich einen Namen genannt. »Sie müssen Camille anrufen«, hatte er geflüstert, »und ihr erzählen, was passiert ist.«

Florent Besnard hatte versucht, ihm die Nummer zu diktieren, doch die Zunge hatte ihm am Gaumen geklebt. Er hatte sich über die Lippen geleckt und schließlich erschöpft den

Kopf abgelegt und die Augen geschlossen, ohne eine einzige Ziffer zu nennen.

War der Name dieser Frau etwa das letzte Detail, das den Fall im Nu zum Abschluss bringen würde?

»Hallo?«, klang es vom anderen Ende der Leitung. »Sind Sie noch dran?«

»Ja.« Jetzt waren all seine Sinne wach. Wer sagte ihm, dass tatsächlich der Notarzt am anderen Ende der Leitung war? Er hatte zu kurz mit ihm gesprochen, um seine Stimme zweifelsfrei wiederzuerkennen. Auch dass die Nummer unterdrückt war, gab Anlass zur Vorsicht. »Wissen Sie, ich möchte das ebenfalls nur ungern am Telefon besprechen. Wie wäre es mit einem persönlichen Treffen?«

»Ein Treffen?« Der Mann schien irritiert.

»Ja, unbedingt. Wir sollten uns darüber austauschen.« Auf einmal war Pierre wie elektrisiert. Offenbar hatte der junge Mann die Informationen über den Hergang der Tat unbedingt loswerden wollen. Doch weil er erst mit ihm gesprochen hatte und dann mit dem Notarzt, waren die Informationen auf zwei Personen verteilt. Und diese galt es nun zusammenzubringen. »Möglicherweise«, fuhr er fort, »beinhaltet das, was Florent Besnard mir gesagt hat, genau jenes Detail, das Sie benötigen, um damit zur Polizei zu gehen. Und da Sie sicher einen guten Grund haben, am Telefon nicht darüber reden zu wollen, müssen wir uns eben treffen und das Ganze von Angesicht zu Angesicht besprechen.«

Er nickte heftig, weil ihn die Aussicht auf ein rasches Ende der Angelegenheit regelrecht beflügelte. Nur dieses eine Treffen, und die Sache wäre vom Tisch, bevor die Sonne im Meer versank. Es wäre der schnellste Fall in seiner Geschichte als Polizist.

»Vielleicht haben Sie recht«, sagte *Docteur* Trébert nach

einigem Zögern. »Ich könnte mich während der Mittagspause freimachen, sagen wir so gegen zwölf. Wie wäre es, wenn wir uns in einem Café treffen, dem *Savage*? Das ist ganz in der Nähe meiner Praxis.«

»Eine gute Idee. Und wo finde ich dieses Café?«

»In Hyères-La Capte. Das liegt auf dem östlichen der beiden Küstenstreifen, die das Festland mit der Halbinsel Giens verbinden. Die Adresse ist *Rue des Marchands*. Die Nummer ist mir entfallen, aber es ist gleich das dritte oder vierte Haus auf der rechten Seite. Sie können es nicht verfehlen.«

Pierre merkte auf. »La Capte? Liegen dort nicht auch die Salzfelder?«

»So ist es.«

»Einverstanden«, sagte Pierre und winkte Charlotte zu, als spräche er gerade mit einem guten Bekannten.

Die Nähe zu dem Ausflugsort war perfekt. Zwar widerstrebte es ihm, Charlotte etwas vorzuspielen. Aber ihrer Sorge, er sei in einen neuen Fall gestolpert, wollte er keinen Vorschub leisten. Wenn er ihr jetzt die Wahrheit erzählte, dann erhielte das Ganze viel zu viel Gewicht und würde den Urlaub nur unnötig belasten. Schließlich war es nur ein kurzes Treffen. Ein Gedankenaustausch, nichts weiter. *Docteur* Trébert bliebe danach mit den Ermittlern in Kontakt, und er könnte seine Flitterwochen fortsetzen, als wäre nichts geschehen.

Er beschloss, Charlotte vorzuschlagen, dass sie heute die Salzwiesen besichtigten, um sich dann mit einer Ausrede abzusetzen. Er sah auf die Uhr, es war kurz vor elf. Bis nach Hyères, so erinnerte er sich, waren es mindestens dreißig Kilometer, bis zum Ortsteil La Capte womöglich etwas mehr. Das war zu schaffen.

»Dann bis um zwölf.«

Charlotte war begeistert von seiner Wahl. Sie hatte seine Erklärung, der Anrufer sei sein Vater Alain gewesen, ohne Weiteres geglaubt und schien sich nicht einmal über die Hast zu wundern, mit der Pierre das Frühstück beendete und zum Aufbruch drängte.

Weil er mit Blick auf die Karten-App festgestellt hatte, dass die Fahrt zur Halbinsel gut eine Stunde dauerte, hatte er sich hinter das Lenkrad des Wagens geschwungen, obwohl sie sonst bei längeren Fahrten gerne das Steuer übernahm.

Charlotte hatte nicht widersprochen. Während der Fahrt steckte sie immer wieder die Nase in den Reiseführer und konsultierte die Suchmaschine ihres Mobiltelefons.

Bald hatten sie Le Lavandou hinter sich gelassen und preschten über die D 98. An den Straßenrändern der überall präsente Ginster, der ihnen leuchtend gelb Spalier stand.

»Wusstest du, dass die Salinen von Hyères zweitausendeins vom *Conservatoire du Littoral* zum Schutz des Küstengebietes erworben wurden?«, fragte Charlotte, ohne von ihrer Lektüre aufzublicken.

»Nein, wusste ich nicht.«

»Die Feuchtwiesen dienen jetzt nicht mehr der Salzgewinnung, sondern als Rückzugsort für Flora und Fauna. Zweihundert Vogelarten sind identifiziert worden, darunter mehr als achtzig Zugvogelarten, die in den Feuchtgebieten Station machen. Das Ganze wird vom *Parc national de Port-Cros* verwaltet, der auch die Wartung und Reparatur der Kanäle und Pumpen übernimmt.« Sie blätterte die Seite um. »Seitlich der Salzwiesen verlaufen zwei Dünenstreifen, die die Halbinsel Giens mit dem Festland verbinden, sogenannte Tomboli. Das Wort habe ich noch nie gehört.« Sie sah auf. »Du?«

Pierre zuckte zusammen, er war mit den Gedanken bei seiner Verabredung gewesen und hatte von Charlottes Monolog nur den letzten Satz mitbekommen.

»Tomboli«, wiederholte er und schüttelte den Kopf.

»Ein Tombolo entsteht aus Sandablagerungen, die sich bilden, wenn eine Insel den Lauf der Wellen stört. Das Besondere in diesem Fall ist, dass es gleich zwei Ablagerungsstreifen sind, und zwischen denen liegt der Salzsee, der *Étang des Pesquiers*.«

»Interessant«, murmelte Pierre. Er sah auf die Uhr. Der Zeiger bewegte sich unbarmherzig auf die Zwölf zu. Er hätte *Docteur* Trébert gerne angerufen, um ihm die Verspätung anzukündigen, nur ohne Nummer ging das schlecht.

»Es gibt gleich zwei Salzgärten in der Gegend«, fuhr Charlotte fort. »Neben den *Salins des Pesquiers* an besagtem *Étang* existiert noch ein Feuchtgebiet aus dem zehnten Jahrhundert, die *Vieux Salins d'Hyères*. Das hat einen besonders schönen Wanderweg und liegt am Rande eines bezaubernden kleinen Hafens. Die Fahrtzeit ist deutlich kürzer, vielleicht sollten wir lieber dort spazieren gehen?«

»Das mit den Tomboli klang viel interessanter«, entschied Pierre, und zu seiner Erleichterung kam von Charlotte kein Einwand.

Endlich erreichten sie Hyères. Pierre folgte dem Streckenverlauf, der den Stadtkern aussparte und entlang eines Kanals südwärts führte. An langen Gewächshausreihen vorbei, an stoppeligen Feldern und Wiesen und schließlich an einem Gewerbegebiet, das gar nicht mehr enden wollte. Gerade als er sich fragte, ob sie sich verfahren hatten, riss die Landschaft auf.

Links ein dichter Kiefernsaum, hinter dem der Sandstrand liegen musste, der über den gesamten Sedimentstreifen bis zur Spitze der Halbinsel reichte. Rechts die Salzwiesen, durchzogen von ihren Kanälen und Becken. Eingerahmt von Sandböden mit üppig wachsender, vielfältiger Vegetation.

»Sieh mal, ein Flamingo«, entfuhr es Charlotte mit vor Begeisterung heller Stimme. Sie ließ das Fenster herab und strich sich lachend das im Fahrtwind aufwirbelnde Haar aus dem Gesicht. »Ist das nicht herrlich? Ich kann dir gar nicht sagen, wie sehr ich mich auf die Salzwiesenwanderung freue! Genau so habe ich mir unseren Urlaub vorgestellt.«

Jetzt war auch Pierre gefangen vom Anblick der wildschönen Natur, und für einen kurzen Moment verschwand das Gefühl der Dringlichkeit, das ihn seit Beginn der Fahrt in Atem gehalten hatte. Erst als sich linker Hand unter die Kiefernlinie vereinzelt Häuser mischten und sich kurz darauf Vorgärten mit Palmen und violett blühenden Bougainvilleen aneinanderreihten, war er wieder ganz bei der Sache.

Es war bereits Viertel nach zwölf, als sie den Leihwagen in einer Parkbucht neben den Salzwiesen abstellten.

»Eigenartig«, sagte Charlotte. »Wo ist denn der Zugang zu dem Wanderpfad? Eigentlich müsste er hier irgendwo sein, aber ich sehe nur Buschwerk.«

Pierre warf einen raschen Blick in den Rückspiegel, während er versuchte, seine Hast zu verbergen. »Wir sind gerade an einem Tor vorbeigefahren. Vielleicht kann uns dort jemand weiterhelfen?«

Charlotte stieg aus und klemmte sich eine Sonnenbrille ins Haar, ging dann ein paar Schritte.

Auch Pierre verließ seinen Platz und spähte besorgt zur *Rue des Marchands*, die auf der anderen Seite in Richtung Strand führte. Ein Geschäft für Badekleidung und Souvenirs stellte quietschbunte Schwimmreifen und aufblasbare Boote aus. Gegenüber lag ein kleiner Supermarkt, hinter dem sich, wie Pierre mit Blick auf die Karten-App feststellte, das *Savage* befand, in dem *Docteur* Trébert ihn treffen wollte.

»Ich glaube, du hast recht«, rief Charlotte ihm zu. »Dort drüben ist ein Schild.«

Er holte tief Luft und setzte zu einer Erklärung an. Brach wieder ab.

Während der Fahrt hatte er mit sich gerungen, ob er Charlotte besser die Wahrheit sagen sollte. Ihr erzählen, dass er sich mit dem Notarzt treffen wollte, weil es noch Ungereimtheiten zum Tod des Tauchers gab.

Doch er hatte Angst vor ihrer Reaktion.

Er hätte es ihr gleich sagen sollen, nun war es zu spät für lange Erklärungen. Charlotte würde ihm vorhalten, dass er den Ausflug nur vorgeschlagen hatte, um *Docteur* Trébert zu treffen. Zu Recht.

Pierre seufzte.

Er würde es ihr am Abend in Ruhe erklären, bei einem Glas Wein. Sie würden auf den Abschluss des Falls anstoßen und gemeinsam über die Episode lachen. Nun aber war schnelles Handeln nötig, er konnte von Glück reden, wenn er den Arzt überhaupt noch im Café antraf.

»Was ist?«, fragte sie. »Kommst du?«

Seine Gedanken rasten, weil er noch immer keine Idee hatte, wie er sich vor der Wanderung drücken könnte. Das Einzige, was ihm schließlich einfiel, war eine Unpässlichkeit, eine Verrenkung, die ihn vom ausgedehnten Laufen abhielte. Also stützte er, kaum dass er einen Schritt auf Charlotte zugegangen war, eine Hand in den Rücken und stöhnte laut auf.

»Ist dir nicht gut, Pierre?«, fragte sie und eilte ihm entgegen.

»Ich weiß nicht recht. Ich glaube, ich habe mich heute morgen bei der Rettung des Verunglückten verrenkt.«

Sie sah ihn mitfühlend an, woraufhin er sofort ein schlechtes Gewissen bekam.

»Vielleicht«, begann sie langsam, »ist die Wanderung doch

keine so gute Idee? Wir können uns auch in eines der hübschen Cafés da drüben setzen …« Ihr Blick glitt zu der schmalen Straße, in der auch das *Savage* lag. »Und später ein bisschen durch die Salinen wandern, wenn es dir wieder besser geht.«

Pierre schüttelte den Kopf. »Ich habe eine andere Idee: Ich setze mich in das erstbeste Café, und du gehst wandern. Und später, wenn du dir alles angesehen hast, kommst du hinzu.«

»Bist du dir sicher?«

»Absolut.« Pierre hatte Mühe, sich gelassen zu geben. Er musste sich beeilen, hoffentlich war Trébert noch da. »Du hast dich so sehr darauf gefreut, da wäre es doch schade, wenn du meinetwegen auf die Wanderung verzichten müsstest.«

»Also …« Sie sah ihn unsicher an. »Ich würde mir das tatsächlich gerne ansehen. Aber nur, wenn es dir wirklich nichts ausmacht.«

»Überhaupt nicht.«

»Na schön.« Charlotte lächelte ihm aufmunternd zu. »Ruh dich nur aus. Ich werde alles fotografieren, dann bist du wenigstens visuell dabei.«

»Einverstanden.« Pierre gab ihr einen Kuss und entfernte sich mit einem Winken. Langsam und mit gequältem Gesichtsausdruck, damit sie keinen Verdacht schöpfte. »Viel Spaß, *ma douce*, und bis später.«

5

Das Café lag in einem kubisch gebauten sandfarbenen Haus mit braunen Fensterläden. Über die gesamte Fassade zog sich ein aus Holzbohlen gezimmertes Schild, auf dem neben dem Namen *Savage* auch der Hinweis auf *organic food* prangte.

An den Tischen vor dem Lokal saßen junge Menschen, vor ihnen Holzteller mit dekorativ angerichteten Speisen. Obsttürmchen mit Minzblättern und Blüten. Salate unter bunten Sprossenhäubchen. Dick geschnittene Landbrote mit Lachs, Avocado und einem Topping aus Sesam und Körnern.

Aber Edgart Trébert war nicht unter den Gästen. Auch nicht im Inneren des Cafés.

»Verdammt!«

Pierre wandte sich an eine Kellnerin in Shorts und türkisblauem T-Shirt, die gerade einen Tisch abwischte.

»Entschuldigen Sie«, sagte er, »ich bin hier mit jemandem verabredet, aber ich entdecke ihn nirgends. Sein Name ist Edgart Trébert.«

Die junge Frau hielt inne und sah ihn ausdruckslos an. »Wer?«

»Der Monsieur ist Arzt, er hat seine Praxis hier in der Nähe. Er ist etwa zwei Meter groß und trägt eine schmale, randlose Brille.«

»Hat er eine Glatze?« Sie strich sich mit der linken Hand über den Kopf.

Pierre nickte.

»Ja, den kenne ich. Wusste gar nicht, dass er Arzt ist.«

Pierre spürte, wie seine Ungeduld zunahm. »War er heute hier?«

»Nein, den habe ich seit Tagen nicht gesehen.«

Pierre dachte daran, dass er ja gar nicht sicher wusste, ob er wirklich mit Trébert gesprochen hatte. »War vielleicht ein anderer männlicher Gast hier, so gegen zwölf Uhr?«

Sie musterte ihn mit skeptisch zusammengezogenen Brauen. »Irgendein anderer Gast?«

»Nun ja, es kann gut sein, dass er eine ... Vertretung geschickt hat. Der Stimme nach war es ein Mann in mittlerem Alter.«

Die Kellnerin wies mit einer Handbewegung durch den Raum. »Bis auf ein Paar, das vor wenigen Minuten gegangen ist, sind alle Gäste seit Längerem an ihren Plätzen.«

»Und dieses Paar ... War der Mann zufällig mittelalt?«

Sie krauste die Nase, in deren Septum ein strassbesetzter Ring steckte, der jetzt in der Bewegung funkelte. »Was auch immer Sie als mittelalt bezeichnen, die beiden sind Stammgäste und waren hier zum späten Frühstück. Der Mann ist mit Sicherheit nicht derjenige, den Sie suchen.«

Pierre bedankte sich und trat ins Freie. Scannte die Umgebung auf der Suche nach jemandem, der ihn beobachtete. War der Anrufer vielleicht sogar der Täter gewesen, der herausfinden wollte, wie viel der Ermordete vor seinem Tod preisgegeben hatte?

Er rieb sich über die Stirn, schüttelte dann den Kopf. Wahrscheinlich machte er sich zu viele Gedanken. Bestimmt war der Arzt lediglich von einem Patienten aufgehalten worden. Es gab nur einen Weg, dies herauszufinden.

Pierre öffnete den Browser seines Smartphones und gab den Namen des Arztes ein. Dessen Praxis lag in unmittelbarer

Nähe des Strandes. Charlotte war gewiss eine Weile mit der Wanderung beschäftigt. Ihm blieb also genügend Zeit, *Docteur* Trébert aufzusuchen und später zum *Savage* zurückzukehren, um dort einen Kaffee zu trinken und wie vereinbart auf sie zu warten.

Pierre folgte der Wegbeschreibung der Karten-App. Lief vorbei an Läden mit Strandtaschen, Flechtkörben und Strohhüten, deren Ständer den Gehweg versperrten. An Restaurants mit Piratenlogos, Bastschirmen und bunten Bretterverkleidungen, von denen die meisten noch geschlossen waren. An Häusern mit Zäunen aus Schilfrohrmatten und gelb lackierten Fensterrahmen.

Während Pierre durch die Straßen hastete, fühlte er sich wie ein viel zu eiliger Fremdkörper in einer Hippiekommune, die ihre Naturverbundenheit touristisch zur Schau stellte. Zwei Ladeninhaber lehnten im Türrahmen ihrer Geschäfte und plauderten, ein alter Mann zog grüßend an ihnen vorbei, eher schlendernd als gehend, und blieb verwundert stehen, weil Pierre nun beinahe rannte.

Die Arztpraxis lag in einer zum Strand parallel verlaufenden Straße. Pierre öffnete die schmiedeeiserne Pforte und betätigte die Klingel. Keine Reaktion. Ein wachsendes Gefühl der Dringlichkeit versetzte ihn in Unruhe. Es gab noch eine weitere Möglichkeit für Tréberts Nichterscheinen, und die ließ ihn innerlich frösteln. War dem Arzt am Ende etwas zugestoßen?

Er klingelte heftiger, wummerte gleichzeitig mit der Faust gegen das Holz. »*Docteur* Trébert? Sind Sie da?«

Endlich kam Bewegung ins Innere. »Ja, ja, nur nicht so hektisch«, schimpfte eine weibliche Stimme.

Ein Schlüssel wurde gedreht, dann schwang die Tür auf.

Vor ihm stand mit kerzengeradem Rücken eine Frau mit

grau gesträhntem Haar und beäugte ihn über den Rand ihrer Brille hinweg, als begutachte sie eine eklige Spinne. Sie trug eine hellblaue Bluse zu einem weißen Rock, auf ihrer Brust prangte ein Namensschild: Sylvie Cizeron. Offenbar war sie Tréberts Sprechstundenhilfe. Sie war ein gutes Jahrzehnt älter als Trébert, schätzte Pierre, vielleicht Mitte sechzig.

»Die Praxis ist über Mittag geschlossen«, bellte sie. »Kommen Sie um drei wieder.«

»Ich bin kein Patient. Ich war mit *Docteur* Trébert im *Savage* verabredet, und er ist nicht gekommen. Wissen Sie, wo er ist?«

Sie hob die Brauen und warf die Stirn in Falten. »Edgart wurde zu einem Patienten nach Porquerolles gerufen.«

Edgart also. Die beiden schienen vertraut.

»Wann war das?«

»Vor etwa einer Stunde.«

Pierre merkte, dass er verärgert war. Er hatte für das Treffen alles stehen und liegen lassen, und nun war der Arzt zu einem Patienten aufgebrochen? Einfach so? Ohne ihm abzusagen?

Er konnte es sich kaum vorstellen. Er hatte *Docteur* Trébert heute Morgen als integren Menschen kennengelernt. Verantwortungsbewusst und achtsam. Dass der Mann ihn nun derart kommentarlos versetzt hatte, passte nicht ins Bild.

»Und er hat Ihnen keine Nachricht für mich hinterlassen?«

»Nein, warum? Wer sind Sie eigentlich?«

»Mein Name ist Pierre Durand. *Docteur* Trébert und ich haben uns heute Morgen bei einem Notfalleinsatz kennengelernt. Ein junger Mann, der seinen Ausflug aufs Meer leider nicht überlebt hat. Hat er Ihnen von dem Vorfall nicht erzählt?«

»Monsieur Durand …« Sie nickte. »Ja, er hat davon gesprochen. Aber er hat nicht erwähnt, dass er Sie treffen will.«

Ein mulmiges Gefühl beschlich Pierre. Entweder jemand

hatte sich am Telefon als *Docteur* Trébert ausgegeben, oder der Fall hatte eine unschöne Dynamik entwickelt.

»Können Sie mir bitte seine Mobilnummer geben? Ich möchte nur sichergehen, dass auch alles in Ordnung ist.«

Mit dünnen Lippen schüttelte die Sprechstundenhilfe den Kopf. Griff dann mit spitzen Fingern in ihre Rocktasche und holte einen Stift und einen Zettel hervor.

»Wir machen es andersherum. Sie schreiben mir Ihre Nummer auf. Ich lege sie ihm auf den Schreibtisch, und er wird sie anrufen, sobald er zurück ist. So, ich habe zu tun, *désolée*.«

Pierre notierte seine Mobilnummer, obwohl der *Docteur* sie bereits hatte. Aber die Sprechstundenhilfe hatte sie nicht, und wer wusste, wofür es gut war. Als sie Zettel und Stift mit einer resoluten Bewegung an sich nahm und im Begriff war, die Tür zu schließen, stellte Pierre hastig den Fuß auf die Schwelle.

»Einen Moment, Madame.«

Er überlegte, was er noch fragen könnte. Es war alles gesagt, und doch standen zu viele Dinge im Raum, die der Klärung bedurften. Vor allem die Frage, welche Schlüsse er aus der Situation zu ziehen hatte. Hatte *Docteur* Trébert ihn wirklich versetzt, weil ein Patient ihn gerufen hatte? Oder hatte er jemand anderen gefunden, der ihm das fehlende Puzzleteil zu ergänzen versprach, um den Giftmord zur Anzeige zu bringen?

»Was gibt's denn noch?« Die Sprechstundenhilfe war sichtlich ungehalten.

»Können Sie beweisen, dass *Docteur* Trébert tatsächlich auf dem Weg zu einem Patienten ist?«

»Also, ich muss doch sehr bitten! Wie stellen Sie sich das denn vor? Weshalb interessiert Sie das überhaupt?«

»Ich bin Polizist. Genauer gesagt *Chef de police municipale*. Es ist mein Beruf, Dinge zu ergründen. Und ich frage mich ernsthaft, aus welchem Grund der *Docteur* ein derart wichtiges Treffen wie das unsere vergisst.«

Pierre hoffte, sein Status als Polizeibeamter helfe ihm weiter, doch Madame Cizeron zeigte sich unbeeindruckt.

»Haben Sie einen Ausweis dabei?«

»Selbstverständlich.« Pierre tastete nach seiner Karte und stellte fest, dass sie in der Jacke war, die im Zimmer am Haken hing. »Es tut mir leid, Madame, ich habe sie im Hotel …«

»Da kann ja jeder kommen. Los, husch, husch.« Die Sprechstundenhilfe wedelte mit der Hand. »Darüber hinaus besteht kein Anlass zur Beunruhigung. *Docteur* Trébert wird sich bei Ihnen melden, sobald er zurück ist.« Damit schlug sie die Tür zu.

Pierre hatte den Fuß gerade noch rechtzeitig fortgezogen, bevor die Tür mit lautem Knall ins Schloss schlug.

»So ein Drachen!«, zischte er.

Kopfschüttelnd ging er durch den Vorgarten zur Straße. Es blieb ihm nichts anderes übrig, als den Anruf des Arztes abzuwarten.

6

Pierre war schließlich weiter in Richtung Meer gelaufen, wo er nun stehen blieb, um das Panorama in sich aufzunehmen.

Vor ihm erstreckte sich ein weitläufiger Strand, der mäßig besucht war. Feinster Sand, so weit das Auge reichte, am Ufersaum bedeckt von Kieseln und trockenen Algennestern. Von hier aus hatte man einen direkten Blick auf die größte der Inseln, Porquerolles, die in ein diesiges Graublau gehüllt war.

Pierre schloss die Augen und richtete das Gesicht gen Sonne, deren Strahlen frühlingshaft warm auf seiner Haut tanzten. Das fröhliche Kreischen von Kindern drang an sein Ohr, die mit lautem Platschen ins Meer sprangen. Irgendwo hinter ihm bellte ein Hund.

Das Mobiltelefon klingelte. Pierre schrak zusammen und sah auf das Display, aber es war nur sein Vater. Kurz überlegte er, es läuten zu lassen, dann nahm er den Anruf doch entgegen. Er wollte es hinter sich bringen.

»Mein lieber Pierre«, tönte es durch den Lautsprecher. »Ich muss schon sagen, du hast eine hervorragende Wahl getroffen.«

»Womit?«

»Na, mit diesem Ort. Sainte-Valérie ist ein absoluter Traum. Pittoreske Gässchen, hübsche Steinhäuser, gute Cafés und Restaurants. Allein, was deine Frau mit ihrer *L'Épicerie provençale* auf die Beine gestellt hat – *chapeau!* Und dann diese Aussicht von der Stadtmauer über das Luberontal … *merveilleux.*«

Ein pointiertes Schmatzen war zu hören, und Pierre konnte sich bildlich vorstellen, wie Alain Daumen und Zeigefinger zusammenführte, um sie in einer theatralischen Geste zu küssen.

»Wer hätte gedacht«, fuhr dieser fort, »dass mein Sohn einen so guten Geschmack hat.«

»Na, vielen Dank.« Pierre verdrehte die Augen. Sein Vater war ein Meister des vergifteten Kompliments.

»Audrey sieht das genauso, sie ist einfach hingerissen. Wir haben unseren Aufenthalt um drei Tage verlängert. Heute Abend treffe ich mich mit deinen Freunden am Bouleplatz und spiele ein paar Runden. Ich werde denen mal zeigen, was die Durands so alles draufhaben.«

Pierre seufzte. Blieb nur zu hoffen, dass die Dorfbewohner es am Ende nicht ihm anrechneten, was Alain so von sich gab.

»Viel Vergnügen.«

»Werde ich haben. Und ihr hoffentlich auch, *n'est-ce-pas*? *Au revoir*, mein Sohn, gehab dich wohl. Ich muss weiter, Audrey will sich in den Boutiquen im Ort umsehen. Ihr schwebt da ein ganz bestimmtes Kleid vor, das sie an der Bürgermeisterin gesehen hat. So provenzalisch-bunt. Hoffentlich gibt es das auch in kleineren Größen, die Bürgermeisterin ist ja nicht gerade … Du weißt schon, was ich meine.«

Nein, keine Ahnung, wollte Pierre empört antworten. Doch da hatte Alain bereits aufgelegt.

Ungläubig starrte Pierre auf das Telefon in seiner Hand. »Falls du es wissen willst: Danke, uns geht es auch gut«, flüsterte er und wollte es gerade zurück in die Jackentasche stecken, als ein weiterer Anruf einging. Es war Charlotte.

»Ich stehe jetzt vor dem ersten Café in der Straße. Wo steckst du denn?«

»Bist du denn schon fertig mit dem Rundgang?«, fragte

Pierre überrascht. Seit sich ihre Wege getrennt hatten, waren höchstens vierzig Minuten vergangen.

»Das Tor zur ehemaligen Saline war verschlossen. Montags und dienstags sind leider keine Wanderungen möglich.« Sie lachte, und es klang ein wenig verzweifelt. »Eine schöne Reiseführerin bin ich. Da lese ich alles Mögliche zur Historie und Vegetation und vergesse dabei, nach den Öffnungszeiten zu sehen. Na, immerhin habe ich ein paar schöne Fotos vom seitlichen Kanalufer aus gemacht. Wo soll ich hinkommen?«

Pierre gab ihr seinen Standpunkt durch. »Es ist ein herrlicher Ort für einen Spaziergang.«

»Dann geht es deinem Rücken also wieder besser?«, fragte Charlotte.

»Meinem … Ja, natürlich. Alles wieder gut.«

Arm in Arm schlenderten sie an der *Plage de la Capte* entlang und machten mit dem Auto einen Abstecher in die Altstadt von Hyères, wo sie eine Kleinigkeit zu Mittag aßen. Auf dem Rückweg fuhren sie auf dem Weingut der *Domaine Ott* vorbei, wo sie im Direktverkauf zwei Flaschen Rosé erstanden, die sie im Laufe der Woche abends auf dem Balkon ihres Hotelzimmers genießen wollten.

Um drei rief Pierre in *Docteur* Tréberts Praxis an. Der Arzt war, wie Madame Cizeron kurz angebunden verlauten ließ, noch nicht von dem Patientenbesuch zurückgekehrt, und so versuchte Pierre es noch einmal um halb fünf, woraufhin sich die Sprechstundenhilfe ebenso besorgt wie entnervt jeden weiteren Versuch verbat. Ja, sie habe seinen Zettel auf dem Schreibtisch platziert, ihr Chef werde sich gewiss bald melden. Und nein, er habe noch nicht auf ihre Anrufe reagiert.

Trotzdem versuchte Pierre es um sechs noch einmal, als

Charlotte im Bad verschwand und sich für den Abend zurechtmachte.

Noch immer nichts von *Docteur* Trébert, berichtete Madame Cizeron, inzwischen umgänglicher. Fast schien sie nun dankbar, mit einem Menschen zu sprechen, der sich ähnlich große Sorgen machte wie sie selbst.

»Die Praxis war heute Nachmittag voller Patienten«, klagte sie. »Unsere beiden Arzthelferinnen haben die meisten gut versorgt, aber ich musste auch viele wieder nach Hause schicken.«

»Ist es schon einmal vorgekommen, dass Ihr Chef unangekündigt nicht zur Arbeit kam?«

Sie zögerte unmerklich, antwortete dafür aber umso vehementer. »Nein, Edgart würde so etwas nie tun.«

»Wie lange kennen Sie ihn schon?«

»Seit fünfzehn Jahren. Ich war bei seinem Vorgänger angestellt, als er die Praxis übernahm. Edgart ist ein guter Arzt. Er sorgt sich sehr um das Wohlergehen seiner Patienten und würde sie nie einfach in der Praxis stehen lassen, wenn ihn nicht etwas wirklich Wichtiges davon …« Sie brach ab und stieß ein Schluchzen aus.

»Haben Sie es mal in seiner Wohnung versucht?«, hakte Pierre nach, dem ihre plötzliche Hilflosigkeit an die Nieren ging.

»Selbstverständlich. Ich bin sogar hingelaufen, um nachzusehen. Ich habe einen Schlüssel für Notfälle und um die Blumen zu gießen, wenn er in den Urlaub fährt. Aber die Wohnung war leer.«

»Vielleicht weiß seine morgendliche Verabredung mehr über seine Pläne.«

»Wovon reden Sie?«

»Er sagte zu mir, er habe am Morgen einen Termin gehabt,

weshalb er in der Nähe des Unglücksortes war und den Notruf entgegennahm.«

»Davon weiß ich nichts.«

»Sie kennen niemanden, den *Docteur* Trébert in der Nähe von Rayol-Canadel-sur-Mer besuchen könnte?«

»Nein.«

Eine Pause entstand, in der sich die Sprechstundenhilfe wohl Gedanken darüber machte, wie gut sie ihren Chef wirklich kannte.

»Vielleicht hat er dort Verwandte?«, versuchte Pierre es noch einmal.

»Nein«, kam es jetzt deutlich resoluter. »Ich würde es Ihnen sagen, wenn ich eine Idee hätte.«

»Ich will doch nur helfen!«, entfuhr es Pierre. Sofort presste er die Lippen aufeinander und sah zur Badtür, hinter der es verdächtig still geworden war. Er trat auf den Balkon. Die Sonne stand jetzt tief über dem Cap Bénat im Westen. Die Luft war warm und mild. »Gibt es«, flüsterte er, »nicht irgendjemanden, der wissen könnte, wo er steckt? Familie? Freunde?«

»Seine Eltern leben nicht mehr, und die Freunde habe ich alle schon abtelefoniert. Und seit der Scheidung vor zwei Jahren gibt es auch keine Frau mehr in Edgarts Leben.«

»Was ist mit dem Patienten auf Porquerolles, den er besuchen wollte?«

»Der behauptet, er habe ihn gar nicht zu sich bestellt. Ich weiß nicht, was ich davon halten soll.« Jetzt klang sie regelrecht verzweifelt.

»Haben Sie sich vielleicht verhört, als er den Namen des Patienten nannte?«

»Nein«, kam es streng. »Ich verhöre mich nie.«

Pierre atmete tief durch. *Docteur* Trébert hatte davon gesprochen, den Namen des Täters zu kennen. Zu wissen, wer den

Tod von Florent Besnard willentlich verursacht hatte. War er deswegen auf Porquerolles gewesen? War er dem Mörder dort in die Arme gelaufen?

Pierre blies die Backen auf.

Wenn er nicht in den Flitterwochen wäre, er würde höchstpersönlich auf die Insel fahren und jeden Stein umdrehen, um den Arzt zu finden. Doch das wollte er Charlotte nicht antun.

»Es gibt nur eine Möglichkeit«, sagte Pierre, und es klang beinahe wie ein Befehl. »Rufen Sie die Polizei an und geben Sie eine Vermisstenanzeige auf. Sagen Sie, es sei Gefahr im Verzug, hören Sie? Die Kollegen sollen versuchen, das Mobiltelefon Ihres Chefs zu orten.«

»Meinen Sie, das ist notwendig?«

Pierre runzelte die Stirn, verwundert über ihr Zögern. »Je eher die Kollegen damit beginnen, desto besser. Sie müssen handeln, und zwar sofort. Sonst ist es womöglich zu spät.«

Madame Cizeron versprach, die Polizei zu kontaktieren, dann legte sie auf.

Irgendetwas ist geschehen, dachte Pierre, es war mit den Händen zu greifen. Es machte ihn wahnsinnig, nichts tun zu können. Der Arzt befand sich vermutlich in höchster Not, während er hier im Hotelzimmer stand und sich für ein Abendessen zurechtmachte.

Er trat zurück ins Zimmer und betrachtete sein Bild im Spiegel vor dem Kleiderschrank. Er trug seinen besten Anzug und hatte die Haare zurückgekämmt. Er kam sich vor, als wäre er verkleidet.

Eine Sache sollte er vielleicht noch anstoßen, um die Suche nach dem Verschwundenen auch von seiner Seite aus ins Rollen zu bringen, dachte er. Nur diese eine Sache noch.

Er sah zum Badezimmer, aus dem nun das Geräusch eines

Föns erklang, und wählte die Nummer der Gendarmerie in La Croix-Valmer.

»Ich möchte bitte *Capitaine* Roubaud sprechen«, sagte er, nachdem er sich einer Beamtin am Telefon vorgestellt hatte.

»Er ist vor zehn Minuten gegangen«, antwortete diese. »Sie erreichen ihn morgen früh ab acht Uhr.«

»Dann ist es ist aber zu spät!«

»Sie sprechen gerade mit dem Notdienst, kann ich Ihnen weiterhelfen?«

Pierre schilderte kurz den Grund seines Anrufes, nahm Bezug auf den Toten, den er und der Arzt vergeblich hatten retten wollen, und bat darum, den *Capitaine* zu informieren, dass Edgart Trébert spurlos verschwunden sei.

»Egal, wo Monsieur Roubaud sich in diesem Moment befindet«, beharrte Pierre, »teilen Sie ihm diese Nachricht mit. Es könnte Leben retten.«

Dann legte er auf. Mehr blieb ihm von hier aus nicht zu tun. Er musste den Fall loslassen, unbedingt, sich wieder auf sein eigenes Leben konzentrieren und auf das Kostbarste, was er besaß: seine Frau.

Er schob das Mobiltelefon gerade in die Tasche seines Jacketts, als Charlotte die Badtür öffnete, strahlend schön in ihrem dunkelbraunen Kleid mit dem gezackten Litzenrand am Dekolleté und dem hochgesteckten Haar. Die Wangen waren noch immer von der Sonne gerötet, und die in den Wintermonaten verblassten Sommersprossen bekamen allmählich wieder Farbe.

Bei ihrem Anblick stieß Pierre einen bewundernden Ausruf aus. »Du siehst zauberhaft aus«, sagte er und nahm sie in die Arme.

Eng umschlungen gingen sie zum Pool, wo sie sich auf eines der bequemen Lounge-Sofas setzten und das milchige Licht bewunderten, das die untergehende Sonne über dem Meer ausbreitete.

Während sie dicht aneinandergeschmiegt dasaßen und an ihren Cocktails nippten, dachte Pierre, dass es, abgesehen von den unerwarteten Ereignissen, eigentlich ganz fabelhafte Flitterwochen waren. Das Wetter war warm und überwiegend sonnig, das Hotel wunderschön, der Ausblick über die Küste grandios. Vor ihnen lagen mehrere gemeinsame Tage, die er sich gewiss nicht verderben lassen wollte, nur weil er am Morgen beschlossen hatte, joggen zu gehen.

Als Charlotte und er den vom Licht türkis erhellten Pool umrundeten, um im Restaurant Platz zu nehmen, glitten seine Gedanken doch kurz zurück zum Fall. Er hoffte, dass dem Arzt das Wissen um den Täter nicht zum Verhängnis geworden war. Aber es lag nicht mehr in seinen Händen. Sondern in denen der Polizei von Hyères und der Gendarmerie von La Croix-Valmer.

Sie bekamen einen Tisch direkt an der Glasfront. Die letzten Strahlen der Abendsonne warfen ihr rotgoldenes Licht durch die Scheiben und tauchten das Restaurant in eine nahezu mystisch anmutende Atmosphäre, als Pierre und Charlotte ihre Bestellung aufgaben.

Die Bouillabaisse nahmen beide, obwohl Pierre sich zwingen musste, nicht an die Geschichte mit den Giftfischen zu denken.

Als Hauptspeise wählte Charlotte eine Dorade auf einer Kräutertextur mit Rübchen und Spargelspitzen, Pierre dagegen eine *côte de veau* mit Artischockenherzen und einem riesigen, kross gebackenen Parmesanchip. Das Kalbskotelett war hervorragend! Sie kamen überein, dass das Restaurant eine gute Wahl gewesen sei, um sie zu überraschen.

Vor dem Dessert brachte ihnen der Kellner einen weiteren Umschlag.

»Ein Konzertabend der *Domaine du Rayol* im *Jardin des Méditerranées*«, rief Charlotte aus, als sie die Karte aus dem Kuvert gezogen hatte. »Eine *soirée romantique* mit François Dumont am Piano und Marc Coppey am Cello. Sonaten von Rachmaninow, Beethoven und Brahms. Und davor gibt es ein *dîner*. Ich bin wirklich gerührt, was sich unsere Freunde für uns ausgedacht haben.«

»Unglaublich«, stimmte Pierre ein. War Rachmaninow nicht dieser Komponist mit den schwer zugänglichen, dramatisch-düsteren Klavierstücken? »So viel Kultursinn habe ich gar nicht von ihnen erwartet.«

»Das hat bestimmt Gisèle organisiert.« Sie lehnte die Karten gegen eine Blumenvase und machte ein Foto. »Ich schicke ihr rasch eine WhatsApp mit einem Dank an sie und lieben Grüßen an alle, die sich daran beteiligt haben.«

»Das ist eine gute Idee«, sagte Pierre.

Er widmete sich dem Nachtisch, einer *millefeuille* mit Erdbeercreme und Minze. Er spürte die Knusprigkeit des Blätterteiges, die zusammen mit der sahnigen Textur der fruchtig süßen Creme und der dezenten Pfeffrigkeit der Minzblätter in seinem Mund geradezu explodierte.

Zufrieden kauend lehnte er sich zurück.

Es war ein versöhnlicher Abschluss eines turbulenten Tages. Und Charlotte, die den Nachtisch ebenso genoss, kramte zu seiner Freude einen Stift und ein kleines Notizbuch aus ihrer Tasche, um die erschmeckten Zutaten zu notieren.

»Denkst du immer noch an den Taucher?«, fragte sie ihn wie aus dem Nichts und klappte das Notizbuch zu.

Pierre hob den Finger an den Mund. Um nichts in der Welt wollte er sich diesen Moment zerstören lassen. »Sprechen wir nicht mehr darüber«, sagte er und zeigte stattdessen zu der Flasche Roséwein, einer Cuvée aus Syrah, Grenache und

Carignan von der *Domaine Sivouette*, die in einem silbernen Kühler stand. »Möchtest du noch ein Glas?«

»Gerne.« Charlotte lächelte. »Dann reden wir jetzt eben über unsere morgigen Pläne.«

»Einverstanden.«

Nein, er wollte sie nicht mit der Sache belasten.

Er war zwar kein allzu großer Frauenversteher, vergaß häufiger mal, bei wichtigen Anlässen Blumen mitzubringen oder sich bei längerer Abwesenheit zu melden. Aber er wollte sich nicht nachsagen lassen, dass er die Flitterwochen kaputtmachte. Da konnte er sich noch so sehr danach sehnen mitzumischen.

Und so stimmte er zu, als Charlotte für den nächsten Tag den Ausflug nach Saint-Tropez ansetzte.

»Aber wir müssen früh aufstehen, um einen Parkplatz zu bekommen«, warnte sie.

Ergeben zuckte er mit den Achseln.

Ein bisschen durch die Gassen zu flanieren und sich die großen Jachten anzusehen, auf denen sich die Hautevolee rekelte, während die Touristen ihre Kameras draufhielten, war gewiss auch ganz nett.

7

Es war zehn vor acht am nächsten Morgen, als Pierre sich nach einem ausgiebigen Frühstück mit der Zeitung und einer Tasse gesüßtem *café noir* im Stuhl zurücklehnte. Sie hatten erneut einen Platz auf der Terrasse gewählt, obwohl die Temperaturen unter zwanzig Grad gesunken waren. Der Himmel war überzogen von dichten Wolken. Gegen Mittag sollte es aufklaren.

Pierre gegenüber saß Charlotte, die – ganz ihr Vater – wieder den Reiseführer konsultierte und an Stellen, die sie besonders interessierten, kleine Klebezettel anbrachte.

Dabei zeigte sie eine Akribie, die ihn immer wieder erstaunte. Bereits bei ihrer ersten Begegnung vor drei Jahren in der Küche des Restaurants der *Domaine de Grès* hatte sie ihn mit sorgfältig geführten Ordnern überrascht, die er zur Lösung des damaligen Falls konsultierte.

Bevor er Charlotte kennenlernte, hatte er angenommen, dass ein derart leidenschaftlich ausgeführter Beruf wie der einer Köchin mit Akribie nichts gemein hatte. Inzwischen wusste er, dass genau dieser Wesenszug das Geheimnis ihres Erfolges war. Charlotte war eine Perfektionistin. Aber – und das war das Interessante – sie besaß ebenso eine südfranzösische Seite, deren Temperament sich nach Phasen überstrapazierter Geduld zuweilen recht eruptiv zeigte.

Und er war heilfroh, dass es ihm gelungen war, einen solchen Ausbruch zu vermeiden.

Versonnen beobachtete Pierre, wie Charlotte sich eine Strähne ihrer widerspenstigen Locken hinter das Ohr strich. Passend für den Ausflug nach Saint-Tropez hatte sie ein langes Kleid gewählt, dessen himbeerfarbene Ornamente den Ton ihrer lackierten Fußnägel aufnahmen. Dazu trug sie eine flauschige hellgraue Strickjacke und Korksandalen mit Plateausohlen.

Pierre trank einen Schluck von dem Kaffee. Er fühlte sich, als könne er Bäume ausreißen. Was vor allem daran lag, dass er sich zum Frühstück ein Stück von der *tarte tropézienne* gegönnt hatte. Eine mit Hagelzucker bestreute Brioche, die dem Hinweis auf der Kreidetafel zufolge von der renommierten *Pâtisserie Oltra* aus Le Lavandou stammte und deren nach Orangenwasser, Vanillemark und Zitronenzesten schmeckende Cremefüllung nun seine Endorphine tanzen ließ.

Sein schlechtes Gewissen über die Gier, mit der er die ersten Bissen verschlungen hatte, lag längst gefesselt und geknebelt in einer Ecke. Er hatte keine Lust mehr, sich mit eingeschränkter Kalorienzufuhr die Urlaubsstimmung zu verderben. Schließlich war er den ganzen Tag auf den Beinen. Und da brauchte man Energie, um den Motor zum Laufen zu bringen.

Pierre schlug die Zeitung auseinander und stutzte. Gleich auf der ersten Seite prangte mit dicken Lettern eine Schlagzeile, die ihn zusammenzucken ließ:

Taucher stirbt an den Folgen einer Giftfischattacke, lautete der Aufmacher.

Der Artikel zeigte ein Bild von Florent Besnard im Neoprenanzug, der an Bord seines Tauchschulbootes stand. Auf einem anderen war seine noch unabgedeckte Leiche als undefinierter Haufen am Boden liegend zu sehen, dahinter die schäumende Brandung.

Pierre fragte sich, ob einer der Schaulustigen die Presse informiert hatte, und las den dazugehörigen Text.

Florent Besnard, Inhaber der gleichnamigen Tauchschule auf Porquerolles, ist gestern einer Begegnung mit einem Drachenkopf erlegen. Der Stich des Fisches ist extrem schmerzhaft und kann zu lebensbedrohlichen Zuständen führen. In diesem Fall jedoch zwang die Verletzung den Taucher offenbar zum schnellen Aufstieg an die Wasseroberfläche. Zu schnell, um die dabei in Gewebe und Blut entstehenden Gasbläschen zu kompensieren. Offenbar versuchte Besnard, an Land zu schwimmen, ein zufällig vorbeilaufender Jogger verhinderte durch einen beherzten Sprung ins Meer zwar ein Ertrinken, nicht aber den grausamen Tod. Der hinzugerufene Notarzt versuchte vergeblich, ihn am Leben zu halten. Besnard starb an multiplem Organversagen.

Der Vater des Toten ist Inhaber des in dritter Generation geführten Hôtel Georges *auf Porquerolles. Claude Besnard zeigte sich unserem Reporter gegenüber am Boden zerstört.*

Der Drachenkopf hält sich gerne in der Nähe von felsigen Bereichen auf. Man begegnet ihm aber auch auf weichen Untergründen wie Sand- oder Schlammböden und in Seegraswiesen. Das hoch dosierte Gift befindet sich in den Rücken- und Afterflossen und kann selbst Monate nach einem Kontakt noch zu anfallartigen Schmerzen und einem starken Abfall des Blutdrucks führen. Badende sind zu besonderer Vorsicht aufgerufen.

Der Ton des Artikels war alarmistisch. Dass die Begegnung mit dem Giftfisch die Todesursache war, schien für den Reporter erwiesen. Offenbar fand er den Umstand spannender als den Tauchunfall selbst.

In diesem Moment legte Charlotte den Reiseführer vor sich ab.

»Das verstehe ich nicht«, sagte sie nach einem Blick auf ihr

Mobiltelefon. »Weißt du, was Gisèle auf unser Dankeschön geantwortet hat? Sie habe keine Ahnung, von wem die Konzertkarten seien, aber sie wünsche uns viel Spaß.« Charlotte sah auf. »Eigenartig, nicht wahr? Sagtest du nicht, Didier hätte sich verplappert?«

»Ja, das hat er auch.« Pierre schlug die Zeitung zu und warf einen Blick auf die Nachricht. »Vielleicht ist Gisèle gar nicht in der Gruppe derjenigen, die uns überraschen wollen. Das Ganze könnte auch von Penelope und Luc organisiert worden sein.«

»Stimmt.« Charlotte erhob sich von ihrem Stuhl. »Ich mache mich kurz frisch, dann kann es losgehen. Wartest du hier?«

Pierre nickte und trank seinen Kaffee aus. Er fand zwar, dass Charlotte bereits frisch wirkte, geradezu wie der blühende Frühling, aber was verstand er schon von dem Impuls einer Frau, sich noch einmal frisch machen zu müssen.

Sie war kaum im Gebäude verschwunden, als sein Telefon klingelte, es war die Nummer der Praxis Trébert. Mit steigendem Puls nahm er den Anruf entgegen.

»Monsieur Durand?« Es war die Sprechstundenhilfe.

»Am Apparat. Gibt es Neuigkeiten von *Docteur* Trébert?«

»Nein.« Ein leises Seufzen. »Er ist immer noch nicht da, dabei öffnet in diesen Minuten die Praxis. Und er hat auch nicht zu Hause übernachtet.«

»Ist denn die Polizei aktiv geworden?«

»Nein!« Madame Cizeron schnäuzte sich geräuschvoll. »Die Beamten sagen, dass er noch nicht lange genug vermisst wird. Und weil aus ihrer Sicht keine Gefahr im Verzug ist … Sind Sie wirklich Polizist?«

»Ja, das bin ich. Allerdings nur von der *police municipale* in Sainte-Valérie.«

Madame Cizeron schien dies nicht zu stören. »Polizist ist Polizist. Helfen Sie mir, *Monsieur le policier*, bitte. Ich habe kein gutes Gefühl. Dieses Verhalten sieht Edgart gar nicht ähnlich. Er ist immer pünktlich und zuverlässig, hat noch nie ohne Erklärung gefehlt.«

»Das erwähnten Sie bereits …« Pierre atmete tief ein. In ihm kämpften zwei Stimmen, die des Polizisten und die des Ehemannes. Letzterer behielt die Oberhand. »Ich bin ebenso besorgt wie Sie, Madame, nur ist das nicht mein Zuständigkeitsgebiet. Abgesehen davon, gehört so etwas in die Hand der Gendarmerie oder der *police nationale*, nicht in die eines Dorfpolizisten. Aber ich schlage vor, ich kontaktiere noch einmal *Capitaine* Roubaud und rede mit ihm. Er bearbeitet den Fall des verstorbenen Tauchers. Wie hieß der Mann noch gleich?« Er tastete nach der Zeitung. »Florent Besnerd?«

»Besnard«, korrigierte die Sprechstundenhilfe.

Pierre hob erstaunt die Brauen. »Sie kennen ihn?«

»Selbstverständlich, sogar persönlich. Er gehört zu einer der alteingesessenen Familien auf Porquerolles. Und sein Vater, Monsieur Besnard, ist Patient in unserer Praxis.«

»Tatsächlich?« Die Nachricht elektrisierte Pierre. »War das der Patient, zu dem der *Docteur* angeblich gestern gerufen wurde?«

Sie seufzte. »Sie haben es erraten. Aber wie schon gesagt, Monsieur Besnard wusste nichts von einem Patientenbesuch.«

Oder, dachte Pierre, er wollte es nicht zugeben. »Ich habe gelesen, dass der Tod seines Sohnes ihn sehr getroffen hat.«

Unvermittelt war durch den Lautsprecher das Geräusch eines Summers zu hören, dann die Stimmen mehrerer Frauen. Offenbar trafen gerade die ersten Patienten ein, doch Madame Cizeron machte keine Anstalten, das Gespräch zu beenden.

»Das«, sagte sie seufzend, »habe ich auch gelesen, aber die Journalisten schreiben ja viel, wenn der Tag lang ist.«

»Ist die Praxis jetzt geöffnet?«, hakte Pierre nach.

»Ja, unsere beiden Arzthelferinnen übernehmen die Sprechstunde und schicken die Patienten, die sie selbst nicht versorgen können, wieder nach Hause. Ich habe, ehrlich gesagt, nicht die Kraft dafür. Das wäre ja wohl auch zu viel verlangt, *n'est-ce pas*? Ich habe die ganze Nacht kein Auge zugetan.« Ihre Stimme bebte, und es dauerte einen Moment, bis sie fortfuhr. »Jedenfalls war am Telefon nicht besonders viel von der Trauer zu spüren. Monsieur Besnard hat mein Beileidsbekunden recht nüchtern entgegengenommen.«

»Vielleicht stand er noch unter Schock«, mutmaßte Pierre. So war es oft beim Tod Nahestehender. Jeder Mensch hatte seine eigene Art zu trauern. »Oder sie waren sich nicht so nahe.«

»Die beiden waren über Jahre zerstritten. Monsieur Besnard hatte gehofft, dass Florent eines nicht allzu entfernten Tages das Hotel übernimmt, aber der hatte seinen eigenen Kopf.« Sie seufzte. »Daher rückte sein Stiefsohn nach, den seine zweite Frau mit in die Ehe gebracht hatte. Aber der Alte war unglücklich über diese Lösung, er hätte das Hotel lieber an sein eigen Fleisch und Blut übergeben. Soweit ich weiß, hat er stets die Hoffnung gehegt, Florent möge sich eines Tages ausgetobt haben und zur Vernunft kommen. Es soll sogar in den vergangenen Wochen eine Annäherung stattgefunden haben.«

Das war eine interessante Information. »Sie meinen«, hakte Pierre nach, »wenn sich Florent nun doch für eine Zukunft als Hotelier entschieden hätte, dann wäre der Stiefsohn leer ausgegangen?«

»So ist es.«

Ein überaus gewichtiges Motiv, dachte Pierre. Er angelte nach einer Serviette und holte einen Kugelschreiber aus der Innentasche seiner Jacke.

»Wie heißt denn der Stiefsohn?«

»Afonso Pinheiro. Sein Vater stammt aus Portugal.«

Pierre notierte sich den Namen, was nicht so einfach war, da die Mine des Stiftes kleine Löcher in das viel zu dünne Papier riss. »Woher wissen Sie das alles?«, fragte er.

»Seine Mutter ist eine gute Freundin von mir. Sie ist Besnards zweite Frau und leitet die Rezeption des Hotels. Monique meinte, Afonso sei viel besser geeignet als Florent, und ich kann das nur bestätigen. Ein Hotel zu führen, ist schließlich kein Zuckerschlecken. Während Afonso ausgesprochen fleißig ist, hat Florent viel zu sehr auf seine Work-Life-Balance geachtet. Außerdem gefiel dem Alten der Freundeskreis nicht, in dem sein Sohn verkehrte. Er nannte sie die Wohlstandsverwahrlosten.«

»Das müssen Sie mir genauer erklären.«

»Florent ist ... war mit einigen Leuten befreundet, die sich als Naturschützer engagieren. Sie nennen sich *Les Planteurs de Mer Méditerranée*.«

»Die Bepflanzer des Mittelmeers?«

»Ja. Es ist ein sehr alter Verein, der sich Mitte der Siebzigerjahre gegründet hat, um den Meeresboden mit Seegras zu bepflanzen. Das ist eine Pflanzenart, die große Mengen von Kohlendioxid binden und in Sauerstoff umwandeln kann und so nicht nur für die Wiederbesiedlung des Tiefengrundes sorgt, sondern auch der Klimaerwärmung entgegenwirkt. Die Vereinsmitglieder haben viel Zeit und Geld darauf verwendet, Unterwasserwiesen großflächig aufzuforsten. Sie sind gegen den Bau der *Waterline*.«

»Sie sprechen von der Pipeline, die die Insel mit Wasser versorgen soll? Was spricht dagegen?«

»Die Vereinsmitglieder befürchten die Zerstörung der Seegraswiesen. Was vollkommener Wahnsinn ist. Sollen die Inselbewohner etwa verdursten?«

»Wie wird die Wasserversorgung denn momentan sichergestellt?«

»Mit einem Tankschiff, der *Saint-Christophe*. Aber auf Dauer ist das keine Lösung. Die Bewohner leiden zunehmend unter der Knappheit. Und keiner der Aktivisten denkt auch nur einen Moment daran, wie man ohne Wasser entstehende Waldbrände löschen soll. Die Inselbewohner schicken Stoßgebete in den Himmel, sobald eine Sommersaison ohne größere Probleme überstanden ist.«

Sie klang jetzt sehr erregt.

Pierre dachte an den Artikel, den er über die Sabotagen beim Bau der *Waterline* gelesen hatte. War Florent Besnard einer der Akteure gewesen? Hatte er gestern erneut zuschlagen wollen?

»Wo genau soll die Pipeline denn verlaufen?«

»Zwischen der Festung *La Tour Fondue* auf der Halbinsel Giens und dem Hafen von Porquerolles.«

Pierre öffnete die Karten-App seines Mobiltelefons. Es war ein weiter Weg von dort nach Rayol-Canadel-sur-Mer. Eher unwahrscheinlich, dass der junge Taucher die *Waterline* zum Ziel seiner Exkursion gehabt hatte. Und dennoch durfte man zu diesem Zeitpunkt nichts ausschließen.

»Diese Sabotagen«, fuhr er fort, nachdem er die App wieder geschlossen hatte, »haben die *Planteurs de Mer Méditerranée* eventuell etwas damit zu tun?«

»Nein.« Das klang sehr bestimmt. »Der Verein arbeitet nur mit juristischen Mitteln. Er ist auf Spendengelder angewiesen. Sie können es sich nicht leisten, ihre Unterstützer zu verlieren.«

Trotzdem schien Pierre der Gedanke an einen Zusammenhang bedeutsam.

»War Florent auch in diesem Verein engagiert?«

»Das weiß ich nicht. Das müssten Sie seinen Vater fragen.«

»Ich werde den *Capitaine* bitten, es zu tun«, entgegnete Pierre. »Es ist schließlich sein Job, ich mische mich da nur ungern ein.«

Er schrieb auch den Namen des Vereins auf die Serviette und faltete sie zusammen. Dies war bereits die zweite Spur, wenngleich noch eine sehr vage. Aber immerhin ein Anhaltspunkt, der *Capitaine* Roubaud weiterbringen würde.

»Was, wenn es den *Capitaine* nicht interessiert?«

»Das wird es.« Pierre steckte die zusammengefaltete Serviette in die hintere Hosentasche. »Ich rede mit ihm und melde mich dann umgehend wieder bei Ihnen.«

»Einverstanden«, kam es gewohnt energisch zurück. »Ich bleibe neben dem Telefon stehen und warte auf Ihren Rückruf.«

Pierre legte auf. Die Frühstücksterrasse hatte sich inzwischen weiter gefüllt. Er erhob sich aus seinem Stuhl und verließ den Bereich, ging weiter die Stufen hinunter zum Pool, der trotz Wolkendecke intensiv hellblau schimmerte. An der Brüstung, die den Ruhebereich von der üppig blühenden Böschung trennte, blieb er stehen und zog die Karte mit der Nummer der Gendarmerie von La Croix-Valmer hervor, die *Capitaine* Roubaud ihm überreicht hatte.

Es meldete sich ein Mann, der ihn nach der Beantwortung einiger Fragen verband.

»Bonjour, Monsieur Durand.« Der *Capitaine* hatte eine erstaunlich hohe Stimme, die – Pierre war das vor Ort gar nicht aufgefallen – nicht zu seinem Körperumfang passte. »Wie kann ich Ihnen helfen?«

»Ich habe gestern Abend eine Nachricht für Sie hinterlassen. Hat man sie Ihnen ausgerichtet?«

»Ja, das hat man.«

»Sind Sie tätig geworden?«

»Warum sollte ich? Der Arzt stammt aus Hyères, wenn ich mich recht erinnere, das liegt außerhalb meiner Befugnisse.«

»Aber sein Verschwinden ist eng mit dem Tod des Tauchers verknüpft, und in dem Fall gilt das Tatortprinzip. Ich habe der Dame am Telefon gestern doch eindringlich erklärt, dass *Docteur* Trébert der Meinung war, Florent Besnards Tod sei kein Unfall. Jemand habe nachgeholfen, er habe Beweise. Offenbar weiß er sogar, wer die Tat begangen hat.«

»Und das wäre?«

»Darüber wollten wir gestern bei einem Treffen reden, aber *Docteur* Trébert ist nicht gekommen. Stattdessen ist er angeblich zu einem Patientenbesuch beim Vater des Toten nach Porquerolles aufgebrochen. Der weiß allerdings nichts davon.«

»Nun, das klingt tatsächlich eigenartig. Aber selbst wenn *Docteur* Trébert überzeugt ist, den Täter zu kennen, heißt das noch lange nicht, dass dieser einer näheren Überprüfung standhält. Denn der junge Mann ist, wie wir inzwischen wissen, mit an hundertprozentiger Sicherheit grenzender Wahrscheinlichkeit nicht an den Auswirkungen eines Giftes gestorben.«

»Ist dies das Ergebnis der rechtsmedizinischen Untersuchung?«

»Ja. Die Gasembolieprobe der Herzkammern war positiv, zudem gab es etliche Einrisse des Lungengewebes sowie Veränderungen der Venen im Bereich der weichen Hirnhäute. Und das Blut war durchgängig schaumig.«

»Aber das alles sagt nichts aus über den Grund seines schnellen Aufsteigens. Hat man denn auch ein umfangreiches toxikologisches Screening gemacht? Ich meine, hat man gezielt nach Giften gesucht?«

Der *Capitaine* seufzte. »Diese Fragen, mein lieber Durand, werde ich nicht mit Ihnen erörtern. Das verstehen Sie doch sicher. Ich habe Ihnen sowieso schon viel zu viel erzählt.«

»Natürlich.« Pierre hatte volles Verständnis, es ging ihn ja tatsächlich nichts an. Trotzdem wurmte es ihn, dass der *Capitaine* in der Angelegenheit nicht tätig wurde. »Die Sache ist nur …«, fuhr er fort. »Es gibt mögliche Motive, die ich gerne mit Ihnen durchsprechen möchte.«

»Warum sollte ich das tun? Da kann ja jeder kommen.«

»Ich bin sozusagen ein Kollege. *Chef de police municipale* von Sainte-Valérie.«

»Ein Dorfpolizist? Seit wann fühlen die sich bei Mord denn zuständig?« Er lachte, und es klang ein wenig gehässig.

Pierre seufzte. Er hasste es, wenn er in der Hackordnung ganz unten wahrgenommen wurde. Es blieb ihm nichts anderes übrig, als den Punkt geradezurücken, um wieder auf Augenhöhe zu kommen. »Ich war mal *Commissaire* der *police nationale* in Paris, bevor ich zur *police municipale* wechselte. Freiwillig und aus eigenen Stücken. Prüfen Sie es gerne nach.«

»Ihre Dienstnummer?«

Pierre gab ihm beide durch, die alte, die er noch immer auswendig kannte, und die aktuelle.

Eine Pause entstand, in der Pierre hörte, wie der *Capitaine* etwas über die Tastatur eingab. Offenbar führte er tatsächlich eine Personenüberprüfung durch. Pierre lehnte sich gegen das Geländer und sah über die unregelmäßig verlaufende Küstenlinie, die im trüben Licht des wolkenverhangenen Himmels beinahe schwarz wirkte.

Er dachte an Charlotte, die ihn sicher bald suchte, und blickte auf die Uhr. Es war Viertel nach acht, das Gespräch dauerte bereits viel zu lange, aber er musste es zu Ende bringen, wenn er wollte, dass die Polizei aktiv wurde.

Pierre drehte sich in Richtung des Hotelkomplexes, sodass er den Balkon ihres Zimmers im Blick hatte.

»Wie kommt man denn dazu, sich beruflich derart zu verschlechtern?«, fragte Roubaud endlich.

»Ich habe mich nach Ruhe gesehnt. Genauso wie jetzt. Momentan bin ich mit meiner Frau im Urlaub. Diesen würde ich nur zu gerne entspannt genießen. Das klappt aber nur, wenn ich mir sicher bin, dass alles getan wird, um den Täter zu finden.«

»Ich verstehe Sie wirklich gut. Aber«, jetzt klang Roubaud sehr ernst, »wir haben unsere Regeln. Und die erlauben es mir nicht, einem Verschwinden nachzugehen, das nicht einmal vierundzwanzig Stunden her ist. Noch dazu aus einem anderen Zuständigkeitsbezirk. Bei einem Fall, wohlgemerkt, der überhaupt keiner ist.« Er lachte kurz auf. »Es ist ja nicht so wie in den Fernsehkrimis, wo sich gleich ein ganzes Polizeiteam aufmacht, um einen Unfall aufzuklären, obwohl nach gründlicher Arbeit der Rechtsmedizin kein einziger Anhaltspunkt vorliegt, der auf einen Mord hinweist.«

»Florent Besnard selbst hat davon gesprochen, vergiftet worden ...«

»Besnard«, fiel der *Capitaine* ihm ins Wort, »stand unter dem Einfluss einer Taucherkrankheit, die, wenn sie das Gehirn schädigt, auch zu Bewusstseinsstörungen führen kann, lieber Kollege. Manche Leute sehen unter diesen Einwirkungen sogar Aliens oder sprechende Krabben, und das ist dann wirklich nicht mehr unser Metier.«

Der *Capitaine* lachte erneut, was Pierre angesichts der Umstände makaber vorkam.

»Davon mal abgesehen«, fuhr Roubaud fort, »sind die Verletzungen durch die Stacheln des Giftfisches eine hinreichende Erklärung für seinen schnellen Aufstieg an die Meeresoberfläche.«

Pierre presste die Lippen zusammen und sah zu einem Pärchen, das es sich gerade auf den Liegestühlen des benachbarten Balkons bequem machte. Er haderte mit der Situation. Es gab durchaus Gründe, dem Mordverdacht nachzugehen und die Suche nach dem verschwundenen Arzt aufzunehmen. Andererseits hatte der Beamte recht. Sie hatten nichts in der Hand als Vermutungen.

»Wir können nur hoffen, dass *Docteur* Trébert nichts zugestoßen ist«, sagte er schließlich. »Ich muss Ihre Entscheidung wohl oder übel akzeptieren. Für richtig halte ich sie nicht.«

Ein tiefes Seufzen drang durch den Hörer. »Das ist es nie«, bestätigte *Capitaine* Roubaud. »Als ich damals zur Polizei gegangen bin, da dachte ich, es gehe um die Herstellung von Sicherheit und Ordnung. Stattdessen versinken wir in einem Bürokratie-Dschungel, der uns viel zu oft die Hände bindet. Doch wenn es Sie beruhigt: Ich habe gestern nach Ihrem Anruf Erkundigungen über *Docteur* Edgart Trébert eingeholt. Der Mann ist Alkoholiker. Angeblich trocken, aber wer weiß das schon. Vielleicht hat ihn die Sache mit dem Toten zu sehr mitgenommen, und nun irrt er irgendwo betrunken über die Insel und versucht, das Ganze zu vergessen.«

Pierre fuhr sich mit der freien Hand durchs Haar. »Das wusste ich nicht«, sagte er leise. »Wie lange ist er schon trocken?«

»Genau kann ich es Ihnen nicht sagen. Ich weiß nur, dass er vor zwei Jahren einen Prozess verloren hat, bei dem man ihm einen schweren Behandlungsfehler unter Alkoholeinfluss nachgewiesen hat. Seine Approbation ruhte, bis er sich einem erfolgreichen Entzug in einer Klinik unterzog.«

Es würde erklären, dachte Pierre, warum *Docteur* Trébert sich nicht einmal die Zeit genommen hatte, das Treffen im *Savage* abzusagen. Je länger er darüber nachsann, desto wahrscheinlicher erschien es ihm.

Er habe einen Termin gehabt, hatte der Arzt erzählt, als

Capitaine Roubaud ihn nach dem Grund seiner räumlichen Nähe zum Unfallort fragte. Laut seiner Sprechstundenhilfe jedoch gab es keinen solchen. Womöglich hatte er in einem Hotel oder einer Pension übernachtet, wo er einen Rückfall anonym hatte ausleben können.

Pierre erinnerte sich an das rotgeäderte Gesicht Tréberts. Er hatte müde ausgesehen, unter den Augen tiefe Schatten, die von einer durchfeierten Nacht stammen konnten.

»Ich danke Ihnen für Ihre Offenheit.« Er wollte gerade auflegen, als ihm noch etwas einfiel. »Was ist eigentlich aus Besnards Boot geworden?«

»Das ist gestrandet.«

»Und wo?«

»Vor der *Baie du Figuier*. Das ist eine Bucht des *Jardin des Méditerranées*. Das Boot ankert zurzeit außerhalb der zum Schutz der Küste begrenzten Zone, es wird sicher bald abgeschleppt.«

»Abgeschleppt? Ist es denn kaputt?«

»Eine Bojenleine hat den Schiffspropeller blockiert und sich regelrecht festgeschmolzen. Das Boot ist manövrierunfähig.«

Pierre nickte. Das erklärte, warum Florent Besnard ausgerechnet an einem derart abgelegenen Ort an Land schwimmen wollte, abseits jeder medizinischen Versorgung.

»Wir sind gerade dabei, den aktuellen Besitzer ausfindig zu machen«, fuhr der *Capitaine* fort. »Und bevor Sie weiter nachfragen: Die Spurensicherung hat sogar den Müll zur Analyse mitgenommen: Taschentücher, ein gestreiftes Stück Packpapier, Gummidichtungen, die halb leere Flasche eines Sportgetränks mit Orangenaroma, dazu eine Thermoskanne mit heißem Wasser.«

»Gestreiftes Packpapier?«, hakte Pierre nach und dachte an Florent Besnards Hinweis. »Eines, in das man Essen wickelt?«

»Ja. Aber auch daran war kein Gift zu finden.«

Pierre blies die Luft aus. Irgendetwas musste es doch geben! »War die Druckgasflasche noch voll?«

»Es war noch genügend Reserve vorhanden.«

»Und was ist mit der Technik, hatte er kein Funkgerät, mit dem er einen Notruf hätte absetzen können?«

»Nein«, stieß *Capitaine* Roubaud aus. »Und da Sie ohnehin danach fragen werden: Er hatte offenbar auch kein Mobiltelefon an Bord. Es ist wohl so einiges zusammengekommen. Ich würde sagen, das nennt man Pech.«

Eine merkwürdige Bezeichnung für einen derartigen Schicksalsschlag, dachte Pierre. Ihm fiel noch etwas ein.

»Eine letzte Sache. Das Opfer hatte offenbar Kontakt zu einer Aktivistengruppe, die den Bau der Wasser-Pipeline kritisch sieht. Es ist durchaus möglich, dass hier ein Zusammenhang besteht.«

»Sie sprechen von den Sabotagen?« Die helle Stimme des *Capitaines* war um eine halbe Oktave gestiegen.

»Richtig. *Docteur* Tréberts Sprechstundenhilfe Sylvie Cizeron ist mit der Stiefmutter des Opfers befreundet, daher hat sie einen guten Einblick in die Familienverhältnisse. Madame Cizeron erzählte, Florent Besnard habe sich in aktivistischen Kreisen bewegt. Es wäre sicher ratsam, das Boot auch dahingehend zu untersuchen.«

»Ein interessanter Gedanke«, sagte der *Policier*. »Ich werde das bei Gelegenheit mit dem Untersuchungsrichter besprechen.«

»Tun Sie das.«

Pierre beendete das Gespräch. Hinter dem Balkon ihres Zimmers bewegte sich der Vorhang, dann öffnete sich die Tür. Charlotte trat ins Freie, das Mobiltelefon am Ohr, und sah sich suchend nach ihm um.

Pierre winkte ihr zu. Sie machte eine entschuldigende Geste, wies auf ihre Uhr und hob ihm die Handfläche mit allen Fingern entgegen.

Fünf Minuten, las er von ihren Lippen ab. Er reckte den Daumen, und sie trat zurück ins Zimmer.

Es war verrückt, dachte Pierre, während er sich mit dem Telefon in der Hand wieder dem Meer zuwandte, so viel hatte er noch nie in einem Urlaub telefoniert. Aber wenn Charlotte es ebenfalls tat, musste er zumindest kein schlechtes Gewissen haben.

Erneut wählte er die Nummer der Arztpraxis, die Sprechstundenhilfe war sofort am Apparat.

»Und? Was hat der *Capitaine* gesagt?«

»Es gibt keine guten Nachrichten, Madame Cizeron. Auch die Beamten aus Le Croix-Valmer sehen keine Handhabe, nach Ihrem Chef zu suchen.«

Die Sprechstundenhilfe stieß einen spitzen Schrei aus. »Aber das kann nicht sein. Wir müssen unbedingt handeln. Jede Minute zählt!«

»Sagen Sie …« Pierre stockte. Es waren ernste Anschuldigungen, die im Raum standen. Ein Rückfall in alte Gewohnheiten könnte Trébert seine Zulassung als Arzt kosten. Pierre suchte nach den richtigen Worten. »Wie war eigentlich *Monsieur le docteurs* Verfassung, als er die Praxis gestern verlassen hat? Ich meine, besteht die Möglichkeit, dass er wieder …?« Er brach ab.

»Wollen Sie etwa damit andeuten, er habe getrunken?« Madame Cizerons Stimme klang jetzt schrill. »Edgart ist seit zwei Jahren trocken. Und ich verbitte mir weitere Spekulationen zu diesem Thema. Er war aufgebracht, ja. Unter Strom, als er die Praxis verließ. Und er meinte, er müsse sich beeilen, damit er rechtzeitig zur Nachmittagssprechstunde zurück sei.«

»Aber Sie haben selbst erwähnt, dass Monsieur Besnard nichts von einem Patientenbesuch wusste.«

»Vielleicht habe ich Edgart ja doch falsch verstanden«, rief die Sprechstundenhilfe, und ihre Stimme vibrierte. »Es war viel liegen geblieben, und ich hatte noch einiges zu tun vor der Mittagspause. Jedenfalls habe ich auch die anderen Patienten abtelefoniert, die auf Porquerolles wohnen … ohne Ergebnis. Wollen Sie es vielleicht noch einmal versuchen?«

»Nein«, sagte Pierre bestimmt. Sosehr er helfen wollte, das ging ihm zu weit. »Wir wissen ja nicht, ob *Docteur* Trébert überhaupt auf der Insel ist.«

»Ich sehe keinen Grund, warum er mich anlügen sollte.« Madame Cizeron wirkte ehrlich empört.

Pierre dachte an das Telefonat, das er gestern mit dem Arzt geführt hatte, und daran, dass dieser die Verabredung einfach hatte platzen lassen, ohne ein Wort. Obwohl er wusste, wie lange die Autofahrt von Rayol-Canadel-sur-Mer bis nach Hyères-La Capte dauerte. Es wäre nur ein kurzer Anruf gewesen, den er leicht hätte tätigen können, während die Fähre den Hafen verließ.

»Vielleicht«, sagte Pierre, während sich sein Blick auf die Inselgruppe heftete, deren Konturen noch dunkel waren, »weil die Wahrheit auch für ihn nicht einfach ist? Möglicherweise machen wir uns zu viele Gedanken. Vermutlich hatte er einfach nur das Bedürfnis durchzuatmen. Und in wenigen Tagen steht er geläutert vor der Tür, und alles ist in bester Ordnung.«

Er hatte eindringlich gesprochen, in der Hoffnung, endlich einen Schlussstrich unter das Ganze ziehen zu können. Was auf gar keinen Fall anging, das war, dass er seine Flitterwochen riskierte – für jemanden, den er zwar äußert sympathisch fand, dem aber womöglich nichts weiter zugestoßen war als eine Flasche Pastis.

Für einen Moment herrschte Stille am anderen Ende der

Leitung. Als Madame Cizeron wieder zu sprechen begann, klang ihre Stimme dünn.

»Ich bitte Sie, *Monsieur le policier*, hören Sie auf mit dieser alten Geschichte. Lassen Sie mich nicht allein mit der Sache. Ich habe ein miserables Gefühl. Edgart braucht unsere Hilfe, ich spüre es genau. Ich will mir im Nachhinein nicht vorwerfen lassen, zu spät gekommen zu sein!«

Pierre atmete tief durch. Der Wind strich ihm kühl über die Wangen, die vor lauter innerer Zerrissenheit zu glühen begonnen hatten.

»Ich kann Sie gut verstehen«, sagte er. »Unter anderen Umständen würde ich der Sache auch nachgehen. Nur liegt der Fall in der Zuständigkeit der hiesigen Behörden. Ich habe alles getan, was in meiner Macht steht, mehr kann ich leider nicht erreichen. Und ich will meine Frau auch nicht länger warten lassen. Sie freut sich schon auf unseren Ausflug nach Saint-Tropez. Es sind nämlich unsere Flitterwochen, wissen Sie?«

Madame Cizeron schnaubte. »Ja, natürlich. Der eine befindet sich womöglich in Lebensgefahr, und der andere genießt seinen Hochzeitsurlaub. Viel Vergnügen, Monsieur.« Damit legte sie auf.

Pierre sog die Luft ein und starrte zum Horizont, an dem sich die Wolken noch immer dunkel ballten.

»So ein Mist!«, stieß er aus.

»Pierre?«

Er drehte sich um. Vor ihm stand Charlotte. Mit geschulterter Beuteltasche, den Sonnenhut in der Hand. Die flauschige Strickjacke lässig über die Schultern geworfen, als warte sie nur darauf, sie beim ersten Sonnenstrahl endlich abzustreifen.

»Entschuldige bitte«, sagte sie mit einem Lächeln. »Das war meine Mutter, sie und Papa sind inzwischen wohlbehalten in Hamburg angekommen. *Maman* wollte wissen, wie es uns geht, was wirklich fürsorglich ist.« Charlotte rollte die Augen. »Doch sie hat einfach kein Ende gefunden. Sie wollte alles *en détail* wissen. Welche Ausflüge wir machen, was es zum Abendessen gab ... Ich habe versucht, das Gespräch abzukürzen, aber du kennst sie ja.« Sie sah auf die Uhr. »Herrje, es ist gleich halb neun. Wenn wir uns nicht beeilen, gibt es keinen Parkplatz mehr in Saint-Tropez.«

Pierre stieß sich vom Geländer ab und zog sie an sich, küsste ihre Stirn. »Meinetwegen können wir sofort los, ich bin bereit.«

8

Sie hatten beschlossen, statt der Küstenstraße den kürzeren Weg durch die Berge zu nehmen. Auf dem *Col du Rayol* gebe es einen Aussichtspunkt, von dem aus man laut Charlotte einen weiten Blick über die gesamte Bucht hatte.

Und so fuhren sie nun bergan, an Kiefern und wild wuchernden Büschen vorbei. An einer blühenden Landschaft, deren Farbspektrum vom Gelb des Ginsters und dem Rot des Mohns dominiert wurde, das vor dem Hintergrund des dunkel verhangenen Himmels intensiv leuchtete.

Schon jetzt war das Panorama, das sich hinter den Kurven auftat, atemberaubend. Zwischen den Stämmen abgestorbener Bäume und wildem Thymian war das tiefblaue Wasser zu sehen, das dort, wo der Wind es bewegte, silbrig schimmerte.

»Ich freue mich wahnsinnig auf Saint-Tropez«, seufzte Charlotte, während sie den Renault Twingo die kurvige Straße den Berg hinauflenkte. »Anouk hat mir von einem Café erzählt, in dem es das beste Eis der ganzen Küste gibt. Es heißt *Barbarac* und liegt direkt am Hafen.«

Pierre war skeptisch. »Und es ist keine von diesen Touristenfallen?«

»Die Qualität hat natürlich ihren Preis. Dafür ist das Eis aus eigener Herstellung. Sie bieten sogar kulinarisch inspirierte Sorten an. *Tarte aux pommes* beispielsweise oder *cannelés*, die wie diese Küchlein aus Bordeaux schmecken sollen. Und *crème bru-*

lée. Klingt köstlich, oder?« Sie lachte aufgekratzt. »Ich fürchte, ich werde mich nicht entscheiden können. Am besten, wir nehmen unterschiedliche Sorten und probieren uns durch.«

Pierre nickte abwesend. Das Gespräch mit *Docteur* Tréberts Sprechstundenhilfe ging ihm nicht aus dem Kopf. Was, wenn Madame Cizeron recht hatte? Wenn der Arzt wirklich in Not geraten war und dringend Hilfe brauchte? Was, wenn er gar nicht rückfällig geworden war?

Jetzt hatten sie den Aussichtspunkt erreicht. Mit Schwung setzte Charlotte den Wagen in die Parkbucht und schaltete den Motor aus.

»Ich will ein paar Fotos machen«, sagte sie, während sie die Tür öffnete. »Schau nur … ist das nicht wunderschön?«

Pierre stieg aus und folgte ihr bis zur Plattform. Vor ihnen lagen die häuserbesprenkelten Hügel, die zum Meer hin abfielen. In der Ferne die vorgelagerten Inseln, wie stille Wächter, die die Bucht zu umarmen schienen.

Er sah hinüber zum Cap Bénat, hinter dessen dunkelgrün bewaldeten Klippen sich der östliche Zipfel von Porquerolles ins Blickfeld schob.

Ob *Docteur* Trébert tatsächlich auf der Insel war? Pierre rechnete kurz nach. Vor rund einundzwanzig Stunden hatte der Arzt seine Praxis verlassen. Auf dem Weg zu einem Patienten, der nichts von einem Besuch wusste. Es war das letzte Lebenszeichen …

»Helfen Sie mir, *Monsieur le policier*, bitte«, hatte Madame Cizeron ihn angefleht. »Lassen Sie mich nicht allein mit der Sache. Ich habe ein miserables Gefühl.«

»Verdammt«, flüsterte Pierre und blies die Backen auf. Er fühlte sich schäbig. Obwohl er *Docteur* Trébert nur ein einziges Mal begegnet war, kam es ihm vor, als würde er einen Freund im Stich lassen.

Weder die *police nationale* von Hyères noch die Gendarmerie aus Le Croix-Valmer hatte die Notwendigkeit gesehen, nach dem verschwundenen Arzt zu suchen. Wenn er jetzt mit Charlotte nach Saint-Tropez fuhr, dann gäbe es niemanden mehr, der *Docteur* Trébert zur Seite stand. Wenn es nicht ohnehin längst zu spät war …

Pierre rieb sich mit beiden Händen über das Gesicht.

Er musste auf die Insel. Und zwar so schnell wie möglich.

Voller Unruhe öffnete er den Browser seines Mobiltelefons und navigierte zu den Abfahrtszeiten der Fähre. Es war siebzehn Minuten vor neun. Wenn sie sich beeilten, reichte es noch für die Überfahrt um zehn.

»Was ist los?« Charlotte wandte den Kopf. »Geht es dir nicht gut? Ist es wieder dein Rücken?«

Hastig schob Pierre das Mobiltelefon in die Jackentasche. »Nein, der ist in Ordnung. Es ist nur …«

Er musste es ihr sagen, er durfte sie nicht schon wieder anlügen! Doch als sie sich ganz langsam zu ihm umdrehte, die Brauen zusammengezogen, da fragte er sich, ob er es wirklich riskieren musste, sie zu verärgern.

Was, wenn sie einfach nur die Ausflugsziele tauschten? Er könnte sich an der Fähre und im Ort nach *Docteur* Tréberts Verbleib erkundigen, und wenn alles gut lief, dann verbrächten sie einen wunderschönen Tag auf der Insel.

»Ja?« Die Falte zwischen Charlottes Brauen wurde steiler. »Irgendetwas stimmt hier nicht. Komm schon, raus mit der Sprache.« Ihre Stimme klang lauernd, wie bei einer Raubkatze, die zum Sprung ansetzte.

Pierre zögerte. »Was hältst du davon, wenn wir heute nicht nach Saint-Tropez fahren, sondern nach Porquerolles?«

»Nach Porquerolles?«

»Ja. Die Insel steht doch ebenfalls auf unserer Liste.« Er

suchte fieberhaft nach einem Argument. »Morgen sind wir zu diesem Konzert im botanischen Garten eingeladen, das zugehörige Essen beginnt schon um neunzehn Uhr. Somit bleibt uns keine Zeit für einen ausgedehnten Tagesausflug. Wäre es da nicht besser, ihn heute zu machen?«

Sie legte den Kopf schief, als wollte sie ihm bis auf den Grund der Seele sehen. »Es ist ein bisschen zu bewölkt dafür, meinst du nicht?«

»Die Wolken verziehen sich im Laufe des Vormittages. Es ist bestes Ausflugswetter angesagt.«

»Ist das der einzige Grund, warum du so … angespannt bist?«

Er nickte heftig und hoffte, dass sein Blick ihn nicht verriet.

»Nun gut«, sagte Charlotte endlich, und es klang ein wenig erschöpft, »warum nicht. Zum Glück habe ich noch ein paar Sneaker im Kofferraum. Aber morgen, das musst du mir versprechen, fahren wir endlich nach Saint-Tropez, in Ordnung?«

»Versprochen«, sagte Pierre. Und er hoffte, dass dann auch wirklich nichts mehr dazwischenkam.

Er war erleichtert, da Charlotte nicht weiter nachgefragt hatte. Doch an der Art, wie sie den Leihwagen den Berg wieder hinunter zur Küstenstraße lenkte, merkte er, wie sehr es in ihr brodelte. Auch dass sie auf seine Plaudereien kaum einging, zeigte ihm, wie verstimmt sie war.

Aber je näher sie dem Parkplatz am *Port de la Tour Fondue* kamen, desto entspannter wurde sie. Sie drehte sogar das Radio auf und summte zu Charles Trenets *La Mer.*

Die Straßen waren leer gewesen, sie kamen pünktlich zur Abfahrt der Fähre, weil sie den ganzen Weg zum Anleger rannten. Während Pierre sich in der Schlange vor der *billetterie* einreihte, öffnete er die Website von Tréberts Praxis, auf der ein Foto des Arztes abgebildet war.

»Kennen Sie diesen Mann?«, fragte er die füllige Frau hinterm Kassenschalter, nachdem er die Karten bezahlt hatte, und hob ihr das Foto entgegen.

Die Dame rückte ihre Brille zurecht und warf einen Blick drauf. »Selbstverständlich, der ist hier Stammkunde.«

»Hat er gestern die Fähre benutzt?«

»Das kann ich Ihnen nicht sagen, er hat ein Jahresticket und kommt direkt an Bord. Worum geht es denn?«

Pierre sah sich rasch zu Charlotte um, die vor der Glasscheibe stand und ihm hektisch zuwinkte. Er holte seine Polizeikarte hervor, um sie nach kurzem Vorzeigen wieder einzustecken. »Der Mann ist als vermisst gemeldet.«

Die Frau rief über Funk einen der Fahrkartenkontrolleure heran und bat Pierre, seitlich zu warten, während sie die Fahrgäste hinter ihm abfertigte. Endlich, die Schalterhalle war bereits leer, kam ein kleiner Mann mit Schnauzbart auf ihn zu, das Gesicht hochrot vom Laufen.

»Suzanne, was ist denn los? Ich muss die Fahrgäste abfertigen, wir sind spät dran.«

Die Dame am Schalter machte eine Kopfbewegung in Richtung Pierre. »Der Mann ist Polizist und hat eine Frage.«

Pierre wiederholte sein Anliegen vor dem Kontrolleur, der sich schließlich über das Bild beugte.

»Ja, der ist gestern mitgefahren.«

»Wann war das?«

»Er hat die Fähre um zwölf Uhr genommen. Das weiß ich so genau, weil er im letzten Moment aufgesprungen ist, nachdem wir die Fahrt eigentlich schon geschlossen hatten. Ein medizinischer Notfall, sagte er, da haben wir ihn natürlich durchgelassen.«

»Wirkte er nervös oder besorgt?«

Es war eine dieser Suggestivfragen, die er als guter Ermittler zu vermeiden hatte, aber Pierre hatte keine Zeit, um drum herumzureden.

»Er wirkte abgehetzt, wenn Sie das meinen. Aber er ist ja auch gerannt, um das Schiff zu erreichen.«

Wenn das wirklich *Docteur* Trébert am Telefon gewesen war, dachte Pierre, dann hatte er sich offensichtlich spontan entschlossen, die Fähre nach Porquerolles zu nehmen. Er würde Madame Cizeron später bitten, ihm die Patienten zu nennen, die sich kurz vor seinem Aufbruch in der Praxis befunden hatten, und noch mal nachfragen, mit wem Trébert in dieser Zeit telefoniert hatte. Bei der Gelegenheit ließe sich gewiss auch klären, ob seine eigene Nummer ebenfalls auf der Liste der angerufenen Personen stand.

»Kann ich jetzt gehen?«, fragte der Kontrolleur und trat in sichtlicher Hast von einem Bein auf das andere.

»Haben Sie ihn auch wieder zurückfahren sehen?«

»Nein, aber fragen Sie gerne die Kollegen an Bord, vielleicht erinnern die sich.«

»Danke.« Pierre steckte das Telefon wieder ein und folgte dem Kontrolleur zum Ausgang, wo Charlotte ihn voller Ungeduld empfing.

»Jetzt aber schnell«, rief sie, und sie sprinteten durch die Absperrung am Kai, die sich unmittelbar hinter ihnen schloss.

Pierre atmete erleichtert aus. Auch wenn es ihm nicht gelingen würde, die Angestellten auf dem Boot von ihr unbemerkt zu befragen, so war doch bereits etwas Entscheidendes geklärt: *Docteur* Trébert war tatsächlich nach Porquerolles gefahren. Diese Spur hatte sich bestätigt.

Die Fähre wartete mit brummendem Motor. Ein weißes Ausflugsboot mit blauem Rumpf, der sich nun – da der Kontrolleur zurück an seinem Platz war und das Absperrseil wieder vom Haken löste –, rasch mit den Urlaubern füllte, die geduldig vor dem Einstieg gewartet hatten. Zu Dutzenden strömten sie an Bord, quetschten sich in den Bauch des Schiffes auf der Jagd nach einem der begehrten Plätze am Fenster. Manche trugen Rucksäcke oder zogen einen Rollkoffer hinter sich her. Andere schoben ihre Räder über die Seitenrampe zum rot markierten Abstellbereich, der sich zunehmend füllte. Bald lagen Fahrradkörbe und Kindersitze ineinander verkeilt, mehrfach versuchte ein Angestellter, den Haufen zu entwirren, und hob warnend die Hände, wenn wieder jemand sein Fahrrad achtlos gegen den Haufen aus Metall und Reifen lehnen wollte.

Charlotte und Pierre fanden einen Platz im Freien auf einer der blau-weißen Bänke am Heck. Sie ließen sich den Wind um die Nase wehen, als das Boot Fahrt aufnahm und die Überreste der an der Spitze des Hafenbeckens aufragenden Festung *La Tour Fondue* rasch zurückließ. Eine Spur weiß aufgeschäumten Wassers hinter sich herziehend.

Das Tempo erhöhte sich derart rasant, dass ein Mann mit Sonnenhut hastig nach der Krempe griff. Doch der Fahrtwind riss den Hut mit sich, sodass er als immer kleiner werdender Punkt über das Meer segelte und schließlich ganz darin verschwand.

»Ist dir kalt?«, fragte Pierre, als Charlotte ihre Strickjacke bis zum Hals zuknöpfte. »Möchtest du meine Jacke?«

Sie schüttelte den Kopf, aber weil sie ein wenig fröstelte, legte er den Arm um ihre Schultern, und sie lehnte sich an ihn, den Blick auf das Ufer gerichtet, das nunmehr ein dunkelgrüner Streifen war.

Während Charlotte sich sichtlich entspannte, überlegte Pierre, wie er weiter vorgehen sollte. Die Insel war groß, *Docteur* Trébert konnte überall sein.

Der Arzt hatte am Telefon von einem Beweis gesprochen, von einem letzten Detail, mit dem er zur Polizei gehen wolle, um den Täter zu überführen. Offenbar hatte Trébert sich erhofft, dieses von ihm zu erhalten. Doch worum es sich hierbei handeln könnte, das erschloss sich ihm nicht.

Er wusste lediglich, dass Florent Besnard versucht hatte, ihm und dem Arzt etwas mitzuteilen, etwas so Wichtiges, dass er es trotz Schmerzen artikulierte. In Gedanken zählte Pierre alle Hinweise auf, die er erhalten hatte: Etwas stimme nicht mit Florents Körper. Vergiftet durch Essen. Er sollte Camille anrufen und ihr erzählen, was passiert sei.

Dem Arzt hatte der Sterbende einen weiteren Namen genannt, den dieser vorerst für sich behalten hatte. Stattdessen hatte *Docteur* Trébert wissen wollen, ob Pierre ebenfalls einen genannt bekommen hatte.

Camille …

Diese Frau war eine Schlüsselfigur, so viel stand fest. Offen blieb, wer sie war und wo er sie finden konnte.

Es erschien ihm am klügsten, noch einmal ganz von vorne zu beginnen, um das Puzzle neu zusammenzusetzen: bei dem Toten Florent Besnard und seinem Vater Claude, den *Docteur* Trébert angeblich hatte treffen wollen. Vielleicht, so hoffte Pierre, stieße er hierbei auch auf besagte Camille.

Behutsam nahm er den Arm von Charlottes Schultern und öffnete den Browser seines Mobiltelefons. Die Netzverbindung war schlecht, aber es gelang ihm mit viel Geduld, die Adresse der Tauchschule herauszusuchen, ebenso die des *Hôtel Georges* von Claude Besnard, das am nördlichen Rand von Porquerolles lag. Die Zimmer waren, wie er den Fotos auf der Website entnahm, behaglich eingerichtet, mit Bildern von Schiffen und Meerestieren an den Wänden. Im Eingangsbereich hing ein überdimensionales Schwarz-Weiß-Foto von Georges

Simenon, dem belgischen Schriftsteller, der dem malerischen Eiland seinerzeit verfallen und augenscheinlich Namensgeber des Hotels geworden war.

Pierre notierte sich gedanklich den Standort, dann gab er den Namen der Tauchschule ein.

Bald näherten sie sich der Insel, und Pierre erhob sich von der Bank, stellte sich an die Backbordseite, von wo aus er einen direkten Blick auf Porquerolles hatte. Im trüben Grau des Himmels wirkten die goldenen Klippen schmutzig. Die Uferböschung, aus der einzelne Pinien aufragten, war dunkel, beinahe schwarz.

Nun lag auch der Hafen vor ihnen, dessen breiter Anlegekai – flankiert von mehreren Reihen mit vertäuten Segel- und Fischerbooten – die Szenerie dominierte. Dahinter am Ufer ocker- und rostrote Häuschen, die sich bemühten, gegen das Grau anzustrahlen. Im Hintergrund, auf dem bewaldeten Hügel, thronte ebenfalls eine Festung.

»Das ist das *Fort Sainte-Agathe*«, erklärte Charlotte, die sich neben ihn gestellt hatte und seinem Blick gefolgt war. »Es wurde im sechzehnten Jahrhundert zur Verteidigung gegen die unzähligen Angriffe erbaut. Die Insel beherbergt noch weitere historische Festungen, *Le Grand Langoustier* beispielsweise oder das *Fort L'Alycastre* an der gleichnamigen Bucht. Benannt nach einem grausamen Drachen, der dort in einer Höhle lebte und alle Menschen fraß, derer er habhaft wurde. Der Legende nach besiegte ihn ein dankbarer Ritter, den die Inselbewohner aus einem Sturm gerettet hatten. Ist das nicht märchenhaft? Die Höhle kann man übrigens besichtigen.«

Pierre nickte, doch in Gedanken war er bereits bei der Umsetzung seines Planes.

Während sie von Bord gingen, versuchte er die Tauchschule

des Ermordeten auszumachen. Seiner Karten-App zufolge lag sie in der *Rue de l'Artisanat*, nahe der Kaimauer, die den Hafen begrenzte. Momentan noch verdeckt von den Segelbooten und Palmen, die den Steg flankierten.

Ein Elektromobil mit der Aufschrift des *Hôtel Georges* kam vor ihnen zu stehen, um eine Familie abzuholen, deren Koffer den gesamten Laderaum einnahmen. Der Fahrer trug eine Uniform mit glänzenden Messingknöpfen. Auf seiner Stirn bildeten sich Schweißtropfen beim Verstauen des Gepäcks, während die Gäste danebenstanden und ihm mit ausdruckslosen Gesichtern bei der Arbeit zusahen.

Es war das einzige Fahrzeug weit und breit, ein jeder bewegte sich zu Fuß oder mit dem Rad, denn bis auf wenige Ausnahmen war die Insel autofrei, wie Charlotte jetzt resümierte. Rund dreihundertsiebzig Einwohner habe der kleine Ort, erzählte sie. Die übrige Insel mit knapp dreizehn Quadratkilometern stehe unter Naturschutz und sei weitgehend unbewohnt.

Sie folgten dem Strom der Touristen, die aus der Fähre gequollen waren. Schlenderten vorbei an Fischerbooten, deren Decks mit Seilen und Kanistern gefüllt waren. An Lastkähnen und Frachtschiffen. Sie wurden überholt von Gästen, die auf ihre mitgebrachten Fahrräder stiegen, andere eilten den Verleihern entgegen, die rund um den Hafen positioniert waren und mit großen Plakaten um Kundschaft buhlten.

»Wir sollten uns ein E-Bike ausleihen«, sagte Charlotte. »Die Insel hat einige Steigungen, die sich damit besser bewältigen lassen.«

»Einverstanden.« Pierre wandte sich nach links in Richtung der Tauchschule, die sich unmittelbar an einen Verleih anschloss. »Wie wäre es mit dem Geschäft dort hinten?«

Charlotte schüttelte den Kopf. »Weiter oben im Ort ist es günstiger«, sagte sie. »Und die Bewertungen sind auch besser.«

»Ich schlage vor, wir vergleichen erst die Preise«, entgegnete Pierre, den Blick auf die *Rue de l'Artisanat* geheftet. Die Tür von *Besnard Plongée* stand offen, was ihm seltsam vorkam. Immerhin war gerade erst der Inhaber verstorben. »Du gehst in den Ort, und ich sehe mich hier um, bis wir den besten Fahrradhändler für unsere Tour ausgemacht haben.«

»Du willst die Preise …?«

Er lächelte sie aufmunternd an. »Genau. Wir treffen uns in etwa einer Viertelstunde wieder hier.«

Sein Lächeln gefror, als er sah, wie sie die Hände in die Hüften stützte. Über ihrer Stirn standen Gewitterwolken, die Augen funkelten. Gleich würde es zu donnern und blitzen beginnen.

»Es reicht, Pierre. Findest du das Ganze nicht allmählich kindisch?«

Er versuchte es mit einem unschuldigen Blick. »Was meinst du damit?«

»Das will ich dir gerne sagen: Seit du diesen Mann am Strand aufgefunden hast, versuchst du, auf eigene Faust Unternehmungen zu machen. Glaubst du eigentlich, ich bin dumm?«

»Nein, natürlich nicht, aber …«

»Dann klär mich auf und versuche nicht, mich wie eine Spielfigur hier und dort zu platzieren. Du ermittelst, habe ich recht?«

»Nun, so würde ich es nicht bezeichnen. Es ist nur …« Er brach ab und hob beschwichtigend die Hände. »Hör mal, Charlotte. Es gefällt mir doch selbst nicht, dass diese Sache dazwischengekommen ist, und ich habe mich wirklich bemüht, mich da herauszuhalten. Aber nun ist der Arzt verschwunden, der versucht hat, den Mann zu reanimieren. Er hatte einen konkreten Verdacht und wollte mich treffen.«

Sie sah ihn mit schräg gelegtem Kopf an. »Dein Rückenproblem bei den Salzfeldern von Hyères …«

Pierre nickte beschämt. »Er hat von Beweisen gesprochen, die er nicht am Telefon preisgeben mochte, und ich konnte ihn unmöglich … Jedenfalls ist er nicht zum verabredeten Treffpunkt gekommen. Seither ist er verschwunden. Seiner Sprechstundenhilfe hat er von einem angeblichen Patientenbesuch auf Porquerolles erzählt, aber keiner seiner hiesigen Patienten erwartete ihn.«

»Woher weißt du das?«

»Madame Cizeron hat alle abtelefoniert. Sie ist in höchster Sorge, und weil die Beamten von der zuständigen Polizei keinen Grund zum Eingreifen sehen, hat sie mich darum gebeten, ihren Chef zu suchen.« Er wurde ernst. »*Docteur* Trébert ist hier auf der Insel, Charlotte, laut dem Kontrolleur der Fährgesellschaft war er gestern an Bord.«

»Deshalb sind wir also hier«, sagte sie, und in der Art, wie sie ihn musterte, erkannte er, wie enttäuscht sie war. »Es ging dir nie um Porquerolles.«

»Ja«, erwiderte er, heftiger als gewollt. »Und ich sage dir auch, warum. Ich habe kein gutes Gefühl bei der Sache, und ich will nicht zu spät kommen, nur weil ich Angst habe, uns die Flitterwochen zu verderben. Ich kann den Arzt doch nicht so einfach im Stich lassen. Es geht um ein Menschenleben!«

Charlottes Miene verdüsterte sich, und bevor sie etwas entgegnen konnte, hob er Einhalt gebietend die Hand.

»Ich verstehe deine Enttäuschung sogar«, kam er ihr zuvor. »Glaub mir, ich habe alles versucht, um den Fall von mir zu schieben. Ich habe den zuständigen Behörden die Dringlichkeit erklärt, aber ich bin gegen Mauern gerannt. Ich will der Polizei doch nur genügend Anhaltspunkte geben, damit sie endlich tätig wird. Sobald die Kollegen endlich ermitteln, bin ich raus, versprochen!«

Charlotte seufzte. »Du glaubst, ich bin enttäuscht, weil du ermittelst?«

»Ja, warum denn dann?«

Sie lachte bitter auf. »Ich bin enttäuscht, weil du es heimlich tun wolltest. Es gibt mir das Gefühl, als wäre ich außen vor. Abgestellt und zur Seite geschoben. Wir sind schließlich ein Paar, oder etwa nicht? Sogar ein frisch verheiratetes! Sollten wir uns da nicht in allen Dingen vertrauen?«

»Natürlich sollten wir das. Aber ich wollte dich nicht damit belasten.«

»Belasten?« Charlotte schien es die Sprache verschlagen zu haben, und sie schluckte heftig, bevor sie fortfuhr. »Als ich dich geheiratet habe, da habe ich den Polizisten mitgeheiratet. Und als solcher könntest du unsere Flitterwochen ohnehin nicht genießen, bevor du diesen Mann gefunden hast. Ich hätte mir gewünscht, dass du mir vertraust. Stattdessen all diese Ausreden, als wäre ich eine Furie, vor deren Wut man sich in Acht nehmen muss. Denkst du das wirklich von mir? Ich mag mir gar nicht vorstellen, welchen Eindruck du von mir hast.«

Jetzt war sie doch laut geworden. Sie starrte ihn entgeistert an. Verletzt.

Er atmete tief durch. »Sieh mal, dieser Urlaub ist auch für mich etwas ganz Besonderes. Und ich wollte ihn nicht mit Ermittlungen stören. Unsere erste gemeinsame Zeit als Ehepaar … das sind doch die schönsten Tage in unserem gerade begonnenen gemeinsamen Leben als Mann und Frau.«

»Das klingt ja fast romantisch.«

»Es klingt nicht nur so, *ma douce*. Es ist mein voller Ernst.«

Sie lächelte zaghaft. »Es können noch immer wundervolle Tage werden. Sobald du den Behörden vor Ort auf die Sprünge geholfen hast.«

»Du meinst …«

»Ja, Pierre. Natürlich will ich, dass du weitermachst.« Ihr Lächeln wurde breiter. »Unter einer Bedingung: dass du mich künftig in deine Gedanken und Pläne einbeziehst.«

»Du willst mit ermitteln?«, fragte er überrascht.

Sie lachte. »Herrje, natürlich nicht! Ich bin Köchin und keine Polizistin. Du machst deine Arbeit, und ich bin dabei oder sehe mir irgendwelche Dinge an. Hauptsache, wir sind zusammen.«

»Abgemacht!« Pierre atmete erleichtert aus, weil mit einem Mal alles so einfach war. »Und sobald die Kollegen endlich tätig werden, beginnen wir noch einmal von vorne mit unseren Flitterwochen. Und dann fahren wir auch nach Saint-Tropez, versprochen!«

»Ich kann es kaum erwarten.« Sie lachte. »Also, was wolltest du hier am Hafen in Erfahrung bringen?«

»Ich möchte mir das Unternehmen des mutmaßlich Ermordeten ansehen. Es scheint, als sei *Besnard Plongée* trotz des Todesfalls geöffnet.«

»Also, los geht's. Und auf dem Weg dorthin erzählst du mir alles, was du über diesen Fall weißt.«

Pierre gab Charlotte einen Kuss auf die sommersprossige Nasenspitze. Was hatte er nur für ein Glück!

9

Florent Besnards Unternehmen befand sich in einer Reihe quadratisch gebauter Lagerhäuser mit beigen und rostbraunen Fassaden. Die Front von *Besnard Plongée* dominierte eine großzügige Glastür, an deren Seiten marineblaue Schiebeelemente angebracht waren, die wie überdimensionierte Fensterläden wirkten. Auf dem Schild oberhalb des Einganges prangte in geraden Lettern der Name der Tauchschule, gekrönt von der grafischen Darstellung eines Fischschwarmes.

Vor einem Fahrradständer stand ein Gerippe aus türkis und rot bemalten Holzbrettern. *Welcome to Besnard Plongée*, stand auf einem davon. *Diving school* und *diving equipment* auf den anderen. Daneben ein Plakat, auf dem in mehreren Sprachen Tauchgänge und Schnorchelausflüge angeboten wurden, bei denen man den Reichtum der Unterwasserwelt entdecken könne.

»Sieh nur, Pierre«, sagte Charlotte, die das Angebot studierte. »Sie bieten auch Führungen zu alten Schiffswracks an.«

Sie wies auf das Foto eines verwitterten Stahlgerippes, das in tiefblaues Licht gehüllt war. Das senkrecht auf dem Kiel stehende Heck war eindrucksvoll, umgeben von einem Vorhang aus winzigen Bläschen. Ein weiteres Bild zeigte die auf dem Wrack wachsende Unterwasserflora. Fächerförmig ausgebreitete violette Korallen mit Polypen, Grünalgen vor dem Hintergrund eines dichten Schwarms lachsfarbener Fischchen.

Es waren atmosphärische Bilder, und sie offenbarten eine mystische Welt, die Pierre weitgehend unbekannt war.

Eine Bewegung am Eingang ließ ihn aufblicken. Aus der Tauchschule traten zwei Männer und eine Frau, deren kurzes, krauses Haar mit einem Gummi zu einem winzigen Zopf zusammengehalten war. Einer der beiden Männer merkte auf und kam mit verbindlichem Lächeln auf Pierre und Charlotte zu, während die anderen sich grußlos entfernten.

»Kann ich Ihnen weiterhelfen?«, fragte er.

Der Mann – Pierre schätzte ihn auf Ende zwanzig – trug eine Bermudahose und ein weißes T-Shirt, auf dem der Schriftzug *dive or die* zu lesen war. Er war hager mit definierten Muskeln und trug das dunkle Haar kinnlang. Auf seinen Armen prangten Tattoos mit düsteren Mustern, die Pierre an die Kunst indigener Völker erinnerte, und ein grimmig aussehender Hai. Sein Gesicht war sonnenverbrannt, als wäre nicht erst Mitte Mai, sondern Hochsommer.

»Ja, sehr gerne«, antwortete Pierre und nutzte die Gelegenheit zu einem Gesprächsanfang. »Wir interessieren uns für eine Besichtigung dieses Schiffswracks.«

»*Le Donator*, eine gute Wahl.« Seine Augen leuchteten. »Kennen Sie das Schiff?«

»Nein.«

»Der Frachter wurde neunzehnhunderteinunddreißig im norwegischen Bergen gebaut und transportierte unter dem Namen *Petite Terre* Bananen von den Antillen nach Frankreich. Er ist auch unter der Bezeichnung seines späteren Eigners bekannt, *Prosper Schiaffino,* der auf der Route Algier–Marseille fuhr.«

»Warum«, fragte Charlotte, »ist er gesunken?«

»Weil der Kapitän einen entscheidenden Fehler gemacht hat. Als der Frachter neunzehnhundertfünfundvierzig mit einer Ladung Rotwein an Bord auf dem Rückweg von Algerien war, geriet er in einen heftigen Sturm, der die Mannschaft zwang, nach Toulon auszuweichen. Doch die Passage zwischen Porquerolles und der Halbinsel Giens war blockiert. Also nahm das Schiff einen Umweg über Port-Cros und traf auf eine der unzähligen Seeminen, die deutsche U-Boote vor der Kapitulation dort hinterlassen hatten. Die Explosion zerriss den Bug. Das Schiff sank innerhalb kürzester Zeit. Immerhin wurden bis auf vier Besatzungsmitglieder alle gerettet.«

»Was ist aus der Ladung Rotwein geworden?«, fragte Pierre.

»Die großen Fässer sind noch immer an Bord, aber das Holz ist porös, der Wein längst diffundiert. Gewiss gab es auch einzelne Flaschen, die von Schatzsuchern geborgen wurden. Derartige Wracks sind seit jeher Ziel von Tauchbegeisterten, und ich denke, die eine oder andere alte Lage ist inzwischen geköpft worden.« Er lächelte gewinnend. »Und? Wie sieht es aus? Es gibt kaum ein schöneres Wrack in der Gegend als dieses. Und es zieht nicht nur Menschen an. Dort tummeln sich auch Meeraale, Muränen, Drachenköpfe, Langusten, Brassen, Barrakudas und Krebse.«

»Das klingt fantastisch«, sagte Pierre, woraufhin der Mann die Hände zu einer einladenden Geste hob.

»Wie wäre es mit einer Tour? Unser Tauchschulboot ist zwar gerade nicht verfügbar, aber sobald zwei Plätze frei sind, rufe ich Sie an. Sind Sie denn erfahrene Taucher?«

»Nein«, musste Pierre zugeben. »Ich habe bisher nur geschnorchelt.«

Der Mann hob bedauernd die Schultern. »Dann kann ich Ihnen lediglich unsere Grundkurse anbieten, *désolé*. Das Wrack liegt in fünfzig Metern Tiefe. Dort herrschen unterschiedliche Strömungen, die für Laien schon mal gefährlich werden. Dafür muss man mindestens hundert Tauchgänge absolviert haben. Aber wir organisieren auch Schnorchelausflüge in die Umgebung. Das ist mindestens so beeindruckend wie eine Besichtigung des Wracks. Rund um die Inseln befindet sich die unberührte Welt des *Parc national de Port-Cros* mit seinen Seegraswiesen und ausgedehnten Fischpopulationen.« Er wandte sich zum Wasser und breitete die Arme aus, als wolle er das ganze Meer umarmen. »An der gesamten französischen Küste gibt es keine derartig faszinierende Unterwasserfauna und -flora wie hier. Rufen Sie mich an, wenn Sie Interesse haben.«

Er reichte Pierre eine Karte der Tauchschule mit dem Logo und den Kontaktdaten.

Jordan Lavigne, las Pierre und blickte wieder auf. Ihm war aufgefallen, dass der Mann bisher nicht im Mindesten den Eindruck machte, als trauere er um einen nahestehenden Menschen. Es war an der Zeit, endlich nachzuhaken.

»Dann geht der Betrieb also weiter wie bisher?«, fragte er.

Lavignes Gesicht verfinsterte sich. Zwischen den Brauen bildete sich eine steile Falte, die ihn nun ebenso grimmig dreinschauen ließ wie den Hai auf seinem Arm. »Sie haben den Artikel in der Zeitung gelesen?«

Pierre nickte betroffen. »Ein so unerwarteter Tod.«

»Ja, es ist furchtbar.« Lavigne seufzte.

»Und nun leiten Sie die Tauchschule?«

»Zumindest so lange, bis die rechtlichen Dinge geklärt sind.« Er verschränkte die Arme. »Sie kannten Florent?«

Pierre schüttelte den Kopf. »Ich habe ihn gestern aus dem Wasser gerettet, aber es ist leider weder mir noch dem Notarzt gelungen, seinen Tod zu verhindern.«

»Sie sind der Jogger?« Die Miene des Mannes wurde schlagartig weicher. »Es heißt, er sei zu schnell an die Oberfläche gekommen. Ich kann das gar nicht glauben, er war ein erfahrener Taucher.«

»Man vermutet, der Stich eines Giftfisches sei der Auslöser …«

»Ja, das habe ich auch gelesen.« Lavigne bleckte die Zähne. »Das ist sicher Unsinn. Es war schließlich nicht seine erste Begegnung mit einem Drachenkopf. So ein Stich brachte ihn nicht aus der Ruhe. Er war ein Profi, der in allen Situationen souverän reagierte.«

»Hatte er nie Panikattacken?«

»Florent?« Der junge Mann schüttelte lachend den Kopf. »Nein. Der war im Wasser der ruhigste Mensch, den ich kenne.«

Pierre ließ die Worte in sich nachklingen. Es bestätigte die Annahme, dass der Auslöser woanders zu suchen war. Dass irgendetwas Florent Besnards Körper aus dem Takt gebracht hatte. Wenn es wirklich ein Gift gewesen war, dann eines, welches das übliche Screening der Rechtsmedizin nicht erfasste. Es musste eine langsam wirkende Substanz gewesen sein. Eine, die ihn nicht sofort tötete. Sondern die Illusion eines natürlichen Unfallherganges aufrechterhielt.

Was zu der Frage führte: Wem nutzte Florents Tod?

Pierre sah Jordan Lavigne an, der jetzt ungeduldig auf seine Armbanduhr schaute. Wollte er die Tauchschule übernehmen? War das ein ausreichender Grund für einen Mord?

Ihm kam eine Idee. Auch eine Arznei in Überdosis wäre dazu geeignet, Spuren zu verwischen.

»Wissen Sie, ob Ihr Freund krank war und Medikamente benötigte?«

»Florent war kerngesund, hatte nicht einmal Allergien. Er war extrem sportlich. Und er hat sich gesund ernährt. Kein Fleisch, nur ab und zu Fisch.«

Lavigne sah Pierre fragend an.

»Mir geht die Sache einfach nicht aus dem Kopf«, gab der

zur Erklärung zurück. »Ich frage mich die ganze Zeit, ob das Unglück hätte verhindert werden können. Die Tatsache zum Beispiel, dass er allein getaucht ist. Hat er das immer so gemacht? Ich meine, ist Florent Besnard häufiger im Morgengrauen rausgefahren? Ohne jede Begleitung?«

»Keine Ahnung. Ich komme immer erst gegen neun, wenn der Laden öffnet. Es sei denn, wir planen geführte Ausflüge zu den Wracks, dann sind wir schon ab sieben vor Ort.«

»Hat er Ihnen denn nichts von seinem Vorhaben erzählt?«

»Nein.« Eine kurze Pause entstand, in der Lavigne in Richtung Hafen sah, zu den Booten, die im Wasser auf und ab wippten. »Wissen Sie«, sagte er schließlich, »nach außen war Florent ein Sunnyboy, immer gut drauf. Aber in Wahrheit war er ein Eigenbrötler, der gerne Dinge für sich behielt. Ich habe mich nicht einmal darüber gewundert, dass das Boot fort war, als ich gestern in der Tauchschule ankam.«

»Haben Sie eine Idee, wohin er damit wollte?«

Lavigne hob die Schultern. »Ich nehme an, er war auf Schatzsuche. Das ist ein Hobby von ihm. Es gibt hier unzählige Wracks, um die sich Legenden ranken. Eine hat es ihm besonders angetan. Die der *Ville de Grasse*. Das war ein Luxusdampfer, der zwischen Marseille, Cannes und Nizza verkehrt ist. In der Nacht vom sechzehnten Dezember achtzehnhunderteinundfünfzig stieß er mit einem anderen Schiff zusammen und brach in zwei Teile. Es heißt, über eintausendsiebenhundertfünfzig *Louis d'Or* seien an Bord gewesen.«

»Die haben bestimmt einen hohen Wert.«

»Allerdings. Der reine Materialwert der Goldmünzen liegt bei rund vierhundert Euro pro Stück. Der Sammlerwert ist weit höher. Ich habe auf dem Markt schon Preise von mehr als tausendzweihundert Euro gesehen, manche Prägungen bringen sogar bis zu zweitausendfünfhundert.«

»So viel?« Charlotte riss die Augen auf. »Das ist ja ein Vermögen.«

Lavigne nickte. »Wir reden von einem Goldschatz im Wert von bis zu vier Millionen Euro.«

Der Mann kannte sich gut darin aus, stellte Pierre fest. Gedanklich notierte er sich ein zweites Motiv, das ihm plausibler vorkam als das der forcierten Übernahme der Tauchschule: Gier. Es setzte allerdings voraus, dass Florent Besnard den Schatz bereits geborgen hatte oder dass er zumindest dessen genaue Position kannte.

»Glauben Sie, Florent war bei seiner Suche erfolgreich?«, fragte er und bemühte sich um eine betont beiläufige Miene.

Lavigne lachte trocken. »Ehrlich gesagt habe ich das immer für eine Spinnerei gehalten. Was glauben Sie, wie viele Menschen schon versucht haben, die Münzen zu finden, selbst Marinetaucher! Der legendäre Schatz ist bis heute verschollen. Aber das Gebiet rund um das Wrack ist verschlammt, die Leute geben die Hoffnung nicht auf.«

»Liegt das Wrack zufällig vor Rayol-Canadel-sur-Mer?«

»Nein. Die meisten versunkenen Schiffe befinden sich in den Meerengen zwischen den Inseln Port-Cros, Porquerolles und der Halbinsel Giens.«

»Aha.« Pierre ließ nicht locker. »Und welche Attraktionen liegen in der Bucht vor Rayol-Canadel-sur-Mer?«

»Die *Hellcat* beispielsweise. Das ist ein Jagdbomber, der neunzehnhundertsechsundfünfzig während einer Manövrierfähigkeitsübung ins Meer stürzte. Der junge Pilot hatte die Höhe überschätzt und ließ die Maschine hart auf der Wasseroberfläche aufschlagen. Ein weiteres Wrack ist das Dampfschiff *Saphis*. Es sank achtzehnhundertsiebenundachtzig in einer stürmischen Oktobernacht. Der Wind drückte es gegen eine kleine Leuchtturminsel in der Bucht vor Le Lavandou.

Aber da ist kein Schatz zu holen. An Bord waren hauptsächlich Italiener und Korsen, die hofften, in Marseille Arbeit zu finden.«

»Ich nehme an, die beiden Wracks sind ebenfalls ausgiebig erkundet?«

»So wie alle in dieser Gegend. Da gibt es keine Überraschungen mehr. Aber wer weiß, vielleicht hat Florent ja etwas entdeckt, das trotz Tauchtourismus und Tausenden von Marinetauchgängen noch auf dem Meeresgrund verborgen lag?« Er hob die Hände in einer vagen Geste und stieß die Luft aus. »Ich glaube es eher nicht. Nun denn, man sollte nichts ausschließen. Das Amphorenfeld vor Giens hat man auch erst spät entdeckt.« Wieder sah er auf seine Armbanduhr. »War es das? Ich habe zu tun.«

»Eine Sache noch.« Pierre öffnete den Browser seines Mobiltelefons und rief das Foto des *Docteurs* von der Praxisseite auf. »Kennen Sie diesen Mann?«

Lavigne seufzte. »Kann sein. Wer ist das?«

»Das ist der Notarzt, der Ihren Freund vergeblich reanimiert hat, sein Name ist Edgart Trébert. Er ist gestern mit der Zwölf-Uhr-Fähre auf die Insel gelangt und seither verschwunden.«

»Er kommt mir irgendwie bekannt vor.«

»Der Vater des Verstorbenen ist Patient in seiner Praxis.«

»Claude Besnard? Na«, schnaubte Lavigne, »das ist mir genau der Richtige!« Er zog die Brauen zusammen, und auf seiner Stirn entstand eine steile Falte. »Wer mit diesem Mistkerl unter einer Decke steckt, kann nicht ganz sauber sein.«

»Mistkerl?« Pierre merkte auf.

Der Ausbruch war ganz plötzlich gekommen. Aber nach allem, was Madame Cizeron über Claude Besnards Reaktion auf die Freunde seines Sohnes erzählt hatte, beruhte die Abneigung ganz offensichtlich auf Gegenseitigkeit.

»Allerdings. Florents Vater hat es nicht ertragen, dass sein Sohn seinen eigenen Weg gehen wollte.« Lavigne machte eine abwertende Handbewegung. »Vielleicht hat dieser Arzt ja auch nachgeholfen, und bei der Herzmassage ein bisschen zu fest gedrückt oder Florent Nase und Mund zugehalten. Ich halte das sogar für sehr wahrscheinlich.«

»Unsinn«, widersprach Pierre. »Warum sollte Claude Besnard seinen Arzt damit beauftragen, den eigenen Sohn zu ermorden?«

»Keine Ahnung. Aber es erscheint mir reichlich merkwürdig, dass ausgerechnet der Arzt dieses Mistkerls vor Ort war, um Florent zu ›retten‹.« Beim letzten Wort deutete er mit den Fingern Anführungsstriche an.

Es waren gewaltige Anschuldigungen, die Jordan Lavigne da ausstieß, scheinbar aus der Luft gegriffen. Absurde Vorwürfe ohne jeden Halt. Denn woher hätte der *Docteur* wissen sollen, dass Florent Besnard mit seinem Boot ausgerechnet an der *Plage du Rayol* landete?

Pierre rieb sich das Kinn.

Es würde allerdings erklären, warum *Docteur* Trébert vor Ort gewesen war. Eine Autostunde von Hyères entfernt. Es gab schließlich Möglichkeiten, ein Boot zu verfolgen. Mit einem GPS-Tracker beispielsweise, unauffällig im Inneren angebracht.

Pierre versuchte sich an die Situation zu erinnern. Als der Arzt dabei gewesen war, Florent Besnard zu reanimieren, hatte er selbst sich weggedreht und über das Meer gesehen, bis sich *Docteur* Trébert mit bedauerndem Kopfschütteln wieder erhoben hatte.

Könnte es sein, dass der Arzt einen Auftrag gehabt hatte? War er in Wahrheit gekommen, um dem Tod des jungen Tauchers nachzuhelfen? Er konnte es sich nicht vorstellen, aber er sollte diese Möglichkeit im Hinterkopf behalten.

»So, Leute, ich muss jetzt wirklich arbeiten.« Lavigne hob die Hand zum Gruß und wandte sich zum Gehen. »*Au revoir*, Monsieur, Madame.«

»Einen Moment noch«, rief Pierre, ihm war noch etwas eingefallen. »Kennen Sie eine Frau namens Camille?«

Der Mann blieb wie angewurzelt stehen. Langsam drehte er sich wieder um. »Warum?«

»Ich soll ihr etwas ausrichten«, sagte Pierre vage. »Persönlich.«

»Camille Audebert ist … ich meine … Sie war Florents Freundin.«

Touché! Es war der erste Lichtblick in diesem Gespräch. »Und wo finde ich sie?«

»Keine Ahnung. Ich bin ja nicht ihr Kindermädchen.«

Pierre überging den arroganten Tonfall. »Haben Sie vielleicht ihre Telefonnummer?«

Der Mann zögerte. Seine trainierten Schultern hoben und senkten sich in tiefen Atemzügen, als wäre er ein Tier, das im Lichtkegel eines Autos zur Flucht ansetzte. Es passte so gar nicht zu dem dynamischen Eindruck, den er zuvor vermittelt hatte.

»Sie wollen«, fragte Pierre und tat überrascht, »Ihrem Freund den letzten Willen verweigern?«

»Natürlich nicht.«

Noch ein letzter tiefer Atemzug, dann entspannte sich der Körper. Lavigne diktierte die Nummer, er wusste sie auswendig, und Pierre trug sie in das Notizbuch seines Mobiltelefons ein.

»Eine allerletzte Frage noch«, sagte er. »Wo waren Sie gestern morgen«, er überlegte kurz, es war etwa Viertel vor acht gewesen, als er am Strand angekommen war, »zwischen sechs Uhr und halb acht?«

»Zu Hause. Die Tauchschule öffnet wie erwähnt erst um neun.«

»Sie wohnen auf Porquerolles?«

»Nein, in Hyères.« Lavignes Augen verengten sich. »Ich erzähle es Ihnen aus reiner Höflichkeit und weil Sie versucht haben, Florent zu retten. Aber damit reicht es jetzt auch mit der Fragerei. *Au revoir.*«

Damit drehte er sich um und verschwand im Inneren der Tauchschule.

»Ein seltsamer Kerl«, sagte Charlotte, die das Gespräch schweigend verfolgt hatte. »Der hat eine ziemliche Wut auf den Vater des Toten.«

Pierre nickte. »Der Konflikt zwischen Vater und Sohn … es klang ganz anders als bei Madame Cizeron. Sie hat von einer Annäherung der beiden gesprochen.« Er sah über das Hafenbecken und fuhr sich durchs Haar. »Der Unfall liegt inzwischen einen Tag zurück, aber ich habe das Gefühl, noch am Anfang zu stehen. Ich weiß weder genug über den Toten oder über seinen Vater. Noch über *Docteur* Trébert und dessen Verhältnis zu dem Hotelier. Von dem Stiefsohn, der das Hotel übernehmen sollte, ganz zu schweigen. Alles, was ich habe, ist die Telefonnummer von Florents Freundin Camille.«

»Du solltest deine Leute in Sainte-Valérie einschalten«, schlug Charlotte vor, ganz die Pragmatische. »Sie könnten dir zuarbeiten und sämtliche Hintergrundinformationen zu den Beteiligten zusammenstellen. Und während du mit ihnen telefonierst, bummele ich ein bisschen durch den Ort. Er soll sehr hübsch sein.« Sie sah auf die Uhr ihres Mobiltelefons, dann zeigte sie zu einem Platz am Ende des großen Anlegekais. »Es ist jetzt Viertel nach elf. Ich schlage vor, wir treffen uns um zwölf dort hinten an der Kaimauer.«

Es klang sehr energisch, und Pierre konnte sich ein Grinsen

nicht verkneifen. Unwillkürlich fühlte er sich an ihren Kochkurs erinnert, an dem er während seines ersten Falles teilgenommen hatte, um dem Mörder auf die Spur zu kommen. Schon damals hatte er festgestellt, dass diese ausgesprochen gelassen und sonnig wirkende junge Dame in der Küche ein strenges Regiment führte. Sogar der alte Carbonne hatte vor ihr salutiert, und genau das tat er jetzt auch.

»Sehr wohl, Sir!«, ahmte er dessen respektvolle Bezeugung nach.

Und Charlotte quittierte es mit einem verschmitzten Lächeln.

10

Pierre ging den Kai entlang, der den östlichen Teil des Hafens begrenzte. Die Boote lagen wie an einer Perlenschnur aufgereiht und schaukelten im Wellengang. In der Ferne, unweit des Fähranlegers, sah er einen schwarzen Frachter mit rot gestrichener Bordkante und weißem Führerhaus nahen, der ein wenig in die Jahre gekommen schien. Obwohl er nicht allzu groß war, wirkte er zwischen den Segel- und Fischerbooten, den Jachten und Marineschiffen wie ein Fremdkörper.

Pierre kniff die Augen zusammen, um den Namen zu erkennen, der auf dem Bug angebracht war. *Saint-Christophe*, stand dort in weißen Lettern. Das musste der Tanker sein, der das Wasser zur Insel brachte.

Er ging weiter, bis er sich etwas abseits der Boote befand, blieb dann unschlüssig stehen. Der Wind wehte hier stärker als am Hafen. Die Luft war kühl und trug den Atem des Meeres in sich. Über ihm kreiste ein Sturmvogel.

Pierre zog sein Mobiltelefon aus der Jackentasche, doch er zögerte, die Kurzwahltaste für die Polizeiwache von Sainte-Valérie zu drücken. Jetzt seine Leute einzubeziehen, gäbe dem Ganzen den Charakter tatsächlicher Ermittlungen. Es bekäme sofort einen quasi-offiziellen Beiklang.

Noch hoffte er, die Sache unkompliziert voranbringen zu können. Vielleicht reichte ja ein Anruf bei Camille Audebert, vielleicht ahnte sie ja, was Florent ihr hatte mitteilen wollen.

Im besten Fall könnte der Täter mit ihrer Hilfe entlarvt werden. Damit wären die Ermittlungen vorbei, bevor es Zeit zum Mittagessen war, und er könnte endlich den Urlaub dort fortsetzen, wo er nach seinem Joggingausflug an die *Plage du Rayol* geendet hatte.

Pierre wählte die Telefonnummer, die Jordan Lavigne ihm diktiert hatte, doch zu seiner Enttäuschung sprang nur der Anrufbeantworter an.

Der Wind riss an seinem Haar, und Pierre drehte sich seitlich, damit er die helle Frauenstimme, die darum bat, eine Nachricht zu hinterlassen, besser verstand. Dabei sah er über die Mauer aus ockerfarbenen Steinen, die die vom Hafen abgewandte Seite des Kais begrenzten. Dahinter lag eine ruhige Bucht, in der nur vereinzelte Segelboote ankerten.

»Zunächst einmal möchte ich Ihnen mein Beileid aussprechen«, sagte er, nachdem er seinen Namen und seine Rufnummer angegeben hatte. »Ich habe Ihren Freund in seinen letzten Minuten begleitet, und er hat mir eine Nachricht für Sie mitgegeben. Bitte rufen Sie mich zurück.«

Seufzend öffnete er den Browser des Mobiltelefons. Er würde es gleich noch einmal versuchen und in der Zwischenzeit ein bisschen über den Verunglückten recherchieren, um die von Lavigne angedeuteten familiären Dynamiken zu verstehen.

Florent Besnards Lebenslauf lag nach wenigen Klicks vor ihm ausgebreitet: Ausbildung in der Gastronomie, dann Arbeit in einem Hotel in Toulon, für das er in einem Artikel als Nachwuchsmanager porträtiert wurde. Er sehe sich als Vertreter einer neuen Generation, stand dort geschrieben, und habe viele Ideen, um ein traditionsreiches Hotel in die Zukunft zu führen.

Der Artikel war vier Jahre alt. Offenbar hatte er tatsächlich zunächst in die Fußstapfen seines Vaters treten wollen und sich aus irgendeinem Grund anders entschieden.

Die Tauchschule existierte seit gut drei Jahren, und mit welcher Leidenschaft der Verstorbene seinen Beruf ausübte, wurde in den Bildern ersichtlich, die auf der Website eingestellt waren und die jene des Werbeplakates vor der Tauchschule noch einmal übertrafen.

Atemberaubende Unterwasserlandschaften. Rote Korallenwälder, Seeanemonen und die unterschiedlichsten Fische, darunter auch ein Drachenkopf. Ein hässliches Tier, wie Pierre fand. Orangerot und grau gesprenkelt, die Haut überzogen von pockenähnlichen Gebilden. Das Maul groß und übellaunig nach unten gebogen, beeindruckend aufgerichtete Stacheln.

Zu finden waren hier auch die von Jordan Lavigne angepriesenen Touren zu den unterschiedlichsten Wracks. Die Gegend rund um die Inseln schien ein wahrer Schiffsfriedhof zu sein, der Taucher aus aller Welt anzog. Er fand auch Aufnahmen des einst so luxuriösen Dampfschiffes *Ville de Grasse*, das 1851 gesunken war. An Bord Stoffe, Kolonialwaren, Öl und etliche Goldmünzen in versiegelten Säcken, die nie gefunden wurden.

Ob Florent Besnard den Goldschatz wider Erwarten entdeckt hatte?

Ein Video zog Pierres Aufmerksamkeit auf sich. Es zeigte den Verunglückten als Apnoetaucher, der ohne technische Hilfsmittel vor einem kleinen Leuchtturm unter Wasser ging und filmend durch die Räume eines versunkenen Zementfrachters schwamm. Immer wieder richtete er die Kamera auf sich. Dokumentierte, wie er minutenlang den Atem anhielt, ganz ohne Hilfsmittel unter Wasser verweilte, nur kurz zum Luftholen auftauchte und wieder hinabglitt, um das Wrack erneut zu filmen. Begleitet wurde er von Jordan Lavigne, der ab und zu im Bild zu sehen war.

Allein beim Anblick der Filmsequenzen hielt Pierre die Luft an. Florent Besnard, das war ihm rasch klar, hatte eine ausnehmend gute Kondition. Und er wusste offenbar genau, was er tat.

Pierre schloss den Browser und versuchte es erneut bei Camille Audebert. Vergeblich.

Dann würde er nun Madame Cizeron darüber informieren, dass er die Suche nach *Docteur* Trébert aufgenommen hatte. Vielleicht, so hoffte er, hatte sie weitere Informationen über die letzten Minuten vor seinem Aufbruch parat.

Ein Schluchzen drang aus dem Lautsprecher, als Pierre der Sprechstundenhilfe den Grund seines Anrufes verriet.

»*Mon Dieu!*«, rief sie aus. »Es gibt doch noch Gerechtigkeit. Sie sind ein guter Mensch, das hat Edgart auch gesagt. Es gibt nicht viele gute Menschen auf der Welt, aber Sie sind einer davon.«

Pierre räusperte sich angesichts der unerwarteten Ehre, die ihm so überschwänglich zuteilgeworden war.

»Noch habe ich nicht viel herausgefunden«, sagte er abwehrend. »Ich kann nur bestätigen, dass *Docteur* Trébert die Zwölf-Uhr-Fähre genommen hat, er ist also tatsächlich auf Porquerolles angekommen. Laut einem Mitarbeiter der Fährgesellschaft hatte er es sehr eilig und erreichte das Schiff erst kurz vor dem Ablegen. Es stellt sich also die Frage, was ihn dazu gebracht hat, seine Pläne überstürzt zu ändern.«

»Von welchen Plänen reden Sie?« Madame Cizeron schien komplett von der Rolle zu sein.

»Na, von dem Treffen mit mir im *Savage*. *Docteur* Tréberts Entscheidung, auf die Insel zu fahren, ist ganz offensichtlich erst nach unserem Telefonat gefallen.« Pierre machte eine Pause, um sicherzugehen, dass sie ihm folgen konnte. »Der auslösende Moment muss demnach in diesem Zeitfenster liegen, zwischen kurz vor elf und«, er überschlug die Minuten, die man von der Praxis bis an den Hafen von

Giens brauchte, »etwa zehn vor zwölf. Dafür benötige ich Ihre Hilfe.«

»Was immer Edgart zurückbringt. Was genau möchten Sie wissen?«

»Welche Patienten waren in dieser Zeit in der Praxis?«

»Einen Moment.« Ein Blättern war zu hören, offenbar arbeiteten sie noch mit einem altmodischen Terminplaner in Form eines Buches. »Um elf hatten wir den Kontrollbesuch eines Dreizehnjährigen, der in Begleitung seiner Mutter kam. Danach eine sportmedizinische Behandlung eines Surfers und um halb zwölf eine Beratung zur Dosierung eines Medikaments gegen rheumatische Beschwerden. Vor der Mittagspause sollte noch ein Verbandswechsel durchgeführt werden, das hat eine unserer Arzthelferinnen übernommen, weil Edgart die Fähre bekommen wollte.«

»Dann war der letzte Patient vor seinem Aufbruch also derjenige mit den rheumatischen Beschwerden?«

»Ja. Aber der hat damit gewiss nichts zu tun. Der Herr ist bereits über neunzig und kommt regelmäßig zu uns. Er schlägt sich wacker trotz diverser Altersbeschwerden. Der Patient wohnt in einem Altersheim, seine Tochter fährt ihn zu den Arztbesuchen. Sie saß die ganze Zeit im Wartezimmer und hat außer einer kurzen Begrüßung kein Wort mit Edgart gewechselt.«

Pierre überlegte. Es musste einen anderen Auslöser gegeben haben. Etwas, das Trébert unmittelbar zum Handeln gezwungen hatte. »Können Sie mir die Telefonate durchgeben, die Monsieur Trébert in dieser Zeit geführt hat? Sowohl Festnetz als auch Mobilfunkverbindungen.« Ihm kam ein Gedanke. »Vielleicht entdecken Sie darauf ja auch meine Telefonnummer«, fügte er hinzu. Dann wäre endlich auch die Unsicherheit im Hinblick auf den Anrufer geklärt.

»Er benutzt immer sein Privathandy, da komme ich nicht ran. Aber die Festnetzverbindungen kann ich Ihnen gerne raussuchen. Einen Moment.« Der Telefonhörer wurde geräuschvoll abgelegt.

Pierre lehnte sich nach vorne gegen die Steinmauer und sah über die Bucht. Die Szenerie hatte etwas Friedliches, geradezu Träumerisches. Während auf der Hafenseite ein quirliges Kommen und Gehen herrschte, schien die Welt hinter der Steinmauer stillzustehen. Das Wasser war von einem kristallklaren Blau. Durchzogen von smaragdgrünen Streifen, die sich im Schein der immer wieder durch die Wolken hindurchbrechenden Sonne intensivierten. Wie schön wäre es, sich jetzt mit Charlotte an den nahezu menschenleeren Strand zu setzen und einfach die Seele baumeln zu lassen.

Pierre seufzte.

»Das Telefonat mit Ihnen hat laut unserem Router um zehn Uhr einundfünfzig stattgefunden«, meldete sich Madame Cizeron jetzt wieder zu Wort.

Pierre nickte. Er hatte also tatsächlich mit dem Arzt gesprochen.

Umso besorgter blickte er auf *Docteur* Tréberts hektischen Aufbruch nach Porquerolles. Er war inzwischen seit gut vierundzwanzig Stunden verschwunden. Dem Arzt, so viel stand mittlerweile fest, war etwas zugestoßen. Und Pierre hoffte, ihn rechtzeitig zu finden, um das Schlimmste zu verhindern.

»Für den Zeitraum danach sind insgesamt vier Gespräche registriert«, fuhr die Sprechstundenhilfe fort. »Drei davon betreffen Terminkoordinationen, die ich persönlich bearbeitet habe. Von Edgarts Apparat ging nur ein Telefonat raus. Das war um elf Uhr einundvierzig. Es war der direkte Anschluss von Monsieur Claude Besnards Büro. Das Telefonat dauerte vier Minuten.«

Pierres Herz machte einen Satz. Das war dann wohl der auslösende Moment gewesen! Wie viel konnte man in vier Minuten besprechen?

Die Sprechstundenhilfe atmete stotternd aus. »Edgart hat also doch die Wahrheit gesagt.«

»Aber«, schränkte Pierre ein, »*Docteur* Trébert ist nicht losgefahren, um Claude Besnard als Notfallpatienten zu besuchen.«

»Und warum nicht?« Madame Cizeron wollte offenbar noch immer nicht glauben, dass ihr geschätzter Chef sie angelogen hatte.

»Es war ein ausgehender Anruf. Die Initiative ist also nicht vom Patienten ausgegangen, sondern von Ihrem Chef.« Was auch immer *Docteur* Trébert mit dem alten Besnard zu besprechen gehabt hatte, mit dessen gesundheitlichen Problemen hatte es ganz gewiss nichts zu tun. Und es katapultierte den Vater des Toten augenblicklich ganz nach oben auf die noch sehr bruchstückhafte Liste der Verdächtigten. »Bleibt nur noch die Frage«, fuhr Pierre fort, »ob er auch wirklich dort aufgetaucht ist.«

»Ich könnte meine Freundin Monique fragen«, kam es zögernd von Madame Cizeron, »ob sie ihn gesehen hat. Jeder, der das Hotel oder das Restaurant betritt, läuft an der Rezeption vorbei.«

»Das ist eine gute Idee.« Ihm fiel etwas ein. »Wissen Sie vielleicht noch, was der *Docteur* getragen hat, als er die Praxis verließ?«

»Eine weiße Hose und einen violetten Feinstrickpullover mit V-Ausschnitt.«

»Keine Jacke?«

Sie antwortete nicht gleich. Es waren Schritte zu hören, kurz darauf war sie wieder am Apparat. »Nein. Seine Jacke hängt hier.«

»Gut, danke.«

»Kann ich sonst noch etwas tun?«

»Ja. Wie Sie wissen, hat *Docteur* Trébert mir gegenüber von einem möglichen Beweis dafür gesprochen, dass es sich um einen Mord handelte. Würden Sie die Liste des Festnetztelefons bitte noch einmal nach Anrufen durchgehen, die er vor dem Telefonat mit mir geführt hat? Auch der Browserverlauf seines Computers könnte weiterhelfen.«

»Sein Computer ist passwortgeschützt, da komme ich nicht rein. Aber die Liste habe ich hier vor mir liegen, ich habe sie vorhin ausgedruckt.« Das Rascheln von Papier erklang, bevor sie wieder sprach. »Er hat nur mit unserem Reagenzienhandel telefoniert.«

»Was ist das?«

»Ein Spezialstofflieferant. Dort bestellen wir die Proben für die Allergietests.«

Pierres Puls beschleunigte sich. »Führt dieser Spezialhandel auch Giftstoffe?«

»Ja, sicher. Die werden aber nur an Fachpersonen für wissenschaftliche Zwecke ausgegeben.«

»Wie lange dauerte das Telefonat?«

»Sechs Minuten. Aber wie gesagt, das gehört zu unserer Praxisarbeit.«

»Trotzdem: Rufen Sie dort an und versuchen Sie, herauszufinden, was Ihr Chef wollte. Und bleiben Sie weiter erreichbar, falls noch Fragen auftauchen.«

Pierre beendete das Gespräch. Offenbar hatte Trébert eine Idee gehabt, welchen Giftstoff man Florent Besnard verabreicht hatte. Sollte er tatsächlich eine konkrete Substanz im Auge gehabt haben, dann könnte die Gerichtsmedizin ein neues, auf diesen Stoff ausgerichtetes Screening machen.

Ein Blick auf die Uhr zeigte ihm, dass die vereinbarte Zeit

beinahe verstrichen war. Er machte sich auf den Weg zum Treffpunkt.

Als Nächstes, das nahm Pierre sich vor, würde er mit Charlotte im Restaurant des *Hôtel Georges* zu Mittag essen. Wenn er Glück hatte, ergab sich eine Gelegenheit zum Gespräch mit dem Vater des Toten.

11

Als Pierre die *Rue de l'Artisanat* betrat, bemerkte er, dass die Schilder vor *Besnard Plongée* fortgeräumt waren. Verwundert blieb er stehen, als in diesem Moment Jordan Lavigne die Tür der Tauchschule aufstieß und hinter sich abschloss. Dann mit großen Schritten in Richtung Altstadt ging. Das Handy am Ohr, angestrengt lauschend, bis er mit einem lauten Fluchen auf dem Screen herumtippte und einen weiteren Anruf startete.

War es ein Zufall, dass er den Laden kurz nach ihrem Gespräch schloss? Oder machte die Tauchschule so früh Mittagspause? Pierre googelte die Öffnungszeiten, während er die Verfolgung aufnahm, nach denen das Geschäft erst in einer halben Stunde hätte geschlossen werden sollen.

Jetzt war er dicht hinter Jordan Lavigne. Er hoffte nur, dass der sich nicht umdrehte.

»Sie geht nicht ran«, blaffte der Mann gerade in das Mikrofon. »Nein, keine Sorge, ich bringe das in Ordnung. Aber das Boot ist fort, keine Ahnung, wo es ist. So ein Scheiß!«

Er lauschte, ebenso wie Pierre, der sich nun ganz dicht hinter ihm hielt. Aus einer Werkhalle drang kreischender Lärm und übertönte Lavignes Antwort. Wenige Meter weiter war seine Stimme wieder deutlich zu hören.

»Ich glaube, ich weiß, wo Camille ist. Ich melde mich, sobald ich sie gefunden habe.« Damit steckte er sein Mobiltelefon ein.

Konnte es sein, dachte Pierre, dass er den Mann mit dem

Hinweis auf Florents letzte Nachricht an Camille aufgeschreckt hatte? Sollte Jordan Lavigne der Täter sein, so hatte er die Frau mit seiner Bemerkung womöglich sogar in Gefahr gebracht. Er fragte sich, wer wohl der Gesprächspartner des Tauchlehrers gewesen war.

Mit großen Schritten eilte Pierre an aufgebockten Booten einer Reparaturwerft vorbei, an den orangefarbenen Kajaks eines Bootsverleihs. An Cafés und Schnellrestaurants. Lavigne stets im Blick. Als sie den Hauptkai erreichten, hielt er nach Charlotte Ausschau, in der Hoffnung, sie wäre bereits am Treffpunkt, doch sie war nirgends zu sehen. Er würde ihr später eine Nachricht schicken.

Der Weg führte über eine Steigung, dann teilte er sich zwischen zwei Restaurants. Lavigne folgte der östlichen Gabelung, als in diesem Moment Charlotte aus dem westlich liegenden Weg kam. Erleichtert winkte Pierre ihr, sich zu beeilen, rasch schloss sie auf.

»Was ist passiert?«, fragte sie, ein wenig außer Atem.

»Lavigne hat den Laden vorzeitig zugesperrt«, erklärte Pierre. »Ich habe ihn telefonieren gehört.« Rasch gab er wieder, was er von dem Gespräch verstanden hatte.

»Dann ist der Kerl jetzt also auf dem Weg zu Camille«, rekapitulierte Charlotte.

Pierre nickte. »Und, wie ist es dir ergangen? Hat dir der Ort gefallen?«

Sie lächelte. »Oh, ich habe nicht allzu viel davon gesehen. Ich war nämlich in einigen Fahrradverleihen.«

»Um die Preise zu vergleichen?«

»Nein. Ich hatte die spontane Idee, mich ein bisschen umzuhören. Denn sollte *Docteur* Trébert sich über die Insel bewegen, braucht er doch einen fahrbaren Untersatz. Und, was soll ich sagen, er hat sich tatsächlich ein graues Elektrorad der Marke

Giant ausgeliehen, in einem Laden in der *Rue de la Ferme*. Und er hat es nicht zurückgebracht.«

»Wirklich?« Pierre warf ihr einen erstaunten Seitenblick zu. Er musste zugeben, dass er nicht damit gerechnet hatte. »Und es war ganz sicher der *Docteur*?«

»Zu hundert Prozent. Die Verleiher wissen ganz genau, wer ihre Kunden sind. Sie behalten die Personalausweise als Pfand, bis die Räder wieder abgegeben werden. Ich habe ein Foto von dem Ausweis gemacht.«

»Wie hast du denn das geschafft?«

»Tja, ich habe eben meinen Charme spielen lassen.« Charlotte lachte, als Pierre die Brauen zusammenzog. »Offenbar hoffte der Mann, ich würde ihm das Rad zurückbringen. Er hat mir sogar den Beleg gezeigt, auf dem die genaue Ausgabezeit stand, es war dreizehn Uhr acht.«

Lavigne bog jetzt nach links und eilte eine ansteigende Straße hinauf, an deren Seiten weitere Läden ihre Räder ausstellten. Der ganze Ort schien von dem Verkauf von Essen und dem Verleih von Fahrrädern zu leben.

»Die Fähre ist etwa zwanzig Minuten unterwegs«, überlegte Pierre. »Wenn man für den Weg vom Anleger bis in den Ort je nach Tempo fünf bis sieben Minuten Fußweg einrechnet, dann blieben Trébert gut vierzig Minuten Zeit, um sich mit jemandem zu treffen, bevor er das Fahrrad auslieh.«

»Du denkst an den Vater des Toten?«

Pierre nickte. »Ich habe vorhin mit Madame Cizeron darüber gesprochen. Von ihr weiß ich übrigens auch, dass Trébert am Vormittag ein sechsminütiges Telefonat mit einem Reagenzienhandel geführt hat, der auch Giftstoffe an Fachpersonen für wissenschaftliche Zwecke verkauft.«

»Giftstoffe?«, wiederholte Charlotte überrascht. »Steht das im Zusammenhang mit dem Beweis, von dem er dir erzählt hat?«

»Möglicherweise. Was das allerdings mit Claude Besnard zu tun haben könnte, das weiß ich noch nicht. Jedenfalls hat Trébert unmittelbar vor seinem Aufbruch zur Insel mit dem Hotelier telefoniert.«

»Ach.« Charlotte warf ihm einen raschen Blick zu. »Dann hat Besnard also gelogen, als er das Gegenteil behauptete.«

»Offensichtlich. Es ist davon auszugehen, dass die beiden sich getroffen haben. Woraufhin sich Trébert ein Fahrrad mietete.«

»Das er noch immer nicht zurückgegeben hat.« Charlotte schüttelte den Kopf. »Das klingt nicht gut. Sollten wir lieber erst mit dem Hotelier sprechen, statt dem jungen Mann zu folgen?«

Pierre atmete tief ein und blies die Luft durch die Backen. »Nein, das hier ist wichtiger. Lavigne führt uns zu Camille. Und vielleicht sogar zu *Docteur* Trébert.«

In diesem Moment blieb der Mann vor einem Hauseingang stehen und öffnete die blassgrüne Tür. Pierre zog Charlotte in den Schatten einer Mauer, von wo aus sie einen guten Blick auf das Geschehen hatten. Er fragte sich, wer hier wohnte, da Jordan Lavigne aus Hyères kam, und merkte sich Straße und Hausnummer. Wenige Augenblicke später verließ der Mann das Gebäude mit einem knalltürkisen Fahrrad und fuhr die Straße bergan, die in einer Kurve aus dem Ort hinausführte.

»Verdammt!«, rief Pierre. »Wir müssen hinterher. Los, wir holen uns auch Räder.«

»Pierre …« Charlotte wies mit einer Handbewegung auf den langen Rock ihres Kleides und hob dann bedauernd die Schultern. »Ich fürchte, für eine temporeiche Verfolgungsjagd ist mein Outfit nicht geeignet. Fahr allein. Wir treffen uns später wieder.«

Pierre sah sie an, beinahe enttäuscht. Längst hatte er Gefallen an ihrer Begleitung gefunden. »Bist du dir sicher?«

»Aber natürlich.« Sie lachte. »Ich habe den Ort noch gar nicht richtig erkundet. Dabei habe ich große Lust dazu, und schließlich bin ich ja auch im Urlaub, nicht wahr?«

»Ich komme zurück, so schnell ich kann.«

Er gab ihr einen Kuss, stürmte in den Laden eines Fahrradverleihs und zeigte auf ein E-Bike, während er mit der anderen Hand das Portemonnaie aus der Innentasche seiner Jacke zog und seinen Personalausweis auf den Tresen legte.

Noch einmal winkte er ihr zu und trat hastig in die Pedale. Die Straße hinauf und auf die *Piste de Notre-Dame*. Ein Sandweg, der nach wenigen hundert Metern in eine Naturlandschaft mündete. Rechts dichte Buschreihen, Eukalyptus und sich neigende Kiefern. Links das Meer. Aber keine Spur von Jordan Lavigne.

Als der Sandweg breiter wurde, machte Pierre einen Punkt in der Ferne aus, in dem er Lavigne zu erkennen glaubte. Er erhöhte das Tempo, um den Abstand zu verkürzen. Jetzt führte die Strecke durch dichtes Grün, das hoch in den Himmel ragte. Der Belag war uneben und rutschig. Als Pierre einer Gruppe entgegenkommender Fahrradfahrer auswich und mit den Reifen über lose Steine schrammte, geriet er ins Schleudern und hätte sich beinahe mitsamt dem Fahrrad hingelegt.

Die Strecke verlief in weiten Kurven, führte mal ein Stück landeinwärts, dann wieder nahe der Küste entlang. Jedes Mal, wenn Pierre glaubte, Jordan Lavigne endlich eingeholt zu haben, tat sich die nächste Biegung auf und verschluckte den Mann, bis er schließlich ganz außer Sichtweite war.

War er auf eine der zahlreichen Strandzufahrten abgebogen?

Allein die *Plage de la Courtade* besaß vier Zugänge, die durch dichtes Schilfgras führten, über bewachsene Pfade, durch dichte Macchia. Bei jeder der folgenden Abzweigungen bremste Pierre kurz ab, um nach dem auffällig türkisblauen Fahrrad Ausschau zu halten. Doch er entdeckte es nirgends.

Vorhin war er an der Zufahrt zu einem Weingut vorbeigekommen und an diversen Abzweigungen in Richtung Nordküste. Die Insel war einfach zu groß, Lavigne könnte überall sein.

»Verdammt«, zischte Pierre, als er vor einem weiteren Schild zum Stehen kam, das zur *Plage du Lequin* wies. Ein schmaler Sandweg, eingerahmt von Pinien, zwischen deren Stämmen das Blau des Meeres hindurchschimmerte. Lavigne war wie vom Erdboden verschluckt. Es war die sprichwörtliche Suche nach der Nadel im Heuhaufen, dachte Pierre, während er wieder in die Pedale trat. Man bräuchte ein ganzes Team von Ermittlern, um diesem Fall gerecht zu werden.

Zum wiederholten Mal hoffte er, *Capitaine* Roubaud bald handfeste Beweise für einen Mord liefern zu können, die den Kollegen überzeugten, tätig zu werden.

Er überholte eine Familie, die mit ihren Rädern fast die gesamte Breite der Bahn einnahm. Ein Rentnerpaar mit Picknickkorb auf dem Gepäckträger. Doch von Jordan Lavigne war keine Spur, und allmählich bezweifelte er, dass es eine gute Idee gewesen war, derart blindwütig die Verfolgung aufzunehmen. Als er an der Gabelung zur *Plage de l'Alycastre* anlangte, hielt er an.

Es ist zwecklos, dachte er. Er überlegte, umzukehren und gemeinsam mit Charlotte den Vater des Toten aufzusuchen. Claude Besnard war schließlich der mutmaßlich Letzte, der mit *Docteur* Trébert gesprochen hatte. Aber allein der Gedanke, den ganzen Weg zurückzufahren und schließlich mit leeren Händen vor Charlotte zu stehen, ärgerte ihn so sehr, dass er sich in einem Anflug von Sturheit weigerte, vorzeitig aufzugeben.

Er sah nach links, wo sich die Piste noch zweimal teilte. Schmale Sandwege mit viel Geröll, umgeben von dichtem Buschwerk. Der linke führte bergan zum *Fort de l'Alycastre*, der rechte hinunter zum Strand. Von dort kam ein älteres Paar mit beigefarbenen Steppwesten auf ihn zu, sie schoben die Räder den Hang hinauf, der Kies knirschte unter den Reifen.

»Entschuldigen Sie bitte«, rief Pierre ihnen entgegen. »Ist Ihnen auf dem Weg ein Mann mit einem türkisfarbenen Fahrrad begegnet? Dunkles, kinnlanges Haar, tätowierte Arme, ein weißes T-Shirt mit dem Schriftzug *dive or die*.«

Die beiden schüttelten den Kopf.

»Dort unten ist nur eine Familie mit Kindern«, antwortete der Mann.

»Danke für die Auskunft.«

Entschlossen stellte Pierre den rechten Fuß wieder aufs Pedal. Er würde dem Hauptweg noch ein kleines Stück weiter folgen, bevor er dann endgültig aufgab.

»*On y va!*«, rief er sich aufmunternd zu und fuhr weiter.

Nicht einmal drei Minuten später lichtete sich der Weg. An einer zur sandigen Plattform gestalteten Anhöhe hatte man unvermittelt freien Blick auf eine Bucht, deren Strand einem Hinweisschild zufolge den Namen *Plage Notre-Dame* trug.

Pierre blieb stehen, gefangen von der Aussicht.

Unter ihm lagen macchiabewachsene Klippen, rechts ein von Pinien und Seekiefern umrahmter halbmondförmiger Sandstrand, davor das Meer, auf dem einige Segelboote ankerten.

Das Wasser war sehr klar, durchscheinend. Man konnte die sanften Wellenbewegungen sehen und bis weit hinaus auch die Untergründe. Und je nachdem, ob diese aus Sand bestanden, aus Felsen oder Seegraswiesen, ob das Wasser tief war oder flach, schimmerte das Meer in den verschiedensten Blautönen. Pastellblau und Aquamarin, Azur und Cyan.

In diesem Augenblick riss die Wolkendecke auf, und die Sonne erhellte die Bucht. Sofort verstärkten sich die Farben, als hätte ein himmlischer Retuscheur Hand an den Regler des Sättigungsfilters gelegt und mit einem beherzten Griff die Szenerie zum Leuchten gebracht.

Das Wasser strahlte in intensivem Türkis. Einer Farbe, die Pierre so in der Provence noch nie gesehen hatte. Am ehesten in den Calanques bei Cassis, den fjordartigen Buchten, in denen das Wasser smaragdgrün schimmerte. Dieser Ort jedoch besaß durch den endlos scheinenden weißen Sandstrand etwas wahrhaft Karibisches.

Der Anblick verschlug Pierre die Sprache. Hätte man ihm Bilder davon gezeigt und gesagt, sie stammten von den französischen Antillen – von Saint Barthélemy oder Martinique –, er hätte es ohne Weiteres geglaubt.

Er wünschte, Charlotte wäre jetzt bei ihm, und er nahm sich vor, den Strand noch einmal mir ihr gemeinsam zu besuchen.

Pierre schob das Fahrrad zu den Holzgeländern, um es anzuschließen. Und da stand es auf einmal vor ihm, und es leuchtete nicht minder strahlend wie das Wasser der Bucht:

Jordan Lavignes knalltürkises Bike.

12

Pierre lief zur obersten Stufe der Holztreppe, die in mehreren Kurven hinab zum Strand führte.

Und tatsächlich: In einiger Entfernung sah er den jungen Mann barfuß durch den Sand eilen, die Sneaker in der Hand. Vor einem Handtuch, auf dem eine sehr schlanke Frau in schwarzer Jeans und Sweatshirt lag, blieb er stehen. Den breitkrempigen Hut, den sie über ihr Gesicht gelegt hatte, riss er ihr mit einer derart heftigen Bewegung vom Kopf, dass Pierre erschrocken die Luft einsog.

Sofort war die Frau auf den Beinen und wollte dem Mann eine Ohrfeige geben, doch er hielt sie am Arm fest. Sie war ausgesprochen hübsch, stellte Pierre fest. Sportlich-schlank mit ausgesprochen anmutigen Bewegungen. Das sonnenhelle Haar trug sie zu einem lässigen Dutt gebunden, aus dem einzelne Strähnen fielen. Das musste Florent Besnards Freundin Camille sein.

»Ich wüsste zu gerne, worüber sie streiten«, flüsterte er. Jetzt schrien sie sich sogar an.

Unverwandt beobachtete Pierre die beiden, deren Debatte von ausladenden Gesten begleitet war. Er fragte sich, ob sich die lautstark ausgetragene Diskussion wohl um den Tod des jungen Tauchers drehte. Zu gerne würde er jetzt Mäuschen spielen.

In diesem Moment bückte sich die Frau nach ihren Sachen,

raffte alles zusammen und stopfte es in eine Jutetasche. Mit langen Beinen eilte sie den Strand entlang, gefolgt von Jordan Lavigne, der trotz seiner Sportlichkeit im weichen Sand Mühe hatte, mit ihr Schritt zu halten.

Jetzt hatten sie die Holztreppe erreicht. Die Frau hielt kurz an, um sich den Sand von den Füßen zu klopfen, und schlüpfte in ihre Schuhe, bevor sie die Stufen hinaufeilte. Jordan Lavigne tat es ihr gleich.

Jeden Augenblick, dachte Pierre, würde der junge Mann ihn bemerken. Dennoch machte er keine Anstalten, es zu verhindern. Beharrlich blieb er an seinem Standort stehen, gleich neben der obersten Treppenstufe. Nun, da er Jordan Lavigne endlich gefunden hatte, entschied er sich für eine Konfrontation.

Der junge Mann jedoch war zu vertieft in den Streit.

»Camille, so warte doch!«, rief er, dabei lief er ganz dicht hinter ihr die Stufen hinauf, fast trat er ihr auf die Hacken. »Wir müssen das klären, verstehst du? Florent zuliebe.«

»Das macht ihn auch nicht mehr lebendig«, entgegnete sie spitz, ohne sich umzudrehen.

Sie war es tatsächlich, dachte Pierre. Gleich würden die beiden ihn passieren. Mit einem beherzten Schritt stellte er sich ihnen in den Weg.

»Camille Audebert?«, fragte er die Frau, die abrupt stehen blieb und ihn musterte. Pierre bemerkte tiefe Schatten unter ihren Augen, die von einer durchwachten Nacht zeugten. Ihr Gesicht war ungeschminkt, er schätzte sie auf Mitte zwanzig.

»Was machen Sie denn hier?«, entfuhr es Lavigne, bevor sie antworten konnte. Er schob sich vor Camille, breitbeinig und mit verschränkten Armen, als wolle er sie beschützen.

Alles an ihm drückte Abwehr aus. So als wäre es ihm nicht recht, dass Pierre, mit ihr sprach.

Der erinnerte sich, dass Lavigne die Telefonnummer von Camille nur zögernd weitergegeben hatte. Aber vielleicht, dachte Pierre, war es ihm auch nur unangenehm, dass jemand Zeuge der heftigen Auseinandersetzung geworden war.

»Meine Frau und ich, wir machen einen Ausflug«, antwortete er betont gelassen. »Schließlich sind wir im Urlaub.«

»Ach nein«, blaffte Lavigne. »Und wo ist Ihre Frau?«

»Die ist noch unterwegs«, wich Pierre aus. »Aber als ich eben den Namen Camille hörte, da habe ich mich gefragt, ob die Mademoiselle wohl die Person ist, von der der Verunglückte gesprochen hat.« Er sah über Lavignes Schultern hinweg zu der jungen Frau. Sie war sehr blass geworden. »Ich habe versucht, Sie telefonisch zu erreichen, und Ihnen eine Nachricht aufgesprochen.«

Camille Audebert nickte, offenbar hatte sie das Band abgehört.

»Ich bin der Mann, der Florent aus dem Wasser gezogen hat«, fügte er vorsichtshalber hinzu. »Es tut mir leid, was passiert ist.«

»Mir auch.« Sie seufzte schwer, und eine tiefe Trauer verdunkelte ihr Gesicht. In einer plötzlichen Bewegung klopfte sie Jordan Lavigne, der noch immer breitbeinig wie ein Bodyguard vor ihr stand, auf die Schulter. »Worauf wartest du? Hau ab.«

»Aber …« Der junge Mann zögerte. »Ich kann dich doch nicht mit diesem Fremden allein lassen.«

»Ich brauche deine Hilfe nicht!« Sie spie es förmlich aus. »Lass mich in Ruhe, hörst du? Ich will, dass du verschwindest.«

Sichtlich gekränkt zog Lavigne die Nase hoch und spuckte aus. Ging dann betont langsam zu seinem Fahrrad, wo er leise fluchend das Schloss löste und in Richtung des Ortes verschwand.

Camille Audebert ließ ihn nicht aus den Augen. Erst als er

außer Sichtweite war, sah sie Pierre wieder an. »Sie haben mit Florent gesprochen?«

»Gesprochen ist zu viel gesagt, es waren nur wenige Worte.«

Tränen stiegen ihr in die Augen. »Erzählen Sie mir alles über seine letzten Minuten. Und versuchen Sie nicht, mich zu schonen. Ich möchte jedes Detail wissen. Von Anfang an.«

Pierre tat ihr den Gefallen. Er begann damit, wie ihr Freund vergeblich versucht hatte, schwimmend an Land zu gelangen, sodass er ihm zur Rettung kam. Schilderte, wie sie nebeneinander am Strand liegend um Luft rangen.

»Ihr Freund hatte starke Schmerzen«, erzählte er, »und es bereitete ihm große Mühe zu sprechen. Trotzdem war es ihm wichtig, dass ich Sie kontaktiere, um Ihnen etwas mitzuteilen. Was, das konnte er nicht mehr sagen, dazu war er zu schwach.«

»Das ist alles?« Ihr Gesichtsausdruck spiegelte Erstaunen, dann Enttäuschung und schließlich Schmerz, als fühle sie den ihres Freundes nach.

»Haben Sie eine Ahnung«, fragte Pierre, »was er Ihnen mitteilen wollte?«

Sie schüttelte den Kopf, sah an ihm vorbei auf das glasklare Wasser, das in sanften Wellen ans Ufer rollte.

»Er behauptete, er sei vergiftet worden.«

Jetzt starrte sie ihn an, prüfend, als wäre sie unsicher, ob er sie anlog. Ihm fiel auf, dass ihre Augen blau waren, ein fast unnatürlich intensives Blau, und er fragte sich, ob sie farbige Kontaktlinsen trug.

»Es war gar kein Tauchunfall?«

»Möglicherweise ein provozierter.«

Ihre Mundwinkel zuckten. »Den Giftfisch, von dem die Zeitung schreibt, kann ich jedenfalls als Ursache ausschließen. Es sei denn, er ist ein weiteres Mal gestochen worden.«

Überrascht starrte Pierre sie an. »Was meinen Sie damit?«

»Dass die Verletzung vom Vorabend stammt. Ich war dabei.«

»Was genau ist passiert?«

»Wir waren hier, in der Bucht.« Sie drehte sich zum Strand und deutete auf die Stelle, an der sie eben noch gesessen hatte. »Wir waren oft an der *Plage Notre-Dame*, abends, nachdem die Touristen die Insel wieder verlassen hatten. Es war … unser Paradies.« Eine Träne löste sich und rann über die Wange, Camille ließ es zu. »Florent hat hier gerne frei getaucht. Er hatte fast immer seinen Metalldetektor dabei, ein Hobby von ihm.« Sie lächelte müde. »Sie glauben gar nicht, was die Leute alles im Wasser verlieren. Meist Ringe, manchmal Uhren. Dabei ist er einem Drachenkopf zu nahe gekommen. Ganze zwei Stiche hat der Fisch ihm verpasst. Wir haben sofort Gegenmaßnahmen eingeleitet.«

Pierre blickte sich um. Es gab hier weder eine Restauration noch Toiletten. »Hatten Sie eine Thermoskanne dabei?«

Sie schüttelte den Kopf und zeigte auf die Jachten, die in der Bucht ankerten. »Ein Bootsbesitzer hat uns mit heißem Wasser ausgeholfen.«

Pierre nickte. Wenn nicht der Stich des Drachenkopfes der Grund für den vorschnellen Aufstieg war, dann war der Hinweis auf eine Vergiftung ein umso ernst zu nehmender.

»Haben Sie eine Ahnung«, hakte er nach, »was Florent gemeint haben könnte, als er sagte, man habe ihn vergiftet?«

»Nein.« Camille Audebert sah ihn ernst an. »Denken Sie wirklich, jemand wollte ihn umbringen? Warum?«

»Ich dachte, Sie hätten eine Idee.« Er machte eine kleine Pause, wartete, doch es kam keine Antwort. »Sie waren also«, fuhr er fort, »am Abend vor dem Unfall mit Ihrem Freund an der *Plage Notre-Dame*. Um wie viel Uhr haben Sie sich verabschiedet?«

»Gar nicht. Ich habe bei ihm übernachtet, wie so oft. Ich

hätte den letzten Shuttle nehmen können, der die Angestellten und Saisonarbeiter um Mitternacht von der Insel bringt. Aber ich hatte keine Lust mehr zu fahren, es war ein langer Tag.« Sie schüttelte den Kopf. »Ich war so unendlich müde, ich habe geschlafen wie ein Stein. Als ich am Morgen erwachte, war Florent schon fort.« Sie schluckte. Eine Träne löste sich, dann noch eine. Sie senkte den Blick, starrte zu Boden, als wollte sie die kleinen Kieselsteine zählen, die sich zwischen dem festgefahrenen Sand versteckt hatten. »Ich wünschte, ich könnte ihn noch einmal in den Arm nehmen. Ein einziges, letztes Mal.«

»Wussten Sie«, fragte Pierre, »wohin er am frühen Morgen wollte?«

Sie schüttelte den Kopf, biss sich auf die Lippen, und er fragte sich, ob sie die Wahrheit sagte.

»Und was haben Sie dann getan?«

»Ich bin aufs Festland gefahren. Um neun beginnt meine Arbeit.«

»Was machen Sie beruflich?«

»Ich bin Meeresbiologin und arbeite am *Conservatoire Botanique National Méditerranéen de Porquerolles* in Hyères.« Sie sagte es mit sichtlichem Stolz.

»Wann haben Sie von dem Unglück erfahren?«

»Jordan hat mich im Büro angerufen, gestern Mittag. Die Polizei hat ihn informiert.« Sie presste die Lippen zusammen. »Ich bin sofort auf die Insel gekommen.«

»Sie haben sich vorhin mit Jordan Lavigne gestritten. Er sagte, es gebe etwas zu klären, Florent zuliebe. Worauf bezog er sich da?«

Überrascht hob sie das Kinn. »Sie haben uns belauscht?«

»Da war nicht nötig, man hat Sie laut und deutlich gehört. Worum ging es in dem Streit? Was meinten Sie damit, dass es Florent nicht mehr lebendig mache?«

»Warum fragen Sie das alles?« Camille Audebert tupfte eine letzte Träne, die noch im Augenwinkel schimmerte, mit dem Ärmel ihres Sweatshirts fort. »Sie klingen beinahe wie ein Ermittler.«

»Ich bin als Privatperson hier«, sagte er ausweichend, und seine Stimme war ganz ruhig. »Ich habe ein gewisses moralisches Interesse daran, dass es keine weiteren Opfer gibt. Und wenn man die Dringlichkeit bedenkt, mit der Ihr Freund von einer Vergiftung sprach, scheint es mir angebracht, den Täter zu finden, bevor noch jemandem etwas zustößt. Ich glaube nicht an einen Unfall. Ebenso wenig wie der hinzugekommene Notarzt. *Docteur* Trébert war überzeugt, den Täter überführen zu können. Seit gestern Mittag ist er spurlos verschwunden.«

»Trébert?« Sie runzelte die Stirn, als denke sie nach.

»Sein vollständiger Name lautet *Docteur* Edgart Trébert. Florents Vater ist Patient in seiner Praxis. Kennen Sie ihn?«

»Ah, er hat ihn mal erwähnt. *Docteur* Trébert hat zwischen ihm und seinem Vater vermittelt.«

»Inwiefern vermittelt?«

»Wissen Sie, Florent und sein Vater haben über Jahre kein Wort miteinander geredet. Monsieur Besnard war sauer, weil sein Sohn ein eigenes Unternehmen aufbauen wollte, statt wie geplant das Hotel zu übernehmen. Als Florent die Tauchschule eröffnete, war dann endgültig Funkstille. Der Alte wollte daraufhin den Sohn seiner zweiten Frau zum Nachfolger aufbauen. Aber irgendwie war er nicht glücklich mit der Lösung, fragen Sie mich nicht, warum. Afonso ist enorm fleißig und hat Monsieur Besnard jeden Wunsch von den Augen abgelesen. Er hätte den Job sicher gut gemacht. Stattdessen hatte der Alte sich in den Kopf gesetzt, Florent umzustimmen, und seinen Arzt vorgeschickt. Der stand eines Tages im März in der Tauchschule und wollte reden. Tja, und dann ist Florent eingeknickt. Jordan hat sich furchtbar darüber aufgeregt.«

»Er kennt den *Docteur* ebenfalls?« Pierre hob die Brauen. Jordan Lavigne hatte also gelogen, als er vorgab, der Name sage ihm nichts. Aber auch der Arzt hatte ihm nicht die ganze Wahrheit gesagt. Am Strand von Rayol-Canadel-sur-Mer hatte es kein bisschen danach ausgesehen, dass er den jungen Taucher kannte, und selbst als er später am Telefon von Florent erzählte, klang es alles andere als vertraut. »Worüber genau hat sich Jordan Lavigne so aufgeregt?«

Camille Audebert zuckte die Schultern. »Florent hat lange gebraucht, um sich aus den Klauen seines Vaters zu befreien. Und auf einmal überlegt er, doch die Nachfolge im Hotel anzutreten. Jordan verstand nicht, dass er seine hart erkämpfte Freiheit freiwillig aufgeben und zum Kapitalisten werden würde. Jordan hasst Leute wie Monsieur Besnard. Er glaubte, der Vater habe Florent unter Druck gesetzt.«

»Und was denken Sie?«

Die junge Frau strich sich eine widerspenstige Strähne aus dem Gesicht. »In Florent steckte die Sehnsucht nach mehr. Diese ganze Freiheit nützt einem nichts, wenn man zu arm ist, um etwas zu bewegen. Er wollte das *Hôtel Georges* neu gestalten … moderner, umweltfreundlicher, biologischer … und sich mit den Einnahmen für Klimaschutzprojekte einsetzen. Die Tauchschule hätte er trotzdem behalten und Angestellte einstellen können.«

Pierre dachte daran, mit welcher Selbstverständlichkeit Jordan Lavigne den Laden weitergeführt hatte, einen Tag nach dem Tod des Inhabers.

»Was geschieht jetzt eigentlich mit *Besnard Plongée*?«, fragte er. »Wird Jordan Lavigne den Betrieb übernehmen?«

Camille Audebert hob die Schultern. »Ich habe keinen

Zweifel, dass Jordan sich um die Nachfolge bewerben wird, sobald das Rechtliche geklärt ist. Aber ganz so lukrativ, wie Sie vielleicht meinen, ist das Geschäft mit der Tauchschule nicht. Es ist eine Liebhaberei, die einen im besten Fall gut ernährt. Reich wird man nicht davon.«

»Eher von der Suche nach versunkenen Schätzen?«

Pierre ließ die Bemerkung wie nebenbei einfließen, es war ihm ganz plötzlich eingefallen. Umso überraschter war er, als er ein ärgerliches Aufblitzen in ihren Augen bemerkte.

»Wie meinen Sie das?«

»Jordan Lavigne sagte, dies sei möglicherweise der Grund für den frühen Bootsausflug Ihres Freundes.«

»Das hat er behauptet?« Sie starrte ihn an. »Er lügt.«

Ihr Gesicht war angespannt, die Brauen waren düster zusammengezogen. Er hatte einen wichtigen Punkt berührt, dachte Pierre, das war deutlich spürbar.

»Warum sollte er lügen?«

»Weil …« Sie zögerte. »Weil er von seinem Vergehen ablenken will.« Camille Audeberts Miene wurde sehr ernst. »Es war …« Wieder hielt sie inne, dann schien sie sich ein Herz zu fassen. »Es war ursprünglich sein Plan, in der Frühe mit dem Boot rauszufahren. Florent ist ihm zuvorgekommen.«

Pierre schrak zusammen. »Was sagen Sie da?«

»Hier, hören Sie selbst.« Sie holte ein Mobiltelefon aus ihrer Umhängetasche, drückte einige Tasten und hielt es ihm hin.

Gleichmäßiges Motorbrummen war zu hören und das Rauschen von Wasser. Eine männliche Stimme erklang. Sie war warm und weich und zärtlich.

»Süße, warum gehst du nicht ran? Du musst zur Arbeit, hörst du?« Ein trockenes Lachen erklang, dann wurde die Stimme schärfer. »Du glaubst nicht, was passiert ist. Ich habe Jordan vorhin dabei erwischt, wie er mit dem Boot abhauen wollte. Mit *meinem* Boot. Ohne mich zu fragen! Er meinte, er hätte Lust auf einen harmlosen kleinen Ausflug vor Tagesanbruch gehabt. Als ob! Wahrscheinlich hat er wieder mal eine von seinen Umweltaktionen geplant. Aber nun reicht es, das kannst du mir glauben. Ich will da nicht länger hineingezogen werden. Also habe ich ihm gesagt, er soll seine Sachen packen. Ich meine, was soll ich mit jemandem, dem ich nicht vertrauen kann, hm? So geht das nicht.« Jetzt klang er wieder sanfter. »Ich habe demnächst keinen Empfang mehr, ich rufe dich später wieder an, wenn ich zurück an Land bin. Hab einen schönen Tag, meine Süße.«

Camille Audebert ließ das Telefon sinken. Ihr Körper wurde von einem Weinkrampf geschüttelt, Pierre trat vor und legte beruhigend eine Hand auf ihren Rücken. Die junge Frau ließ es zu.

Die Sprachnachricht erklärte so einiges. Jordan hatte also die Dreistigkeit besessen, sich das Tauchschulboot für Sabotageakte auszuleihen. Denn dass es darum gegangen war, daran hatte er keinen Zweifel. Kein Wunder, dass der Kerl nicht wollte, dass er mit Florents Freundin sprach.

Ein Gedanke stieg in ihm auf, und er sog die Luft ein. Was, wenn jemand von der Aktion gegen den Bau der Wasser-Pipeline gewusst hatte? War es denkbar, dass das Gift nicht Florent gegolten hatte, sondern Lavigne? Handelte es sich etwa um eine Verwechslung?

Camille Audebert hatte sich schnell wieder gefangen. Sie putzte sich die Nase mit einem Taschentuch. Jetzt nestelte sie an ihrer Umhängetasche und zog eine getönte Sonnenbrille hervor.

»Könnte es sein«, sprach Pierre den Gedanken laut aus, »dass mit dem Gift nicht Ihr Freund, sondern Jordan Lavigne gemeint war?«

Sie legte den Kopf schräg, schien nachzudenken. Schließlich nickte sie.

»Möglich wäre das schon. Jordan hat ein gewisses Hobby, mit dem er ein paar einflussreiche Menschen gegen sich aufgebracht hat.«

»Sie sprechen von den Sabotagen an der *Waterline*.«

Camille Audebert hob beide Hände. »Ich habe nur laut gedacht.«

»Und wer sind diese einflussreichen Menschen?«

»Kommunalpolitiker, die Baugesellschaft, Befürworter der Pipeline. Leute, die nichts auf die Meinung von Umweltschützern geben.«

»Umweltschützer wie *Les Planteurs de Mer Méditerranée*?«

Camille Audeberts Mundwinkel zuckten. »Sie kennen die Organisation?«

Pierre nickte. »Ich habe von den Protesten gegen den Bau der *Waterline* gelesen. Es heißt, auch Jordan Lavigne sei Mitglied.«

»Er *war* Mitglied«, sagte die junge Frau. Sie seufzte und setzte sich die Sonnenbrille aufs Haar. »Ich bin ebenfalls in dem Verein. Er gilt als Pionier der marinen Ingenieurökologie. Ich habe schon als kleines Kind davon geträumt, ihn zu unterstützen. Und nun bin ich im Vorstand.«

»Warum sind Sie gegen den Bau der Pipeline?«

»Weil wir nicht wollen, dass man dafür ganze Areale mit Seegraswiesen zerstört. Der Schutz der *Posidonia* ist von entscheidender Bedeutung, um dem Klimawandel etwas entgegenzusetzen.«

Pierre hob die Brauen. »*Posidonia*?«

»Das ist der Fachbegriff für die Pflanzenart, die die Seegraswiesen bildet. Vielleicht sagt Ihnen der Name Neptungras eher etwas.«

Pierre nickte. »Sie meinen diese Alge.«

»Es ist keine Alge, sondern eine Blühpflanze. Sehen Sie«, sagte die junge Frau, und ihr Körper straffte sich, »dieses Gras ist wie ein Unterwasserwald. Es besitzt die Fähigkeit, Sauerstoff zu produzieren, täglich zwischen vierzehn und zwanzig Liter pro Quadratmeter, und es speichert Kohlendioxid. Doppelt so viel übrigens wie die gleiche Fläche tropischen Regenwalds. Das Verschwinden der *Posidonia* wird erhebliche Auswirkungen auf die Entwicklung des Weltklimas haben. Seegraswiesen sind zudem ein wichtiger Lebensraum für Fische und andere Meerestiere. Und sie wirken der Erosion von Küsten entgegen.«

Pierre sah sie nachdenklich an. Während sie sprach, hatten ihre Augen zu leuchten begonnen, alle Trauer schien angesichts ihrer großen Aufgabe abzuperlen wie Regentropfen von einer Glasscheibe.

»Eine vielseitig wirkende Wasserpflanze«, stellte er fest.

Camille Audebert nickte nachdrücklich. »Aus diesem Grund steht sie bereits seit mehr als dreißig Jahren unter Schutz. Und trotzdem setzt sich die Politik immer wieder mit Ausnahmeregeln darüber hinweg. Sie können sich nicht vorstellen, was für eine Sisyphusarbeit es ist, dagegen anzukämpfen.« Sie schüttelte den Kopf. »Seit der Gründung des Vereins Mitte der Siebzigerjahre ziehen ehrenamtliche Mitglieder in Versuchsplantagen Stecklinge und pflanzen sie geschützt von Gitterrahmen in den Meeresboden. Das ist ein aufwendiges Verfahren, das durchaus Erfolge zeigt. Aber das Gras wächst zu langsam, seine Wurzeln dehnen sich nur wenige Zentimeter pro Jahr aus. Und die Pflanzen, die man beim Bau der *Waterline* herausreißt, sind für immer verloren. Das ist *en détail* bei der Pipeline zwischen Cannes und der Île Sainte-Marguerite zu sehen, die in den Neunzigerjahren verlegt wurde. Ganze

Seegrasfelder sind dort zugrunde gegangen und haben sich bis heute nicht erholt.«

»Arbeiten Sie ebenfalls ehrenamtlich?«, fragte Pierre, der dem Ganzen aufmerksam gelauscht hatte.

»Ja, das tue ich. Neben vielen anderen Biologen, Ingenieuren, Handwerkern, Lehrkräften …« Die junge Frau straffte die Schultern. »Wir versuchen, auf den Wert der *Posidonia* aufmerksam zu machen, mit Informationsständen, Schulbesuchen und Veranstaltungen. Am beliebtesten sind unsere Ausflüge zum westlichen Strand, der die Halbinsel Giens mit dem Festland verbindet. An der *Plage de l'Almanarre* kann man die Fragilität der Küste durch den Rückgang der Seegraswiesen am besten erkennen. Das ist der schmale Tombolo entlang des *Étang des Pesquiers*. Dieser Streifen ist gerade einmal dreißig Meter breit. Der Wind ist dort besonders stark, daher ist der Abschnitt auch so beliebt bei Surfern. Ohne die Seegraswiesen würde sich die Strömungsgeschwindigkeit um bis zu achtzig Prozent erhöhen, entsprechend steigert sich die durchschnittliche Wellenhöhe um rund fünfzehn Prozent. Was erst einmal moderat klingt. Aber die Folge wäre eine Sedimentverschiebung um mehr als vierhundert Prozent.«

Pierres Augen weiteten sich. »Es würde bedeuten, dass die Halbinsel vom Meer überspült wird.«

»So ist es. Im Winter ist dieser Streifen bereits regelmäßig überschwemmt. Es wird immer schwieriger, ihn zu erhalten. Die Stadt gibt jährlich Hunderttausende aus, um Sand aufzuschütten oder die Straße zu erneuern. Sogar ein unterirdischer Deich soll helfen, das Eindringen des Meeres ins Gebiet der Salinen zu verhindern. Dabei wäre das Geld viel besser zum Schutz der Seegraswiesen investiert. Dann braucht auch niemand eine Erosion zu fürchten.«

»Der Verein«, sagte Pierre in Gedanken an den Zeitungsartikel, »hat gegen den Bau der *Waterline* geklagt.«

Camille Audeberts Miene verfinsterte sich. »Ja, aber viel genützt hat es nicht. Es gab nur einen kurzen Aufschub, die Klage wurde abgelehnt. Man kommt einfach nicht gegen die Verantwortlichen an. Es ist keineswegs so, dass wir die Pipeline komplett ablehnen, nur führt die geplante Trasse durch dicht bewachsenes Gebiet. Eine von uns vorgeschlagene Ausweichroute zum Schutz der *Posidonia* haben sie abgelehnt, angeblich aus technischen Gründen, es war ihnen wohl zu teuer. Und den Vorschlag, einen neuen Tanker zu beschaffen, haben sie kommentarlos ignoriert. Stattdessen hat man der Baufirma eine Ausnahmeregelung erteilt, trotz der nachgewiesenen potenziellen Auswirkungen.« Sie hob die Hände in einer verzweifelten Geste. »Wir reden hier immerhin von einer gesetzlich geschützten Pflanze!«

»Wie groß«, fragte Pierre, »ist denn der geschätzte Schaden?«

Die junge Frau hob die Schultern. »Es geht nicht nur um die Verlegung. Der bei den Ausgrabungen entfernte Meeresboden wird einfach seitlich auf den Wiesen abgeladen, was die Zerstörung der Gräser verdreifacht. Wir reden über Schäden von rund drei Fußballfeldern. Und das ist erst der Anfang. Durch die Hydrodynamik löst sich das Sediment, das die Rohre bedecken soll, und der Graben verbreitert sich.«

Pierre nickte. Allmählich begann er, die Zusammenhänge zu begreifen. »Sie sagten vorhin, Jordan Lavigne sei kein Mitglied mehr bei *Les Planteurs de Mer Méditerranée*. Warum?«

»Dem Verein war er irgendwann zu radikal.« Sie rollte die Augen. »Er hat zum aktiven Widerstand aufgerufen. Er suchte die Schuld beim Kapitalismus, den man bekämpfen müsse, und nannte den Verein altersschwach und feige. Wir haben ihn rausgeworfen. Ich selbst habe mich der Stimme enthalten,

Florent zuliebe, er musste ja noch mit Jordan zusammenarbeiten. Aber ich war froh, als er ging.«

»In einem Zeitungsartikel stand«, erinnerte sich Pierre, »dass es im vergangenen Jahr auch Sabotageakte gegen Jachten gab, die in Seegraswiesen ankerten. Das sind auch Symbole des Kapitalismus.«

Die junge Frau schwieg einen Moment. »Ich weiß wirklich nicht, ob Jordan dahintersteckt«, sagte sie endlich. »Er ist schließlich nicht der einzige Aktivist, der in den Widerstand gegangen ist. Aber haben Sie schon mal die tiefen Furchen gesehen, die ein einzelner Anker in die Seegraswiesen reißt? Ich verstehe jeden, der deshalb wütend wird.«

»Sie heißen die Sabotagen gut?«

»Das habe ich nicht gesagt.«

»Und Florent? Hat er jemals einen Sabotageakt durchgeführt?«

»Niemals«, entgegnete Camille Audebert fest. »Er hatte die Nase voll von solchen Dingen.« Mit einer Hand zog sie die Sonnenbrille vom Haar und schob sie vor die Augen. »Ich muss jetzt los. War nett, mit Ihnen zu plaudern.«

»Warten Sie, ich habe noch eine letzte Frage: Liegt Florents Wohnung zufällig in der *Rue de la Douane*?«

»Ja, woher wissen Sie das?«

»Ich habe gesehen, wie Jordan Lavigne ein türkisfarbenes Fahrrad aus dem Haus holte.«

»Dann sind Sie ihm also doch gefolgt?« Sie lächelte schief. »Wir haben alle unsere Fahrräder im Hof des Hauses stehen. Da ist nichts dabei.«

Pierre nickte. »Es könnte sein, dass ich weitere Fragen an Sie habe«, sagte er. »Bitte bleiben Sie erreichbar.«

»Natürlich.« Sie lächelte müde. »Und Sie sind ganz sicher kein *flic*?«

»Ich bin im Urlaub. Und ich tue alles, um ihn endlich wieder zu genießen.« Er sah sie eindringlich an. »Passen Sie auf sich auf, Mademoiselle.«

»Das werde ich tun.«

Sie ging, ohne sich noch einmal umzudrehen. Eine schmale Silhouette, trotz des weiten Sweatshirts, der Gang stolz und aufrecht.

Dann war sie seinen Blicken entschwunden.

13

»Ich beneide dich«, seufzte Charlotte. »Die *Plage Notre-Dame* steht ganz oben auf meiner Liste. Wie gerne wäre ich jetzt bei dir, statt nur am Telefon.«

»Das holen wir nach.« Pierre kam eine Idee. »Soll ich dich über Facetime anrufen? Das Netz hier ist erstaunlich stabil.«

»Oh ja, bitte.«

Es dauerte nicht lange, und die Videoverbindung war aufgebaut. Charlotte saß in einem Café, vor ihr ein Glas Cola mit Eiswürfeln und Zitrone. Hinter ihr war ein Sandplatz zu erkennen, auf dem einige Männer Boule spielten. Er winkte ihr zu und schaltete von Front- auf Rückkamera, damit er sie sah, während sie selbst nun über die Bucht blicken konnte.

»Ist das schön!«, rief sie aus. »Wie im Paradies.«

Eine Weile schwiegen sie. Pierre betrachtete die auf dem Meer schaukelnden Jachten, die von hier oben wie Spielzeugboote aussahen, die ein Kind mit einem Wurf über das Wasser verteilt hatte. Am Horizont die ferne Küste, deren Graublau mit dem Farbton der Meerestiefen verschmolz.

Dann erzählte er von Jordan Lavignes harscher Reaktion und der Begegnung mit Camille Audebert.

»Sie weiß etwas«, bemerkte Charlotte, nachdem Pierre geendet hatte. »Mehr, als sie zugibt. Und sie ist Biologin. Als solche käme sie an die Giftstoffe heran, die der Reagenzienhandel vertreibt.«

Pierre schaltete wieder auf die Frontkamera. »Nur warum sollte sie ihren Freund ermorden wollen?«

»Vielleicht wegen der Goldmünzen? Du hast erzählt, dass sie eigenartig reagiert hat, als du die Schatzsuche erwähntest.«

Pierre nickte. »Das wäre eine Möglichkeit. Ihre Trauer hingegen hat echt auf mich gewirkt.«

»Oder«, überlegte Charlotte, »sie ist eine gute Schauspielerin. Auffällig finde ich auch, wie offen sie deinen Verdacht im Raum stehen ließ, Jordan Lavigne hätte etwas mit den Sabotagen zu tun.«

»Das hat mich auch irritiert«, sagte er. »Das war übrigens, nachdem sie fragte, ob ich ein Ermittler sei.«

»Siehst du? Ich habe den Eindruck, als wollte sie einen Mitstreiter loswerden. Immerhin geht es um rund vier Millionen Euro.«

Pierre wiegte den Kopf. »Aber hätte Lavigne dann so frei heraus mit uns über den Wert des Schatzes geredet?«

»Das ist doch kein Ausschlusskriterium«, entgegnete Charlotte. »Vielleicht dachte er, die Offenheit mache ihn unverdächtig.«

Da musste er ihr recht geben.

Pierre trat einen Schritt näher an die Absperrung zur Klippe und blickte über das Meer. Die Sonne hatte ihren höchsten Stand bereits überschritten. Die Strahlen fielen nicht mehr ganz senkrecht auf das Wasser und brachten es zum Funkeln. Es war zauberhaft, ein Bild meditativer Ruhe, die sich allmählich auch auf ihn übertrug.

»Ich muss die vielen Informationen einmal kurz zusammenfassen«, sagte Pierre, er war jetzt ganz konzentriert. »Momentan haben wir vier Tatverdächtige: Als Erstes Claude Besnard, den *Docteur* Trébert vor seinem Aufbruch nach Porquerolles angerufen hat. Der Sprechstundenhilfe Sylvie Cizeron gegenüber hat der Hotelier behauptet, nicht mit dem Arzt telefoniert zu haben, und ich frage mich, warum.«

»Mit welchem Motiv sollte der Mann seinen eigenen Sohn umbringen wollen?«

»Das weiß ich noch nicht«, sagte Pierre und warf Charlotte über die Kamera einen ungeduldigen Blick zu. »Es ist nur ein vorläufiges Resümee, der Versuch einer Einordnung.«

Sie hob die Hand in einer beschwichtigenden Geste. »In Ordnung, fahr fort.«

»Dann dessen Stiefsohn …« Er zog die Serviette aus der Hosentasche, weil ihm der Name entfallen war, und entfaltete sie. »Er heißt Afonso Pinheiro. Sowohl Madame Cizeron als auch Camille Audebert haben mir erzählt, dass er das Hotel übernehmen sollte, bevor Florent sich seinem Vater wieder zuwandte. Afonso hatte sich bestimmt große Hoffnungen gemacht. Er war immer fleißig und hat alles getan, was sein Stiefvater von ihm verlangte.«

»Das muss furchtbar sein«, sagte Charlotte. Sie trank die Cola aus und leckte sich über die Lippen. »Versetz dich mal in seine Lage: Die ganzen Jahre schuftest du hart, und plötzlich kehrt der verlorene Sohn zurück in den Schoß der Familie und schubst dich auf Platz zwei.«

»Ein starkes Motiv«, stimmte Pierre zu und kam auf den dritten Verdächtigen zu sprechen. »Als Nächstes wäre da noch Jordan Lavigne. Wir haben ihn als einen impulsiven Menschen kennengelernt, der es mit der Wahrheit nicht so genau nimmt und sich ungefragt am Inventar der Tauchschule bedient. Möglicherweise hat er die Sabotageakte zu verantworten. Sowohl die an der Pipeline als auch die an den Jachten. Er ist vermutlich interessiert, die Tauchschule zu übernehmen. Oder er wollte sich den legendären Goldschatz sichern. Wenn es den überhaupt gibt.«

»Mir fällt noch ein Motiv ein«, bemerkte Charlotte. »Was, wenn Florent ihm gedroht hat, ihn wegen der Sabotageakte auffliegen zu lassen?«

»Das wäre natürlich auch möglich.« Pierre brummte der Schädel. Es waren zu viele Eventualitäten, und es gab nichts, woran sie sich festbeißen konnten. »Die Sabotagen führen uns zu dem vierten möglichen Täter, wobei es sich eher um einen ganzen Täterkreis handelt, der uns bisher weitgehend unbekannt ist. Dem der *Waterline*-Befürworter, denen sicher daran gelegen ist, den Störenfried loszuwerden. In diesem Fall hätte das Gift Lavigne gegolten.«

»Das ist ein großer Kreis«, bemerkte Charlotte. »Er reicht von dem Vater des Toten und eigentlich allen Bewohnern von Porquerolles bis hin zu den Betreibern der Pipeline. Und wer weiß, mit wem Lavigne sonst noch aneinandergeraten ist.«

Pierre atmete tief ein und stieß die Luft aus. Es bedeutete, dass sie auch in Lavignes Umfeld Ermittlungen anstellen müssten. Ein aussichtsloses Unterfangen für jemanden, der ohne Befugnis ermittelte. Das war Arbeit für ein ganzes Ermittlerteam mit mindestens fünf oder sechs Leuten.

»Eine Einschränkung gibt es«, ergänzte Charlotte. »Es müsste jemand gewesen sein, der von Jordan Lavignes frühmorgendlichem Vorhaben wusste. Dasselbe gilt für den Fall, dass das Gift doch für Florent Besnard bestimmt war. Womit wir wieder bei Camille Audebert wären. Mögliche Täterin Nummer fünf.«

»Und ihr Motiv?«

»Der sagenhafte Schatz, wie bereits gesagt. Für vier Millionen Euro würde so manch einer morden.«

Pierre nickte. Mit den vorhandenen Informationen kam er nicht weiter. Der Fall lag ausgebreitet vor ihm und war doch nebulöser als zuvor. Was vermutlich daran lag, dass er bisher zu wenig über die Beteiligten wusste, um eine Eindeutigkeit herzustellen. Die benötigten Details zusammenzubekommen, wäre enorm aufwendig. Und Zeit war das Letzte, was ihm zur Verfügung stand.

Er brauchte dringend Unterstützung!

Pierre sah auf die Uhr. Es war kurz nach eins. Penelope und Luc waren sicher längst in der Mittagspause. Aber vielleicht erreichte er sie mobil.

»Hör mal, Charlotte, ich muss auflegen. Ich will besser doch mein Team einbinden. Sobald ich alles mit Luc und Penelope besprochen habe, komme ich zurück in den Ort.«

»Einverstanden.«

»Und was machst du so lange?«

»Es soll hier eine nette kleine Boutique geben, die stöbere ich mal durch.« Charlotte zwinkerte ihm zu. »Für mich gehört Shoppen auch zum Urlaub.«

»Viel Spaß!«, rief Pierre, der nichts öder fand, als seine Frau durch die Untiefen von Damenmodengeschäften zu begleiten. Er warf ihr einen Luftkuss zu und beendete das Gespräch.

Sein Blick fiel auf den beinahe weißen Sandstrand. Er beschloss, das Angenehme mit dem Nützlichen zu verbinden und das nächste Telefonat unten am Strand zu führen. Auf diese Weise kam sicher auch ein bisschen Urlaubsgefühl auf.

14

Charlotte legte ein paar Münzen in die Schale neben dem leeren Glas und erhob sich von ihrem Platz.

Der Ort hatte sich gefüllt, zwischen den Häuserzeilen summte es wie in einem Bienenschwarm. Immer mehr Menschen kamen aus Richtung der umliegenden Strände und Buchten und drängten in die Restaurants und Cafés rund um die *Place d'Armes*.

Charlotte schlenderte die *Rue de la Ferme* entlang und blieb vor einer Kreidetafel stehen, auf der *filet de rouget* auf Karottenpüree angeboten wurde, außerdem fangfrische Hummer und Langusten.

Das Restaurant sah bezaubernd aus. Den Eingang flankierten große Kübel mit Hanfpalmen. Die Terrasse war ganz in dunklem Holz gehalten, mit elegant gemusterten Kissen und gerahmten Bildern von arbeitenden Fischern in Schwarz-Weiß.

Wie gerne hätte sie sich jetzt mit Pierre an einen der Tische gesetzt, auf denen Vasen mit üppig blühenden Pfingstrosen standen, und sich durch die frische Meeresküche geschlemmt.

Aber das konnte warten, bis er zurück war. Seine Arbeit ging vor, und das dachte sie nicht, weil sie sich seinen Bedürfnissen unterordnete, sondern weil auch sie selbst oft genug ihre Arbeit zur Priorität machte und dabei alles um sich herum vergaß.

Seit sie die *L'Épicerie provençale* eröffnet hatte, verging kaum ein Tag, an dem sie nicht für ihre Kunden kochte, neue Rezepte kreierte oder auf Märkte fuhr. Sie liebte es, Gemüsebauern zu besuchen oder Honigproduzenten, Trüffel- und Olivenölplantagen, mit deren Produkten sie ihr Sortiment ergänzte.

In den Sommermonaten waren selbst die Wochenenden mit Arbeit gefüllt, nicht nur wegen der Aufträge für Familienfeste und Betriebsfeiern. Bald standen auch wieder die Gourmetwochenenden mit ihrem guten Freund an, dem Sommelier Martin Cazadieu, den sie noch aus ihrer Zeit im Restaurant des Luxushotels *Domaine des Grès* kannte.

Ja, sie liebte ihren Job, und er erfüllte sie mit derselben Leidenschaft, die Pierre in seine Ermittlungen legte. Wenn also jemand Verständnis für seinen Drang hatte, den Fall zu lösen, dann sie. Auch wenn sie natürlich hoffte, dass er bald damit fertig war.

Charlotte sah die Straße hinab. Die von der Kellnerin empfohlene Boutique lag in einer kleinen Passage an der Ecke zum *Chemin du Langoustier*, nur wenige Gehminuten entfernt. Sie wollte gerade loslaufen, als sich ihr eine junge Frau mit zerzaustem, langem Haar in den Weg stellte. Im Arm hielt sie ein Baby, an der freien Hand einen kleinen Jungen, der weinend von einem Bein auf das andere trat.

»Entschuldigung, könnten Sie meine Tochter mal kurz halten? Mein Sohn muss dringend auf Toilette, aber dafür brauche ich beide Hände, und ich kann meinen Mann gerade nicht finden.«

»Natürlich.«

Charlotte nahm das winzige Wesen entgegen, verblüfft über das ihr entgegengebrachte Vertrauen. Ein Mädchen also, dachte sie lächelnd, während sie das in einen hellblauen Baumwollstrampler gepackte Baby etwas unsicher an sich drückte und der jungen Mutter nachsah, die im Inneren des Restaurants verschwand.

Das Mädchen lag unbewegt an ihrem Oberkörper, es seufzte ein wenig und schloss die Augen, als wäre es das Natürlichste der Welt, im Arm einer wildfremden Person zu schlafen.

Charlotte beugte sich über das flaumbedeckte Köpfchen und sog den Duft ein. Er war warm und süßlich und roch nach Puder und Milch. Zum wiederholten Mal stellte sie sich vor, wie es wäre, ein eigenes Baby zu haben.

Sie hoffte, Pierre möge sich ebenfalls dafür begeistern. Es war ja nicht so, dass sie seine Zurückhaltung nicht bemerkte. Sicher würde er in seine Rolle hineinwachsen. Pierre war gewiss ein wunderbarer Vater.

Versonnen schloss Charlotte die Augen. Öffnete sie wieder, als sie einen Luftzug neben sich spürte. Ein Fahrradfahrer fuhr dicht an ihr vorbei, mitten durch die Menschenmenge, wurde jetzt von einem Passanten angepöbelt, sodass er missmutig vom Rad stieg. Es war Jordan Lavigne, offenbar kam er direkt von der *Plage Notre-Dame*. Seine Gesichtszüge waren angespannt.

Charlotte sah ihm nach, fragte sich, wohin er unterwegs war. Sie erinnerte sich an die Auseinandersetzung zwischen Lavigne und Camille Audebert, von der Pierre berichtet hatte.

Die junge Frau hatte seine Frage nach dem Grund des Streits nicht beantworten wollen, und ihm war aufgefallen, dass Lavigne sich vor Camille geschoben hatte, so als wolle er nicht, dass sie miteinander kommunizierten.

Irgendetwas stimmte nicht mit diesem Mann, und allein die Tatsache, dass er ohne Erlaubnis das Boot der Tauchschule benutzte, machte ihn verdächtig. Ob er tatsächlich die Sabotagen zu verantworten hatte, wie Camille kolportiert hatte, das war noch nicht erwiesen. Aber es sah ganz danach aus.

Jetzt blieb er stehen und sah auf das Handy. Sein Oberkörper hob und senkte sich in einem tiefen Atemzug, dann schob er langsam weiter.

Eine plötzliche Neugier befiel Charlotte. Sie wollte unbedingt wissen, wohin er ging, nur hinderte sie das Baby auf dem Arm daran, dem Impuls zu folgen. Sie drehte sich zur Tür, die ins Restaurant führte. Eine Serviererin trat heraus, drei Teller mit Fisch balancierend, die junge Mutter war dagegen nicht zu sehen.

Das Baby schien ihre Unruhe zu spüren, es schlug die Augen auf und verzog das Gesicht. Gleich, dachte Charlotte, würde es zu weinen beginnen. Behutsam strich sie dem Kind über den Rücken, als endlich die Mutter aus dem Inneren des Restaurants kam. Gefolgt von ihrem Sohn, der fröhlich auf und ab hüpfte.

»Ich bin Ihnen so dankbar!«, rief sie sichtlich erleichtert und nahm ihre Tochter entgegen. »Das war allerhöchste Zeit.«

»Gerne.« Charlotte verabschiedete sich und eilte die Straße entlang. Dabei hob sie den langen Rock des Kleides, der ihre Beinfreiheit einschränkte. Dort, wo die Straße in eine Wohngegend mündete, schwang sich auch Lavigne wieder auf sein Rad. Charlotte beschleunigte ihre Schritte, lief an farbenfroh getünchten Häusern vorbei, an erblühendem Oleander und gepflegten Vorgärten mit Palmen.

Als sie auf Höhe der Wache der *police municipale* von Porquerolles ankam, einem winzigen Bau, der eher einem Schuppen glich, sah sie Lavigne rechts in eine Seitenstraße einbiegen und ihrem Blick entschwinden.

Sie blieb stehen und hielt inne. Unschlüssig, was sie tun sollte. Beschloss dann, auf gut Glück weiterzugehen.

Die Straße, in die Lavigne abgebogen war, führte zu einem Platz und weiter über einen Weg an Reihenhäusern vorbei aus dem Ort.

Der Belag wechselte von Asphalt zu Sand. Die Umgebung wurde ländlicher. Lange Reihen mit Gemüsepflanzen, trockene Ackerfurchen, umsäumt von Schilfgras. Auf einer brachliegenden Wiese stand ein rotbrauner Traktor mit Anhänger. Und gerade, als Charlotte eine Kreuzung erreichte und überlegte, besser umzukehren, bemerkte sie hinter dem Tor eines umzäunten Grundstückes mit mehreren Gewächshäusern Jordan Lavignes auffälliges Rad.

Sie trat näher. Das Herz klopfte ihr plötzlich bis zum Hals. Hier war sie vollkommen auf sich gestellt. Niemand würde ihr zur Hilfe kommen, wenn etwas geschah. Aber ihre Neugier war größer als die Angst.

Aus einem Holzverschlag seitlich des Tores waren jetzt laute Stimmen zu hören.

»Ja, gerade eben, an der *Plage Notre-Dame*.«

Das musste Jordan Lavignes Stimme sein. Charlotte atmete tief durch und stellte sich ganz dicht an den rostigen Zaun. Dann aktivierte sie die Sprachaufzeichnung ihres Mobiltelefons.

»Und was war ihre Antwort?«, rief eine männlich tiefe Stimme aufgebracht. »Sie wollte doch dafür sorgen, dass das Boot verfügbar ist.«

»Sie meinte, sie könne es sich auch nicht erklären. Sie habe so tief und fest geschlafen, dass sie nicht hörte, wie Florent aufstand. Sie sei komplett ausgeknockt gewesen.«

Charlotte erstarrte. Es ging ganz offensichtlich um Camille. Nur wer war der andere Sprecher? Vorsichtig setzte sie einen Fuß vor den anderen, damit das Knirschen des Sandes sie nicht verriet. Vor einer Lücke zwischen den Holzlatten blieb sie stehen. Lugte vorsichtig ins Innere. Zwischen allerlei Kartons und Kisten saßen auf weißen Plastikstühlen Jordan Lavigne und die beiden Personen, die die Tauchschule am Morgen verlassen hatten, bevor Pierre und sie sich dort für einen Tauchgang interessiert hatten. Es waren ein Mann und eine Frau.

»Vielleicht hat Florent geahnt, was wir vorhaben, und sie mit K.-o.-Tropfen betäubt?«, mutmaßte der andere Mann. Drahtige Figur, dichter Bart.

»Unsinn!«, knurrte die Frau. Sie zog das Gummiband aus ihren kurzen, krausen Locken und rieb sich mit beiden Händen den Hinterkopf, als würde sie sich die Haare raufen. »Camille hat dich verarscht, Jordan. Die hat ihn einfach gehen lassen, damit du ins offene Messer läufst. In Wahrheit ist sie doch längst auf Florents Seite, aber du bist zu dumm, um das zu bemerken.«

»Sag mal, spinnst du?«, empörte sich Lavigne. »Wie redest du eigentlich mit mir?«

»Zoë hat recht.« Das kam vom Mann mit dem Bart. »Du hättest dich nie auf Camille verlassen dürfen. Und jetzt haben wir ein Problem. Wenn wir das Zeug nicht bald vom Boot bekommen, sind wir dran.«

»Die finden nichts.«

»Und wenn doch?« Das war wieder die Frau. »Camille kennt unsere Pläne. Was, wenn sie uns verrät?«

In diesem Moment sprintete eine Katze über den Weg und kletterte auf den angrenzenden Eukalyptusbaum. Ein Vogel stob auf. Charlotte blieb das Herz stehen. Sie wich zurück.

»Was war das?« Die Stimme der Frau klang schrill.

Hastig sah sich Charlotte nach einer Fluchtmöglichkeit um. Der Weg zurück in den Ort war zu lang, um den Verfolgern zu entkommen.

Ein Stuhl wurde gerückt, ein anderer fiel um.

Charlotte zwang sich, leise zu gehen, sie lief zum schräg gegenüberliegenden Feld, auf dem der rotbraune Traktor mit Anhänger geparkt war, und ging neben einem Hinterrad in die Hocke. Inständig hoffte sie, dass es groß genug war, um die himbeerfarbenen Ornamente ihres Kleides zu verbergen.

Durch die Lücke zwischen Reifen und Achse beobachtete sie, wie die drei auf den Weg stürmten und sich hektisch umsahen. Gerade starrte Jordan Lavigne mit zusammengekniffenen Augen in ihre Richtung, als die Katze mit lautem Maunzen einen vergeblichen Versuch unternahm, den Stamm wieder hinabzuklettern.

»Ach, wie süß!«, rief die Frau und lachte keckernd. »Kommt, wir müssen ihr helfen.«

Charlotte blies leise die Luft aus. Nach wenigen Minuten war die Katze wieder auf dem Boden und das Trio im Inneren des Holzverschlags verschwunden. Doch es dauerte einige weitere Minuten, bis sie sich traute, sich zu bewegen. Sie schaltete das Mikrofon aus, kam aus ihrem Versteck hervor und eilte den Weg zurück in die Stadt. Immer wieder drehte sie sich um, in der Sorge, verfolgt zu werden.

Sie würde erst aufatmen, wenn sie die Polizeiwache passiert hatte. Ab da konnte ihr nichts mehr geschehen.

15

Pierre hatte einen ruhigen Platz abseits der anderen Besucher gewählt und sich im sonnenwarmen Sand niedergelassen.

Der Strand war nur mäßig gefüllt, was im Hochsommer sicher anders war. Ihm fiel auf, dass die meisten Leute nicht weiter als bis zur untersten Stufe der Holztreppe kamen, von der aus sie die Bucht fotografierten, um wieder hinaufzulaufen, sich auf die Leihfahrräder zu schwingen und die nächsten Punkte der Rundreise abzuklappern. Als wäre die *Plage Notre-Dame*, einer der schönsten Strände Südfrankreichs, nur eine von vielen Stationen auf einer Insel voller Sehenswürdigkeiten.

In diesem Moment wurde ihm klar, dass die meisten Bilder, die man im Netz über diese Bucht fand, vermutlich nicht im Verweilen entstanden waren oder im Erkunden. Sondern im Vorbeieilen.

Während Pierre ein kleines, einen Sonnenhut tragendes Mädchen beobachtete, das mit lautem Lachen und Kreischen an der Wasserlinie entlanglief, wählte er Lucs Mobilnummer. Er ließ es klingeln, drei-, viermal, dann sprang der Anrufbeantworter an.

Pierre legte auf. Die Sonne war warm, und auf seiner Stirn bildeten sich erste Schweißtropfen. Er zog seine Jacke aus, bevor er es unter Penelopes Anschluss versuchte. Sie nahm den Anruf sofort entgegen.

»*Salut,* Pierre«, sagte sie zur Begrüßung. »Wie geht's, genießt ihr eure Reise?«

Gesprächsfetzen drangen zu ihm herüber. Das Klappern von Besteck, ein mehrstimmiges Lachen. Offenbar befand sie sich in Gesellschaft.

»Ja«, antwortete er. »Auch wenn der Urlaub ein wenig anders verläuft als geplant. Danke übrigens für eure Überraschungen.«

»Welche Überraschungen denn?«, fragte sie. Die junge Schreibkraft kicherte, und Pierre meinte, einen erschrockenen Unterton in ihrer Stimme vernommen zu haben.

»Na, du weißt schon. Die Restaurantbesuche, das morgige Konzert …«

Penelope atmete hörbar aus. »Das klingt fantastisch, aber *désolée*, bedaure. Das kommt nicht von uns. Rufst du deshalb an?«

»Nein«, sagte Pierre, irritiert über die Hartnäckigkeit, mit der ihre Freunde ihre Geschenke leugneten. »Ist Luc auch da?«

»Der trifft sich mit Jeanne.«

Pierre runzelte die Stirn. Der Name sagte ihm etwas, doch er wusste nicht, wo er ihn einordnen sollte.

»Wer ist Jeanne?«

»*Lieutenante* Fenech. Sie hat ihn abgeholt, ein spontanes Mittagessen.«

»Mittagessen!« Er lachte leise.

Es war bereits das dritte Mal seit ihrem letzten Fall im vergangenen März, dass die *Lieutenante* Luc in der Pause abholte. Und jedes Mal hatte sich sein Assistent anschließend mit zerzaustem Haar und einem gewissen Strahlen in den Augen zurück an den Arbeitsplatz gesetzt. Ganz offensichtlich fand er Gefallen an der durchtrainierten Frau mit den eng stehenden Augen und dem eisigen Händedruck. Dabei waren die beiden anfangs heftig aneinandergeraten, nachdem Luc einen anzüglichen Kommentar abgegeben hatte.

Sie möge es nicht, wenn man sie als Objekt betrachte, hatte Fenech sich über ihn echauffiert, um dann mit einem vielsagenden Grinsen fortzufahren. Wenn schon, dann übernehme sie die Initiative.

Was sie offenbar getan hatte.

»Es ist ganz schön windig bei euch«, sagte Penelope in seine Gedanken. »Ich kann dich nur schwer verstehen. Wo seid ihr denn gerade?«

»Auf Porquerolles«, antwortete Pierre. »Genauer gesagt sitze ich gerade an der *Plage Notre-Dame*. Und Charlotte bummelt im Ort durch die Geschäfte. Ich will gleich wieder zu ihr.«

»Oh, wie traumhaft! Du weißt gar nicht, wie sehr ich euch beneide.«

Das Geräusch eines Motors näherte sich, und Pierre hob den Blick. Ein Boot hielt auf den Strand zu und ankerte nur wenige hundert Meter entfernt. Genau dort, wo das Wasser wegen des Seegrases dunkler schimmerte. Er sah den Schriftzug einer Chartergesellschaft, fünf oder sechs Personen in Sommerkleidung. Jetzt entkorkten sie unter lautem Johlen eine Flasche Schaumwein.

»Leider können wir die Flitterwochen nicht so genießen, wie geplant«, erklärte er bedauernd. »Es gibt gerade einen Fall zu lösen, und ich brauche eure Hilfe, damit er sich so schnell wie möglich abschließen lässt.«

»Du mischst wieder mit?«, fragte Penelope. »Und was ist mit den Kollegen vor Ort? Sollen die das doch machen, damit ihr eure freien Tage genießen könnt.«

Pierre verzog den Mund. »Glaub mir, ich wäre froh, wenn sie es täten. Nur sehen sie keinen Handlungsbedarf. Und da will ich etwas nachhelfen. Aber es sind zu viele Dinge zu klären, und für eine intensive Recherche fehlt mir die Zeit. Kurzum: Allein schaffe ich das nicht.«

»Verstehe. Willst du mir erzählen, worum es geht? Ich zeichne das Gespräch auf, dann brauche ich es später Luc nur vorzuspielen. Warte kurz, ich suche mir einen ruhigeren Platz.« Pierre hörte das Rücken eines Stuhles, dann ebbte der Geräuschpegel allmählich ab. »So, es kann losgehen.«

Pierre fasste zusammen, was er in den vergangenen beiden Tagen erlebt hatte. Berichtete von der unvollendeten Rettung Florent Besnards, der angegeben hatte, vergiftet worden zu sein. Von seinem Auftrag, Camille zu kontaktieren, ohne zu wissen, weshalb. Vom Notarzt, dem der Verunglückte sogar den Namen des Täters preisgegeben hatte und der offenbar sogar über einen Beweis verfügte. Und der seit gestern Mittag verschwunden war. Von der Spurensuche auf Porquerolles. Von Florents Leidenschaft für die Schatzsuche. Und davon, dass laut Besnards Freundin Camille eigentlich Jordan Lavigne vorgehabt hatte, mit dem Boot rauszufahren, was für eine Verwechslung sprach und den Fall nur noch undurchsichtiger machte.

»Ich habe in der Zeitung von dem Unglück gelesen«, sagte Penelope, nachdem er geendet hatte. »Das warst also du, der den Taucher rausgezogen hat?«

»Ja.«

»*Chapeau*. Und das gleich am ersten Tag nach eurer Ankunft. Du scheinst so etwas anzuziehen.«

»Leider«, stöhnte Pierre. »Also, pass auf: Ich brauche Informationen über den Vater des Opfers, Claude Besnard. Und über dessen Stiefsohn Afonso Pinheiro. Dazu Jordan Lavigne und Camille Audebert. Wer sind sie, was treibt sie an, welchen Verbindungen stehen sie nahe? Alles, was euch so auffällt. Und ich will mehr über Edgart Trébert wissen. Laut *Capitaine*

Roubaud von der Gendarmerie in Le Croix-Valmer ruhte seine Zulassung als Arzt vor zwei Jahren wegen eines Behandlungsfehlers unter Alkoholeinfluss.«

»Glaubst du, die alte Sache hat etwas mit dem Fall zu tun?«, fragte Penelope neugierig.

»Wahrscheinlich nicht. Aber ich mache mir große Sorgen um den *Docteur*. Ich will nichts übersehen, was uns zu ihm führen könnte.«

»Alles klar«, sagte Penelope. »Lass mich kurz zusammenfassen: Wir suchen also nach jemandem, der Florent Besnard vergiften wollte. Oder wahlweise Jordan Lavigne. Bei der Untersuchung des Bootes und der darauf vorhandenen Abfälle hat man keine Spuren einer giftigen Substanz gefunden. Demnach hat der Tote wohl schon vorher etwas zu sich genommen, das präpariert war.« Sie machte eine kurze Pause. »Das ist seltsam, nicht wahr? Wenn Florent Besnard das Gift tatsächlich wegen der Verwechslung an Jordan Lavignes Stelle eingenommen hätte, dann müsste es bereits an Bord gewesen sein. Und dass die Spurensicherung nichts davon gefunden hat, deutet darauf hin, dass es wieder entfernt worden ist.«

»Es sei denn, es handelt sich um ein Gift, das sich schnell verflüchtigt«, gab Pierre zu bedenken. »*Docteur* Trébert könnte uns gewiss mehr darüber erzählen, er war diesem Detail offenbar auf der Spur. Seine Sprechstundenhilfe will sich mit dem Reagenzienhandel in Verbindung setzen, mit dem er telefoniert hatte. Ich warte auf ihren Rückruf.«

»Soll ich mich mal mit unserem Rechtsmediziner darüber unterhalten? Ich könnte Louis Papin erzählen, es sei rein interessehalber. Wegen eines Krimis, den ich gerade lese und nicht verstehe.«

Pierre wiegte den Kopf. »Ich habe Sorge, dass er Verdacht schöpft. Die Ermittlungen sind inoffiziell.«

»Ich passe schon auf«, Penelope lachte. »Hast du eigentlich mal nachgesehen, ob es am Hafen eine Webcam gibt, die bis zur Anlegestelle der Tauchschule reicht? Wenn sich jemand am Boot zu schaffen gemacht hat, dann gibt es möglicherweise Aufzeichnungen.«

»Nein, bisher nicht«, sagte Pierre. »Aber das ist eine gute Idee.« Endlich kam Bewegung in die Sache. »Kannst du das übernehmen? Schau am besten auch gleich nach den Öffnungszeiten der *Capitainerie*, vielleicht gibt es ja Zeugen.«

»In Ordnung, das geht schnell, ich bin gleich wieder dran.«

Pierre erhob sich aus seiner Sitzposition. Er hielt es keinen ganzen Tag am Strand aus, so wundervoll der Blick auch war. Schon jetzt taten ihm die Knochen weh, und er sehnte sich nach dem Hotelpool, wo man auf gepolsterten Auflagen saß und einem nach Belieben Wasser oder Cocktails serviert wurden. Oder ein Sandwich.

Er leckte sich über die Lippen. Sein Mund war trocken, ihm wurde bewusst, dass er seit Stunden weder etwas getrunken noch gegessen hatte. Sobald das Gespräch beendet war, würde er nach Porquerolles fahren und dann weiter mit Charlotte in Besnards Hotel. Er würde sich ein Wasser bestellen und ein Glas Wein und vielleicht Fisch. Und einen Nachtisch mit viel Zucker.

Während er auf Penelopes Antwort wartete, suchte er im Internet nach einer Trinkwasserstelle in der Nähe. Doch auf ganz Porquerolles gab es keinen funktionierenden öffentlichen Brunnen oder Wasserhahn.

»Fehlanzeige«, drang Penelopes Stimme jetzt durch den Lautsprecher, und Pierre nahm wieder im Sand Platz. »Die Stadt hat mehrere Kameras aufgestellt. Am Hafen von Hyères, auf der Île du Levant, an einigen Strandabschnitten … Aber hier steht, dass die auf Porquerolles gerade erneuert werden.

Und die *Capitainerie* öffnet erst um acht. Da war das Boot längst auf dem Meer.«

»Schade.« Die Spur war genauso schnell versickert, wie sie aufgetaucht war. »Dann beginnt am besten mit den Personenrecherchen. Aber kein Wort zu den anderen, hörst du? Sonst komme ich in Teufels Küche.«

»Alles klar, Chef. *À bientôt.*«

Pierre legte auf, als im selben Moment ein *Pling* drei eingegangene Mitteilungen ankündigte, zwei Sprachnachrichten und eine Audiodatei. Sie waren alle von Charlotte.

»*Mon policier*, dein Anschluss war besetzt, daher spreche ich dir jetzt auf. Ich habe Lavigne und seine beiden Aktivistenfreunde belauscht, wie es dazu kam, erzähle ich dir später. Nur eines: Camille war ganz offensichtlich über die geplante Sabotage informiert. Ist das nicht verrückt? Ich frage mich, wie das alles zusammenpasst. Ich habe das Gespräch aufgezeichnet, ich kürze rasch alles Unwichtige am Ende raus und leite es dir dann weiter. Ach ja, stattgefunden hat das Ganze in einer Gemüsefarm an der Kreuzung *Chemin des Potagers* und *Piste du Hameau Agricole. Bisou!*«

Pierre öffnete die angekündigte Audiodatei. Er lauschte mit wachsender Überraschung. Camille Audebert war informiert, eindeutig. Ihre Aufgabe war es offenbar gewesen, dafür zu sorgen, dass Florent das Boot während des Morgengrauens nicht benutzte. Hatte sie diese Aufgabe bewusst verweigert? Oder hatte ihr Freund selbst dafür gesorgt, dass sie ihn nicht abhielt und stattdessen tief und fest schlief? Nur wie passte dann seine Sprachnachricht an Camille zu dem Geschehen?

Nachdenklich strich Pierre sich über das Haar. Noch passten die Puzzleteile nicht zueinander.

Ein neuer Gedanke schob sich in sein Bewusstsein. Er hatte ihn irgendwann schon einmal gestreift und wieder vergessen:

War es denkbar, dass Florent Besnard für seine Abkehr vom Aktivismus bestraft werden sollte? Auch seine Freundin war ganz offensichtlich nicht mehr bereit mitzumachen, anders war ihre Anmerkung zu Jordan Lavigne vorhin nicht zu erklären.

War sie etwa in Gefahr?

»Sie müssen Camille anrufen und ihr erzählen, was passiert ist«, hatte der Verunglückte ihn angefleht.

Hatte Florent sie warnen wollen?

Die zweite Sprachnachricht lief, jetzt war wieder Charlottes Stimme zu hören.

»Hallo, Pierre? Ich bin es wieder. Ich stehe gerade vor der örtlichen Polizeiwache. Hier herrscht eine ziemliche Aufregung. Soweit ich den Funkverkehr mitbekommen habe, gibt es einen schweren Unfall auf der Ostseite der Insel. Ein Mann mittleren Alters wurde unterhalb der Klippen aufgefunden. Offenbar ist er hinabgestürzt. Ich hoffe mal, es ist nicht unser …« Der Rest ging im Aufheulen einer Polizeisirene unter, dann brach die Nachricht ab.

Pierre wollte Charlotte gerade zurückrufen, als sich ohrenbetäubender Lärm erhob, der sich rasch näherte. Schon war ein Helikopter zu sehen, ein gelb-roter Dragon 83 des Zivilschutzes, der schräg von der gegenüberliegenden Küste kam und nun tief über dem Wasser fliegend in Richtung Osten abdrehte.

Winzige Wellen schlugen auf, rollten von der Kraft der Rotoren getrieben an den Strand. Gleich darauf passierte ein Schnellboot der *police nationale* die Bucht in hohem Tempo.

Alarmiert sprang Pierre auf. »Verdammt!«, stieß er aus. Eine unheilvolle Vorahnung ließ sein Herz heftig gegen die Brust pochen.

Ich sehe nach, ob es sich bei dem Verunglückten um Docteur

Trébert handelt, tippte er mit fliegenden Fingern eine Nachricht an Charlotte. *Ich melde mich, sobald ich mehr weiß.*

Im Eiltempo lief er über den Strand, die Holztreppe empor. Das Blut pulsierte in seinen Ohren.

Er konnte nur hoffen, dass der Mann mittleren Alters ein Fremder war. Und dass das Aufgebot von Notrettung und Polizei nicht *Docteur* Trébert galt.

16

Penelope war während des Gesprächs bis ans Ende der Aussichtsplattform gegangen. Hatte den Blick über das Luberontal schweifen lassen – über die Felder, Mohnblumenwiesen und eng stehenden Wäldchen bis hin zu den Kirschbäumen im Osten, deren weiße Blüten allmählich welkten –, ohne wirklich wahrzunehmen, was sie dort sah.

Nun schob sie das Telefon in die Tasche ihrer Jeans und ging zu den anderen zurück, die sich an dem langen Tisch vor der *L'Épicerie provençale* versammelt hatten: der alte Uhrmacher Didier Carbonne, der Mechaniker Stéphane Poncet und dessen Tochter Isabelle, die in Charlottes Laden hinter dem Tresen arbeitete. Auf der anderen Seite des Tisches saßen Sommelier Martin Cazadieu und Gisèle, die Empfangsdame der *mairie*, die vor sich einen Zettel liegen hatte, der bis an den Rand beschrieben war.

Einige Plätze waren leer geblieben, aber es gestaltete sich schwieriger als gedacht, alle für das zu planende Gemeinschaftsgeschenk zu einer bestimmten Uhrzeit zusammenzutrommeln.

Über den Tisch verteilt standen farbenfrohe Keramikschälchen und mit Häppchen gefüllte Teller wie bei einem abendlichen *apéro dînatoire*. Stéphane Poncet hatte sich seinen Teller bereits vollgehäuft. Neben ihm stand ein großes Glas Pastis, den Krug mit dem Wasser zum Mischen des Anisschnapses ließ er unangetastet.

»Was kann denn das Wichtiges gewesen sein?«, brummelte er und schob sich ein Stück Fougasse in den Mund, dick mit Oliventapenade bestrichen.

»Das war Pierre«, erklärte Penelope. »Er hat mich um einen Gefallen gebeten, ich muss zurück zur Wache.«

Sie sah wohl sehr ernst aus, denn Gisèle hob sofort eine Hand vor den Mund. »Um Gottes willen, es wird doch nichts passiert sein!«

»Nein. Es ist nur so, dass er …« Penelope zögerte. Sie fragte sich, wie sie ihr Vorhaben am besten kommunizieren sollte. Pierre hatte schließlich nicht ohne Grund um Stillschweigen gebeten. Es war nicht erlaubt, in fremden Revieren zu ermitteln – schon gar nicht als Dorfpolizist. Und noch viel weniger war es erlaubt, kommunale Angestellte in die Ermittlungen hineinzuziehen.

Sie sah in die erwartungsvollen Gesichter. Gewiss, es waren Pierres Freunde, die hier beisammensaßen. Und doch ließen sich Informationen, die man unter dem Siegel der Verschwiegenheit weitergab, nur schwer wieder einfangen. Vor allem wenn man mit so neugierigen Personen befreundet war wie Didier Carbonne. Ein unbedachtes Wort an die Plaudertasche Madame Duprais, und die Spatzen pfiffen es von den Dächern.

»Und?«, fragte Martin Cazadieu, die Hände auf den Tisch gestützt, den massigen Körper erwartungsvoll vorgeneigt.

»Es ging um … Charlotte«, sagte Penelope mit geheimnisvollem Unterton. »Mehr darf ich leider nicht verraten.« Es war keine Lüge, nur eine kleine Flunkerei. Schließlich profitierte Charlotte am meisten davon, wenn Luc und sie Pierre zuarbeiteten, damit er den Fall rasch abgeben konnte.

»Geh nur, Penelope«, sagte Gisèle, bevor einer der anderen protestierte. »Aber nimm dir was zu essen mit, ja? Du hast noch gar nichts abbekommen.«

Penelope betrachtete die vielen Köstlichkeiten, die über den Tisch verteilt standen. Breit geschnittene *panisses*, gespickt mit Chorizo und provenzalischen Kräutern zur würzigen Aïoli. *Rillettes de thon* zu aufgeschnittenem Baguette. Warme Blätterteigtaschen, gefüllt mit Ziegenkäse. Gemüsegratin. Winzige *pissaladière* mit Sardellen und Oliven. Mit Comté panierte Zucchinischeiben.

Penelope entschied sich für die *panisses*, die Isabelle ihr im Laden mit dem Hinweis einpackte, sie solle sie kurz in der Mikrowelle erhitzen. Dann warf sie einen Gruß in die Runde und machte sich auf den Weg zur Wache.

In Gedanken war sie bei dem Auftrag, den Pierre ihr gegeben hatte, sortierte Prioritäten und schob Namen hin und her, von denen *Docteur* Trébert ganz an der Spitze der Dringlichkeiten stand. Bei ihm würde sie beginnen.

Aus alter Gewohnheit nahm sie die Route über die *Place du Village*, wo ihr auf Höhe des Brunnens der Immobilienmakler Farid entgegenkam, Pierres Vater und dessen Freundin Audrey im Schlepptau.

Überrascht blieb sie stehen und hob grüßend die Hand, doch das Trio war zu vertieft in das Gespräch.

»Ein sehr schönes *maison de maître*«, hörte sie Farid sagen. »Vier Zimmer, einhundertachtzig Quadratmeter, Weinkeller und Grundstück.«

Mit gerunzelter Stirn sah Penelope den dreien nach. Konnte es sein, dass …

Audrey trug ein eng anliegendes Kleid, das ihre fabelhafte Figur betonte. Sie schien Farid förmlich an den Lippen zu hängen, lief ganz dicht an seiner Seite. »Gibt es auch einen Pool?« Jetzt blieb sie stehen, als wolle sie die Wichtigkeit dieses Aspekts betonen.

»Eine gute Frage«, sagte Alain, der sich dicht neben sie

stellte und eine Hand auf ihren Po legte, wo er sie verweilen ließ.

Farid lächelte zuvorkommend. »Nein, aber eine Baugenehmigung dafür liegt vor.«

»Hervorragend.« Alain strahlte ihn an. »Wir sollten das Haus noch heute besichtigen.«

»Genau das hatte ich gerade vor«, sagte Farid und setzte sich wieder in Bewegung. »Es ist eine wahre Perle. Wenn Sie mir bitte zum Parkplatz folgen würden?«

Penelope ging weiter, kopfschüttelnd. Ob Pierre wusste, dass sein Vater und dessen Freundin hier eine Bleibe suchten?

Gefallen würde es ihm gewiss nicht. Sie hatte mitbekommen, wie anstrengend Alain Durand sein konnte, und es war Pierre anzumerken, wie sehr ihn seine Anwesenheit nervte.

Pierres Vater war ein Platzhirsch, der mit geschwellter Brust durch den Ort ging und jeden, den er von der Hochzeit kannte, jovial grüßte oder ihm auf die Schulter klopfte, als sei er der Gastgeber gewesen. Und wenn er beim Bouleplatz war, spielte er wie selbstverständlich in bereits ausgelosten Gruppen und unterhielt die Anwesenden lautstark mit seinen Anekdoten. Bis auf Carbonne, der den alten Geschichten mit interessiertem Nicken lauschte, hatten die anderen längst die Ohren eingeklappt und verließen den Platz weit vor der normalen Zeit.

In der Wache angekommen, machte Penelope sich die *panisses* in der Mikrowelle warm und schaltete den Computer ein.

Schon bald strömte das Aroma der Chorizo, von Thymian und Rosmarin durch den Raum. Noch im Stehen schob sie die Gabel in einen der frittierten Kichererbsenstreifen und steckte ihn sich in den Mund. Die Kombination war sensationell! Vor allem, wenn man die *panisses* in die Knoblauchmayonnaise tunkte. Es schmeckte nach Meer und Strand und den Wiesen der Camargue, wo man spanische und französische Traditionen gerne verband und wo sie *panisses* in Kombination mit Chorizo zum ersten Mal gegessen hatte.

Charlotte verstand es wirklich, in ihrer *Épicerie* die Aromen der Provence in ihrer Vielfalt abzubilden. Von den Hautes-Alpes über den Luberon bis an die Küste.

Penelope pikste eine weitere *panisse* auf, dann wandte sie sich kauend den Informationen über Edgart Trébert zu. Trug alles, was sie fand, in eine Datei ein.

Studium in Marseille, Facharztausbildung in Chirurgie, Notfall- und Intensivmedizin. Arbeit in der Unfallchirurgie des Militärkrankenhauses Sainte-Anne in Toulon. Erlangung der Zusatzqualifikation Sportmedizin. Vor fünfzehn Jahren dann die Übernahme der Praxis für Orthopädie und Sportmedizin in Hyères-La Capte. Verheiratet mit einer Zahnärztin, Trennung vor zwei Jahren, dann die Scheidung.

Über den Prozess jedoch, in dem es um den schweren Behandlungsfehler unter Alkoholeinfluss ging, war nichts zu finden. Zwar hatte ein Gesetz zur Reform der Justiz eine Datenbank in Aussicht gestellt, in der sich auch zivile Gerichtsentscheidungen nachschlagen ließen. Der Zeitplan für dieses Vorhaben hatte sich jedoch – wie auf der Seite des Justizministeriums zu lesen war – wegen technischer Fragen verschoben.

Eine Kopie beim zuständigen Gericht anzufordern, würde selbst bei einer Online-Anfrage Tage dauern, und abgesehen davon, dass sie weder über ein Aktenzeichen noch über ein konkretes Datum verfügte, war noch gar nicht sicher, ob es sich überhaupt um eine öffentliche Verhandlung gehandelt hatte.

Penelope tunkte die letzte *panisse* in die Aïoli und aß sie mit leisem Bedauern. Sie hätte eine weitere Portion gut verdrücken können. Dann legte sie die floral bedruckte Transportschachtel zum Altpapier, wusch sich in der kleinen Küchenzeile die

Hände und begann, zurück an ihrem Platz, die Online-Archive regionaler Zeitungen zu durchforsten. Sie wollte schon aufgeben, als sie eine anwaltliche Fachdepesche fand, die sich mit dem Fall befasste. Ohne Nennung der Namen zwar, aber der Sachverhalt stimmte überein.

Sie setzte sich gerade auf, glücklich über diesen Fund.

Es ging um einen Arzt mit nachgewiesenem Alkoholproblem, der vor zwei Jahren wegen einer Fehlbehandlung auf Schmerzensgeld verklagt worden war. Der Kläger habe nach einer operativen Behandlung in der Praxis des unfallchirurgisch arbeitenden Arztes eine Knochennekrose erlitten, deren Ursache auf mangelnde Hygienestandards zurückzuführen sei.

Der Fall war kompliziert, er beanspruchte mehrere Seiten, verlor sich in medizinischen und juristischen Details. Der Beklagte war dadurch in höchste finanzielle Bedrängnis geraten. Jetzt, dachte Penelope, musste sie nur noch in Erfahrung bringen, wer der Kläger gewesen war.

Sie kopierte den Link zu der Depesche und wollte ihn gerade an Pierre schicken, als ihr der Urheber des Artikels ins Auge fiel, eine Kanzlei aus Porquerolles.

Sie fragte sich, ob der Kläger wohl auch von der Insel stammte und ob dies vielleicht kein Zufall sei. Also fügte sie eine entsprechende Bemerkung unterhalb des Links ein und schickte die Nachricht ab.

Eine Weile lehnte sie sich im Stuhl zurück, lauschte ihrem eigenen Atmen und war glücklich. Die Recherche lag ihr. Sie liebte es zu knobeln. In ihrer Freizeit löste sie Logicals, und es gab Abende, an denen der Fernseher aus blieb, ebenso ihr Mobiltelefon, und sie nichts weiter tat, als Lückentexte mit Wahrscheinlichkeiten zu füllen, bis Gewissheit entstand.

So wie Charlotte mit dem Kochen eine Leidenschaft gefunden hatte, die sie im tiefsten Inneren erfüllte, so erging es ihr mit dem Lösen von Aufgaben. Dass Pierre sie in seine Ermittlungen einbezog, obwohl sie nur eine Schreibkraft war, erfüllte sie mit tiefem Stolz. Ihre Eltern hätten ihr das ganz sicher nicht zugetraut.

Als Nächstes nahm sie sich Jordan Lavigne vor. Der Mann war, wie sie bald herausfand, äußerst engagiert in Sachen Klima- und Naturschutz. Er war achtundzwanzig Jahre alt und hatte als Skipper auf Hochseejachten gearbeitet, bevor er vor zweieinhalb Jahren bei *Besnard Plongée* angefangen hatte. Vor allem aber war er Aktivist. In den sozialen Netzwerken teilte er vorwiegend Posts, die vor einer Klimakatastrophe warnten. Er likte die Mitteilungen auf der Seite von *Les Planteurs de Mer Méditerranée*, obwohl er, wie Pierre erzählt hatte, aus dem Verein ausgeschlossen worden war.

Eines der geteilten Videos war besonders aussagekräftig, es stammte aus dem vergangenen Jahr, als Lavigne wohl noch Mitglied gewesen war.

Unbekannte Taucher filmten einen Schiffsanker, der unter aufwirbelndem Meeresboden eine tiefe Furche durch eine Seegraswiese zog und dabei unzählige Pflanzen mit sich riss. Zurück blieb ein meterlanger Krater. Aufgewühlte Erde, entwurzelte Pflanzen, die vom hochgezogenen Anker zurück auf den Meeresboden trudelten. Jedes Jahr würden mehr als hundert Kilometer Ankerketten durch die Unterwasserwiesen gezogen. Ein irreversibler Schaden, wie der Sprecher betonte, die entwurzelten Gräser seien für immer verloren. Dann war eine Luftaufnahme zu sehen, aufgenommen vor einer der Buchten, in denen sich die Furchen im glasklaren Wasser zu einem sichtbaren Netz aus brachliegenden Straßen summierten, das zu einem immer lückenhafteren Gittermuster wurde, je weiter die Kamera wegzoomte.

Penelope schüttelte ungläubig den Kopf.

Ein Unding! Und sie verstand die Wut, die diese Rücksichtslosigkeit auslöste, nicht nur bei Umweltschützern und Aktivisten. Die Unachtsamkeit, die manche Menschen der Natur gegenüber an den Tag legten, war abscheulich. Und doch würde sie es niemals gutheißen, mit roher Gewalt darauf zu reagieren. Sei es gegen Menschen oder deren Besitztümer. Es war eine dramatische Situation, die politisch gelöst werden musste.

Lavignes Kommentar unter dem Post legte nahe, dass er anderer Meinung war. Immerzu gehe es um Kommerz. Niemand wolle dem Tourismus schaden, indem man Strafen verhänge. Man müsse die Leute zwingen umzudenken. Was er damit meinte, ließ er offen.

Die Aussagen machten ihn nicht automatisch zu einem Saboteur. Aber es war naheliegend. Nur reichte solch ein Post nicht als Beweis.

In diesem Moment wurde die Tür zur Wache geöffnet, und Luc trat herein, das Haar zerzaust.

»Du bist ja noch immer bei der Arbeit«, sagte er grinsend. »Wolltest du nicht zu der Besprechung wegen des Hochzeitsgeschenks gehen?«

»Da war ich schon, bis Pierre angerufen hat.«

Luc blieb stehen und grinste breit, ohne darauf einzugehen. Offenbar wollte er, dass sie nachfragte, wie es mit *Lieutenante* Fenech gewesen war. Sie tat ihm den Gefallen. Obwohl es ihr widerstrebte. Die durchtrainicrtc und äußerst resolute Beamtin vom Team der *police nationale* aus Cavaillon und der manchmal etwas einfach gestrickte Luc passten zusammen wie ein Deckel zur Suppenkelle, nämlich überhaupt nicht.

»Und? Wie war euer Treffen?«

»Sensationell!« Er reckte den Daumen in die Höhe. »Die Frau ist eine Granate. Hast du schon mal von der Tigerreiterstellung gehört?«

»Nein, und ich möchte auch nicht wissen, was das ist.«

»Das will ich dir sagen …«

»Luc!«, unterbrach sie ihn schneidend. »Ehrlich, ich freue mich für dich. Aber so weit geht mein Interesse dann doch nicht, dass ich mich über deine sexuellen Abenteuer unterhalten will.«

»Du denkst …?« Er kicherte. »Die Tigerreiterstellung ist eine Bezeichnung aus dem Kampfsport. Dabei berührt der vordere Fuß den Boden ganz leicht mit den Zehen und man verlagert das Gewicht auf das gebeugte hintere Bein. Siehst du? So.« Er brachte sich in Stellung und hielt dabei den nach vorne gestreckten Fuß so grazil, als sei er Mitglied eines höfischen Balletts. »Von dieser Position aus kann man sehr stabil Tritte ausführen.«

»Ihr habt Sport gemacht?« Penelope stieg die Hitze in den Kopf. Sicher sah sie jetzt aus wie eine überreife Tomate. Himmel, war ihr das unangenehm. »Das wusste ich nicht.«

Luc löste sich aus der Übung und kratzte sich am Kopf. »Nun, ganz unrecht hattest du nicht. Danach ging es noch so richtig zur Sache.«

»Hör auf, verdammt!«

»Bist du etwa eifersüchtig?«

»Nein. Aber ich begreife nicht, wieso du dich von einer Frau so herumkommandieren lässt.«

»Ich lasse mich nicht herumkommandieren.«

»Ach, nein? Wir waren mit unseren Freunden verabredet, um die Überraschung für Charlotte und Pierre zu planen. Doch kaum ruft Jeanne Fenech an, wird dein Lachen ganz tief, und deine Stimme hat plötzlich etwas von einem Gigolo.« Sie tat, als ziehe sie einen Kamm aus der Hosentasche, und strich sich mit den Fingern über das Haar. »Natürlich bin ich ein ganzer Mann«, ahmte sie ihn nach. »Und als solcher habe ich keine Angst vor starken Frauen.«

»Du bist ja doch eifersüchtig«, stellte Luc befriedigt fest.

»Nur weil ich es für falsch halte, dass man sich für jemanden verstellt? Das hast du gar nicht nötig! Und das sage ich dir als Kollegin, die sich um dein Wohlergehen sorgt, nichts weiter.«

»Das brauchst du nicht.« Luc warf seine Jacke über den Stuhl vor seinem Arbeitsplatz und ließ sich auf den Sitz fallen. »Jeanne ist eine Frau, die sich nimmt, worauf sie Lust hat. Warum sollte ich da absagen?« Er sah Penelope an, als habe sie von ihm verlangt, dem Genuss von Fleisch abzuschwören. »Sie ist ein Prachtweib, und wenn sie einen ganzen Kerl will, dann soll sie ihn haben. Schließlich habe ich auch etwas davon. So etwas nennt man Win-Win-Situation. Außerdem liebe ich die Herausforderung. Ich will sie knacken, verstehst du? Raue Schale, weicher Kern. Obwohl …« Luc spuckte in die Finger und glättete mit beiden Händen das abstehende Haar. »Der Kern ist auch hart, zugegebenermaßen, aber irgendwo, das schwöre ich dir, werde ich schon noch etwas Weiches finden.«

Penelope schüttelte den Kopf. Es war hoffnungslos. Mit einem tiefen Seufzen richtete sie ihre Aufmerksamkeit wieder auf den Bildschirm.

»Was machst du da eigentlich?« Luc erhob sich aus seinem Stuhl.

»Ich dachte schon, du fragst nie.« Penelope grinste. »Pierre ermittelt wieder. Er hat uns um Hilfe gebeten und mir eine Liste der Personen durchgegeben, über deren Hintergründe er mehr erfahren möchte.«

Luc zeigte auf den Bildschirm. »Es geht um Seegras?«

»Unter anderem. Das Video stammt vom Account eines Mannes, der sich gegen den Bau einer Wasser-Pipeline engagiert, sein Name ist Jordan Lavigne. Er ist einer der Verdächtigen.«

»Einer Wasser-Pipeline?« Luc krauste die Nase. »Ich habe keine Ahnung, wovon du redest.«

Penelope öffnete die Recorder-App ihres Mobiltelefons. »Am besten, du hörst dir die ganze Sache selbst an.« Dann spielte sie die Aufnahme ab. Und als Luc dabei seinen Stuhl heranrückte und sich so dicht neben sie setzte, dass sie seinen Atem an ihrem Hals spürte, rückte sie ein Stück von ihm ab.

Ernsthaft, nachdem er sich eben noch mit diesem muskelbepackten Eisblock vergnügt hatte? Was glaubte er eigentlich, wer er war!

17

Minutenlang war Pierre auf seinem Rad geradeaus gefahren, immer die Piste an der Küste entlang. Irgendwann raste mit heulender Sirene der Wagen der *police municipale* an ihm vorbei und wirbelte reichlich Staub auf. Pierre blieb stehen und wartete, bis er sich wieder legte. Dann fuhr er weiter.

Der seitliche Bewuchs wurde allmählich dichter, stachelbewehrte Büsche reckten ihm ihre Zweige entgegen, und irgendwann, als der Weg anstieg und der Belag immer unebener und steiniger wurde, fragte sich Pierre, ob er die falsche Richtung gewählt hatte.

Er sah auf die tiefen Krater im Boden, die wohl von herabfließendem Regenwasser stammten. Hier kam er mit dem Rad nicht weiter. Die Steine waren scharfkantig und spitz, wenn er nicht aufpasste, zerschlissen sie ihm die Reifen.

Pierre stieg ab und lehnte das Fahrrad gegen einen Baumstamm. Spähte durch eine größere Lücke zwischen dem Buschwerk hindurch auf die darunterliegende Küste. Die Landschaft hier war karger als zuvor. Dicht bewachsene Klippen fielen steil ab ins Meer. Es gab keinen Strand, nur Felsen, die hier und da die Köpfe aus dem Wasser reckten.

Von einer Unfallstelle jedoch war nichts zu erkennen, ein massiver Felsvorsprung behinderte die weitere Sicht. Pierre zog sein Mobiltelefon hervor, um sich einen Überblick über die Gegend zu verschaffen. Er sah, dass Penelope ihm eine

Nachricht geschickt hatte, las ihre Bemerkung und öffnete den Artikel hinter dem Link. Darin ging es um eine Serie von Prozessen, sie alle schienen sich um *Docteur* Tréberts Behandlungsfehler zu drehen.

Pierre überflog ihn ungeduldig, hauptsächlich ellenlange juristische Texte, er hatte keine Zeit dafür, nicht jetzt. Dann fiel ihm eine Anmerkung von Penelope ins Auge. Der Anwalt, der den Kläger vertrat, stammte von Porquerolles.

»Das kann kein Zufall sein«, flüsterte er.

Doch um den Kontext zu erfassen, müsste er den Artikel genauer lesen, es erforderte Konzentration, die er gerade nicht hatte. Das Ganze musste warten. Zuallererst wollte er zur Unfallstelle.

Pierre warf einen Blick auf die Karten-App.

Von dem Weg zweigte ein Pfad zur *Ancien Ermitage des Mèdes*, den Überbleibseln einer Einsiedelei. Geradeaus ging es bergan zur *Batterie des Mèdes*, einer ehemaligen militärischen Festung aus der Zeit Napoleons, die an der östlichen Spitze von Porquerolles lag.

Darüber hinaus gab es keine Möglichkeit, die Richtung zu wechseln, keine Gabelung. Hier waren nichts als das Meer und die dichten, unzugänglichen Wälder im Landesinneren und ein Stück weiter nördlich der *Gros Mur du Nord*, die lang gestreckten, hoch aufschießenden Klippen. Letztere besaßen, den auf der Karten-App eingestellten Fotos zufolge, ein gewaltiges Ausmaß.

Es musste irgendwo hier sein, dachte Pierre und betrachtete den zerklüfteten und von Geröll bedeckten Weg.

Er schloss das Fahrrad an, um zu Fuß weiterzugehen, als ein Motorengeräusch die Stille zerriss. Pierre spähte durch eine Lücke im dichten Bewuchs zum Meer hinab. Aus Richtung Hyères näherte sich ein rot-schwarzes Luftkissenboot der

SNSM, der *Société nationale de sauvetage en mer*. Es hielt geradewegs auf die Küste zu, die hinter dem Klippenvorsprung verborgen lag.

Die Seenotrettung! Vielleicht gab es noch Hoffnung.

Pierre machte sich an den Aufstieg, stolperte los. Der Weg ging in Kurven, bald war der Sandbelag wieder ebener. Er hätte das Fahrrad doch mitnehmen sollen, dachte er, aber nun war es zu spät. Je höher er kam, desto flacher wurde die Natur. Kniehohe Macchia löste die Büsche ab und füllte die Luft mit ihrem aromatisch herben Duft. Weiter hinten Bodendecker mit gelben und pinkfarbenen Blüten, die sich wie ein dichter Teppich über den Abhang legten.

Sein Telefon klingelte. Kurz überlegte Pierre, nicht ranzugehen, aber als er sah, dass der Anruf von Madame Cizeron war, wurde ihm warm.

Sicher hatte es etwas zu bedeuten, dass sie ihn anrief, ausgerechnet jetzt. Wusste sie womöglich mehr über das Schicksal ihres Chefs? Hatte die Polizei sie informiert? Würde sie ihm von *Docteur* Tréberts Tod erzählen?

Er ging ran und blieb stehen, auf alles gefasst. »Ja, was gibt's?«

»Edgart war dort«, sagte sie ohne eine Einleitung.

»Wo?«

»Im *Hôtel Georges.*«

Pierre zögerte, er musste sich kurz sortieren. Der Anruf hatte nichts mit dem Unfall zu tun.

Madame Cizeron verstand sein Zögern offenbar falsch. »Das ist das Hotel von Claude Besnard«, ergänzte sie und betonte dabei jede Silbe, als spreche sie mit einem Kind, das schwer von Begriff war. »Meine Freundin Monique hat mich angerufen, sie ist die zweite Frau des Inhabers und Leiterin der Rezeption.«

»Ich weiß, wer Monique ist«, entgegnete Pierre barsch. »Um wie viel Uhr hat sie ihn gesehen?«

Er ging weiter, langsamer. Sein Atmen kam stoßweise von der Anstrengung, er hatte Mühe, sein Keuchen zu unterdrücken. Doch Madame Cizeron schien es nicht zu bemerken.

»Edgart kam so gegen halb eins am Mittag. Er fragte nach Monsieur Besnard, aber der war nicht im Haus. Im Kalender war ein Termin eingetragen. Mit einem Architekten, sagte Monique, es ging um den Umbau ihres Eiscafés. Also beschloss Edgart, im Hotel zu warten.«

»Und dann? Was ist dann geschehen?«

»Er hat sich auf die Restaurantterrasse gesetzt und eine Orangina bestellt. Man hat von der Rezeption aus einen guten Blick auf die Tische. Dort blieb er etwa eine halbe Stunde lang. Danach ist etwas passiert, das Monique nicht so genau mitbekommen hat, weil ein zu früh angereister Gast einchecken wollte. Auf jeden Fall stürzte Edgart irgendwann an ihr vorbei ins Freie. Leichenblass, wie sie betonte. Sie hat …« Madame Cizeron machte eine Pause, und als sie weitersprach, klang ihre Stimme schleppend. »Sie hat sich die Rechnung im Buchungssystem angesehen, weil ihr das Ganze komisch vorkam. Edgart hat sich nach der Limonade eine doppelte *eau de vie* bestellt. Und dann noch eine.«

»Er hat sich einen Schnaps bestellt?« Abrupt blieb Pierre stehen. »Also hat er wieder getrunken. Haben Sie eine Ahnung, warum er das tat?«

»Nein.« Madame Cizeron wirkte mit einem Mal sehr besorgt. »Ich hoffe nur, dass es eine einmalige Sache war. Edgart hat doch ein gutes Leben. Wenn er jetzt rückfällig wird, werden sie ihm die Zulassung entziehen. Seine Existenz steht auf dem Spiel! Ich kann nur hoffen, dass er nicht irgendwo vollkommen betrunken herumliegt. Haben Sie denn noch immer keine Spur? Wo sind Sie überhaupt? Sie klingen, als machten Sie eine Bergwanderung.«

»So etwas Ähnliches.«

Schwer atmend sah er zu dem von spitz aufragenden Felsformationen durchzogenen Meer, das an dieser Stelle von tiefem Blau war. Eine Möwe flog auf und umkreiste ihn schreiend, als wolle sie ihre Brut verteidigen. Pierre setzte seinen Weg fort, überlegte, wie viel er Madame Cizeron sagen sollte.

Er brachte es nicht übers Herz, ihr von dem Unfall zu erzählen. Noch war nicht sicher, wer die Hilfe der Seenotrettung, einen Rettungshubschrauber, *police nationale* und *police municipale* brauchte. Es konnte auch ein Wanderer sein, der an den Steilhängen abgerutscht war. Oder ein ungeübter Bootsführer, der in der Strömung die Kontrolle verloren hatte und an den Klippen zerschellt war.

Noch bestand Hoffnung. Die Hoffnung, dass es für die Person glimpflich ausgegangen war. Und solange in diesem Punkt keine Klarheit herrschte, musste er so weitermachen wie zuvor. Ihm fiel der Artikel wieder ein, den Penelope ihm zugeschickt hatte.

»Der Mann, der *Docteur* Trébert damals verklagt hat …« Es war ein heikles Thema, und seine Stimme klang jetzt sehr weich. »Stammt er von Porquerolles?«

»Ich bin nicht gewillt, mit Ihnen darüber zu reden«, antwortete die Sprechstundenhilfe in schneidendem Tonfall.

»Madame, wenn Sie möchten, dass ich Ihnen helfe, dann müssen Sie schon mit offenen Karten spielen.«

»Das tue ich, Monsieur. Aber diese Sache gehört der Vergangenheit an. Und ich kann mir beim besten Willen nicht vorstellen, was der angebliche Behandlungsfehler mit dem Tod des Tauchers oder mit Edgarts Verschwinden zu tun hat.«

»Man muss alles in Erwägung ziehen«, widersprach Pierre.

»Was wichtig ist und was nicht, wird oft erst im Nachhinein deutlich. Und weil ich es auffällig finde, dass sich *Monsieur le docteur* ausgerechnet auf dieser Insel dazu entschieden hat, seine Abstinenz zu beenden, frage ich mich, ob es da womöglich einen Zusammenhang gibt. Edgart Trébert ist sichtlich angefasst aus dem Hotel gestürzt und hat sich ein Elektrorad ausgeliehen. Warum? Wo wollte er hin?«

»Ich verstehe Ihre Herleitung nicht«, sagte sie spitz. »Nichts davon steht in Verbindung mit der gegen ihn angestrengten Klage. Aber gut, wenn Sie meinen, es sei hilfreich, um Edgart wiederzufinden …«

»Ich bitte darum.«

Pierre blieb stehen. Er hatte eine Wegbiegung erreicht. Rechts waren die Mauern der alten Festung zu sehen. Im Vordergrund die Ruine eines Turmes mit länglichen Schießscharten, dahinter zwei Pfosten mit hellen Spitzen wie steinerne Wächter, die den Eingang sicherten. Vor dem ehemaligen Tor stand der Wagen der *police municipale*, der ihn vorhin überholt hatte. Ein Beamter lehnte am Kotflügel und sprach mit zwei Touristen, die aufgeregt gestikulierten.

Plötzlich hatte er Angst vor dem, was ihn dort hinten erwartete. Seine Beine waren bleischwer. Er musste sich einen Moment sammeln, bevor er weiterging.

»Na schön.« Ein tiefes Seufzen drang durch den Hörer. »Der Patient, der Edgart verklagt hat, heißt André Gallo. Er ist Maler und wohnt außerhalb des Ortes auf einem ehemaligen Bauernhof, den er zu einer Kulturstätte ausgebaut hat.«

Pierre öffnete die Notizfunktion seines Mobiltelefons, ließ sich dann Adresse und Telefonnummer geben, die er sofort eintrug. Er war ein wenig enttäuscht, dass nun ein neuer Name auftauchte, der mit dem Fall in keiner sichtbaren Verbindung stand.

»Was ist damals genau geschehen?«, fragte er.

»Monsieur Gallo war schwer gestürzt und wegen einer offenen Fraktur des rechten Handgelenks in der Praxis. Edgart nahm die Operation vor. Einige Tage nach dem Eingriff kam es zu einer Komplikation, einer Wundinfektion, die angeblich in eine Knochennekrose mündete. Sie machte es dem Patienten unmöglich, seine Arbeit wie gewohnt fortzusetzen. Gallo führte es darauf zurück, dass Edgart wegen seiner Alkoholkrankheit die Hygienestandards nicht beachtet hatte, und verklagte ihn. Er wollte gerichtlich ein Schmerzensgeld von rund fünfzigtausend Euro durchsetzen sowie die Verpflichtung, ihm auch alle künftigen materiellen und immateriellen Schäden zu ersetzen. Dazu den bisherigen Verdienstausfall, es war ein Desaster. Sie können sich vorstellen, was hier los war!«

Pierre nickte. »*Docteur* Trébert muss ziemlich verzweifelt gewesen sein.«

»Verzweiflung ist gar kein Ausdruck«, rief die Sprechstundenhilfe aus. »Seine Existenz stand auf dem Spiel. Dabei hat er die Hygienestandards akribisch eingehalten, die während der Operation anwesende Arzthelferin hat es sogar bezeugt. Der entstandene Gewebsuntergang hätte genauso gut die posttraumatische Folge des Sturzes sein können. Und trotzdem hat man ihn verurteilt. Weil der Kläger den Nachweis erbrachte, dass Edgart Alkoholiker war.«

»Hat der Kläger seine finanziellen Forderungen durchsetzen können?«

»Nein. Das Gericht sah den Vorwurf eines groben Behandlungsfehlers als nicht erwiesen an. Am Ende wurde das Schmerzensgeld auf fünftausend Euro begrenzt. Edgart hatte die Prozess- und Anwaltskosten zu zahlen und sich in eine Klinik einweisen zu lassen.«

Das war ein gewaltiger Unterschied zur ursprünglichen Forderung. »Und der Kläger hat dagegen keinen Einspruch erhoben?«

»Davon hätte Edgart mir erzählt. Das Ganze war geradezu traumatisch, schließlich ist daran auch seine Ehe zerbrochen, aber er hat sich ja wieder berappelt.«

»Bis jetzt«, sagte Pierre düster.

»Es war nur ein Ausrutscher, ganz bestimmt.« Die Sprechstundenhilfe klang wieder versöhnlicher. »Ich habe übrigens gerade mit dem Reagenzienhandel telefoniert. Edgart hat, wie bereits vermutet, lediglich eine Bestellung durchgegeben.«

Pierre stieß einen innerlichen Fluch aus. Die Spur, die zu Camille Audebert geführt hatte, verlief damit ins Leere.

»Ich danke Ihnen, Madame. Ich melde mich wieder, sobald ich Neuigkeiten habe.«

Pierre tippte eine Nachricht an Penelope mit dem Namen des Klägers und der Bitte, Näheres über ihn in Erfahrung zu bringen. Dann schob er das Telefon zurück in die Jackeninnentasche und sah auf. Ging weiter, lief beinahe. Er wusste nicht, warum er sich plötzlich so beeilte. Er konnte nichts weiter tun, aber vielleicht war es genau dieses Gefühl, gegen das er nun anrannte.

Bald war auch der Helikopter zu sehen, der mit ausgeschalteten Rotorblättern auf einer aus Sand und Geröll bestehenden Ebene parkte. Halb verdeckt von einem lang gestreckten Bau aus Bruchsteinen und hellen Bossenecken, der wohl zu einem späteren Zeitpunkt gebaut worden war.

Als er den Wagen der *police municipale* beinahe erreicht hatte, verabschiedeten sich die beiden Touristen von dem Beamten. Sie trugen beide gepflegte Bärte und die gleichen Windjacken – die eine hellbraun, die andere grün. Auf dem Rücken bunt gemusterte Rucksäcke, die eher wie ein Accessoire wirkten als ein Utensil zum Wandern. Nun kamen sie direkt auf Pierre zu.

»Was ist denn dort geschehen?«, fragte Pierre, bevor sie an ihm vorbei waren.

»Ein Mann ist die Klippen hinabgestürzt«, antwortete der Tourist in der hellbraunen Jacke. Er war sehr blass. »Es ist schrecklich!«

»Wir wollten das *Cap des Mèdes* fotografieren«, ergänzte der zweite, den Pierre zehn Jahre älter schätzte. »Dort hinten, an der ehemaligen Festungsmauer. Und da haben wir ihn liegen sehen.«

»Ist er noch am Leben?«

Die beiden Männer sahen ihn an, als habe er gefragt, ob man ohne Flügel fliegen könne. »Wissen Sie, wie tief es dort runtergeht?«, fragte der Ältere. »Und am Fuß der Klippen gibt es nichts als Felsen und Steine.«

»Spitze Steine«, ergänzte sein Begleiter, und er verzog den Mund. »Das war kein schöner Anblick, das können Sie mir glauben.«

»Haben Sie«, fragte Pierre, »auch ein graues E-Bike bemerkt? Eines von *Giant*.«

Der ältere der beiden nickte. »Ja, dort lag auch ein Fahrrad, aber die Marke habe ich nicht registriert.«

»Können Sie mir sagen, was der Mann anhat?«

»Weiße Hose, violetter Pulli. Kennen Sie ihn etwa?«

Pierre schüttelte den Kopf, um weitere Nachfragen zu vermeiden.

Die beiden Männer verabschiedeten sich und gingen davon.

»*Zut!*«, entfuhr es Pierre, und er stützte die Hände in die Hüften, sah in den Himmel, über den nun wieder Wolken zogen. Auch *Docteur* Trébert hatte einen violetten Pullover getragen. Es gab eigentlich kaum noch Zweifel, wer dort unten lag, aufgeschlagen auf den Felsen. Aber er würde es erst glauben, wenn er es mit eignen Augen gesehen hatte.

18

Der Polizeibeamte war ein stämmiger Mann mit Halbglatze und Schnurrbart, etwa einen halben Kopf kleiner als Pierre. Er hatte in der Zwischenzeit Metallstäbe in den Boden geklopft und entrollte gerade ein Absperrband. Eine junge Kollegin mit geflochtenem Zopf half ihm dabei.

»Bonjour«, sagte Pierre und zeigte seinen Dienstausweis vor. »Ich möchte zum Unglücksort.«

»Moment, nicht so hastig.« Der Beamte nahm die Karte, hob die Brauen. »Ein Kollege aus Sainte-Valérie?«

»Ich bin hier im Urlaub, aber ich meine den Mann zu kennen, der dort unten liegt. Es handelt sich vermutlich um Edgart Trébert, er wurde offenbar Opfer einer Straftat. Ich könnte die Person identifizieren.«

»Einer Straftat?« Der Mann gab ihm die Karte zurück. »Haben Sie dafür Beweise?«

»Indizien. Wer leitet dieses Team?«

»*Commissaire* Ann-Christine Giraud.«

Der Name kam Pierre bekannt vor. »Könnte ich sie bitte sprechen?«

Der Kollege schüttelte den Kopf. »Ja, was meinen Sie denn, ob das geht? Sie sehen doch, was hier los ist! Außerdem wird *Madame le commissaire* kaum Zeit für Ihre Fragen haben. Sie ist aus einem anderen Grund auf Porquerolles und war nur zufällig in der Nähe, als …«

In diesem Moment kamen zwei Männer in orangefarbenen Overalls aus Richtung der Klippen. Sie eilten auf den Helikopter zu.

»*Brigadier*? Es geht los!«

Der *Policier* scheuchte Pierre hinter das Absperrband und setzte sich zu seiner Kollegin in den Streifenwagen, während die Rotorblätter des Helikopters starteten. Ein gewaltiger Windzug setzte ein. Pierre drängte sich in den Schutz der Steinmauern.

Mit einem eleganten Schwung setzte sich der Helikopter in Bewegung und glitt seitlich in die Höhe.

Pierre verfolgte den Flug in Richtung des *Gros Mur du Nord*. Dort angekommen, schwebte die Maschine eine Weile stehend in der Luft und positionierte sich über den Klippen.

Das war die Gelegenheit!

Rasch stieg er über das Absperrband und eilte zu der gen Wasser abfallenden Festungsmauer, hinter der die Rettungssanitäter aus dem Helikopter eine orangefarbene Trage an Seilen hinabließen.

»Was machen Sie denn da?«, schrie der *Brigadier* hinter ihm.

Pierre eilte weiter, als er einen kräftigen Griff an der Schulter spürte. Er riss sich los, setzte seinen Weg fort, bis er die Mauer erreicht hatte. Als er sich umdrehte, sah er, dass der Mann stehen geblieben war. Das Funkgerät am Ohr.

Pierre wandte sich wieder nach vorne. Der kraftvolle Windstoß der Rotorblätter riss an seinem Haar. Mit nach vorne gebeugtem Oberkörper versuchte er, einen Blick auf das Geschehen zu erhaschen.

Zuerst bemerkte er nur vier zackenförmige Steinformationen, umarmt vom bunt betupften Grün der Blumen, die ihm den Blick zum Ufer versperrten. Er wandte sich nach rechts, wo eine zusammengebrochene Mauer den Blick auf den *Gros Mur du Nord* freigab. Er ging näher. Hoch aufragende Klippen, von einem grünen Pflanzenteppich bedeckt, zu ihren Füßen ein Feld aus Geröll, steil abfallend ins Meer, in dessen felsigem Untergrund das Boot der *police nationale* ankerte. Und über allem der klarblaue Himmel, über den nur noch vereinzelte Wolken zogen.

Wäre die Situation eine andere gewesen, er hätte sich am rauen Charme des Anblicks erfreut. An dem Eindruck, hier läge das Ende der Welt. Mitten in der Natur, die ohne das Geräusch der Rotorblätter vollkommene Stille verhieß. Jetzt aber drängte Pierre sich mit der Hüfte fest an das brüchige Mauerwerk und beugte sich vor, bis er einen Blick in die Tiefe werfen konnte, die sich gähnend vor ihm auftat.

Noch waren nur die Rücken der beiden Männer vom Zivilschutz zu sehen, die die Bahre von den Seilen losmachten und auf den Boden legten. Dann traten sie beiseite, um den Leichnam für den Transport vorzubereiten.

Der Anblick des zerschmetterten Körpers war entsetzlich, und Pierre wurde übel. Aber es gab nun keinen Zweifel mehr. Der Mann, der dort unten lag, war *Docteur* Edgart Trébert.

Der Fall hatte eine Eindeutigkeit bekommen, die auch für die Kollegen nicht länger von der Hand zu weisen war. Ab sofort, dessen war Pierre sich sicher, würden andere Ermittler ihn übernehmen, und er würde ihnen alle Informationen geben, die zur Aufklärung nötig waren.

Wie benommen hatte Pierre sich vom *Brigadier* zum Absperrband zurückführen lassen. Von dort beobachtete er, wie die mit einem Stahlseil gesicherte Trage im Bauch des Helikopters verschwand, der schließlich in einer gewagten Kurve den Rückweg zur Küste antrat.

Der *Policier* hatte ihm zugesichert, der Kommissarin über Funk Bescheid zu geben, doch es dauerte Ewigkeiten, bis sie ihm über einen steilen Weg, der vom schmalen Sandstreifen hinaufführte, endlich entgegenkam.

»Monsieur Durand«, fragte sie ihn zur Begrüßung, »der *Brigadier* sagte, Sie kennen den Toten?«

Die Kommissarin sah gar nicht aus wie eine solche, sondern eher wie eine *Lieutenante*. Sie war jünger als er, sehr schlank und mit gerader Haltung, gebogene Nase, spitz zulaufendes Kinn. Zum langärmeligen weißen Hemd der *police nationale* trug sie eine schwarze Krawatte, dazu eine gerade geschnittene Hose und derbe Stiefel. Ihr dunkelblondes Haar hatte sie streng zurückgebunden, es verschwand fast vollständig unter dem *calot*, dem schmalen Hutschiffchen. Doch trotz der bescheidenen Dienstkleidung umgab sie eine selbstbewusste Aura.

»Das ist richtig. Der Mann heißt *Docteur* Edgart Trébert, er hat eine Praxis in Hyères-La Capte. Können Sie schon sagen, wie lange er dort unten liegt?«

»Meiner Einschätzung nach ist es bereits gestern passiert. Es ist ein Wunder, dass ihn vorher niemand entdeckt hat.«

»Lässt sich die Zeit genauer eingrenzen?«

Sie runzelte die Stirn. »Ich bin nicht befugt, Ihnen darüber Auskunft zu geben. Außerdem ist das Sache der Rechtsmedizin.«

Pierre sah zu dem *Brigadier*, der mit verschränkten Armen an seinen Wagen gelehnt dastand und ihn musterte.

»Ihr Kollege von der *police municipale* hat Ihnen vielleicht verschwiegen, dass ich als ehemaliger *Commissaire* während meines Urlaubs Kontakt mit dem Toten hatte, und zwar wegen eines anderen mutmaßlichen Mordes.«

Es war selten, dass er seine vergangene Position ins Spiel brachte, aber in diesem Fall schien es ihm richtig. Wie schon bei *Capitaine* Roubaud hatte er das Gefühl, man nehme ihn sonst nicht ernst.

Commissaire Giraud hob erstaunt die Brauen. »Nanu? Der *Brigadier* hat mir erzählt, Sie seien *Chef de police municipale.*«

Pierre ließ sich nicht aus der Ruhe bringen. »Das bin ich zurzeit. Wie ich bereits sagte: ehemalig.«

»Und das aktuelle Geschehen halten Sie ebenfalls für einen Mord?«, fragte sie. Offenbar hatte sie nicht vor, die Diskussion um den Titel zu vertiefen.

»Allerdings.«

»Und wie ist er Ihrer Meinung nach vonstattengegangen?«

»Den Ablauf kann ich nur vermuten«, gab Pierre zu. »*Docteur* Trébert hat behauptet, im Fall des verunglückten Tauchers Florent Besnard einen Beweis dafür zu haben, dass es sich um einen Mord handelte. Er kannte wohl sogar den Namen des Täters. Ich weiß nicht, warum er hierher auf die Insel gekommen ist. Doch es fällt mir unter den Umständen schwer zu glauben, dass er freiwillig von der Klippe gesprungen ist.«

Die Kommissarin schürzte die Lippen. »Wir haben auf den ersten Blick keine Kampfspuren gefunden.«

»Der Boden ist steinig.« Pierre ärgerte sich zutiefst. Er klang wie ein Schuljunge, der seine Hausaufgaben nicht gemacht hatte. Tatsächlich gab es nichts Konkretes, das seine Annahme bestätigte. Nur ein Bauchgefühl. »Wie auch immer«, fuhr er fort, »das herauszufinden, ist Sache der Ermittlungsbehörden. Meine Frau und ich sind nämlich mitten in den Flitterwochen und würden sie gerne fortsetzen. Daher erlauben Sie bitte, dass ich Ihnen kurz die Zusammenhänge schildere, damit Sie den Fall übernehmen können.«

Die Kommissarin hob die Brauen. »Oha«, sagte sie mit einer Betonung, die einen deutlich ironischen Beiklang hatte. »Na, dann mal los.«

Es dauerte eine knappe Viertelstunde, in der Pierre die

wichtigsten Eckdaten des Falles benannte. *Commissaire* Giraud hörte aufmerksam zu, machte sich Notizen. Bald gesellten sich zwei Kollegen dazu. Nickten hier und da, warteten sichtlich ungeduldig, bis Pierre geendet hatte.

»Sie glauben also«, fasste die Kommissarin zusammen, »es gebe eine Verbindung zwischen dem Ihrer Meinung nach provozierten Taucherunfall vor Rayol-Canadel-zur-Mer und dem hiesigen Sturz. Und das alles, weil der Mann, der am Fuße der Klippen liegt, den Namen des Täters kannte?«

»So ist es.«

»Eine komplexe Geschichte«, sagte *Commissaire Giraud*, »die mir ein bisschen weit hergeholt zu sein scheint.«

»Es gibt zwei Leichen und eine Verbindung. Was soll daran weit hergeholt sein?«

»Bislang handelt es sich lediglich um eine Ansammlung von Indizien, Aussagen, Gesprächsprotokollen, Vermutungen. Es gibt nicht einen handfesten Beweis.«

»Doch. Die Aussagen der beiden Verunglückten.«

»Aber alles basiert auf der Erzählung des ersten Toten, Florent Besnard, der behauptete, vergiftet worden zu sein. Was Sie ebenso wie der Arzt vollkommen ungeprüft übernommen haben, ohne jeden Beweis.«

»*Docteur* Trébert hatte den Beweis, das hat er mir am Telefon selbst erzählt. Und was denken Sie, was ich alles versucht habe, um herauszufinden, was er damit gemeint hatte. Da ich jedoch nicht berechtigt bin zu ermitteln, konnte ich bisher nur private Erkundigungen einholen. Beispielsweise hatte ich keinen Einblick in die Verbindungsliste des Mobiltelefons von *Docteur* Trébert. Ich bin sicher, hier findet sich eine Bestätigung meiner Theorie. Sie sollten auch *Capitaine* Roubaud von der Gendarmerie in Le Croix-Valmer kontaktieren. Er ist bereits involviert. Und im Anschluss …«

»Ja?« Sie lächelte ihn freundlich an. So wie eine Ärztin einen verwirrten Patienten.

»Im Anschluss sollten Sie die Wohnung von Florent Besnard auf einen Hinweis durchsuchen. Mir waren ja leider auch dabei die Hände gebunden.«

Sie hob die Brauen. »Einen Hinweis worauf?«

»Na, auf das Gift, das man ihm verabreicht hat. Und vielleicht finden Sie dabei auch einen Hinweis auf das mögliche Tatmotiv.«

»Woran haben Sie da gedacht?«

»Florent Besnard hat nach dem Schatz der *Ville de Grasse* gesucht«, sagte Pierre. »Womöglich finden sich dort einige historische *Louis d'Or*. Sofern sie nicht jemand beiseitegeschafft hat, beispielsweise seine Freundin Camille Audebert. Oder Jordan Lavigne.«

»Der legendäre Schatz der *Ville de Grasse*.« *Commissaire* Giraud atmete aus, es war nicht ersichtlich, ob aus Erschöpfung angesichts der vielen Details oder aus einem Gefühl von Entnervtheit. »Da ist er ja nicht der Einzige.«

Pierre wollte etwas Harsches erwidern, als ihm plötzlich einfiel, woher er ihren Namen kannte. Er hatte ihn in der Zeitung gelesen. Sie war diejenige, die versprach, die Sabotageakte an der *Waterline* zu ahnden.

Und auf einmal wusste er, wie er sie zur Mitarbeit bewegen konnte.

»Es ist wahrscheinlich«, fügte er jetzt fester hinzu, »dass sich in der Wohnung Hinweise auf den Saboteur der im Bau befindlichen Wasser-Pipeline finden.«

Ihr Rücken straffte sich. Und auch die beiden Polizisten, die sich bereits abgewandt hatten, waren nun wieder voll bei der Sache.

»Sie reden von der Explosion auf dem Parkplatz?«

»Davon und von den vielen anderen Störversuchen. Florent Besnards Angestellter Jordan Lavigne ist ein erklärter Gegner der *Waterline*. Man hat ihn aus dem Verein geworfen, der gegen die Pipeline geklagt hat. Er ist ihnen zu radikal geworden. Und es ist anzunehmen, dass er etwas mit den Vorfällen zu tun hat.«

»Können Sie das beweisen?«

»Selbstverständlich«, sagte er. »Ich habe hier die Aufzeichnung einer Unterhaltung, in der es vermutlich um eine weitere Aktion geht.« Er spielte Charlottes Nachricht mit dem Gespräch zwischen Jordan Lavigne und seinen Freunden ab.

»Bei dem genannten Boot handelt es sich also um das des Verunglückten?«, fragte die Kommissarin interessiert.

»So ist es. *Capitaine* Roubaud wollte das Boot auf einen Zusammenhang mit den Sabotageakten untersuchen.«

»Gut.« Sie nickte sichtlich zufrieden. »Haben Sie noch weitere Informationen?«

»Momentan nicht. Aber sollte ich etwas erfahren, dann leite ich es sofort weiter. Haben Sie eine Telefonnummer, unter der ich Sie erreichen kann?«

Sie diktierte ihm eine. Ein Lächeln trat auf ihr Gesicht. »Danke für den Hinweis.« Dann gab sie dem größeren der beiden Polizisten einen Wink. »Sie kümmern sich darum, dass alles nachgeprüft wird, was uns der Kollege Durand gerade berichtet hat.«

»Wird erledigt.« Der Beamte salutierte und entfernte sich in Richtung des Weges hinab zu dem Sandstreifen, an dem Pierre das Polizeiboot vermutete. Sein Kollege folgte ihm.

Die *Commissaire* nickte Pierre zu. »Ich werde dann mal … Danke für Ihre Vorarbeit.« Sie reichte ihm die Hand. Es war ein fester, wohldosierter Druck. »*Au revoir*.«

»Sie gehen der Sache nach?«

»Es ist unsere Pflicht. Ich danke Ihnen für die Informationen. Für Sie endet der Fall hier. Über die Ergebnisse unserer Ermittlungen können wir Sie leider nicht informieren, aber das verstehen Sie sicher.«

»Natürlich«, sagte Pierre, obwohl es ihn enttäuschte.

»Genießen Sie Ihre Flitterwochen. Sie haben es sich redlich verdient.«

Pierre bedankte sich und versuchte, Zuversicht auszustrahlen, denn leicht fiel ihm das Loslassen nicht. Dann wandte er sich um und folgte dem Weg zurück zu seinem Fahrrad. Er hatte einen Bärenhunger und einen ebensolchen Durst. Er konnte es kaum erwarten, sich irgendwo hinzusetzen und etwas zu essen.

Noch im Gehen schrieb er Charlotte eine Nachricht.

Der Verunglückte war tatsächlich Docteur *Trébert. Ich fahre jetzt zurück in den Ort. Wir treffen uns in einer halben Stunde im Restaurant vom Hôtel Georges. Wenn wir Glück haben, ist die Küche offen, und wir bekommen noch eine Kleinigkeit. Oder hast du eine andere Idee?*

Er konnte sehen, dass Charlotte etwas zurückschrieb, da kam auch schon die Antwort:

Oje, wie tragisch! Bin gespannt, was du erzählst. Im Ort sind bereits alle Restaurants geschlossen. Die einzige Alternative wäre ein Sandwich aus dem Kühlregal von einer der Buden am Hafen, aber die sehen nicht besonders appetitlich aus. Versuchen wir es lieber im Hotel. Bis gleich, bisou.

Während Pierre auf dem Küstenweg zurück in den Ort brauste, fielen ihm immer wieder Dinge ein, die er eigentlich noch hatte klären wollen. Rote Fäden, die lose herunterhingen und darauf warteten, verknüpft zu werden. Fragen, zu denen er noch keine Antwort hatte. Schließlich gab er es aber auf. Er hatte Charlotte zugesichert, die Ermittlungen zu beenden, sobald die Kollegen übernahmen, und er war gewillt, sein Versprechen zu halten.

19

Das *Hôtel Georges* lag ein Stück außerhalb von Porquerolles. Charlotte wartete bereits vor dem elegant renovierten Steinhaus. Sie begrüßten sich mit einer Umarmung und erzählten sich dann in aller Kürze, was sie erlebt hatten.

»Das war ganz schön riskant«, staunte Pierre, nachdem Charlotte geendet hatte. »Ich mag mir gar nicht ausmalen, was passiert wäre, hätten die Aktivisten dich beim Lauschen erwischt.«

Sie lachte. »Das war auch das letzte Mal, dass ich so etwas gemacht habe.« Dann wurde sie wieder ernst. »Also, ist der Fall jetzt wirklich abgegeben?«

Er nickte.

»Und was ist mit den Motiven von Claude Besnard und seinem Stiefsohn? Meinst du, die haken da nach und überprüfen alles?«

Pierre zuckte die Schultern. »Das liegt nicht mehr in unserer Hand. Für uns ist die Sache erledigt, wir sind raus.«

»Hm«, machte Charlotte. Und dann noch einmal: »Hm.«

Pierre schloss sein Fahrrad an, und sie betraten die Rezeption.

Die Wand gegenüber dem Empfang war von dem übergroßen Schwarz-Weiß-Porträt Georges Simenons dominiert, das Pierre bereits im Internet gesehen hatte. Die Aufnahme zeigte den Schriftsteller mit Hut und Pfeife.

Es war bereits drei Uhr. Vor dem Tresen reihte sich eine lange Schlange neuer Hotelgäste ein. Die meisten mit kleinen Handkoffern oder Rucksäcken. Hinter dem Empfang stand eine Frau etwa Ende fünfzig mit Doppelkinn und kurz gestuftem aschblondem Haar. Sie trug eine Weste mit goldglänzenden Knöpfen.

Als Pierre und Charlotte unschlüssig innehielten und nach einem Hinweis auf das Restaurant suchten, ließ die Frau die wartenden Gäste stehen und kam hinter ihrem Tresen hervor. Mit ausgestreckter Hand eilte sie auf die beiden zu.

»Sie müssen die Durands sein, habe ich recht?« Ihre dunklen Augen zwinkerten lustig.

Pierre bestätigte es. »Wie haben Sie uns erkannt?«

»Sylvie hat mir ein Foto von Ihnen aus dem Internet gezeigt. Ein Artikel von einem Einsatz in Grasse.« Sie musterte Pierre. »Sie waren damals runder, Monsieur, ich hätte Sie beinahe nicht erkannt.« Sie schüttelte nacheinander Pierres und Charlottes Hände. »Entschuldigen Sie bitte meine stürmische Begrüßung. Ich bin Monique Besnard, die Freundin von Sylvie Cizeron. Sind Sie wegen der Sache mit Florent hergekommen?«

»Nein, der Fall ist abgegeben. Wir wollen zum Restaurant.«

»Oh, ich hoffe, es ist noch jemand in der Küche.« Sie zeigte auf eine geschlossene Glastür. »Gehen Sie ruhig durch, es wird Ihnen bestimmt jemand weiterhelfen.«

»Danke.«

»Sehr gerne.« Mit einer Kopfbewegung wies sie zu der Gästeschlange, aus der bereits erstes Murren zu hören war. »Sie sehen ja, es ist viel zu tun, aber wenn Sie meine Hilfe brauchen, zögern Sie nicht, mich anzusprechen.«

Pierre und Charlotte durchquerten das menschenleere Restaurant und gingen weiter durch eine geöffnete Schiebetür zur Terrasse, auf der kein Tisch eingedeckt war. Die Holzplatten waren nackt, immerhin die Stühle mit weichen Polstern versehen. Direkt hinter der Terrasse erstreckte sich ein exotisch bepflanzter Garten. Ringsum hohe Kiefern, zwischen denen geflochtene Bastlampen gespannt waren. Von denen ging, so stellte es sich Pierre vor, am Abend sicher ein warmes Licht aus.

»Entschuldigen Sie bitte«, sprach Pierre eine Kellnerin an, die den Innenraum des Restaurants für das Abendessen vorbereitete. »Gibt es noch etwas zu essen?«

»Bedaure, die Küche ist seit vierzehn Uhr geschlossen. Sie können aber selbstverständlich Getränke konsumieren.«

Pierre seufzte. Er hatte es sich fast gedacht. So war es nun mal in der Provence. In Paris ließ sich zu jeder Tageszeit ein Lokal finden, das einem noch ein Entrecôte briet, einen Salat bereitete oder wenigstens eine Suppe aufwärmte. Er hätte es wissen müssen, aber angesichts der mageren Alternativen war es einen Versuch wert gewesen.

Charlotte sah die Kellnerin freundlich an. »Vielleicht haben Sie ein Dessert oder irgendetwas, das bereits vorbereitet ist? Wir haben seit heute Morgen nichts mehr gegessen.«

Die Frau überlegte. »Ich habe noch *crème brulée* im Kühlschrank. Oder einen Energieriegel mit Datteln, Pinienkernen und einer Prise Sel de Camargue. Eine Spezialität des Hauses für unsere Ausflügler.«

»Der Energieriegel klingt großartig.« Charlotte schaute Pierre fragend an. »Und was nimmst du?«

Gegen etwas Süßes hatte er nichts einzuwenden, auch wenn er lieber eine Dorade mit Zitronensauce gegessen hätte oder den gegrillten Hummer, der auf einer Tafel als Empfehlung des Tages angepriesen war. Aber das würden sie am Abend nachholen. Hauptsache, er bekam jetzt etwas zu essen. »Die *crème brulée* bitte. Und eine Karaffe Wasser.«

Die Kellnerin sah ihn mit sauertöpfischem Lächeln an, als

rechne sie mit heftiger Gegenwehr. »Bedaure. Wir haben Wasser nur flaschenweise.«

Pierre warf ihr einen überraschten Blick zu. Eine Flasche bestellte man normalerweise nur, wenn man ein *eau gazeuse* haben wollte, ein Sprudelwasser.

Die *carafe d'eau*, gefüllt mit Leitungswasser, hingegen war im ganzen Land eine Selbstverständlichkeit. Eine kostenlose Beigabe seitens der Gastronomie, die niemand je in Frage stellte. Es war ebenso selbstverständlich wie die öffentlichen Brunnen, an denen Durstige ihre Trinkflaschen auffüllen konnten. Die Hydranten und Steinquader mit integrierten Wasserhähnen, die man vornehmlich an Bouleplätzen und in der Nähe von Parkplätzen fand.

Vor allem im bei Radfahrern beliebten Vaucluse waren die Stationen beliebte Anlaufpunkte. Es gab sogar interaktive Karten, in denen sämtliche Möglichkeiten zum Nachfüllen aufgeführt waren.

Pierre rieb sich das Kinn. Er hatte ganz vergessen, dass Porquerolles Probleme mit der Wasserversorgung hatte und über keine einzige Trinkwasserstelle verfügte.

»Gilt das für alle Restaurants auf der Insel?«

»Nein. Nur an heißen Tagen, wenn das Leitungswasser reglementiert wird. Aber unser Chef möchte ein Bewusstsein dafür schaffen, dass Wasser ein kostbares Gut ist. Und dass der Verbrauch weit über dem Bedarf liegt.«

»Wie kommt das bei den Gästen an?«

Sie stützte die Hände in die Hüften, bereit für den Kampf. »Manche werden wütend. Sie unterstellen uns unlautere Bereicherung, dabei liegt der Preis pro Flasche in unserem Lokal niedriger als üblich. Die meisten zeigen jedoch Verständnis und begrüßen den gedanklichen Anstoß. Schließlich geht es um etwas Größeres als ein paar Euro in der Kasse.«

Eine gute Maßnahme, wie Pierre fand. Vielleicht führte es dahin, auch die *carafe d'eau*, deren Inhalt am Ende meist achtlos weggeschüttet wurde, mehr wertzuschätzen.

»Dann hätten wir gerne eine Flasche, aber *sans gaz.*«

Sie setzten sich an einen Tisch direkt am Garten, und Pierre studierte die Weinkarte, die die Kellnerin ihnen brachte.

Ein junger Mann mit rabenschwarzem Haar betrat die Terrasse, einen Stapel Servietten auf dem Arm. Pierre beobachtete, wie er sie in einen Schrank legte und sorgfältig glattstrich. Er trug ein weißes Hemd und eine dunkle Kellnerschürze, und unter der Hose mit Bügelfalte blitzten sauber polierte Schuhe hervor.

Die Art, wie er sich bewegte, hatte etwas Geschmeidiges. Gleichzeitig merkte man ihm den Drill an, den er durchlaufen hatte, und Pierre fragte sich, ob das wohl Afonso Pinheiro war.

Der Mann schien seinen Blick bemerkt zu haben und kam an den Tisch.

»Bonjour, Madame, Monsieur. Sind Sie gerade angereist?«

Aus seinen Gesten sprach der Duktus eines Gastgebers. Ja, das musste Besnards Stiefsohn sein.

»Nein, wir sind nur Gäste des Restaurants. Leider ist die Küche schon zu, aber Ihre Kollegin war so freundlich, uns Energieriegel und *crème brulée* anzubieten.«

»Sie haben Hunger?«

Pierre nickte heftig.

»Von so etwas wird man doch nicht satt. Mirabelle«, rief er in Richtung des Gastraumes und wartete, bis die Kellnerin vor ihm stand. »Haben wir denn keine *soupe froide de concombre* mehr in der Kühlung?«

»Natürlich haben wir kalte Gurkensuppe vorrätig. Allerdings müsste man noch die Crevetten anbraten, und es ist kein Koch mehr da.«

»Das übernehme ich.«

»Wirklich?« Charlotte strahlte über das ganze Gesicht. »Sie würden uns einen großen Gefallen tun.«

»*Pas de problème*, Madame.«

»Die *crème brulée* nehme ich trotzdem«, beeilte sich Pierre zu sagen. »Ich habe seit heute früh nichts im Magen.«

»Sehr gerne. Haben Sie schon einen Wein gewählt?«

Pierre ließ die Karte sinken. »Können Sie uns einen empfehlen?«

»Mögen Sie Rosé? Dann schlage ich die *Domaine de l'Île* vor, ein Weingut aus Porquerolles. Es ist eine Cuvée aus Grenache, Syrah, Cinsault, Mourvèdre und Tibouren. Ein Bouquet von Zitrusfrüchten, eine feine, mineralische Note am Gaumen. Dazu das Aroma von Pfirsich und Grapefruit. Die *Domaine* hat auch einen Weißwein im Angebot, beide stammen aus biologischem Anbau.«

»Ein Wein von der Insel?« Pierre dachte an die Felder, an denen er vorbeigeradelt war.

»Es ist eine traditionsreiche Marke. Sie gehörte einem Nachfahren des belgischen Unternehmers François-Joseph Fournier, der einst mit Gold- und Silberminen in Mexiko ein Vermögen gemacht hat. Er hat die Insel neuzehnhundertzwölf erworben, um sie seiner Frau zur Hochzeit zu schenken.«

»Das klingt wirklich sehr romantisch«, schwärmte Charlotte und zwinkerte Pierre zu.

Der junge Mann lachte. »Na, ganz so paradiesisch war es hier damals noch nicht. Wenige Jahre zuvor zerstörte ein Feuer mehr als die Hälfte der Fläche. Aber Fournier hat die Insel mithilfe von Gärtnern, Landwirten, Handwerkern und Architekten wieder aufgebaut. Er sorgte für alle, die auf Porquerolles arbeiteten, gründete eine Genossenschaft, schuf Straßen und Wege. Pflanzte auf der zerstörten Erde Eukalyptus, Mimosen, Zitrusfrüchte, Schirmkiefern und Zypressen. Und er legte den Grundstein für die größten Weinbauanlagen des gesamten Departements. Heute werden hier bis zu vierzehntausend Hektoliter im Jahr produziert.«

Charlotte beugte sich interessiert vor. »Gehört die Insel noch immer der Familie Fournier?«

»Nein, unter Präsident Pompidou hat man sie den Nachfahren abgekauft und so eine Urbanisierung verhindert. Seit neunzehnhundertzweiundsiebzig ist Porquerolles in staatlicher Hand. Die Insel steht unter der Verwaltung des *Parc national de Port-Cros*.« Er grinste. »Einige der schönsten Grundstücke haben die Fourniers freilich behalten. Die Halbinsel *Le Grand Langoustier*, das luxuriöse Hotel davor. Ein Fleckchen Erde an der *Plage d'Argent*, wo sich ein exquisites Restaurant befindet. Ein Hotel im Ort selbst. Und das Land, auf dem der besagte Wein wächst.«

Pierre nickte. »Als Sie von dem Weingut erzählten, haben Sie in der Vergangenheitsform gesprochen.«

»Richtig.« Der Kellner legte beide Hände aufeinander und machte eine Bewegung, als wolle er ein besonders wertvolles Schmuckstück präsentieren. »Seit Oktober zweitausendneunzehn ist die *Domaine* im Besitz des Hauses Chanel. Die Bewertungen sind herausragend. Der zweiundzwanziger Jahrgang hat in Robert Parkers *Wine Advocate* sensationelle zweiundneunzig Punkte bekommen.«

Das klang wie ein Versprechen. Normalerweise gab Pierre nicht viel auf große Namen, die einen Wein vor allem preislich adelten. Doch das Haus Chanel arbeitete, das war allgemein bekannt, mit ausgewiesenen Profis.

»Verantwortlich für die Auszeichnung ist das Team des hochtalentierten Winzers Nicolas Audebert«, sagte der Mann, als habe er seine Gedanken gelesen. »Er leitet auch die drei

Weingüter des Unternehmens in Bordeaux. Nun, wie ist es, wollen Sie ihn probieren?«

Pierre warf Charlotte einen Blick zu, und sie nickte.

»Wir nehmen zwei Gläser.«

»Sehr gerne.«

Der Mann verschwand im Inneren des Restaurants.

»Das war bestimmt Afonso Pinheiro«, flüsterte Charlotte. »Er ist wirklich unglaublich gastfreundlich. Stand er ernsthaft auf der Liste der Verdächtigen? Kaum vorstellbar, dass er in der Lage wäre, einen Mord zu begehen.«

»Davon sollte man sich nicht blenden lassen«, bemerkte Pierre. Wie oft hatte er schon erlebt, dass der äußere Schein trog. Den wenigsten Tätern sah man ihre Mordlust an.

Eine Weile saßen sie schweigend. Genossen die milde frühsommerliche Luft. Aus einem Fenster seitlich des Restaurants zog ein zarter Duft von Knoblauch und Krustentieren ins Freie, und Pierre spürte, wie ihm das Wasser im Mund zusammenlief.

Die Kellnerin brachte das Wasser und ließ ihn den Wein probieren, schenkte schließlich ein, eine Hand auf dem Rücken.

»Auf unsere Flitterwochen«, sagte Pierre und hob das Glas.

»Auf die Liebe.«

Sie beugten sich vor und gaben sich einen langen Kuss.

Pinheiro hatte nicht zu viel versprochen. Der Rosé schmeckte ausgezeichnet. Beerige und limettenbetonte Aromen von makelloser Ausgewogenheit. Ein lebhafter Abgang von Salz und Schiefer.

Pierre nahm noch einen Schluck, bewegte ihn im Mund, bevor er ihn die Kehle hinabgleiten ließ, lehnte sich im Stuhl zurück. Schloss die Augen und genoss den Moment. Lauschte dem Zirpen der Zikaden, dem Rauschen der Blätter im Wind.

Alle Last, die in den vergangenen beiden Tagen auf seinen Schultern geruht hatte, wich allmählich von ihm. Und auf einmal fühlte Pierre eine Leichtigkeit, die ihn geradezu berauschte.

So, dachte er, könnte es ewig weitergehen.

Das Klingeln seines Telefons zerriss die Ruhe. Unwillig öffnete Pierre die Augen. Er hatte keine Lust, den Anruf entgegenzunehmen, jeden Augenblick würde das Essen serviert werden. Doch auf dem Display leuchtete die Nummer der Wache, sofort ging er ran.

Lucs Stimme drang durch den Hörer. »Hallo, Pierre, wir haben die gewünschten Informationen über die verdächtigen Personen zusammengetragen.«

»Informationen zu den verdächtigen …« Er hatte völlig vergessen, die beiden *à jour* zu setzen.

»Und über *Docteur* Trébert«, schaltete sich Penelope ein. »Hast du den Link schon geöffnet, den ich dir geschickt habe?«

»Den Link …« Pierre war es, als habe man ihn aus dem Schlaf gerissen, und er brauchte einen Moment, um sich zu sortieren. »Nein, ich bin noch nicht dazu gekommen, aber deine Anmerkung war goldrichtig. Der Kläger stammt in der Tat von Porquerolles. Allerdings …« Pierre warf Charlotte einen Blick zu. Sie saß vorgebeugt da, als wollte sie sich am Gespräch beteiligen. »Kleinen Moment bitte, ich bin gleich wieder dran.«

Er sah sich um, er durfte nicht riskieren, dass jemand anders mithörte, daher legte er bedauernd den Finger auf die Lippen. Sie hob den Daumen. Er stand auf und ging in den weitläufigen Garten.

»So, jetzt kann ich reden«, sagte er, als er nach kurzem Marsch entlang exotisch bepflanzter Beete vor einigen Mandarinenbäumchen stehen blieb, deren weiße Blüten einen betörenden Duft verströmten. »Es gibt etwas, das ihr wissen solltet. *Docteur* Trébert ist tot. Von den Klippen gestürzt.«

»Was?«, kam es zweistimmig. Penelope schickte noch ein seufzendes »Wie schrecklich!« hinterher.

»Der Mörder hat also wieder zugeschlagen«, echauffierte sich Luc. »Du musst unbedingt alle Verdächtigen fragen, was sie seit gestern Mittag getan haben. Wir brauchen sämtliche Alibis, und zwar lückenlos.«

Pierre atmete tief durch. »Nicht wir, sondern die Kollegen von der *police nationale*. Ann-Christine Giraud vom Kommissariat in Hyères hat den Fall vorläufig übernommen. Ich habe mich mit ihr ausgetauscht und die wichtigsten Eckpunkte besprochen.«

»Vorläufig?«, knurrte Luc. »Was soll denn das heißen?«

»Dass sie eigentlich nach einem Saboteur sucht. Aber ich konnte ihr einen möglichen Zusammenhang verdeutlichen.«

»Dann«, Penelope klang enttäuscht, »sind wir also raus?«

»Exakt. So war es ja auch gedacht. Die Flitterwochen, schon vergessen?« Es hatte fröhlich klingen sollen, aber als er es aussprach, spürte Pierre, dass auch er den Fall noch nicht ganz losgelassen hatte. Es fühlte sich an wie eine Vollbremsung nur wenige Meter vor dem Ziel. Was natürlich Unsinn war. Eher war es ein Staffellauf gewesen, und er hatte den Stab nun weitergereicht.

»Und«, fragte Luc, »was machen wir jetzt mit den vielen Informationen?« Auch ihm war die Enttäuschung anzumerken.

»Die Arbeit war natürlich nicht umsonst. Ich schlage vor, wir halten eine Schlussbesprechung ab, und ich leite alle ermittlungsrelevanten Auskünfte an die Kollegin weiter.«

Penelope seufzte. »In Ordnung. Wir haben nämlich interessante Dinge herausgefunden.«

Pierre lauschte den Informationen, die die beiden über Jordan Lavigne mit seiner offenen Ablehnung von Pipeline und Jachten herausgefunden hatten, wobei diese nur seine Ahnung bestätigten.

Und auch über Camille gab es nicht viel Neues zu berichten. Sie hatte während der Semesterferien als Surflehrerin in Ägypten gejobbt und arbeitete seit vier Jahren am *Conservatoire Botanique National Méditerranéen de Porquerolles* in Hyères. Ansonsten tauchte ihr Name im Zusammenhang mit den Vorträgen und Seminaren auf, die der Verein *Les Planteurs de Mer Méditerranée* anbot. Ihre Social-Media-Accounts waren verwaist. Darüber hinaus war sie nicht in Erscheinung getreten.

Was Penelope über ihre Recherchen zu möglichen Substanzen zu berichten hatte, ließ Pierre dagegen aufhorchen.

»Ich habe eben mit Louis Papin telefoniert, ganz abstrakt, ohne einen konkreten Fall zu skizzieren. Der Rechtsmediziner glaubt nicht an die Version mit dem Giftstoff. Die Art, wie der Taucher starb, spricht laut ihm eher für die Einnahme von Drogen oder für den überdosierten Einsatz eines Medikamentes, das den Tiefenrausch unkontrollierbar verstärkt. Er nannte mir mehrere Arzneien, die die Reaktionsfähigkeit vermindern. Dazu gehören Mittel gegen Reisekrankheiten, sogenannte Antiemetika, die dämpfend auf das Zentralnervensystem wirken und Desorientierung hervorrufen können. Auch Tranquilizer wie Diazepam beispielsweise.«

Das war allerdings interessant. Das früher als Valium vertriebene Präparat wirkte, wie allgemein bekannt war, angstlösend und hypnotisch.

»Papin ist also der Ansicht, dies wäre ein auslösender Moment?«

»Ja. Die medikamentöse Verstärkung führt im schlimmsten Fall zu Halluzinationen, die das ohnehin gestiegene Risikoverhalten beeinflussen. Papin erzählte von Tauchern, die im Tiefenrausch die Sauerstoffzufuhr unterbrochen haben, weil sie davon überzeugt waren, unter Wasser atmen zu können. In manchen Fällen rufen sie auch Panikattacken hervor, weil der Körper nicht mehr kontrollierbar scheint.«

»Angenommen, es wäre wirklich ein narkotisch wirkendes Mittel«, fragte Pierre, »wären diese Substanzen dann nicht im Blut nachweisbar?«

»Theoretisch schon. Diazepam sogar bis zu drei Tagen. Mehr konnte ich aus ihm nicht herausquetschen, er wurde irgendwann misstrauisch.«

Jetzt fuhr Luc mit seinen Ergebnissen fort. »Kommen wir zu Claude Besnard. Er ist fünfundsechzig Jahre alt und eine bedeutende Persönlichkeit auf Porquerolles. Lange Zeit war er in der Kommunalpolitik aktiv. Vor fünf Jahren hat er sich aus allen Ämtern zurückgezogen, seither widmet er sich verstärkt seinem Besitz. Die Besnards gehören zu den alteingesessenen Familien. Das *Hôtel Georges* besteht in dritter Generation. Zu Beginn hieß es noch *Hôtel le Maritime*. Angeblich hat der belgische Kriminalschriftsteller Georges Simenon einmal dort übernachtet, weshalb Besnards Großvater, ein Bewunderer des Literaten, den Namen in *Hôtel Georges* geändert hat. Schon damals hat die Familie in weitere Objekte auf der Insel investiert. Inzwischen gehören Claude Besnard ein Eiscafé, ein Verleih für Luftkissenboote und einer für Fahrräder.«

»Ein Fahrradverleih?« Pierre runzelte die Stirn. »Aber nicht zufällig derjenige, in dem *Docteur* Trébert seines ausgeliehen hat? Das Geschäft liegt in der *Rue de la Ferme*.«

»Nein, das von Claude Besnard liegt an der *Place d'Armes*. Warte, es kommt noch besser. Es gibt eine weitere Firma, in die er seit Anfang des Jahres investiert.«

Er machte eine kleine Spannungspause, und Pierre hakte nach. »Erzähl.«

Jetzt klang Lucs Stimme, als präsentiere er einen Pokal. »Es ist … kleiner Tusch … *Besnard Plongée.*«

»Wie bitte?« Das war in der Tat eine Überraschung.

»Ihm gehören einundfünfzig Prozent«, präzisierte Penelope. »Was bedeutet, dass Jordan Lavigne schlechte Karten hat, wenn er glaubt, die Tauchschule übernehmen zu können.«

»Weiß er denn nichts davon?«, fragte Pierre.

»Offenbar haben Vater und Sohn den Umstand geheim gehalten. Das Geld hat Besnard übrigens nicht so einfach aus der Portokasse bezahlt. Er hat dafür einen Kredit aufgenommen, mit recht hohen Zinsen.«

Pierre hörte ein Geräusch und warf einen Blick über die Schulter in Richtung Terrasse. Gerade wurde die kalte Gurkensuppe mit den gebratenen Crevetten aufgetischt. Er schluckte schwer. Hunger grub sich schmerzend in seinen Magen, er musste das Gespräch abkürzen, unbedingt.

»Gute Arbeit«, sagte er. »Ich werde das alles an *Commissaire* Giraud weiterleiten.«

»Bevor du auflegst«, sagte Penelope, »es gibt da noch eine interessante Sache.«

»Ja?« Ungeduldig drehte sich Pierre wieder den Mandarinenbäumchen zu.

»Du wolltest noch Informationen über André Gallo. Auch er stammt aus einer der alteingesessenen Familien.«

»Das heißt, Claude Besnard und er kennen sich?«

»Sogar sehr gut«, bestätigte Luc. »Sie sind beide Mitglieder in einem Sportschützenverein. Und auf einigen Aufnahmen von weiteren Vereinstreffen stehen sie oft nebeneinander. Bei Festivitäten wie dem Porquerolles-Film-Festival auch mitsamt ihren Frauen.«

»Vereinstreffen?«

Jetzt antwortete wieder Penelope. »Es gibt rund zehn Verbände, die sich um die Belange der Inseln Porquerolles und Port-Cros kümmern. Sie heißen *Les Amoureux de Porquerolles* oder *Comité d'Intérêt Local de Porquerolles*. Die meisten Einwohner gehören ihnen an, dazu Händler, Gastronomen und Gemeindevertreter. Sowohl Besnard als auch Gallo sind in mehreren von ihnen registriert. Bei den Versammlungen sind stets auch Vertreter des *Parc national de Port-Cros* anwesend, die die Inseln verwalten.«

»Und«, fragte Pierre, »worum geht es diesen Verbänden?«

»Das große gemeinsame Anliegen ist der Schutz der Insel. In den vergangenen zwei Jahren gab es Bestrebungen, die Besucherzahlen auf Porquerolles zu begrenzen. Der Anstieg nach der Pandemie war besorgniserregend. In den Sommermonaten kamen rund zehntausend Besucher täglich, manche sprechen gar von zwölftausend. Überall volle Strände und Touristen, die Müll hinterlassen und ihre Notdurft in der Natur verrichten. In manchen Nächten ankerten mehr als fünfhundert Boote vor Porquerolles, am Tag oft die vierfache Menge.«

»Eine ganze Wand aus Booten«, ergänzte Luc in dramatischem Tonfall.

Pierre rieb sich die Stirn. »Mit schlimmen Folgen für die Seegraswiesen …«

»Genau!«, rief Luc. »Es würde mich nicht wundern, wenn einige Anwohner die Sabotagen an den Jachten sogar begrüßten.«

»Die an der *Waterline* wird ihnen zumindest nicht gefallen haben«, entgegnete Penelope. »Auf jeden Fall wurde ein Maßnahmenkatalog beschlossen, der die täglichen Besucherzahlen auf sechstausend begrenzt. Die Anzahl der zum Verleih stehenden Fahrräder wurde reduziert. Und es ist ein Ankerverbot in den Seegraswiesen geplant, dafür sollen gesonderte Plätze auf sandigem oder felsigem Meeresgrund geschaffen werden.«

»Das bedeutet«, resümierte Pierre, »in diesem Punkt ziehen Anwohner und Aktivisten an einem Strang.«

»So ist es. Auch der Schutz der *Posidonia* steht in den Vereinen ganz weit oben. Im gesamten Gebiet rund um den *Parc national de Port-Cros* genießen der Umweltschutz, der Erhalt ökologischer Strukturen und der Kampf gegen den Klimawandel höchste Priorität. Die Bewohner sehen sich als Bewahrer der Insel und ihres natürlichen maritimen Erbes. Nur beim Bau der Wasser-Pipeline gibt es nach wie vor Differenzen. Ein Ende ist derzeit nicht abzusehen, die Bewohner hoffen auf eine baldige Fertigstellung.«

»Gut.« Pierre drehte sich wieder dem Restaurant zu. Der Kellner, von dem er vermutete, er sei Afonso Pinheiro, war mit Charlotte ins Gespräch vertieft. »Möglicherweise ist die Verbindung zwischen Gallo, Besnard und Trébert von Bedeutung.« Ihm fiel noch etwas ein. Es war wichtig, sosehr sein Magen sich auch meldete. »Habt ihr etwas über Afonso Pinheiro herausgefunden?«

»Nicht viel«, antwortete Luc. »Er ist ein unauffälliger junger Mann, sechsundzwanzig Jahre alt. Keine Profile auf Social Media, keine Vorstrafen, nichts. Nach der Scheidung von Florents Mutter, die seither auf Martinique lebt, hat Claude Besnard im Jahr zweitausendfünfzehn erneut geheiratet. Während Monique mit ihm im Hotelkomplex wohnt, ist Pinheiro in einem Gebäude auf der Halbinsel Giens untergekommen, das Besnard für die Angestellten angemietet hat.«

»Pinheiro lebt wie ein x-beliebiger Angestellter?«

»Ja, er fährt jeden Tag mit einem gesonderten Shuttle-Service für Arbeitskräfte, die vom Festland kommen.«

Pierre schnalzte mit der Zunge. Obwohl er Claude Besnard noch nie zu Gesicht bekommen hatte, war der Mann ihm bereits unsympathisch. Die Geschichte klang nach einer Variation von Aschenputtel.

»Afonso Pinheiro«, fuhr Luc fort, »hat seinen Abschluss auf dem *Lycée Professionnel Hyères-les-Palmiers* gemacht, einer weiterführenden Schule mit einem Schwerpunkt auf dem Gastgewerbe. Nach seiner Ausbildung in einem Hotel in Arles hat er als Kellner im *Hôtel Georges* begonnen. Vor zwei Jahren ist er zum *Maître d'hôtel* aufgestiegen.«

Jetzt war wieder Penelope zu hören. »Wir haben auf einem Firmenbewertungsportal einige positive Kommentare zu ihm als Person gefunden. Er scheint sehr beliebt bei den Angestellten zu sein.«

Pierre nickte. Auch er hatte einen guten Eindruck von dem jungen Mann gewonnen. Und dennoch durfte man sich davon nicht blenden lassen. Von allen Verdächtigen besaß Pinheiro neben den zu erwartenden finanziellen Vorteilen eines der stärksten Motive, die es in der Kriminalstatistik gab: Kränkung. Der tief im Innern als erschütternd empfundene Angriff auf die Selbstachtung.

Pierre setzte sich in Bewegung, ging zurück in Richtung der Restaurantterrasse. »Auch diesen Hinweis werde ich der *Commissaire* weiterleiten. Ich muss jetzt los, habt vielen Dank.«

»Alles klar, Chef«, tönte Luc. »Habt noch eine schöne Zeit.«

»Eine letzte Sache noch«, rief Penelope. »Es ist privater Natur. Es geht ... um deinen Vater.«

Abrupt blieb Pierre stehen. »Hat er etwas angestellt?«

»So kann man es eher nicht nennen.« Penelope zögerte kurz. »Und ich weiß nicht, ob es bereits beschlossene Sache ist, aber dein Vater sieht sich gerade Häuser an.«

»In Sainte-Valérie?«

»Ja. Farid zeigt ihm Immobilien.«

Pierre meinte, sein Herz bliebe stehen. »Um Himmels willen, das muss verhindert werden.«

»Und wie willst du das machen?«

»Ich spreche mit Farid. Danke für die Information.«

»Keine Ursache. Mach's gut, liebe Grüße an Charlotte.«

Pierre legte auf. Das konnte doch nicht wahr sein. Sein Vater und er hatten Zeiten gehabt, in denen sie den Kontakt auf ein Minimum beschränkten, weil sie jedes Mal stritten, wenn sie aufeinandertrafen. Inzwischen hatten sie eine Ebene gefunden, auf der es ihnen möglich war zu kommunizieren, ohne aneinanderzugeraten. Trotzdem war er froh, wenn Alain und seine junge Freundin nach Paris zurückkehrten.

Er atmete tief ein und blies die Luft in langsamen Schüben durch die Backen. Seinen Vater in nächster Nähe zu haben, das ging gar nicht.

Mit fliegenden Fingern suchte er Farids Telefonnummer heraus und drückte die Wahltaste. Der Anrufbeantworter schaltete sich ein. Pierre lauschte dem melodischen Singsang der Stimme, dann sprach er dem Freund aufs Band.

»Ruf mich bitte so schnell wie möglich zurück. Es ist dringend.«

20

Als Pierre die Terrasse wieder betrat, war Charlotte noch immer mit dem Kellner ins Gespräch vertieft. Er hatte sich einen Stuhl herangezogen und strich sich übers Haar, während er redete. Jemand hatte Musik angemacht, aus den Lautsprechern drang eine melancholische Klaviermelodie. Einige Tische weiter saß ein älteres Paar und trank Kaffee.

Jetzt gab Charlotte dem Kellner eine Antwort. Ihre Hände unterstrichen das Gesagte mit einer anmutigen Bewegung, die dem Mann ein verträumtes Lächeln entlockte.

Unvermittelt verspürte Pierre einen Anflug von Eifersucht, was natürlich Unsinn war. Charlotte war eine Person, deren Ausstrahlung man als gewinnend bezeichnen konnte. Bezaubernd. Einnehmend. Und er war glücklich und stolz, dass sie nun die Frau an seiner Seite war.

»Entschuldige bitte«, sagte Pierre, als er den Tisch erreichte, »das Telefonat war dringend.« Mit Bedauern sah er auf die Schalen mit dem kalten Gurkensüppchen, über deren Rand perfekt gebratene Crevettenspieße lagen. »Die Crevetten sind bestimmt nicht mehr warm.«

Charlotte sah ihn lächelnd an. »Sie schmecken trotzdem fantastisch, ich habe schon eine probiert.« Mit ausgestreckter Hand wies sie auf den Kellner. »Schatz, darf ich vorstellen? Das ist Afonso Pinheiro, der Stiefbruder des Mannes, den du vergeblich zu retten versucht hast.«

»Freut mich.«

Der Kellner erhob sich, und die beiden Männer gaben sich die Hand. Pierre fiel auf, wie gepflegt dessen Fingernägel waren. Und wie hell seine Zähne, als er ihn anlächelte. Er war ein durch und durch sympathisch wirkender Mann.

»Sie haben eine reizende Frau«, sagte Pinheiro. Er trat einen Schritt zurück und stellte den Stuhl wieder an seinen Platz. »Ich hoffe, es stört Sie nicht, dass ich ein wenig mit ihr geplaudert habe.«

»Ganz und gar nicht«, sagte Pierre.

»Wir haben«, erklärte Charlotte, »uns über Florents furchtbaren Unfall unterhalten.«

»Eine tragische Sache, mein Beileid.«

Das Lächeln des Kellners verschwand, ohne dass es Trauer Platz machte. »Mein Stiefvater ist am Boden zerstört.«

»Und wie geht es Ihnen?« Pierre sagte es fürsorglich, ohne jeden Anflug von Neugier.

»Florent und ich …« Pinheiro hielt kurz inne, schien zu überlegen, wie viel er preisgeben sollte, dann seufzte er. »Wir hatten über das Nötigste hinaus keinen Kontakt.«

»War das schon immer so?«

»Ja. Als ich nach dem Ende meiner Ausbildung ins Hotel einstieg, eröffnete Florent gerade seine Tauchschule. Er ist mir aus dem Weg gegangen, obwohl ich anfangs seine Freundschaft gesucht habe. Aber er schien es meiner Mutter anzulasten, dass seine Eltern sich getrennt hatten. Und damit auch mir.« Er lächelte, und es wirkte, als wolle er die düsteren Emotionen abschütteln, die seine Stirn kurz umwölkten.

Eine weitere Kränkung, dachte Pierre, eine weitere Zurückweisung.

»Aber ich will Sie mit diesen alten Geschichten nicht vom Essen abhalten«, sagte Pinheiro. »*Bon appétit.*«

»Danke.« Pierre nahm Platz und hob den Spieß vom Tellerrand. Normalerweise würde er die Befragung fortsetzen. Aber er war als Privatmann da, und als dieser war er einfach nur hungrig.

Charlotte jedoch schien Gefallen an der Unterhaltung gefunden zu haben.

»Pierre, wusstest du, dass Monsieur Pinheiro jeden Morgen um Punkt sechs mit dem Shuttle für die Angestellten und Saisonarbeiter auf die Insel kommt und sie erst um Mitternacht wieder verlässt? Das ist ein beachtliches Arbeitspensum. Die Saison hat ja noch nicht einmal begonnen. Ist das nicht auf Dauer zu viel?«

Pinheiro blieb stehen, und Pierre beeilte sich, anerkennend zu nicken, während er mit den Zähnen eine Crevette vom Holzstäbchen zog. Obwohl sie nur noch lauwarm war, schmeckte sie hervorragend. Scharf angebraten mit einem deutlichen Anklang von Röstaromen. Ein Hauch von Knoblauch, etwas Pfeffer und Salz. Mehr brauchte es nicht für diesen delikaten Happen.

»Nun denn«, entgegnete Pinheiro, die Frage schien ihm unangenehm. »Es ist ja nicht so, dass ich durchgehend arbeite, ich habe genügend Pausen. Und der Montag ist frei.«

Charlotte lächelte. »Trotzdem ist es viel. Von sieben bis um elf und von fünfzehn bis zweiundzwanzig Uhr, also insgesamt elf Stunden. Das ist enorm.«

Pierre warf Charlotte einen überraschten Blick zu. Offenbar hatte sie die Zeit genutzt, um Pinheiros Alibi abzufragen. Jetzt war also sie es, die nicht loslassen konnte. In aller Seelenruhe aß sie ihre kalte Gurkensuppe und tat so unschuldig wie ein Mädchen am Tag der Konfirmation.

Über das Gesicht des Kellners huschte ein scheues Lächeln. »Ich mache meine Arbeit gerne.«

Nun tauchte auch Pierre den Löffel ein.

»Dann haben Sie *Docteur* Trébert wohl nicht mehr gesehen, als er gestern hier war?«, stieg er in das Gespräch ein, bevor er die Suppe in den Mund schob. Auch hier ein dezenter Anklang von Knoblauch, dazu Joghurt und etwas Minze, die dem Ganzen einen erfrischenden Charakter gab.

»Doch, ganz kurz. Er wollte meinen Stiefvater sprechen, aber Claude hatte einen Termin.«

»Haben Sie mitbekommen, wie *Docteur* Trébert das Hotel wieder verlassen hat? Es heißt, er sei sehr aufgebracht gewesen.«

»Nein. Ich habe mir nur kurz etwas zu essen geholt und bin dann in den Aufenthaltsraum für die Angestellten gegangen. Dorthin ziehe ich mich in meinen freien Stunden zurück, um zu lesen oder zu schlafen.«

»Sie schlafen«, fragte Charlotte mit unschuldigem Blick, »während Ihre Kollegen dort Pause machen?«

Wieder ein kluger Schachzug, dachte Pierre. Eine unauffällige Frage nach Personen, die sein Alibi bezeugen können.

Doch die Antwort war denkbar unkonkret. Pinheiro zuckte nur mit den Schultern. »Ist *Docteur* Trébert denn noch immer nicht aufgetaucht? Meine Mutter erzählte, er sei verschwunden.«

»Er«, Pierre senkte den Löffel und beobachtete jede Regung des Kellners genau, »ist verunglückt.«

»Sie meinen, er ist tot? Das ist ja furchtbar. Was ist denn geschehen?«

Diesmal war eine deutliche Regung in Pinheiros Gesicht zu sehen, ein heftiger Schrecken, der natürlich auch gespielt sein konnte. Sein Alibi war schließlich noch unbestätigt. Er hätte *Docteur* Trébert durchaus bis zur Klippe folgen, ihn herunterstoßen und rechtzeitig seine zweite Schicht beginnen können.

»Offenbar war er Florent Besnards Mörder auf der Spur.«

»Mörder?« Pinheiro verschränkte die Arme. »Florent ist nicht ermordet worden«, sagte er fest. »Das war ein Unfall. Die Polizei hat das bestätigt.«

»Er ist …« Das Telefon klingelte, auf dem Display erschien die Nummer von *Immobilier Farid.*

Pierre überlegte, ob er den Freund später zurückrufen sollte, dann entschied er sich anders. Pinheiro war seinem Vorstoß mit deutlicher Abneigung begegnet, noch immer stand er mit verschränkten Armen da. Er würde, das war deutlich, nichts weiter zur Aufklärung beitragen.

Außerdem, dachte Pierre mit Blick auf die restliche Suppe, steckte er schon wieder viel zu tief in dem Fall drin. Auch wenn er sich dieses Mal nichts vorzuwerfen hatte.

»Entschuldigen Sie bitte, das ist wichtig«, sagte er und nahm den Anruf an. »Farid! Schön, dass du zurückrufst. Moment, ich will rasch aufessen, bleibst du kurz dran?«

»*D'accord!*«

Pierre zog die verbliebenen beiden Crevetten vom Spieß, schob sie mitsamt dem Rest der Suppe auf den Löffel und genoss die wundervolle Kombination von minziger Frische und Salzigkeit. Ein exzellentes Essen, dachte er, simpel und doch besonders. Dann erhob er sich und ging in Richtung des Gartens.

»So, Farid«, sagte er, »ich bin so weit.«

»*Mon ami.*« Der Immobilienmakler begrüßte ihn in überschwänglichem Tonfall. »Wie geht es dir, habt ihr eine schöne Zeit?«

»Ja. Warst du schon mal an der Côte Varoise? Eine wundervolle Gegend.« Erneut blieb Pierre vor den Mandarinenbäumchen stehen und inhalierte den betörenden Blütenduft.

»Genieß es.« Farid lachte. »Erinnerst du dich noch an den Moment, als ich dir sagte, Frauen brauchten Aufmerksamkeit?

Du hast dich weiterentwickelt. Und, *entre nous*, mit Charlotte hast du einen großartigen Fang gemacht.«

»Danke. Der Grund, warum ich mit dir sprechen möchte … Ich habe gehört, du willst meinem Vater eine Immobilie verkaufen?«

»Das sollte eigentlich eine Überraschung werden, aber wie ich sehe, haben die Dorfvögel bereits gezwitschert.« Das Zischen eines Streichholzes war zu vernehmen, dann das Knistern von Papier. »Dein Vater und seine reizende Freundin haben sich unsterblich in unser Sainte-Valérie verliebt«, sagte er undeutlich nuschelnd, und Pierre stellte sich vor, wie eine glimmende Kräuterzigarette zwischen seinen Lippen steckte. Farid atmete ein und blies geräuschvoll den Rauch aus, bevor er fortfuhr. »Die beiden können es gar nicht abwarten, sich hier einzukaufen. Ich habe auch schon ein hübsches kleines *maison de maître* für sie gefunden, es liegt am Fuß der Stadtmauer mit Blick auf den Luberon. Sie sind sehr angetan.«

»Eine schöne Überraschung«, brummelte Pierre. »Farid, du musst das verhindern. Sag ihnen, das Anwesen sei bereits vergeben.«

Stille trat ein, unterbrochen von dem lang gezogenen Ausatmen von Rauch.

»Bei aller Freundschaft, das kann ich nicht«, sagte Farid endlich, und er klang entrüstet. »Weißt du, wie schwer es geworden ist, ein Haus an den Mann zu bringen? Der Markt ist total überschwemmt, es gibt kaum noch Käufer. Dein Vater ist der erste ernsthafte Interessent seit Wochen.«

»Der ganze Luberon ist voll Ferienhausbesitzer, das tut unseren Dörfern nicht gut. Und hast du mir nicht beim Verkauf des ehemaligen Bauernhofes gesagt, dass dir die Leute jedes verfügbare Objekt aus den Händen reißen? Es gebe so viele Interessenten, du könntest jeden Schafstall verticken.«

Farid hustete, als hätte er sich verschluckt. »Das war damals. Mit den brexitgeplagten Briten und den sanktionierten Russen fällt derzeit die größte Käuferschicht weg. Letztere stoßen sogar ihre Immobilien ab, und das im großen Stil. Sie haben Angst, dass ihre oft mit schmutzigem Geld erworbenen Häuser der Taskforce des Finanzministeriums in die Hände fallen.« Er lachte trocken. »Die beschlagnahmten Luxusvillen zwischen Cap Ferrat und Saint-Tropez haben inzwischen einen Wert von rund einer Milliarde Euro, kannst du dir das vorstellen? Wenn die auf den Markt kommen, dann ist er vollends überschwemmt.«

»Wir reden doch nicht von Häusern im Luxussegment«, entgegnete Pierre, »es geht um ein *maison de maître*, so etwas läuft doch immer noch.«

Farid lachte. »Hast du eine Ahnung! Die Verkäufer beharren nach wie vor auf ihren absurden Preisvorstellungen, egal wie schäbig die Bausubstanz sein mag. Aber dafür wird man die Häuser nicht los. Es ist verrückt, wie sich die *Immobiliers* um die wenigen Interessenten balgen. Viele haben seit Monaten nichts mehr verkauft, ich übrigens auch nicht, allmählich geht das an die Existenz.«

»Das heißt, du kannst mir nicht helfen?«

»Tut mir leid, Pierre. Damit würde ich mir nur ins eigene Fleisch schneiden. Für dieses Objekt gibt es kein Exklusivrecht. Wenn ich es nicht verkaufe, dann tut es der Nächste. Und gerade jetzt, da ich mein Immobilienbüro renoviert habe …«

»Verdammt!« Pierre beendete das Gespräch.

Er musste sich etwas anderes ausdenken, um seinen Vater davon abzuhalten, sich ausgerechnet in Sainte-Valérie ein Ferienhaus zu kaufen. Nur wusste er nicht, was das sein sollte.

21

Als Pierre die Terrasse zum zweiten Mal an diesem Tag von der Gartenseite aus betrat, sah er, dass sich ein weiterer Mann zu Charlotte gesellt hatte. Volles graues Haar, buschige Augenbrauen. Er war groß und wirkte dynamisch, aber nicht sportlich. Dem sich über dem Bauch spannenden hellblauen Hemd zufolge ein Genießer.

Afonso Pinheiro half inzwischen der Angestellten beim Eindecken der Tische für das Abendessen. Grüne Läufer über hellen Decken. Schneeweißes Porzellan mit Rankenmuster, elegante Weingläser. Er wirkte konzentriert in seinem Tun, war schnell und emsig. So, als müsse er etwas beweisen.

»Bonjour«, grüßte Pierre, als er den Tisch erreichte.

»Ah, Monsieur Durand. Monique hat mir erzählt, dass Sie hier sind. Ich bin Claude Besnard.« Eine brüchige Stimme, die nicht zum dynamischen Äußeren passte.

Der Mann erhob sich und machte eine kurze Verbeugung, wobei er sich mit einer Hand am Tisch festhielt, als befürchte er, das Gleichgewicht zu verlieren, bevor er sich wieder setzte. Der gebrechliche Eindruck, den er mit dieser Geste hinterließ, passte ebenso wenig zu seiner Erscheinung wie die Stimme. Laut Penelope war Besnard erst Mitte sechzig, aber in diesem Augenblick wirkte er zehn Jahre älter, mindestens.

Auch Pierre setzte sich, musterte dabei Besnards Gesicht. Es war fahl, und die Unterlider waren geschwollen, unterhalb der Nase schimmerte es feucht. Der Mann, das war offensichtlich, zerbrach an der Trauer um seinen Sohn. Tiefes Mitgefühl durchströmte Pierre. Alle Antipathie war verschwunden, freundlich nickte er Florents Vater zu.

»Mein Beileid«, sagte er.

Besnard zog ein Taschentuch hervor und betupfte damit eine Stelle unterhalb der Nase. Es war aus Stoff, wie Pierre auffiel, mit gesticktem Monogramm. Schwer atmend ließ Besnard es wieder in der Hosentasche verschwinden. »Sie haben meinen Sohn gesprochen, bevor er starb?«

»Ja.«

»Was waren seine letzten Worte?«

»Er …« Pierre brach ab. Überlegte, ob es klüger wäre, es zu verschweigen. Entschied sich für die Wahrheit. »Er hat mich gebeten, seine Freundin Camille zu kontaktieren und ihr etwas auszurichten, aber bevor er sein Anliegen formulieren konnte, erlitt er einen neuen Krampfanfall. Können Sie sich vorstellen, was er ihr sagen wollte?«

Besnard schüttelte den Kopf, die Brauen weit nach oben gezogen. »Seine letzten Worte galten Camille?« Mit einem zischenden Laut ließ er sich zurücksinken. Alles Zerbrechliche war mit einem Schlag verschwunden. »Ausgerechnet!«

»Wie meinen Sie das?«, fragte Pierre.

In Besnards Augen blitzte Wut. »Diese Frau ist eine Sirene. Sie hat ihn bezirzt, Florent war nicht mehr er selbst, ich habe ihn nicht wiedererkannt. Als hätte sie ihn einer Gehirnwäsche unterzogen.«

»Sie meinen, weil er sich mit der Tauchschule selbstständig gemacht hat?«

Besnard schnaufte. »Er wolle sein eigenes Leben leben, hat er damals zu mir gesagt. Sein Leben! Und das, nachdem ich ihm die teure Ausbildung finanziert hatte.« Der Hotelier schüttelte abwehrend den Kopf. »Ich will die alten Wunden nicht wieder aufreißen. Florent hat sich vor einigen Wochen zu meiner großen Freude dazu entschlossen, unsere Familientradition doch fortzuführen und das Hotel zu übernehmen. Wir hatten wieder einen recht guten Kontakt. Wäre er nicht …« Seine Stimme brach. Er räusperte sich, tupfte mit dem Taschentuch über die Nase. »Nun denn, es ist anders gekommen als geplant.«

Eine Pause entstand, Pierre und Charlotte warfen sich einen ernsten Blick zu. Es lag eine besondere Tragik in dieser Geschichte, die betroffen machte.

»Wie lange«, fragte Charlotte, »führen Sie dieses Hotel schon?«

»Seit genau einunddreißig Jahren.« Besnard lächelte versonnen. »Seit Generationen sind wir ein angesehener Teil der Inselgemeinschaft. Sogar der berühmte Georges Simenon war bei uns zu Gast.« Er zeigte zu dem Bücherregal im Inneren des Restaurants, das eine ganze Wand einnahm. »Dort stehen alle seine Romane in den unterschiedlichsten Ausgaben. Allein von seinem Maigret gibt es fünfundsiebzig Bücher, dazu achtundzwanzig Erzählungen. Kennen Sie die Reihe?«

»Selbstverständlich«, sagte Pierre, »wer kennt sie nicht.« Er hoffte, dass Besnard nicht genauer nachfragte. Er hatte gewiss einmal eines der Bücher gelesen, manche waren verfilmt worden, doch es war lange her, und er erinnerte sich nicht mehr an die einzelnen Geschichten.

»Ich habe kürzlich *Mein Freund Maigret* gelesen«, sagte Charlotte. »Der Roman spielt auf Porquerolles.«

Der Hotelier sah sie anerkennend an. »Georges Simenon hat sich als junger Mann in die Insel verliebt und in den Dreißigerjahren viel Zeit auf Porquerolles verbracht. Manchmal sogar mehrere Monate im Jahr. Er liebte die einsamen Buchten und weißen Sandstrände, die duftenden Pflanzen, das farbenfrohe

Dorf ebenso wie dieses Hotel, das damals noch eine einfache Herberge war. Er hat hier einige Nächte verbracht, bevor er sich die Villa *Les Tamaris* am *Chemin du Langoustier* kaufte, mit direktem Zugang zum Meer. Wie oft ist er mit seinen Freunden nach dem *Pétanque-Spiel* an der *Place d'Armes* hierhergekommen und hat zu Abend gegessen. Mein Vater hat persönlich für ihn gekocht, Simenon liebte seine Bouillabaisse.« Besnard breitete die Arme aus, als wolle er jeden einzelnen Stein des Gebäudes umfassen. »Dieses Hotel ist eine Institution, und Florent war der Kronprinz.«

»Ein Kronprinz, der sein Königreich zunächst verweigerte«, lenkte Pierre das Gespräch wieder an den Anfang. Er wollte mehr über das Verhältnis von Florents Vater zu dessen Freunden erfahren, auf die Besnard offensichtlich große Wut empfand. »Und Sie geben Camille Audebert die Schuld daran.«

»Allerdings.« Besnard kramte sein Taschentuch hervor und tupfte sich mit einer energischen Bewegung wieder über die Nase. »Ihr und diesem Jordan Lavigne. Nachdem Florent Camille kennengelernt hatte, sprach er nur noch von Freiheit.« Er schnaubte. »Er wollte das Leben genießen. In den Tag hineinleben. Nur noch tauchen und die Unterwasserwelt erobern. Mein Sohn war schon immer ein begeisterter Taucher. Und er hatte einen hellwachen Verstand. Aber auf einmal vertrat er Ansichten, die für einen Insulaner einfach nicht akzeptabel sind.«

»Also hat er sich auch gegen den Bau der *Waterline* engagiert«, stellte Pierre fest.

»Ja«, entfuhr es Besnard, und es klang wie ein Knurren. »Er hat alles nachgeplappert, was diese Idioten von *Planteurs de Mer Méditerranée* ihm vorgebetet haben. Sie behaupten, die Arbeiten seien ein Massaker für die *Posidonia*.« Er schüttelte den Kopf, fuchtelte mit den Händen in der Luft. »Ein Massaker«, wiederholte er mit trockenem Lachen. »Sagen Sie selbst: Würde der Direktor des *Parc national de Port-Cros* dem Bau zustimmen, wenn es schädlich für die Umwelt wäre? Nein. Der Naturschutz ist doch sein ureigenes Interesse. Viel umweltschädlicher wäre es, das Tankschiff weiter täglich zwischen Giens und den Inseln fahren zu lassen.«

»Sie sprechen von der *Saint-Christophe*?«

Besnard nickte. »Der Tanker ist ständig im Einsatz. Porquerolles verfügt über keinen dauerhaften Wasserlauf, müssen Sie wissen. Die wenigen Grundwasserquellen, die unsere Brunnen versorgen, reichen im Sommer gerade mal zur Bewässerung der Nutzpflanzen. Und die ständige Ausbeutung der Reservoirs fördert die Versalzung der Böden. Wenn wir so weitermachen, dann landen wir genau dort, wo wir Ende der Sechzigerjahre schon mal waren.«

Der Hotelier sah ihn, um Zustimmung heischend, an, als gehöre das in den Raum gestellte Szenario zum Allgemeinwissen.

Pierre zuckte die Schultern. »Wie sah die Situation denn aus?«

»Damals«, antwortete Besnard, »waren die Böden total versalzt und verfestigt. Der Regen verdunstete, bevor er durchsickerte, es war eine Katastrophe. Die Natur war völlig verdorrt, nicht zu vergleichen mit der Insel, die Sie kennen.«

»Und was hat man dagegen unternommen?«

»Um die Böden durchlässiger zu machen, hat man unbewirtschaftete Flächen rekultiviert. Mit Pflanzen, die weniger Wasser benötigen.« Besnard lehnte sich im Stuhl zurück. Der Blick ging an Pierre vorbei in den Garten, als blicke er in eine ferne Vergangenheit. »Der Anbau von Pampelmusen und Orangen wurde reduziert, sie stehen heute nur noch in privaten Anlagen. Stattdessen konzentrierte man sich auf den Weinanbau. Es gibt allein drei Weingüter auf Porquerolles, mit Reben auf etwa zweihundert Hektar. Alles biologisch.« Er wies mit dem Kopf auf die noch halb gefüllten Gläser. »Wussten Sie, dass das erste AOC-Gütesiegel für einen Côtes-de-Provence-Rosé an einen Inselwein ging? Sie haben ihn gerade im Glas.«

»Er schmeckt hervorragend«, sagte Charlotte.

Auch Pierre trank einen Schluck. Der Wein war inzwischen etwas warm geworden, was dem Aroma aber kaum einen Abbruch tat.

»Eine Zeit lang ist das gut gegangen«, fuhr Besnard fort. »Die Böden nahmen wieder Regenwasser auf, und die Brunnen füllten sich. Für die damals nur rund dreihundertfünfzig Inselbewohner reichten die Wasservorräte im Winter aus. Sobald im Sommer die Touristen nach Porquerolles stürmten, war es schnell wieder knapp, bis man schließlich im Jahr zweitausendvier den Tanker einsetzte, um die Trinkwasserversorgung zu sichern. Bis vor Kurzem fuhr er nur von April bis Oktober, mittlerweile fast das ganze Jahr hindurch. Im Sommer sogar bis zu zweimal am Tag. Mehr geht nicht, weil sowohl das Auffüllen als auch das Entleeren mehrere Stunden dauert. Abgesehen davon, wird die *Saint-Christophe* ja auch auf Port-Cros benötigt.«

Pierre hob die Brauen. »Dann wäre eine Zunahme der Trockenheit also nicht mehr per Tankschiff kompensierbar.«

»Genau das ist das Problem«, sagte Besnard. »Im Sommer kommt noch die Waldbrandgefahr hinzu. Manchmal wird deshalb die komplette Insel gesperrt, bis auf den Ort und einige wenige freie Strände. Und wir Anwohner werden regelmäßig dazu angehalten, weniger Wasser zu verbrauchen, und beschränken uns für unsere Gäste. Wir waschen unsere Boote und Fahrzeuge nicht mehr und gießen keine Blumen. Und wie danken die Gäste es uns? Indem sie eine halbe Stunde lang duschen.« Der Hotelier seufzte. Das Thema hatte ihn vollkommen in Beschlag genommen, die Trauer um seinen Sohn schien von der Sorge um die Zukunft der Insel verdrängt.

»Gibt es denn keine Alternativen?«

Besnard winkte ab. »Wir diskutieren jetzt schon seit mehr als dreißig Jahren darüber. Was meinen Sie, wie viele Möglichkeiten wir schon durchgespielt haben. Hügelreservoirs, die Aufbereitung von Abwasser ... Es gab sogar Vorschläge zum Bau einer Entsalzungsanlage, die nie realisiert wurde, weil die behördlichen Hürden zu hoch waren. Das muss alles zu einem Ende kommen. Die *Saint-Christophe* ist über siebzig Jahre alt und reparaturanfällig.«

»Ich habe gelesen«, sagte Charlotte, »dass die Wasserversorgung vor wenigen Jahren komplett zusammengebrochen ist.«

Besnard nickte heftig. »Das war im Juli zweitausendzwanzig. Damals strömten größere Menschenmengen nach Porquerolles als geplant. Am Nachmittag kam aus keiner einzigen Leitung mehr Wasser, die Restaurants und Bars mussten schließen. Der Lebensmittelmarkt ist überrannt worden, die letzten Trinkwasserflaschen wurden dem Händler sogar noch geklaut. Den Gastronomen war längst klar, dass so etwas eines Tages passieren könnte, aber die Politik wollte einfach nicht hören. Damals hat man die *Saint-Christophe* zu einem Noteinsatz anlaufen lassen, aber bis sie gefüllt und hier wieder entleert war, wurde es Mitternacht. Was, wenn der alte Tanker eines Tages ausfällt?« Er schüttelte den Kopf. »Das ist doch kein Zustand.«

Pierre rieb sich das Kinn. Er stand ganz auf der Seite der Anwohner, aber vielleicht hatte er auch etwas übersehen. »Die *Planteurs de Mer Méditerranée* schlagen vor, einen neuen Tanker anzuschaffen.«

»Das wäre nicht zukunftstauglich. Pro Fahrt lassen sich nicht mehr als rund vierhundert Kubikmeter transportieren, da die Inselhäfen keine Kapazitäten für größere Boote haben. So ein Schiff ist also rund um die Uhr im Einsatz. Sie können sich vorstellen, welche Kraftstoffmengen hierfür verbraucht werden. Umweltfreundlich ist etwas anderes.« Er seufzte. »Die *Waterline* ist das Einzige, was uns aus dieser misslichen Lage noch zu befreien vermag. Für uns gibt es keine andere Lösung. Entweder das Projekt gelingt, oder die Insel wird für den Tourismus geschlossen.«

»Sie müssen sehr wütend gewesen sein, als das Bauvorhaben über die Klage der *Planteurs de Mer Méditerranée* gestoppt wurde.«

»Nicht nur ich. Als wir *Porquerollais* hörten, dass der Verein rechtliche Schritte gegen den Bau eingelegt hatte, brach ein Sturm der Entrüstung los. Das ist vollkommen absurd, da werden Pflanzen gegen Menschen ausgespielt. Wollen die Aktivisten etwa, dass wir verdursten?« Besnard hob in einer verzweifelten Geste die Hände. »Die Unterwasserleitung ist der einzig gangbare Weg, sogar für den Erhalt der Seegraswiesen ist gesorgt. Die Betreiberfirma hat sich verpflichtet, an anderer Stelle Ersatzpflanzungen vorzunehmen. Es ist sogar vorgesehen, ein Abdeckgitter auf der Pipeline zu installieren, damit die Unterwasservegetation darauf wachsen und sich verbreiten kann. Und es sind zum Ausgleich spezielle Anlegezonen mit Ankerbojen geplant, um weitere Schäden durch Ankerwürfe zu verhindern. Das ist ein riesiger Fortschritt. Am Ende profitiert die *Posidonia* mehr von dem Bau der *Waterline*, als dass er ihr schadet.«

Pierre musste an den Vortrag denken, den Camille Audebert ihm an der *Plage Notre-Dame* gehalten hatte.

Wirklich seltsam, dachte er, wie unversöhnlich die beiden Parteien sich gegenüberstanden. Dabei waren ihre Positionen gar nicht so weit voneinander entfernt. Er fragte sich, ob diese

Gegnerschaft einfach nur ein sehr festgefahrener Streit war. Etwas, das sich mit Kompromissen gut lösen ließe, sodass alle gemeinsam vorankamen.

Er sprach den Gedanken aus.

Besnard schüttelte den Kopf. »Eher fliegen Mond und Sonne auf derselben Bahn. Die Antworten auf die Probleme sind komplett verschieden. Die einen fordern pragmatische Lösungen zum Wohle von Bevölkerung *und* Natur. Die anderen stellen alles in den Rahmen des großen Ganzen, des Klimaschutzes, und blenden die persönlichen Aspekte aus. Kompromisse sind nicht vorgesehen, soziale Verwerfungen werden quasi eingepreist.« Er sah Pierre und Charlotte eindringlich an. »Wer jedoch glaubt, er könne seine hehren Ziele zur Rettung der Welt auf dem Rücken von uns *Porquerollais* austragen, der hat sich geirrt. Mit den Sabotagen haben die Aktivisten die Grenze des Hinnehmbaren überschritten. Wir werden verhindern, dass man uns das Recht auf eine verlässliche Wasserversorgung nimmt. Da sind wir Inselbewohner uns einig.«

»Können Sie sich vorstellen«, sprach Pierre die Frage aus, die längst im Raum stand, »dass einer von ihnen den Sabotagen ein Ende bereiten wollte?«

»Wie bitte?«

Pierre war nun wieder ganz bei dem Fall, als habe er ihn nie abgegeben. Aus dem Bauch heraus entschloss er sich, eine Behauptung in den Raum zu stellen, um eine Reaktion zu provozieren. Um zu sehen, was geschah.

»Es ist denkbar, dass Ihr Sohn am frühen Dienstagmorgen aufgebrochen ist, um die *Waterline* zu sabotieren.«

»Nein.« Der Hotelier fuhr zusammen. »Das ist unmöglich!«

»Warum?«

»Weil …« Er zögerte. Die Trauer kehrte in sein Gesicht zurück. »Weil er etwas anderes vorhatte. Florent glaubte, dem großen *Louis-d'Or*-Schatz auf der Spur zu sein. Er hatte ein paar Münzen gefunden, einige Meilen östlich des bisher vermuteten Gebiets, und wollte die Suche ausdehnen. Gleich am nächsten Morgen.«

»Woher wissen Sie das?«

»Mein Sohn hat mich am Abend vor seinem Tod besucht. Wir haben zusammen gegessen und uns über sein Vorhaben unterhalten.«

Pierre runzelte die Stirn. »Ich dachte, Sie hätten etwas gegen seine Leidenschaft für das Tauchen?«

»Das war früher. Ich war gekränkt, weil ich glaubte, dass er mich im Stich ließ. Heute weiß ich, dass man gegen Leidenschaften nicht ankommt.« Besnard verschränkte die Hände ineinander, als würde er mit sich ringen. »Wie gesagt, Florent und ich, wir haben uns in den vergangenen Wochen angenähert. Und ja, ich habe seine Eigenständigkeit respektiert. Ich bin sogar als Teilhaber in die Tauchschule eingestiegen, weil er ein neues Boot kaufen wollte, das er sich nicht leisten konnte. Eine Selva Marine Pro Work 760. So ein Luftkissenboot kostet mit guter Ausstattung rund achtzigtausend Euro. Die Bank wollte ihm keinen Kredit geben, er hätte die monatlichen Raten nicht aufgebracht.«

Pierre nickte. »Dann sind Sie also eingestiegen, um ihm seine Schatzsuche zu finanzieren?«

»Das war der Deal. Er behält sein Hobby, und dafür bekomme ich meinen Nachfolger.«

»Florent ist allein rausgefahren, aus welchem Grund?«

»Das hat er oft getan. Er wollte keine Mitwisser.«

»Nicht einmal seine Freundin Camille?«

Besnard hob die Schultern.

»Um wie viel Uhr«, fuhr Pierre fort, »hat das Treffen mit Ihnen und Ihrem Sohn stattgefunden?«

»So gegen sechs. Nach einer Stunde ist er wieder aufgebrochen. Er wollte früh ins Bett.«

In Gedanken hakte Pierre diesen Punkt ab. Florent Besnard war danach nicht schlafen gegangen. Er hatte sich mit Camille getroffen und sich möglicherweise mit ihr über den bevorstehenden Tauchgang ausgetauscht. Auch wenn sie so tat, als sei sie nicht im Bilde über sein Vorhaben.

Ihm fiel etwas ein.

»Wussten Sie, dass ursprünglich Jordan Lavigne an dem Morgen mit dem Boot aufs Meer fahren wollte?«

»Wirklich?«, rief er aus. »Ein unangenehmer Kerl! Ich kann ihn nicht ausstehen. Auch mein Sohn hat sich mit dem aktivistischen Getue nicht mehr wohlgefühlt, er war sehr froh, als sich ihm eine neue Zukunft im *Hôtel Georges* bot. Lavigne wollte es einfach nicht verstehen. Er hat Florent vorgeworfen, seine Prinzipien zu verraten. Vor dem Kapital einzuknicken, statt um seine Freiheit zu kämpfen.«

»War es denn wirklich Florents Wunsch, das Hotel zu übernehmen? Oder hat er nur eingewilligt, um das Boot zu bekommen?«

»Ach, wissen Sie, das ist auch einer von diesen Trends, dass jeder nur noch Dinge tun möchte, die Spaß machen. Und dabei wollen sie dann auch noch möglichst viel Geld verdienen. Work-Life-Balance!« Er verdrehte die Augen. »Das ist Traumtänzerei, so kommt man nicht voran. Man muss sich zusammenreißen und hart arbeiten, wenn man etwas im Leben erreichen will, Florent hat das erkannt. Nur durch echte Leistung und Fleiß hat man die Chance auf einen Platz ganz oben.« In seinem Gesicht lag ein entschlossener Ausdruck. Er sprach, als wäre sein Sohn noch am Leben.

»Mit Leistung und Fleiß nach ganz oben«, rekapitulierte Pierre. »Gilt das auch für Ihren Stiefsohn?«

»Selbstverständlich.« Claude Besnard sah in Richtung des Innenraums, dann beugte er sich vor. »Aber das Hotel hat eine lange Tradition«, raunte er. »Nachdem Florent zugesagt hatte, da konnte ich nicht anders, als …« Er seufzte schwer. »Die Situation jetzt ist natürlich eine andere.«

»Das bedeutet«, fragte Charlotte interessiert, »dass Ihr Stiefsohn nun wieder als Nachfolger feststeht?«

»Ja.« Besnard räusperte sich. »Afonso ist ein fleißiger Junge, und ich bin froh, dass er mir die Zurückweisung nicht übel genommen hat und mir nach wie vor zur Seite steht.« Er nickte Pierre und Charlotte zu. »Das alles ist nicht leicht für mich, Sie verstehen das sicher. Ich denke, ich werde dann mal …« Der Hotelier machte Anstalten aufzustehen.

»Einen Moment bitte«, sagte Pierre. Er konnte Besnard nicht so einfach gehen lassen. Noch immer waren zu viele Fragen ungeklärt. »Wo waren Sie gestern Morgen zwischen sechs und acht Uhr?«

»Warum fragen Sie das?«

»Weil ich davon ausgehe, dass Ihr Sohn ermordet worden ist.«

Claude Besnard riss die Augen auf. »Das ist wohl ein schlechter Scherz!«

»Leider nein.« Pierre sah ihn fest an. »Also, wo waren Sie gestern Morgen zwischen sechs und acht Uhr? Ich frage das nicht als Privatmann, sondern als Polizist«, er musste jetzt aufs Ganze gehen, »der *Madame le Commissaire* Giraud von der *police nationale* aus Hyères mit ermittlungsrelevanten Informationen versorgt.«

»Sie arbeiten mit …?« Besnard schien zu überlegen, ob er die Konfrontation suchen sollte. Schließlich nickte er. »Ich habe nichts zu verbergen. Mein Gewissen ist rein. Ich bin um sechs Uhr aufgestanden, um sieben saß ich am Schreibtisch.

Meine Frau kann das bezeugen. Und ab dem Zeitpunkt im Büro natürlich auch die Angestellten.«

Das Alibi einer Ehefrau galt nur wenig. »Sie könnten früher aufgestanden und die Substanz platziert haben.«

»Welche Substanz?« Besnard richtete sich wieder auf. »Das ist absurd. Warum hätte ich meinen eigenen Sohn umbringen sollen?«

»Weil Sie dachten, dass es Jordan Lavigne träfe. Den Wohlstandsverwahrlosten, wie Sie ihn genannt haben. Den Freund, der Ihrer Meinung nach schuld daran war, dass Ihr Sohn sich von Ihnen entfernt hatte. Den Mann, der vielleicht für die Sabotagen an der *Waterline* zuständig war, die die Insel mit dem überlebensnotwendigen Wasser versorgen soll. Sie wollten sich des Störenfriedes entledigen und haben stattdessen Ihrem Sohn geschadet.«

»Das ist vollkommener Unsinn!«, schrie Besnard, sein ganzer Körper zitterte vor Wut. »Das ist eine infame Unterstellung. Wie überhaupt so einiges, was Sie hier von sich geben. Ich wiederhole mich nur ungern, aber Florent hatte die Nase voll von seinen Aktivistenfreunden. Wir haben uns in den vergangenen Monaten angenähert, und ja, ich habe seine Eigenständigkeit respektiert.« Er sprang auf. »Ich muss mich Ihnen nicht erklären, und ich werde diesen Vorwurf auch nicht auf mir sitzen lassen, schließlich geht es um meinen guten Ruf. Sie hören von meinem Anwalt.«

»Schön.« Auch Pierre hatte sich erhoben, sie standen sich gegenüber und funkelten sich an. »Dann erklären Sie Ihrem Anwalt bitte auch gleich, dass eine weitere Frage die Polizei beschäftigt. Nämlich jene, warum *Docteur* Trébert Sie aufgesucht hat. Und warum Sie behaupten, nicht mit ihm telefoniert zu haben, obwohl es nachweislich ein vierminütiges Gespräch unter Ihrem Büroanschluss gab.«

»Was wollen Sie damit sagen?«

Der Moment war gekommen, alle Karten auf den Tisch zu legen. »*Docteur* Trébert hegte offenbar einen Verdacht, wer Ihren Sohn umgebracht hat«, sagte Pierre mit ruhiger Stimme.

»Aber ich weiß nichts von einem Anruf.«

»Die Telefonnummer Ihres Büros stand auf der Anrufliste seiner Praxis. Trébert ist nach dem Telefonat nach Porquerolles gekommen und hat vergeblich versucht, Sie anzutreffen.«

»Ich hatte zu tun, was glauben Sie, wie sich ein Hotel führen lässt. Ganz sicher nicht, indem man den ganzen Tag im Büro herumsitzt.«

»Haben Sie dafür Beweise?«

»Ich kann Ihnen doch nicht im Detail sagen, wo ich mich wann aufgehalten habe. So ein Tag verläuft dynamisch, mal bin ich hier, mal da. Man dokumentiert ja nicht jeden seiner Schritte. Aber wenn ich Ihnen sage, dass ich Edgart gestern weder gesprochen noch gesehen habe, dann müssen Sie mir das schon glauben. Außerdem habe ich gerade meinen Sohn verloren, da war ich mit den Gedanken verständlicherweise ganz woanders. Am liebsten würde ich mich zu Hause einschließen, aber ich werde hier gebraucht.« Er sah Pierre mit bitterbösem Blick an. »Edgart macht gerade eine schwierige Phase durch, aber er wird schon wieder auftauchen. Am besten, Sie fragen ihn dann selbst, er wird es Ihnen bestätigen.«

»*Docteur* Trébert ist tot.«

»Wie bitte?« Der Hotelier erblasste und sank auf den Stuhl zurück. »Das wusste ich nicht.« Er stieß es aus, atemlos. Graue Trauer überzog sein Gesicht. »Wie ist es passiert?«

»Er ist von einer Klippe gestürzt, bei der *Batterie des Mèdes*.«

»Das ist ja furchtbar.« Besnard hob die Hände und bedeckte beide Augen. Sein Rücken bebte von unterdrücktem Weinen.

Charlotte hob erschrockenen Blickes die Hand, unsicher, ob sie dem Hotelier Trost spenden sollte. Zögerte und ließ sie wieder sinken.

Auch Pierre nahm erneut Platz, betroffen von der Heftigkeit der Reaktion.

Es waren gleich zwei wichtige Menschen, die der Hotelier innerhalb weniger Stunden verloren hatte. Und Pierre dachte, dass Besnard ein verdammt guter Schauspieler sein müsste, wenn der Schock über diese Nachricht nur vorgetäuscht war. Aber er durfte sich bei der Befragung nicht beirren lassen. Viel zu oft hatte er miterlebt, wie Trauer sich auch beim Täter Bahn brach. Vor allem in einem Fall wie diesem.

Während Pierre beobachtete, wie Besnard ein Taschentuch hervorzog und sich über die Augen tupfte, dachte er über das Gesagte nach.

»Was haben Sie damit gemeint, dass *Docteur* Trébert eine schwierige Phase durchmachte?«, fragte er.

»Das ist natürlich nur eine Vermutung. Aber von André Gallo weiß ich, dass Edgart in großen Schwierigkeiten steckte.«

»André Gallo?« Pierre stutzte. »Ist das nicht der Mann, der dem *Docteur* einen Behandlungsfehler vorwirft?«

»So ist es. André ist nach der Verkündung des ersten Urteils in Revision gegangen.«

»Und?«

»Das neue Urteil ist im Februar gefallen, zu seinen Gunsten. Edgarts Anwalt hatte Berufung eingelegt, er plädierte auf eine Beweislastumkehr, aber das Gericht hat den Antrag wohl am Montag abgelehnt. Es ging um eine Menge Geld.« Besnard schluckte hart. »Ich fürchte, Edgart hätte sich enorm strecken müssen, um den Forderungen nachzukommen. Das Urteil wird ihm das Genick gebrochen haben.«

Pierre presste die Lippen aufeinander. Er erinnerte sich an

die Dringlichkeit, mit der Penelope ihn darum gebeten hatte, den Artikel in dem Anwaltsblatt zu lesen. Eine furchtbare Ahnung überfiel ihn. War es möglich, dass Besnard die Wahrheit sagte? Hatte der Arzt sich in den Tod gestürzt, weil alles, was er sich aufgebaut hatte, in Trümmern lag?

»Vielleicht hat *Docteur* Trébert gehofft, Sie könnten Monsieur Gallo umstimmen.«

»Ich hätte abgelehnt«, sagte Besnard fest. »Edgart hatte mich bereits vor der Verkündung des Urteils deswegen angerufen. Er wollte, dass ich ein Gespräch zwischen ihm und André Gallo vermittele, um sich außergerichtlich zu einigen. Er meinte, ich sei ihm etwas schuldig, weil er mir geholfen hatte, den Kontakt zu Florent wiederzubeleben. Eine Hand wäscht die andere, verstehen Sie?«

»Und warum haben Sie es nicht getan?«

»André und ich, wir arbeiten eng in mehreren Verbänden zusammen, die sich um das Leben auf Porquerolles drehen. Wir sind ein gutes Team, ich wollte das nicht aufs Spiel setzen. Das mag jetzt vielleicht etwas gefühllos klingen.« Er lächelte entschuldigend. »Fakt ist aber, dass ich das Urteil für gerecht halte. Sosehr ich Edgart als Mensch wie auch als Arzt schätzte … er hatte es zu verantworten, dass André nie mehr so malen kann wie früher. Der Alkohol war sein Verderben, er hätte in seinem Zustand nie operieren dürfen.«

»*Docteur* Trébert hatte die Hoffnung offenbar noch nicht aufgegeben. Er hat hier auf Sie gewartet.«

»Monique hat es mir später erzählt. Sie nahm an, er wolle mir sein Beileid aussprechen, aber dann ging es ihm wohl doch wieder nur um die Klage. Daraufhin hat sie ihm gegenüber behauptet, dass ich einen Termin bei einem Architekten hätte und er ein andermal wiederkommen solle. Finden Sie das verwerflich?« Er sah Pierre aus schmalen Augen an. »Sie konnte ja nicht wissen, wie es um Edgarts Zustand bestellt ist. Meine Frau ist wie eine Löwin und wollte mich an diesem furchtbaren Tag vor seiner Aufdringlichkeit schützen.«

Pierre nickte. Das war vermutlich der Zeitpunkt gewesen, an dem *Docteur* Trébert sich zwei Gläser Tresterschnaps bestellt hatte, bevor er dann hinausstürmte. Wütend und verzweifelt, weil er in seiner Notlage keinen Beistand fand.

»Ja«, fuhr Besnard fort, »Monique hat es nur gut mit mir gemeint, und ich bin ihr dafür sehr dankbar. Jetzt, da ich um seinen Freitod weiß, bedaure ich zutiefst, dass ich Edgart kein guter Freund war, das dürfen Sie mir glauben. Hätte ich geahnt, wie verzweifelt er ist, dann wäre ich sofort zur Stelle gewesen. Zumindest ein Ohr hätte ich ihm leihen können, sicher auch Geld.« Der Hotelier erhob sich. »Bitte entschuldigen Sie mich«, sagte er mit mühevoll zur Schau gestellter Freundlichkeit. »Ich hoffe, Sie verstehen, wenn ich mich jetzt zurückziehe.«

Pierre blieb sitzen wie erstarrt und sah dem Hotelier nach. »Der Mann hat kein belastbares Alibi«, beharrte er flüsternd. »Er hätte Edgart Trébert folgen und ihn von der Klippe stoßen können.«

Er fing Charlottes Blick auf. Auch sie war sichtlich angefasst.

»Und wenn«, sagte sie ebenfalls flüsternd, »die Geschichte mit der finanziellen Notlage stimmt? Wenn sich *Docteur* Trébert in seiner Verzweiflung nicht anders zu helfen wusste, als sich an einer hoch gelegenen Stelle von den Klippen zu stürzen?«

Pierre atmete tief ein. Nahm sein Mobiltelefon und öffnete den Link zur digitalen Ausgabe des Anwaltsblattes, den Penelope ihm geschickt hatte.

Der Text war lang, und er überflog all die juristischen Erklärungen, bis er bei dem abschließenden Urteil anlangte, das im Februar gefällt worden war.

Was er dort las, verschlug ihm die Sprache.

Der im Text benannte Beklagte, bei dem es sich ohne Zweifel um Edgart Trébert handelte, wurde dazu verurteilt, an den Kläger ein Schmerzensgeld von 42 000 Euro nebst Zinsen zu bezahlen. Ferner sollte er dem Kläger einen Schadensersatz in Höhe von 298 541 Euro nebst Zinsen erstatten. Und als wäre all das noch nicht genug, gestand das Gericht dem Kläger bis zum Eintritt in das gesetzliche Rentenalter eine monatliche Rente in Höhe von 4 298 Euro als Verdienstausfall zu, die der Beklagte ebenfalls zu zahlen hatte. Eine unfassbar hohe Summe, die selbst für einen noch so erfolgreichen Arzt kaum zu stemmen war.

Mit der Ablehnung von Tréberts Berufung, die sein Anwalt laut Monsieur Besnard am Montag erhalten hatte, war das Schicksal des Arztes endgültig beschieden.

Pierres Blick blieb am Ende des Textes hängen, wo die Juristen aufgeführt waren, die beide Seiten vertreten hatten. Der Vertreter des Klägers wohnte auf Porquerolles, das hatte Penelope bereits markiert. Der Anwalt des Beklagten jedoch kam aus einem Ort, der ein weiteres Puzzleteil darstellte: Cavalaire-sur-Mer. Eine Kleinstadt unweit von Rayol-Canadel-sur-Mer.

»So ein Mist!«, stieß er aus. Wortlos hielt er Charlotte den Artikel hin.

Der Ablauf lag plötzlich glasklar vor ihm. *Docteur* Trébert war am Montag nach Praxisschluss – am Abend vor Florent Besnards tödlichem Unfall – bei seinem Anwalt in Cavalaire-sur-Mer gewesen. Es war davon auszugehen, dass die beiden über die Ablehnung der Berufung gesprochen hatten und darüber, dass es nun keine Möglichkeit mehr zum Einspruch gab. Vielleicht hatte Trébert seinen Kummer daraufhin im Alkohol ertränkt und sich, weil er nicht mehr in der Lage war, Auto zu fahren, in einem Hotel eingemietet.

Das jedenfalls würde erklären, warum der Arzt so früh am nächsten Morgen auf dem Weg zu seiner Praxis an der Unglücksstelle in Rayol-Canadel-sur-Mer vorbeigekommen war und den Notruf entgegengenommen hatte.

Alles nur eine Hypothese, die es noch zu überprüfen galt. Aber eine, die – Pierre war sich dessen sehr sicher – der Wahrheit sehr nahekam.

Zwei Stränge, die parallel verlaufen waren und sich mit dem Rettungsversuch des jungen Tauchers zufällig berührt hatten. Pierre seufzte. Nach dem Telefonat mit dem Arzt hatte er angenommen, die Stränge hätten sich miteinander verschlungen. Stattdessen schienen sie sich wieder voneinander gelöst zu haben. Zwei Wege, die auseinanderdrifteten, weil *Docteur* Trébert ganz andere Sorgen hatte als den Tod eines jungen Tauchers.

Er war sich seiner Sache so sicher gewesen, jetzt fiel die gesamte Theorie in sich zusammen. Ohne das Wissen des Arztes war es unmöglich, eine Verbindung zu der tatverdächtigen Person herzustellen. Damit war der Fall beendet, ohne gelöst zu sein.

Er fragte sich, ob die Polizei Madame Cizeron schon benachrichtigt hatte, und er hoffte, dass es Menschen gab, die ihr in ihrer Trauer beistanden. Kurz überlegte er, sie anzurufen, doch ihm fehlte der Mut. Und er schämte sich dafür.

Charlotte strich ihm über die Hand und nickte ihm aufmunternd zu. »Wir sollten besser gehen, oder was meinst du?«

Die Kellnerin trat an den Tisch. »Darf ich Ihnen jetzt die *crème brulée* und den Energieriegel bringen?«

»Meinen Riegel können Sie gerne für unterwegs einpacken«, sagte Charlotte und sah Pierre fragend an. »Was ist mit dir?«

»Wenn es Ihnen nichts ausmacht, dann für mich bitte auch nur einen Riegel zum Mitnehmen statt der *crème brulée.*«

Er würde jetzt keinen Bissen herunterbringen. Der Fall hatte ihm gehörig den Appetit verdorben.

22

Die Fähre nahm Fahrt auf und hinterließ eine weiße Spur aufgeschäumter Gischt. Rasch entfernten sich die eng aneinandergereihten Segelboote, deren Masten in den Himmel ragten wie aufgesteckte Zahnstocher. Bald waren nur noch die bewaldeten Hügel zu erkennen, davor das helle Band der Strände. Linker Hand die grauen Klippen der *Batterie des Mèdes*.

Als die Küste nur noch ein immer dunkler werdender Streifen war und Charlotte sich dem Display ihres Mobiltelefons zuwandte, rief Pierre *Commissaire* Giraud an und gab die Informationen wieder, die er seit ihrer Begegnung zusammengetragen hatte.

Er berichtete ihr von Penelopes und Lucs Erkenntnissen zu Camille Audebert, ohne die beiden zu erwähnen, um keine Rüge zu riskieren. Sprach von den Plänen, die Besnard mit seinem Sohn Florent hatte, und von dessen Vorhaben, den legendären Schatz der *Ville de Grasse* zu heben, der seiner Ansicht nach östlich der Stelle lag, an der sich das Wrack befand. Auch berichtete Pierre von den immensen Schwierigkeiten, in die *Docteur* Trébert nach dem neu ergangenen Urteil geraten war. Und von dessen gescheitertem Versuch, den Hotelier als Unterstützer zu gewinnen, um die ihm auferlegte Strafe abzumildern.

»Das bestätigt unsere Erkenntnisse«, sagte die Kommissarin, nachdem er geendet hatte. Sie schien ganz vergessen zu haben, dass sie sich zum Stand der laufenden Ermittlungen ihm gegenüber nicht äußern wollte. »Laut den ersten Ergebnissen der rechtsmedizinischen Untersuchung hatte Trébert zum Zeitpunkt seines Todes gut zweieinhalb Promille im Blut. Was bedeutet, dass er nicht nur rückfällig geworden ist, sondern sich auch bewusst in große Gefahr gebracht hat. Bei einem solchen Wert sind Gleichgewichtssinn und Orientierung stark beeinträchtigt. Dass er in diesem Zustand am Rande der Klippen umhergewandert ist, ist nur als vorsätzlich zu interpretieren.«

»Zweieinhalb Promille? Dafür reichen zwei doppelte *eau de vie* nicht aus.«

»Richtig. Wir haben in der Nähe des Unfallortes eine zerschellte Flasche *Saint James Rhum* gefunden. Wie sich herausstellte, hat das Lebensmittelgeschäft an der *Place d'Armes* diesen Artikel im Sortiment.«

»Hat sich dort jemand an den Kunden erinnert?«

»Nein, aber das ist in dem Fall auch nicht notwendig. Die Lage ist eindeutig. Edgart Trébert ist nicht ermordet worden. Es war ein Suizid.«

Pierre nickte. »Konnten Sie denn wenigstens gegen die Saboteure vorgehen?«

»Die Beweise gegen Jordan Lavigne und seine Freunde haben sich leider auch nicht erhärtet«, sagte *Commissaire* Giraud. »Ich habe mit *Capitaine* Roubaud gesprochen. Der Untersuchungsrichter hat eine weitere Überprüfung des Bootes abgelehnt, die Spurensicherung sei bereits gründlich genug gewesen. Und die durch die Aufzeichnung gewonnenen Erkenntnisse reichen leider nicht aus, um Aktivisten der Sabotage zu überführen.«

»Dann haben Sie also keine Durchsuchung von Lavignes Wohnung veranlasst?«, fragte Pierre. »Oder von der Gärtnerei?«

Die Kommissarin seufzte tief. »Sie wissen selbst, dass eine

Sprachaufnahme ohne Zustimmung der beteiligten Personen nicht verwertbar ist. Damit bekommt man keinen Durchsuchungsbeschluss. Meine ganze Hoffnung lag auf der Zeugin Camille Audebert, doch sie hat die Aussage zu diesem Thema verweigert. Mir schien, dass sie Angst vor der Reaktion ihrer Aktivistenfreunde hat. Nun denn, wir bleiben dran.«

»Und was ist mit dem Fall Florent Besnard?«, fragte Pierre hoffnungsvoll.

»Eigentlich dürfte ich mich mit Ihnen nicht darüber austauschen, aber da die Ermittlungen eingestellt werden, sehe ich keinen Grund, es Ihnen nicht zu sagen. Es gibt nicht einen einzigen Hinweis auf den Einsatz einer giftig wirkenden Substanz. Und die Rechtsmedizin verfügt über wirklich großartige analytische Verfahren, es gibt praktisch keine Vergiftung, die nicht nachzuweisen ist.«

Pierre dachte an die Informationen, die Penelope von Louis Papin erhalten hatte. »Und man hat auch keine Rückstände von bewusstseinstrübenden Medikamenten gefunden? Reisetabletten beispielsweise oder Tranquilizer wie Diazepam?«

»Der Rechtsmediziner aus dem Bezirk La Croix-Valmer hat bestätigt, dass nichts auf den Einsatz *irgendeiner* zugeführten Substanz hindeutet, das schließt solche Medikamente ein. Die Ursache für Florent Besnards Tod liegt zweifellos in den Folgen der Dekompressionskrankheit. Ausgelöst durch ein zu schnelles Aufsteigen an die Oberfläche.«

»Aber der Stich des Drachenkopfes war, wie wir inzwischen wissen, nicht die Ursache.«

»Glauben Sie mir, Monsieur Durand,« stieß sie nun hörbar entnervt aus, »wir haben alles gründlich untersucht. Es gab keinerlei Zusätze im Getränk, keine Auffälligkeiten auf dem Boot. Das Screening von Blut und Urin war negativ, selbst der Mageninhalt war unauffällig. Wir sind am Ende der Fahnenstange angelangt und sehen keinen weiteren Handlungsbedarf. Sie sind einem Phantom hinterhergerannt. Ihr Engagement läuft ins Leere.«

Trotzig schüttelte Pierre den Kopf. »Die Sache mit dem Taucher habe ich mir unmöglich eingebildet.«

Ihre Stimme wurde jetzt sanfter, und als sie fortfuhr, klang es, als spreche sie mit einem bockigen Kind. »Gut möglich, dass es eine Art Übertragung war, ein Versuch, die gefühlte Schuld auszublenden, weil Sie Florent Besnard nicht retten konnten. Selbstverständlich ist dies keine schöne Erkenntnis, und ich verstehe Ihre Enttäuschung. Gerade weil Sie dafür wertvolle Tage Ihrer Flitterwochen geopfert haben. Aber so ist es nun mal. Das Beste wäre es, Sie finden sich damit ab und genießen die verbliebenen Urlaubstage.«

Damit verabschiedete sie sich. Wütend starrte Pierre sein Telefon an, verstaute es schließlich mit einem Seufzen in der Jackeninnentasche.

»Und?«, fragte Charlotte und lehnte den Kopf an seine Schulter, »was erzählt die *Commissaire*?«

»Der Fall ist abgeschlossen. Es gibt keinen einzigen Hinweis auf Mord. Nur auf zwei Unfälle, einer davon ein Suizid. Keine Täter.«

»Hm.« Charlotte hob die Schultern. »Und nun?«

»Keine Ahnung. Am besten wir schließen die Sache ab und reden nicht mehr darüber.«

Mit eng zusammengezogenen Brauen starrte Pierre auf das schäumende Wasser. Porquerolles war nur noch ein ferner Landstrich, bald würden sie auf der Halbinsel Giens anlegen. Es kam ihm vor, als beträten sie damit eine andere Welt.

Er musste sehr frustriert wirken, denn Charlotte begann nun, mit zarten Fingern über seine Hand zu streichen. Ihre Stimme klang weich. »Mach dir nichts draus, *mon policier*.

Vielleicht ist es sogar besser so. Wir haben schon viel Zeit verloren. Ab jetzt machen wir es uns richtig nett.«

Pierre lächelte ihr zu, obwohl er mit der Endgültigkeit dieses Schlussstriches haderte. Er rieb sich mit beiden Händen über sein Gesicht.

War es denkbar, dass er hinter einer Fata Morgana hergerannt war? Blind und taub für die Möglichkeit, dass er sich geirrt haben könnte? Es war kaum zu glauben.

Gleichwohl wusste er um die Neigung des menschlichen Gehirns, auf der Suche nach Beweisen selbst noch so vage Möglichkeiten zu Tatsachen zu verdichten. Zufälligkeiten wurden zu Indizien. Lückenhaftes wurde passend gemacht. Eine Korrelation zur Kausalität umgedeutet, obwohl die Gleichzeitigkeit der Ereignisse nur zufällig war.

So war es offenbar auch bei ihm gewesen.

Pierre atmete tief ein und wieder aus.

Es war an der Zeit, der Wahrheit ins Gesicht zu sehen. Er musste loslassen, dringend, bevor er sich noch mehr verrannte. Er musste den Absprung finden, ansonsten wäre das Gefühl des Versagens am Ende übermächtig.

Er schaute auf das bewegte Meer, spürte den kühlen Seewind im Gesicht und fühlte sich auf einmal sehr müde.

Es war ihm unangenehm. Vor sich selbst und vor allem gegenüber Charlotte, die all das mitgemacht und dafür immer wieder die Pläne verschoben hatte, die sie für ihre gemeinsamen Flitterwochen erstellt hatte.

Er nahm ihre Hand. »Es tut mir sehr leid, *ma douce*. Da bin ich wohl über das Ziel hinausgeschossen.«

»Ich war total bei dir und bin mindestens genauso enttäuscht wie du.« Sie lächelte. »Aber es waren sehr aufregende, spannende Tage, und es hat mir gefallen, dich bei der Tätersuche zu begleiten.«

»Du bist eine tolle Frau«, sagte Pierre und gab ihr einen Kuss.

Er zog den in ein weiß-grau gestreiftes Packpapier gewickelten Energieriegel aus der Jackentasche und biss hinein. Hungrig, geradezu gierig. Er schmeckte fantastisch. Sehr weich und schmelzig, fruchtig und süß. Dazu ein Hauch von Meersalz aus der Camargue. Und mit den enthaltenen Pinienkernen und dem gerösteten Getreide hatte er die richtige Knusprigkeit.

»Und, wie ist er?«, fragte Charlotte neugierig.

»Köstlich. Möchtest du probieren?«

Er hielt ihr den Riegel hin, und sie biss ein kleines Stück ab, nickte zufrieden, ließ ihm den Rest. Innerhalb kürzester Zeit hatte er ihn verschlungen, ohne dass sein Hunger auch nur ansatzweise gestillt war.

Die Fähre reduzierte die Geschwindigkeit und machte sich zum Anlegen bereit. Es roch nach Diesel und warmem Qualm. Einige Fahrgäste erhoben sich und gingen zu ihren Rädern oder stellten sich an die Reling nahe den Ausgängen, um als Erste an Land zu gehen.

»Ich schlage vor, wir suchen uns gleich einen netten Platz für das Abendessen«, sagte Pierre. »Und morgen fahren wir endlich nach Saint-Tropez.«

»Das klingt wundervoll.« Charlotte lächelte breit. »Wenn wir in Giens ankommen, ist es halb sechs. Was hältst du davon, wenn wir über den schmaleren Arm der Tomboli zurückfahren, an der *Plage de l'Almanarre* entlang. Dort trennen nur die Dünen die Straße vom Strand, und auf der anderen Seite liegen die Salzwiesen. Ich habe es mir eben auf Google angesehen. Am Ende der Verbindung liegt ein Strandrestaurant, die Küche soll hervorragend sein.« Charlotte hielt ihm das Display ihres Mobiltelefons hin, auf dem das Bild eines Restaurants zu sehen war, dessen Terrasse sich zum Meer hin öffnete.

»Gambas mit *persillade*«, flüsterte sie in einem verführerischen Singsang. »Kabeljaufilet mit *sauce vierge*, Bandnudeln in Krustentiersauce mit halber Languste … Und? Hast du Lust, hinzufahren?«

Pierre lief das Wasser im Mund zusammen. »Unbedingt«, sagte er. Dieses Mal würde er sich das Essen nicht verderben lassen.

Es war eine fantastische Idee gewesen. Bereits während der Fahrt an dem Tombolo entlang hatte Pierre entschleunigt. Links der Straße der bei den Kitesurfern so beliebte Strand, rechts der *Étang des Pesquiers* mit seinen Kanälen und Salzfeldern. Als sie auf halber Strecke an einem Parkplatz hielten und über einen mit Strauchmalven, Hundskamille und Strandhafer gesäumten Weg durch die Dünen zum Meer gingen, hatte Pierre den Fall bereits erfolgreich verdrängt.

An dieser Stelle war der Wind rauer, unvorhersehbarer. Auch hier weißer Sand, dazu vertrocknete Reste von an Land gespültem Seegras, teils vom Wind zu faserigen Kugeln zusammengerollt.

Auf einmal wurde Pierre die Fragilität dieser Landstreifen bewusst.

Die Region werde ohne die Schutzwirkung der Seegraswiesen bald komplett verschwinden, hatte Camille Audebert gesagt. Es sei nur eine Frage der Zeit, bis das Wasser alles verschlinge.

Er musste an die Camargue denken, die er im vergangenen Hitzesommer mit dem Hausboot durchquert hatte. Und an das, was eine dort lebende Bekannte ihm damals erzählte.

Die ganze Küstenlinie breche weg, jährlich um die vier Meter, man habe nicht das Geld, um den vorgelagerten Deich, die zunehmend erodierte *Digue à la mer*, zu retten. Man habe daher beschlossen, ein Stück Land, das ohnehin nicht zu bewahren sei, dem Wasser zu überlassen.

Das Problem war hier sicher ähnlich. Immerhin hatte die Region, im Gegensatz zur Camargue, offenbar genügend Gelder mobilisiert, um Maßnahmen zum Schutz zu ergreifen. Aber die Dringlichkeit war ebenso hoch.

Arm in Arm schlenderten Pierre und Charlotte am Wasser entlang, als ihnen eine Frau Mitte sechzig mit grau gesträhntem Haar und Brille entgegenkam. Sie trug einen blauen Parka, der viel zu warm für die Temperaturen war. Die Hände hatte sie hinter dem Rücken verschränkt, den Kopf gesenkt.

Pierre blieb stehen. »Madame Cizeron?«

Sie hob den Kopf. Ihre Augen waren gerötet.

»Monsieur Durand, Sie sind es! Was machen Sie denn hier?«

»Wir kommen gerade von Porquerolles. Darf ich Ihnen meine Frau vorstellen?«

Charlotte gab der Sprechstundenhilfe die Hand. »Freut mich, Sie kennenzulernen. Es tut mir sehr leid, was passiert ist.«

»Dann haben Sie es also schon gehört?« Madame Cizeron schluchzte heftig, sie rang nach Atem, bevor sie weitersprach. »Sie sagten, Edgart sei von der Klippe gestürzt.«

»Ja.« Pierre seufzte. »*Docteur* Trébert muss sich in einer für ihn aussichtslosen Lage befunden haben. Dieses neue Urteil … Wussten Sie, dass André Gallo nach dem ersten Urteil in Berufung gegangen ist? Und dass das Gericht nach dem revidierten Urteil keine weitere Berufung zugelassen hat?«

»Er hat mir nichts davon gesagt.« Madame Cizeron warf die Hände in einer hilflosen Geste in die Luft und sog stotternd die Luft ein. »Aber ich habe vorhin im Müll die gerichtliche Anordnung gefunden. Er hat sie zerrissen.«

Charlotte sah sie ernst an. »Haben Sie ihm die Post gebracht?«

»Ja, jeden Vormittag. Aber ich konnte doch nicht ahnen …« Die Sprechstundenhilfe schluchzte auf. »So hohe Kosten, die auf ihn zukamen, wie hätte er das denn alles zahlen sollen? Der arme Edgart hat alles mit sich selbst ausgemacht. Warum nur hat er mich nicht um Hilfe gebeten? Ich hätte ihm zur Seite gestanden und dem Gericht belegt, wie sorgsam er arbeitet, selbst bei der besagten Operation.« Sie zog ein Taschentuch aus der Jackentasche und schnäuzte sich laut und undamenhaft. »Es ist mir nicht erklärbar, wie es zu einer Nekrose kommen konnte, die Wundränder waren bei keiner Kontrolle infiziert. Ich hätte für Edgart gekämpft. Und jetzt ist es zu spät!« Sie holte tief Luft. »Wissen Sie schon, wer ihn umgebracht hat?«

»Madame«, sagte Pierre überrascht. Sie schien offenbar nicht zu verstehen. »*Docteur* Trébert ist selbst gesprungen. Er war verzweifelt. Er hatte getrunken. Die Polizei hat mehr als zweieinhalb Promille in seinem Blut gefunden.«

Die Sprechstundenhilfe wedelte heftig mit der rechten Hand. »Das kann nicht sein, das glaube ich nicht. Er war trocken.«

»Man hat ihn bereits im *Hôtel Georges* zwei doppelte *eau de vie* bestellen sehen, schon vergessen? Sie haben es mir selbst erzählt. Außerdem war er höchstwahrscheinlich am Montagabend bei seinem Anwalt in Cavalaire-sur-Mer. Ich nehme an, die beiden haben über die Entscheidung des Gerichtes gesprochen. Möglicherweise ist er über Nacht im Ort geblieben, ich könnte mir vorstellen, der Grund hierfür war Alkoholkonsum.«

»Wie kommen Sie darauf, haben Sie Beweise?«

»Es ist eine plausible Erklärung dafür, warum der *Docteur* gestern Morgen in der Nähe des Unfallortes war. Aber ich bin mir sicher, dass Sie, wenn Sie seinen Anwalt und die Hotels in Cavalaire-sur-Mer anrufen, eine Bestätigung dafür erhalten.«

Madame Cizeron schwieg, als versuche sie, die Geschehnisse der vergangenen Tage neu zu bewerten.

»Edgart würde sich niemals von der Klippe stürzen«, sagte sie schließlich mit Vehemenz. »Er ist ein Kämpfer. Jemand hat seine Notlage ausgenutzt und ihn abgefüllt. Ich bitte Sie, Monsieur Durand, Sie dürfen die Ermittlungen nicht beenden. Lassen Sie den Täter nicht davonkommen.«

Pierre atmete tief ein und sah zu Charlotte, die auf der Unterlippe kaute, als denke sie über etwas nach.

»Es tut mir sehr leid«, sagte er schließlich. »Aber es ist vorbei. Ich kann wirklich nichts mehr für Sie tun. *Au revoir*, Madame Cizeron. Machen Sie es gut.«

»Warten Sie. Ich geben Ihnen meine private Mobilnummer. Sollten Sie doch noch etwas …« Sie kramte hektisch in ihrem Parka. »Ich brauche nur etwas zu schreiben.«

»Sie können sie mir gerne diktieren«, sagte Charlotte, die ihr Telefon bereits gezückt hatte.

Mit einem Blick voller Dankbarkeit gab Madame Cizeron ihr die Kontaktdaten. Charlotte nahm die Sprechstundenhilfe kurz tröstend in den Arm, dann verabschiedeten sie sich und gingen zurück zum Auto.

»Sie tut mir ja so leid«, sagte Charlotte, als sie wieder auf der Straße waren. »Madame Cizeron scheint sehr an ihrem verstorbenen Chef zu hängen.« Sie rieb sich über die Nase. Holte Luft, als wollte sie etwas sagen. Aber dann schwieg sie.

Das Restaurant *Le Robinson* war mit viel Liebe zur maritimen Dekoration eingerichtet. Treibholzlampen, Hängeleuchten aus Bast, samtene Sofas und Stühle in Meerblau und den Farben des Sandes. Überall kleine Stapel bunt lackierter Seemannskisten mit historischer Anmutung. Charlotte steuerte zielstrebig auf die Terrasse zu, wo sie einen freien Platz direkt an der

Balustrade mit Blick aufs Meer fanden. Der stark auffrischende Wind rüttelte an den zum Schutz montierten Glasscheiben und brachte das Stroh des Sonnendaches zum Rascheln.

Es war ein lauer Frühsommerabend, das Thermometer zeigte einundzwanzig Grad. Charlotte zog ihre Strickjacke aus, während sie die Karte studierte. Bei der Auswahl der Vorspeise liebäugelte sie mit den frittierten Sardinen für zwei Personen, die mit Zitrone und einer Remoulade angeboten wurden, aber Pierre lehnte ab. Egal, wie hungrig er war, allein der Gedanke an die großen Augen, mit denen die Fischchen den Gast trotz der Behandlung in heißem Frittierfett anklagend anstarrten, verursachte ihm ein Schaudern. Er hatte diesem Gericht noch nie etwas abgewinnen können.

Stattdessen wählte Charlotte den Tintenfischsalat und Pierre das *tartare de thon maison*. Dazu tranken sie einen weißen *Château de l'Escarelle*, einen komplexen Wein mit dem Aroma von weißem Pfirsich und Aprikose.

Eine Weile aßen sie schweigend und lauschten dem Rauschen der Wellen.

Charlotte nippte an ihrem Glas, stellte es ab und sah ihn zärtlich an. »Wir haben noch gar nicht über das Wichtigste gesprochen«, sagte sie.

Fragend blickte er von seinem Teller auf.

»Na, unser neues Projekt.«

Oha, das Thema Kinder hatte er ganz verdrängt.

»Ich habe mir überlegt«, fuhr sie fort, »eine weitere Köchin einzustellen, wenn es so weit ist. Das bedeutet zwar, dass wir uns ein wenig einschränken müssten, aber dann wäre ich flexibler und könnte mich um das Kind kümmern, bis es in die Krippe kommt. Was meinst du?«

»*D'accord.*«

»Mit einer weiteren Angestellten hätte ich außerdem zusätzlich Zeit für die kulinarischen Wochenendkurse mit Martin Cazadieu oder für die Entwicklung neuer Rezepte. Ich möchte auch gerne ein weiteres Kochbuch schreiben.«

»Du willst mehr arbeiten, trotz Kind? Ich glaube, du stellst dir das zu einfach vor.«

»Das ist alles nur eine Frage der Organisation«, entgegnete Charlotte. Sie legte ihre Hand auf seine. »Wir sollten nur ein wenig mehr üben, meinst du nicht?«

Ihm wurde warm. »Natürlich.«

Er zog die Hand fort, schenkte sich von dem Wein nach – Charlotte hielt die Hand schützend über ihr Glas – und leerte es in einem Zug. Goss sich gleich von Neuem ein.

Das Thema wurde ihm viel zu präsent, abstrakt war es ihm lieber. Er würde sich hoffentlich daran gewöhnen.

Als sie bei der Hauptspeise angelangt waren, Pierre hatte die Bandnudeln in Krustentiersauce mit einer halben Languste gewählt, legte Charlotte plötzlich die Gabel beiseite.

»Sag mal, dieser Brief vom Gericht, den Madame Cizeron im Müll gefunden hat. Könnte das nicht auch der Auslöser für *Docteur* Trébert gewesen sein, bei Claude Besnard anzurufen?« Sie legte den Kopf schief und fuhr in einer Drehbewegung mit dem Finger durch eine Haarsträhne. »Nur so als Idee. Er könnte hingefahren sein, um den Hotelier mit Nachdruck zu bitten, ein gutes Wort für ihn bei Gallo einzulegen.«

»Fängst jetzt etwa du wieder mit dem Fall an?« Pierre stöhnte. »Warum hätte der *Docteur* das tun sollen?«

»Weil er etwas gegen Besnard in der Hand hatte.«

»Nein, hör sofort damit auf.« Pierre spießte ein Stück Languste auf und schob es in den Mund. »Ich habe keine Lust, mir eine weitere verbale Backpfeife von den Kollegen vor Ort einzufangen«, sagte er kauend. »Die Sache ist erledigt und damit basta. Ich will nicht, dass der Fall unsere Flitterwochen zerstört, und das meine ich ernst. Ich habe genug davon. Wir haben schon viel zu viel Zeit damit verschwendet, ich will mich endlich um dich kümmern, um mich … und um unser privates Projekt.«

Aufgewühlt trank er einen Schluck von dem Weißwein, der ihm kühl und besänftigend die Kehle hinablief. Schloss dabei die Augen und atmete tief ein und aus.

Als er die Lider wieder hob, sah er Charlottes Gesicht. Ihre Lippen umspielte ein fragendes Lächeln.

»Alles gut«, sagte er mit Nachdruck. »Lass uns bitte nicht mehr darüber reden.«

Damit drehte er die Gabel in den Nudeln, wischte den entstandenen Berg durch die cremige Krustentiersauce und schob alles in den Mund. Während er aß, sah er aufs Meer, auf dessen windzerzauster Oberfläche sich das Orange der untergehenden Sonne spiegelte.

Er würde sich jetzt ganz auf das Essen konzentrieren und sich an dem unterschwelligen Geschmack des Cognacs erfreuen, der gewiss flambiert worden war, an der Nuance von Safran. Alles unaufdringlich, subtil. Doch in der Gesamtschau ein Crescendo. Er schloss die Augen und versuchte, dem Aroma der gerösteten Karkassen nachzuspüren, in der Hoffnung, es überdecke das dumpfe Gefühl in seiner Magengrube, das ihm sagte, dass Charlotte recht haben könnte.

23

Es war noch früh am Morgen, als sie nach Saint-Tropez aufbrachen. Die Sonne hatte sich soeben hinter den Berggipfeln erhoben und legte einen goldenen Dunst über das Meer. Die Klippen der gegenüberliegenden Île du Levant schimmerten dunkel.

Als Charlotte den Wecker gestern Nacht auf sieben stellte, hatte Pierre nur müde gegähnt und sich ein Stück näher an Charlottes weichen Körper herangerobbt. Er hatte sie geküsst und dabei das volle, warme Gefühl genossen, dass ihn jedes Mal durchströmte, wenn er ihr nah war. Zärtlich hatten seine Finger über ihren Rücken gestrichen, auf und ab und auf und ab. Irgendwann waren sie in inniger Umarmung eingeschlafen. Übergangslos und ohne dass später einer von ihnen sagen konnte, wessen Atem als Erstes flach und gleichmäßig gegangen war.

In der Nacht hatte er von alles verschlingenden Fluten geträumt, denen er entkommen musste. Das Wasser war überall gewesen, er befand sich in vollkommener Schwärze, die plötzlich ein Scheinwerfer durchbrach, der im Meer nach ihm suchte. Geführt von dem Täter, der ihn als nächstes Opfer auserkoren hatte.

Als Pierre vom Klingeln des Weckers wach wurde, hatte er das Gefühl, ein Stein befände sich auf seiner Brust, und er schrak hoch, nach Luft ringend und mit klopfendem Herzen.

Dankbar, dass das penetrante Geräusch den Traum beendet hatte.

Während das Auto nun über wenig befahrene Straßen dahinglitt, entlang erwachender Küstenorte und bergan durch einsame Pinienwäldchen, war das Gefühl des Ausgeliefertseins noch immer präsent. Wie es sich wohl für Florent Besnard angefühlt hatte, als er unter Wasser merkte, dass etwas mit ihm nicht stimmte? Er konnte sich die Panik beinahe körperlich vorstellen, die Angst, die den jungen Mann zum raschen Auftauchen gezwungen hatte.

Ein furchtbares Schicksal, dachte Pierre, während er den Renault Twingo über bergige Landschaften und an La Croix-Valmer vorbeisteuerte.

Er warf einen Blick zu Charlotte, die neben ihm auf dem Beifahrersitz saß und eine beschwingte Melodie summte. Sie wirkte so glücklich, dass er sich dazu hinreißen ließ mitzusingen. Erst leise und ungelenk, dann aus voller Kehle. Bis sie endlich Saint-Tropez erreichten, wo sie tatsächlich einen freien Parkplatz am Hafen fanden.

Sie frühstückten in einem Café am *Boulevard Vasserot,* wo es buttrige Croissants mit Himbeerkonfitüre gab, Brot mit Ziegenfrischkäse und saftige Omeletts. Dann flanierten sie durch die Gassen der Altstadt, in denen die ersten Geschäfte ihre Pforten öffneten.

Die Sonne schien vom stahlblauen Himmel, und Charlotte trug ein hellgrünes Sommerkleid und dieselben Korksandalen, die sie gestern gegen ihre Sneaker getauscht hatte. Über ihrem Arm baumelte wieder die große Beuteltasche, und allmählich kamen Tüten von Boutiquen hinzu und von Schuhläden, obwohl sie doch – wie Pierre meinte – bereits eine große Auswahl an Sandalen und Sandaletten besaß.

Es war ihm ein Rätsel, warum Frauen Geld für Dinge ausgaben, die sie nur wenige Saisons trugen, obwohl ihr Kleiderschrank bereits randvoll war. Oder warum sie mehr als ein Paar schwarze Pumps brauchten, nur weil der Absatz sich ein wenig unterschied.

Aber das sprach er nicht laut aus. Denn das war eine Grenze, die er nicht zu überschreiten wagte. Das leidige Thema Geld und wofür man es ausgab hatte ihnen bereits bei der Hochzeitsplanung beinahe die Petersilie verhagelt. Pierre hatte verstanden, dass Geld für Charlotte Freiheit bedeutete und sie sich hin und wieder für die harte Arbeit belohnte, die sie in ihre *L'Épicerie provençale* steckte.

Jedes Mal, wenn sie in einer der zahlreichen Boutiquen verschwand, wartete er draußen und las Zeitung oder ließ den Ort auf sich wirken.

Saint-Tropez war wirklich etwas Besonderes. Die Gassen der Altstadt hatten den urtümlichen Charme des ehemaligen Fischerortes behalten und strahlten zugleich einen unaufgeregten Luxus aus. An jeder Ecke gab es Edelboutiquen, Galerien und Champagnerbars. Pomp existierte neben Kunst, das Schlichte neben dem Exaltierten. Historische Fassaden in Rosa, Apricot und Gelb vis-à-vis von schwimmenden Glaspalästen. Frauen auf Stöckelschuhen mit winzigen Hunden auf dem Arm neben Touristen mit Rucksack und Sandalen.

Für Charlotte war es das Mekka für bunt gemusterte Kleider, und als Pierre die vielen Tüten betrachtete, die sie fröhlich im Takt ihrer Schritte schwenkte, war er froh, dass seine Frau ihr eigenes Geld verdiente und es für selbstverständlich nahm, sich selbst auszustatten.

In einer der eleganten Boutiquen in der *Rue Georges Clemenceau* jedoch hatte er Charlotte ein Kleid gekauft, eines mit türkis-blauem Muster und tiefem Ausschnitt, das ihr hervorragend stand. Obwohl er beim Bezahlen eine mittelschwere

Panikattacke erlitten hatte. Aber er wollte ihr etwas schenken, das sie immer, wenn sie es trug, an ihre gemeinsamen Flitterwochen erinnerte.

Saint-Tropez war wirklich eine Reise wert, befand Pierre, als sie Stunden später an den luxuriösen Jachten im Hafen vorbei dem Parkplatz zustrebten. Wenn man sich davon freimachte, dass dieser Ort ein Touristenmagnet war, der sich seine glorreiche Vergangenheit mit Schauspielern und Künstlern teuer bezahlen ließ.

Man musste nur wissen, wo es erschwinglich war, und so hatten sie dank Anouks Tipp in einem versteckt liegenden provenzalischen Restaurant mit Blick auf das Wasser gratinierte Muscheln mit Butter, Knoblauch und Petersilie gegessen, die jeden Cent wert waren. Und wären sie nicht am Abend zum *dîner* samt Konzert im botanischen Garten eingeladen gewesen, sie hätten das *menu pesquière* genommen, das eine wunderbare Auswahl an provenzalischen Spezialitäten bot.

Es war halb vier, als sie die Tüten im Auto verstauten. Und weil sie noch etwas Zeit bis zum Abend hatten, stimmte Pierre Charlottes Vorschlag zu, auf dem Rückweg noch einen Abstecher in die Altstadt von Grimaud zu machen. Ein mittelalterliches Bergdorf, das nur wenige Minuten abseits des Weges durch das Massif de Maures in Richtung Rayol-Canadel-sur-Mer lag.

Nur ein einziges Mal, als sie durch die engen Gassen stiegen, dachte Pierre an den Fall, und er fragte sich, aus welchem Grund Camille Audebert so ungewöhnlich tief und fest geschlafen hatte. Und was der von Charlotte belauschte Mann in der Gärtnerei wohl gemeint hatte, als er sagte, dass sie ein Problem hätten, wenn sie das Zeug nicht bald von dem Boot bekämen. Hatte Jordan Lavigne etwas darauf vergessen, als Florent Besnard ihn überrascht hatte?

Dann fiel ihm wieder ein, dass das Boot ja längst untersucht worden und es auch nicht mehr seine Aufgabe war, die Sabotagen weiterzuverfolgen oder über eventuelle Mordmotive nachzudenken.

Pierre blieb stehen und schüttelte den Kopf über die Hartnäckigkeit, mit der sich sein Unterbewusstsein immer wieder meldete, im Glauben, es gäbe noch immer einen Fall zu lösen.

Er war wirklich verrückt, dachte er. Wahrscheinlich war er einfach nur urlaubsreif.

24

Um Punkt sieben stellten sie den Leihwagen auf dem Parkplatz vor der *Domaine du Rayol* ab und eilten durch das Eingangsgebäude. Hand in Hand, lachend wie Kinder, weil der Ausflug in das Bergdorf natürlich viel mehr Zeit gekostet hatte als geplant.

Sie hatten sich verhalten wie die rastlosen Touristen, über die sie sich sonst lustig machten. Die sich auf dem Weg von Bonnieux, Ménerbes oder Gordes noch rasch Sainte-Valérie ansehen wollten und durch die Gassen hetzten, um alle Sehenswürdigkeiten zu fotografieren, die in den Reiseführern standen: den Brunnen an der *Place du Village*, die *Église Saint-Michel* mit ihrem reich geschmückten Portal, die sanierte Burgruine mit dem Museum und schließlich die Aussichtsplattform an der *Rue du Pontis*.

In ihrem Fall waren es die farbenfrohen Fensterläden und die von üppig blühender Bougainvillea berankten Steinmauern von Grimaud. Die pittoresken Gassen, duftend nach dem weißen Jasmin, der den mittelalterlichen Ort in eine Freiluftparfümerie verwandelte. Das Panorama, das sich von dem Platz vor der *mairie* auftat, über das hügelige Land hinweg bis zum Meer. Der Blick hinauf zur Burg, dem Wahrzeichen des Bergdorfes, für deren Besichtigung keine Zeit mehr war.

Sie waren derart gefesselt von der Natürlichkeit, die in außerordentlichem Gegensatz zu dem mondänen Saint-Tropez stand, dass sie viel zu spät in Richtung Hotel aufgebrochen waren.

In Windeseile zogen sie sich nun für das *dîner* um. Pierre hatte zu Jeans und weißem Hemd das dunkle Sakko rausgesucht, er fühlte sich wie immer ein wenig verkleidet, aber Charlotte war begeistert.

»Du siehst großartig aus«, sagte sie, als sie aus dem Bad trat und er sich ihr mit einem Achselzucken präsentierte.

»Und du erst.«

Es war schamlos untertrieben. Charlotte sah fantastisch aus. Das enge schwarze Kleid mit den trompetenförmig auslaufenden langen Ärmeln stand ihr hervorragend. Das Haar hatte sie hochgesteckt, bis auf zwei vorwitzige Strähnen, die ihr ovales Gesicht umrahmten. An den Ohren schimmerten türkisfarbene Steine, und ihre Füße steckten in Riemchensandalen mit Pfennigabsatz.

Er ging auf sie zu und nahm sie in den Arm.

»Was habe ich nur für ein Glück, eine so wunderhübsche Frau zu haben«, flüsterte er ihr ins Ohr. Dann betrachtete er ihre Schuhe. »Angesichts der Absätze sollten wir lieber mit dem Wagen fahren.«

Charlotte lachte. »Das müssen wir sowieso, sonst kommen wir zu spät.«

Pierre warf einen Blick auf die Uhr seines Mobiltelefons. »Ach Mist, ich habe ganz vergessen, mein Handy aufzuladen, und im Park gibt es bestimmt keine Steckdose. Ich habe nur noch dreißig Prozent Akku.«

»Mehr brauchst du heute Abend bestimmt nicht«, schmunzelte sie. »Die Zeit der vielen Telefonate ist ja nun vorbei.«

Am Ende hatten sie sich trotz der Fahrt mit dem Wagen beeilen müssen. Und so waren Pierre und Charlotte ein wenig außer Atem, als sie mit geröteten Wangen das Portal des botanischen Gartens durchschritten und sich im Empfangsgebäude der *Domaine du Rayol* den Ort zeigen ließen, an dem die *soirée romantique* stattfand.

Unterhalb der Balustrade des alten Herrenhauses – dort, wo um neun das Konzert begann – waren etliche Stuhlreihen aufgebaut, auf denen sicher drei-, vierhundert Personen Platz fanden. Es war eine atemberaubende Kulisse mit direktem Blick auf die Bühne, hinter der sich nach einem abfallenden Hain aus Palmen das Meer auftat wie eine lebendig gewordene Fototapete.

Für das *dîner* waren Tische im *Café des Jardiniers* gedeckt, das ein Stück weiter im Inneren des Gartens lag.

Sie folgten dem Weg entlang exotischer Blumen, deren Blüten intensiv süßlich dufteten oder streng rochen, fast wie Kräuter, herb und würzig. Kerzenförmig aufschießende Dolden, Feigenkakteen mit gelben und rosa Blüten, traubenförmige violette Blüten aus Südafrika.

An jeder Ecke empfing sie ein anderer Duft. Sogar Sellerie meinte Pierre zu riechen.

»Wie eine Maggi-Pflanze«, sagte Charlotte, die sich an ihre Kindheit in Deutschland erinnert fühlte. Aber sie konnte keinen Liebstöckel entdecken.

Die beiden passierten ausgehöhlte Baumstämme, die als Kunstwerke ausgestellt waren. Eine Pergola, unter der sich Palmen und Sukkulenten reihten. Baumartige Aloe, deren tiefrote Blüten sich in den Himmel reckten, der noch immer ein helles Blau besaß. Und überall waren Vögel zu hören, die zwitscherten, keckerten, tirilierten. Ein Paradies auf Erden, dachte Pierre. Wie überhaupt die ganze Côte Varoise, an der sich die Vielfalt der provenzalischen Küste zeigte wie kaum an anderer Stelle.

Es ging ein sanfter Wind, der warm war und weich, als sie

das Café erreichten, das in einem historischen, farbenfroh berankten Gebäude untergebracht war. Der Platz davor war für das Abendessen festlich eingedeckt. Auf den mit elegant gekleideten Gästen besetzten Tischen standen Blumensträuße mit Farnen und exotischen gelben Blüten. In der Mitte Windlichter, deren Kerzen darauf warteten, später mit Beginn der Dämmerung die Szenerie atmosphärisch zu untermalen. Und über allem lag ein Klangteppich aus Gesprächen, Gläserklirren, klassischer Musik und leisem Lachen.

Man führte sie an einen der Tische, die am Rand eines Abhanges standen. Von hier aus hatte man einen fantastischen Blick über ein Meer aus Büschen und Bäumen hinweg zur fernen Bucht. Ein Kellner fragte nach ihren Getränke- und Essenswünschen – das im Paket enthaltene Menü gab es mit Fisch, mit Fleisch oder vegan. Pierre entschied sich für die Variante mit Fleisch, er hatte in den vergangenen Tagen genug Fisch gegessen. Charlotte wählte die mit Ziegenkäse gefüllten *ravioles au beurre de sauge*, sie liebte mit Salbei aromatisierte Buttersauce und strahlte, während sie ihre Bestellung aufgab.

Der Kellner machte sich Notizen, dann legte er einen Umschlag auf dem Tisch ab. Er sei für sie beide abgegeben worden, eine Überraschung.

»*Joyeuse lune de miel*«, sagte er mit einem Zwinkern und zog sich mit einer Verbeugung zurück.

Pierre runzelte die Stirn.

Es war sicher gut gemeint, auch dieses Event war schon jetzt eine Bereicherung für ihre Flitterwochen, aber es schränkte ihre eigenen Pläne enorm ein.

»Möchtest du es aufmachen?« Er reichte Charlotte das Kuvert.

Sie atmete tief durch, auch ihr war die Skepsis anzumerken, dann schlitzte sie das teure Papier auf und zog die Karte heraus.

»Nach all dem Schlemmen«, las sie laut vor, »sind nun körperliche Anstrengungen gefragt. Und eine gehörige Portion Adrenalin.« Charlotte blickte auf, erst erschrocken, dann bog sie sich vor Lachen. Tränen liefen ihr über die Wangen, und es dauerte einen Moment, bis sie wieder sprechen konnte. »Es ist ein Gutschein für einen Flug in einem zweisitzigen Doppeldecker amerikanischer Herkunft. Eine historische Maschine, die seit den Sechzigerjahren regelmäßig Preise gewinnt, der Pilot ist ein alter Hase.«

»Aus den Sechzigern?«, rief Pierre aus. »Was soll das denn für eine Überraschung sein? Und wie alt ist bitte der Pilot, über achtzig? Da will uns jemand umbringen!«

Charlotte wendete die Karte. »Das Ganze findet morgen statt, um elf Uhr. Der Flugplatz liegt«, sie gab die Adresse in ihr Mobiltelefon ein, »etwa eine Autostunde entfernt.«

»Es reicht.« Vor seinem inneren Auge sah Pierre sich auf der Bank einer klapprigen Maschine sitzen und Loopings fliegen. Ihm wurde jetzt schon übel. »Das mit dem Restaurantbesuch war sehr schön und auch das *dîner* heute mit dem anschließenden Konzert. Wenngleich ich es besser gefunden hätte, sie hätten uns gefragt, statt uns auf der Hochzeitsreise einfach Termine vorzugeben. Aber das da …« Er zeigte auf die Karte und rang nach Worten. »Das ist einfach infam. Dafür geht mehr als ein halber Tag drauf. Als ob wir selbst nichts vorhätten.«

»Das kommt mit Sicherheit nicht von unseren Freunden«, bemerkte Charlotte und sah wieder auf ihr Mobiltelefon. »Keiner von denen würde uns so etwas antun. Abgesehen davon, dass so ein Flug laut Website pro Person dreihundertfünfundsiebzig Euro kostet.«

»Ich kenne nur eine Person, die Spaß an derartigen Überraschungen hat.« Pierre erhob sich. »Ich bin mal kurz telefonieren.«

Er ging den Weg entlang, der vom Café durch den Garten in Richtung Wasser führte. Schmale Bruchsteinstufen aus Schiefer mit langer Trittfläche. Links und rechts Gräser, Büsche und Bäume, aus denen ein Krächzen, Zwitschern und Zirpen zu hören war. Es war noch hell, die Sonne sank allmählich, als er die Nummer seines Vaters wählte.

»Mein lieber Pierre«, rief Alain ohne jede Einleitung. »Wie geht es dir, gefällt dir der Abend?«

»Du bereitest uns all die Überraschungen, nicht wahr?«

»*Touché!* Du hast es also doch herausbekommen.« Alain lachte. »Und nun möchtest du dich bei mir bedanken?«

»Die Restauranteinladung und die *soirée romantique* heute, das ist wirklich fantastisch, und sicher hast du dir viele Gedanken gemacht …«

»Keine Ursache. Bei uns in Paris gibt es ein kleines Reisebüro, das auf derartige Events spezialisiert ist.«

Pierre fragte sich, wieso er angenommen hatte, dass sein Vater persönlich Dinge recherchierte, die seinem Sohn und dessen Frau gefallen mochten. Umso besser, dann brauchte er zumindest kein schlechtes Gewissen zu haben, wenn er den ganzen Zauber absagte.

»Wir können den Kunstflug nicht annehmen.«

»Ach, sag bloß, du hast Angst.« Alain lachte laut. »Das ist die Gelegenheit, deiner Frau zu zeigen, was für einen ganzen Kerl sie an ihrer Seite hat.«

»Dafür brauche ich keine Flugshow. Außerdem haben wir morgen schon etwas vor.«

»Was ist denn so wichtig?«

»Es sind unsere Flitterwochen, Alain. Wir wollen selbst bestimmen, wie wir sie verbringen. Was auch immer du noch geplant hast: danke, nein. Bitte sag es ab.«

»Du bist wohl nicht ganz bei Trost.« Alains Stimme bekam

einen deutlich beleidigten Unterton. »Weißt du, wie viel Geld der Spaß kostet?« Er stieß die Luft aus. »So etwas Undankbares habe ich ja noch nie erlebt.«

Pierre zeigte sich unbeeindruckt. Er kannte diesen Vorwurf von früher. Angebliche Undankbarkeit war nichts, worauf er noch reagierte. »Behaupte einfach, ich sei krank. Dann bekommst du das Geld zurück. Und weil wir gerade dabei sind …« Er blieb stehen. Inzwischen war er an einer Weggabelung angelangt. Die Stufen mündeten in einen breiteren Pfad, der direkt zum Wasser führte.

»Ja?«

»Das Haus, das du in Sainte-Valérie kaufen willst … Du hättest das mit mir besprechen müssen.«

»Besprechen? Ich bin erwachsen und kann tun und lassen, was ich will.«

»Schon, aber es ist mein Dorf, meine Heimat. Und ich fühle mich sehr wohl dort. Wir beide … Glaub mir, ich freue mich, wenn du und Audrey mich ab und an besucht. Aber wenn ich dich ständig auf dem Bouleplatz treffe oder in der *Bar du Sud* …«

»Keine Sorge, ich werde mich klein machen wie ein Mäuschen.« Er lachte mit tiefem Bass. »Sieh mal, mein Junge. Das Dorf ist ein absoluter Traum, Audrey ist ebenfalls begeistert. Sie sucht schon nach der passenden Einrichtung. Ich habe vor, hier meinen Lebensabend zu verbringen.«

»Deinen Lebensabend?« In Gedanken schickte Pierre ein halbes Dutzend Flüche in Richtung Farid, der ihn in dem Glauben gelassen hatte, es handele sich um einen Zweitwohnsitz. »Ich dachte, es wäre nur für die Urlaubszeit?«

»Aber nein. Wir haben vor, ganz herzuziehen, Audrey will von hier aus arbeiten. Wir machen es uns nett, du und ich. Treffen uns abends auf eine Flasche Wein und reden über Gott und die Welt.«

»Nein.« Pierre klang entschieden. »Ich möchte das nicht. Du und ich … das geht nicht gut. Nicht lange, und wir geraten wieder aneinander. So wie früher. Ich bin damals nach Sainte-Valérie gezogen, um mein altes Leben hinter mir zu lassen. Es ist mein Rückzugsort, und das soll er auch bleiben.«

»Willst du mir etwa meinen Lebensabend verleiden?«

»Das würde ich nie tun. Aber es gibt so viele andere schöne Orte im Luberon. Nimm bitte nicht Sainte-Valérie.«

Alain stieß ein Schnauben aus. »Das musst du schon mir überlassen, mein Sohn. Du hast das Dorf schließlich nicht gepachtet. Ich habe vor, nächste Woche zum Notar zu gehen.«

Pierre hörte gar nicht mehr richtig zu. Vor ihm lag die *Baie du Figuier*. Und im Licht der allmählich sinkenden Sonne sah er, an einer Boje festgezurrt, ein graues Luftkissenboot schaukeln.

»Wir reden ein andermal weiter«, sagte er hastig und beendete das Gespräch.

Es war das Boot von *Besnard Plongée*.

25

Am Ende der Stufen lag ein sandfarben verputztes Haus mit blauen Fensterläden und einer Terrasse, die in einer bogenförmigen Brüstung vor dem Strand endete. Blaue Metallstühle waren davor aufgereiht und luden die Besucher dazu ein, den Blick auf die kleine Bucht zu genießen. Jetzt war die Terrasse leer.

Der Zugang zum Strand befand sich seitlich der Brüstung. Er war von einem hüfthohen Tor versperrt, am rostigen Riegel hing ein Vorhängeschloss. Es sei vom Garten aus nicht erlaubt, den Strand zu betreten, stand auf einem Schild. Die Besucher schienen sich daran zu halten, obwohl das Tor leicht zu überwinden war. Um die Eisenstäbe rankten sich Pflanzen, und die zum Ufer führenden Stufen waren dicht bewachsenen.

Pierre spähte ans Ende der Bucht, wo sich das Boot der Tauchschule zwischen gelben und weißen Bojen im Wasser auf und ab bewegte. Es wunderte ihn, dass es noch immer hier war. Er war davon ausgegangen, dass man es inzwischen in einen der Häfen mit polizeilichen Ankerplätzen geschleppt hätte, stattdessen wartete es noch immer vor der *Baie du Figuier* darauf, dass sein Besitzer es abholte.

Sein Atem ging schnell. Er verspürte den starken Impuls, sich ins Meer zu stürzen und zum Boot zu schwimmen, um es noch einmal gründlich zu inspizieren. Hin- und hergerissen zwischen seinem Bauchgefühl, das sich wieder lautstark meldete, und dem vorliegenden Sachverhalt, der das vage Gefühl schon gestern niedergerungen hatte. Demnach war es ein idiotischer Impuls, der ihn antrieb. Ein Nichtanerkennen der Realität.

Die Spurensicherung hatte alles längst gründlich untersucht. Was also glaubte er, hier zu finden? Etwa den Grund, weshalb sich Jordan Lavigne und die anderen beiden Aktivisten um den Verbleib des Tauchschulfahrzeugs sorgten?

»Wenn wir das Zeug nicht bald von dem Boot bekommen, dann sind wir dran«, hatte der zweite Mann auf der Audiodatei gesagt.

Ob die drei inzwischen wussten, dass es hier in der *Baie du Figuier* vor Anker lag?

Er dachte an Charlotte, die in diesem Moment im *Café des Jardiniers* auf ihn wartete. Vermutlich stand die Vorspeise längst auf dem Tisch, er hatte schon wieder vergessen, was es gab. Pierre nahm sein Mobiltelefon und wählte ihre Nummer.

»Wo steckst du?«, flüsterte Charlotte, kaum dass sie rangegangen war.

»Unten an der Bucht. Das Luftkissenboot liegt immer noch da.«

Eine kleine Pause entstand, bevor sie endlich antwortete.

»Du denkst an das, was dieser Kerl in der Gärtnerei gesagt hat, stimmt's?«

»Ja. Irgendetwas haben sie dort zurückgelassen, das der Spurensicherung entgangen ist.«

Sie atmete tief ein. »Hör mal, ich wollte es dir schon die ganze Zeit sagen … Ich finde nicht, dass du aufhören solltest zu ermitteln.«

»Wirklich? Ich dachte, du wärest glücklich mit dieser Lösung.«

Sie schnalzte mit der Zunge. »Herrje, Pierre, du warst so

sehr davon überzeugt, dass wir endlich unsere Flitterwochen genießen müssen, dass ich mich gar nicht getraut habe, mit dir darüber zu reden.«

»Worüber?«

»Na, es ist doch offensichtlich, dass da irgendetwas nicht stimmt. Erstens: Camille Audebert verschläft ihren Auftrag, Florent im Bett zu halten, bis das Boot zurück ist. Sie wusste doch bestimmt, dass er einen Tauchgang geplant hatte, deshalb frage ich mich, warum die Aktivisten die Aktion nicht einfach verschoben haben.« Wieder atmete sie tief durch. »Zweitens: Warum ist Edgart Trébert nicht sofort zu der Klippe gefahren, um sich herunterzustürzen? Stattdessen schaut er zunächst im *Hôtel Georges* vorbei.«

»Letzteres ist bereits klar: Der Arzt hat gehofft, dass Monsieur Besnard ihm hilft. Aber dessen Frau hat ihn abgewimmelt, und dann ist er losgefahren.«

»Ja, das behauptet Monsieur Besnard. Aber es passt nicht zu dem, was Madame Cizeron über Trébert gesagt hat. Dass er jemand gewesen sei, der nicht so leicht aufgebe. Also wäre auch ein anderer Grund denkbar, warum der *Docteur* aufgeregt aus dem Hotel stürmte und mit einem Fahrrad zu den Klippen fuhr. Nämlich, dass er dachte, seine Forderung sei erfolgreich gewesen.«

Pierre runzelte die Stirn. Das war genau der Punkt, den Commissaire Giraud Schritt für Schritt widerlegt hatte.

»Du glaubst also, der Täter oder die Täterin hat ihn zur *Batterie des Mèdes* gelockt, um ihn dann die Klippen runterzustürzen.« Es war eine Feststellung, keine Frage.

»Genau. Mal angenommen«, erklärte Charlotte langsam und nachdrücklich, »*Docteur* Trébert kannte tatsächlich den Namen des Täters und hatte sogar einen Beweis für die Richtigkeit von Florent Besnards Aussage. So wie er es dir am Telefon angekündigt hatte. Weiterhin angenommen, er liest diesen Brief vom Gericht und kommt plötzlich auf die Idee, den Täter nicht der Polizei zu melden, sondern ihn zu erpressen. Er lässt alles stehen und liegen, beseelt von dem Gedanken, seinem Problem damit ein Ende zu bereiten und den drohenden finanziellen Ruin zu verhindern. Er fährt nach Porquerolles ins *Hôtel Georges*, wo meiner Theorie nach der Täter zu finden sein müsste. Er konfrontiert die Person. Sagt, entweder bekomme er Hilfe, oder die Tat fliege auf. Der *Docteur* wartet im Restaurant auf eine Zusage und fährt zur *Batterie des Mèdes*, wo ein Treffen mit André Gallo stattfinden soll … oder eine Geldübergabe.«

»Dann wäre er aber ein ziemlich großes Risiko eingegangen. Warum hätte er das tun sollen?«

»Bestimmt gab es dafür gute Gründe, die wir nicht kennen, aber darauf kommt es jetzt nicht an. Tatsache ist, dass zu viele Dinge ungeklärt sind. Aber wenn man alle losen Fäden aufnimmt und verknüpft, dann ergeben sie Sinn.« Charlotte machte eine kurze Pause, um dann umso energischer fortzufahren. »Es sind zwar drei verschiedene Stränge … der Tauchunfall, der Sturz des *Docteurs* und die Sabotagen, aber mindestens zwei, wenn nicht sogar alle drei sind miteinander verbunden. Wenn wir jetzt aufgeben, dann waren die Bemühungen von Florent Besnard, die für seinen Unfall verantwortliche Person nicht ungeschoren davonkommen zu lassen, umsonst.«

Pierre nickte. Mit ihrer flammenden Rede hatte Charlotte an seinem Stolz gerührt. Ja, auch er glaubte, dass man noch weiter hätte ermitteln sollen. Doch er war vor den Widerständen zu Boden gegangen und liegen geblieben, weil er Angst gehabt hatte, erneut gegen Mauern anzurennen und sich dabei den Schädel einzuschlagen.

»Und was sollen wir jetzt deiner Meinung nach tun?«

Sie lächelte, er konnte es hören, als sie zu reden begann. »Wie weit ist das Boot entfernt?«

»Du meinst …?« Endlich erlaubte sich Pierre, seinen Gedanken freien Lauf zu lassen. Er spürte, wie eine neue Kraft in ihm erwuchs, gleichauf mit unbändiger Wut. Er wollte um jeden Preis wissen, wer das alles angezettelt hatte. »Wenn Jordan Lavigne«, überlegte er laut, »sich das Boot für eine seiner Sabotageaktionen ausgeliehen hatte, dann konnte es nur bedeuten, dass er selbst einen Tauchgang plante. Dafür benötigte er nicht einmal eine Ausrüstung.«

»Warum nicht?«

»Weil er sich ebenso wie Florent Besnard aufs Apnoetauchen verstand. Das habe ich in einem Video auf der Website von *Besnard Plongée* gesehen. Der erste Teil der bereits gelegten Pipeline liegt noch außerhalb der Seegraswiesen, dort herrscht eine Tiefe von schätzungsweise drei Metern, was für einen Apnoetaucher kein Problem darstellt. In dem Zeitungsartikel war von formbarem Sprengstoff die Rede, der für die Explosionen ursächlich war. Ich könnte mir vorstellen, dass Jordan Lavigne damit die bereits verankerten Rohre beschädigen wollte.« Während er sprach, zog er langsam sein Sakko aus, legte es über einen der Stühle und lockerte den Kragen seines Hemdes. Öffnete es Knopf um Knopf. »Gut möglich, dass sie Reste davon auf dem Luftkissenboot zurückgelassen haben. Bleibt die Frage, weshalb das der Spurensicherung entgangen ist.«

»Du solltest versuchen, es herauszufinden«, sagte Charlotte. »Viel Erfolg, *mon policier*.«

Hastig riss Pierre sich Hose und Socken vom Leib, bis er beinahe splitterfasernackt auf den kalten Bodenfliesen stand. Ein irritierender Gedanke kam auf. Er sah sich um und behielt, obwohl er keine Überwachungskamera entdeckte, die Unterhose an. Die Gesetze waren in puncto Nacktheit in dafür nicht zugelassenen Bereichen eindeutig. Es fehlte ihm noch, dass er deswegen zu einer Freiheitsstrafe verurteilt wurde.

Hastig schob Pierre sein Mobiltelefon unter den Kleiderstapel. Die Stufen hinunter zum Strand rannte er, dann weiter über den mit vertrockneten Algen und Zweigen bedeckten Sand bis ins Wasser.

Die Kälte raubte ihm fast den Atem. Doch es dauerte nur wenige Schwimmzüge, bis seine Muskeln sich daran gewöhnten. Nach einigen Minuten erreichte er endlich das Boot.

Pierre hielt sich an dem Seil des Rumpfes fest und stemmte sich über den Rand an Deck. Dabei bemerkte er, dass er die neue Taucheruhr nicht abgenommen hatte. Er ärgerte sich. Hoffte, dass sie wirklich wasserdicht war, wie Didier Carbonne es ihm versprochen hatte. Der Alte wäre gewiss enttäuscht, wenn das wertvolle Stück bereits nach wenigen Tagen kaputtging.

Das Luftkissenboot war größer, als er es in Erinnerung hatte. Ein moderner Steuerstand, davor sechs von Haltestangen abgetrennte Plätze sowie ein sich nach oben verjüngendes Metallregal, an dem eine einzelne Ausrüstung hing. Eine Tauchflasche mit Atemregler. Ein Neoprenanzug. Eine aufblasbare Weste mit Gurten, Ösen und Taschen, die er aufmerksam durchsuchte. Schwimmflossen, eine Atemmaske, Ventile. Eine Stirnlampe.

Am Bug war eine Vorrichtung mit Winde angebracht, mit deren Hilfe sich schwere Lasten nach oben befördern ließen. Er legte sich auf den Boden, suchte die Fläche unter den Sitzen nach einem befestigten Päckchen ab. Doch es war keine Unebenheit zu sehen.

Pierre öffnete eine der zwei Klappen unterhalb des Steuerrades. Er fand den knallgelben Kasten eines tragbaren Ortungssystems, daneben vier Sender, die die Tauchschule offenbar zur Sicherung der Kunden verwendete. Dazu ein Ladekabel, das wohl als Station für den Metalldetektor diente, der jetzt irgendwo auf dem Meeresgrund lag. Ein Handgerät mit GPS-Funktion, das sich nicht einschalten ließ, vermutlich, weil der Akku leer war.

In der zweiten Klappe befand sich eine Seekarte mit Anmerkungen, die ihm nichts sagten. Irgendwelche Kürzel, Zahlen und Koordinaten. Mehrere Kreuze in der Seeenge zwischen Porquerolles und der Halbinsel Giens. Standorte von Wracks, wie Pierre vermutete, die die Tauchschule mit ihren Kunden ansteuerte. Kein einziges Kreuz abseits der Wege, keine Bemerkung östlich der Inseln, wo Florent angeblich den Schatz vermutet hatte.

Hinter der Karte, tief in der Klappe verborgen, lagen ein Stift und ein Notizbuch, auf dessen Seiten nichts eingetragen war. Er blätterte es durch, suchte nach Hinweisen auf herausgerissene Blätter, doch es wirkte unbenutzt.

Pierre stützte die Hände in die Hüften und atmete tief ein und aus. Seine Arme waren überzogen von Gänsehaut, er zitterte vor Kälte und sehnte sich nach einem warmen Handtuch oder einer Decke.

Es war verrückt gewesen, hierherzuschwimmen. Hatte er wirklich gehofft, den Plastiksprengstoff zu finden? Er schaute auf das Meer, drehte sich langsam im Kreis. Von hier aus konnte man, wie er erst jetzt bemerkte, die *Plage du Rayol* sehen. Und wie er so dastand und die Augen zusammenkniff, meinte er, jemanden an der Brüstung vor dem *Hôtel Le Bailli de Suffren* auszumachen, der ihm jetzt zuwinkte. Und er war froh, die Unterhose anbehalten zu haben.

Er trat wieder hinter den Steuerstand, als ihm eine Idee kam. *Commissaire* Giraud hatte ein Ermittlerteam gebildet, um den

Saboteuren das Handwerk zu legen. Mal angenommen, Jordan Lavigne war vorsichtig gewesen, dann musste er damit rechnen, von der *brigade nautique* der *police nationale* aufgehalten und kontrolliert zu werden. Wo ließe sich der Plastiksprengstoff verbergen, damit bei einer Durchsuchung niemand Verdacht schöpfte?

Das Ortungssystem …

Pierre öffnete die Klappen und riss den tragbaren Kasten heraus, untersuchte das Innere, fand jedoch nichts Ungewöhnliches. Als Nächstes nahm er sich die vier Sender vor. Er versuchte, die länglichen Gehäuse aufzuschrauben, doch die Verschlüsse der ersten drei ließen sich zwar zur Seite schieben, aber nicht öffnen. Der letzte Sender war unmerklich schwerer als die zuvor und besaß einen Schraubverschluss, der ihn minimal von den anderen unterschied. Im Inneren des Gehäuses befand sich keine Antennentechnik, sondern – Pierre stieß ein triumphierendes Lachen aus – ein weiches, formbares beigegraues Material.

Plastiksprengstoff!

Ohne Zünder war die Masse ungefährlich, mit der entsprechenden Vorrichtung hatte der Inhalt jedoch die Kraft, ein ganzes Wohnhaus niederzureißen.

Rasch verschloss er das Gehäuse und legte den falschen Sender zusammen mit den anderen wieder in das Regal, dann schloss er die Klappe.

Er musste sofort zurück an Land und die Kommissarin informieren, damit sie ein Team losschickte, um den Fund zu sichern. Mithilfe von Fingerabdrücken und DNA-Spuren waren die Täter gewiss leicht zu überführen.

Pierre setzte sich auf den luftgefüllten Rand des Bootes und drehte sich, um ins Wasser zu gleiten, als er plötzlich innehielt. In der Lücke zwischen Steuerstand und Sitzbank schimmerte etwas hell. Es musste etwas sehr Schmales sein, denn sobald er den Kopf ein Stück bewegte, verschwand es aus seinem Sichtfeld. Er stemmte sich wieder an Bord und versuchte, den Gegenstand aus dem Zwischenraum zu befreien. Schließlich nahm er eine Taucherflosse zu Hilfe, mit deren platter Spitze er das weiß-graue Etwas zutage beförderte.

Es war ein gestreiftes Stück Packpapier mit beschichteter Innenseite. Augenscheinlich älter, weil von der salzigen Meerluft angeraut. Es handelte sich um das gleiche Papier, in das die Energieriegel gewickelt waren, die sie im *Hôtel Georges* gekauft hatten.

Auch *Capitaine* Roubaud hatte ein solches Packpapier erwähnt, das die Spurensicherung im Müll gefunden und auf etwaige Gifte untersucht hatte. Sie hatten nichts entdeckt, und da auch Florents Mageninhalt analysiert worden war, ging man davon aus, dass der Inhalt nicht das Problem gewesen war.

Enttäuscht ließ Pierre das Papier fallen.

Es bewies lediglich, dass Florent Besnard vor Tauchgängen einen kleinen Snack zu sich zu nehmen pflegte.

Auf einmal merkte Pierre auf. Ihm fiel ein, dass Florent am Abend vor dem Unglück bei seinem Vater gewesen war. Dabei hatte er von seinem Vorhaben erzählt. Vielleicht hatte er einige Riegel mitgenommen, um sich für den Ausflug im Morgengrauen zu versorgen.

Er dachte an Charlottes Aufzeichnungen und daran, dass Camille Audebert Jordan Lavigne gegenüber angegeben hatte, sich am Morgen vor dem Unglück ausgeknockt gefühlt zu haben.

Pierre rieb sich die Stirn. Seine Gedanken rasten.

Nur mal angenommen, Florents Freundin hätte von dem Riegel gegessen, der für den morgendlichen Tauchgang bestimmt gewesen war. Ein Sedativum war zwar nicht nachgewiesen worden, aber wer sagte, dass es ein gängiges Mittel gewesen war? Immerhin gab es auch Schlafmittel mit ebenso intensiver, aber kürzerer Wirkdauer.

Mit derartigen pharmakologischen Feinheiten kannte er sich nicht aus, aber das ließe sich an Land leicht herausfinden.

Rasch hob er das Papier wieder auf und schob es zurück zwischen Steuerstand und Sitzbank. Gerade wollte er sich ins Wasser gleiten lassen, als er ein Motorboot bemerkte, das sich mit hoher Geschwindigkeit näherte. Darin zwei Männer, deren Anblick Pierres Puls in die Höhe trieb: Jordan Lavigne und ein drahtiger Mann mit Bart, den er gestern zusammen mit Lavigne und einer jungen Frau beim Verlassen der Tauchschule gesehen hatte.

Sie hatten das Tauchschulboot also geortet.

Mit Schwung stemmte er sich zurück an Deck. Er musste das Röhrchen mitnehmen, sonst wäre jeder Beweis vernichtet. Hastig nahm er den manipulierten Sender aus der Klappe und sprang ins Meer. Jetzt waren die beiden Männer nur noch etwa zweihundert Meter entfernt.

»He!«, hörte Pierre ein Rufen hinter sich. »Was machen Sie da?«

Er schwamm über das die Bucht begrenzende Bojenseil hinweg und kraulte mit kräftigen Zügen in Richtung Ufer, die Senderhülle mit dem Sprengstoff fest in der Hand.

Das Motorengeräusch wurde lauter, bald tauchte das Boot rechts neben ihm auf. Lavigne lenkte es durch die schmale Fahrrinne, die wohl als Zufahrt für den botanischen Garten frei gehalten wurde. Sein bärtiger Kumpel stand an der Reling und schüttelte die Faust.

»Du Arsch, wir kriegen dich!«, brüllte er.

Pierre schlug das Herz bis zum Hals. Gleich würde das Boot den Strand erreichen. Schon im nächsten Moment sprang Lavignes Begleiter mit einem Satz ins flache Wasser. Er musste einen anderen Weg nehmen. Die beiden jungen Männer waren gut trainiert, gegen sie hatte er kaum eine Chance.

Pierre sah sich um, suchte nach einem Ausweg. Die Bucht links und rechts des Strandes war von einer felsigen Anhöhe umsäumt, hinter der sich dichte Natur anschloss. Wenn er es schaffte, die Steigung zu überwinden, könnte er im Schutz der Bäume des *Jardin des Méditerranées* hinauf bis zum Hauptweg laufen. Von dort war es nicht mehr weit bis zum Eingangsgebäude, vor dem Security-Mitarbeiter standen, um das Event vor ungebetenen Gästen zu schützen.

Die Senderhülle noch immer fest umklammert, schwamm er auf die links liegenden Felsen zu. Am Ufer angekommen, kletterte er die Steinvorsprünge hinauf, was mit dem Gehäuse in der Hand gar nicht so einfach war. Es dauerte viel zu lange, bis er den Waldboden erreichte. Aus dem Augenwinkel sah Pierre, dass nun auch Jordan Lavigne über den Strand rannte und auf den Wald zuhielt.

Sein Atem ging keuchend, die Senderhülle hielt er jetzt wie einen Staffelstab, während er sich quer durch das Gelände schlug. Zweige zerkratzten seine Beine und rissen ihm die Haut an den Armen auf. Schon hörte er das Keuchen des ersten Verfolgers, er war nur noch wenige Meter entfernt. Hinter dem roten Stamm eines Erdbeerbaumes blieb Pierre stehen und versuchte, seinen Atem zu kontrollieren. Er legte das Röhrchen zwischen den aufragenden Wurzeln ab, nahm einen am Boden liegenden Ast auf und wartete, bis der Verfolger zu ihm aufgeschlossen hatte. Dann holte er aus und schlug mit der vollen Kraft der Drehung auf Halshöhe zu.

Röchelnd brach der Bärtige zusammen und krümmte sich vor Schmerzen.

Pierre hob das Gehäuse auf. Nur noch knapp hundert Meter trennten ihn vom Weg. Er hielt inne und lauschte, der Wald war voller Geräusche, Vögel zwitscherten, vom Garten drangen die Stimmen der Gäste herüber.

Angestrengt versuchte Pierre, Jordan Lavigne auszumachen, um ihm zuvorzukommen. Doch er konnte in der Dunkelheit des dichten Buschwerks nichts erkennen.

Mit geschärften Sinnen rannte Pierre dem Café entgegen. Er war nur noch fünfzig Meter entfernt, als Jordan Lavigne neben ihm aus dem Dickicht brach und sich mit einem Schrei auf ihn stürzte. Die Senderhülle fiel Pierre aus der Hand, rollte den Abhang hinab. Sofort sprang Lavigne hinterher, doch Pierre, der sein Bein festhielt, brachte ihn zu Fall.

Er warf sich über den Aktivisten, zog dessen Arm mit einer energischen Bewegung auf den Rücken und sicherte ihn mit festem Griff. Er wollte Lavigne gerade auf dem Boden fixieren, als er unvermittelt zwei Hände wie Schraubstöcke am Kinn spürte, die ihn nach hinten rissen.

Pierre schrie auf. Der Bärtige hatte sich viel zu schnell berappelt! Er entwand sich dem Griff und packte den Arm des Angreifers, während er ihm das Knie in die Genitalien rammte. Mit der anderen Hand schickte er den sich vor Schmerzen krümmenden Mann dann mit festem Druck auf den Nacken zu Boden.

»Was ist denn hier los?«, rief eine männliche Stimme von oben.

»Rufen Sie die Polizei«, brüllte Pierre. »Ich brauche Hilfe.«

»Warten Sie, ich komme runter.«

»Los«, zischte Lavigne seinem Mitstreiter zu, »wir verschwinden.«

»Ich kann nicht«, ächzte der, während er vergeblich versuchte, sich aus Pierres Klammergriff zu befreien.

Lavigne stolperte davon, hob im Vorbeilaufen das Röhrchen auf und rannte den Hang hinab zum Meer.

»Sichern Sie den Mann hier«, bellte Pierre dem Sicherheitsmann entgegen, der sich mit großen Sätzen näherte und einen überraschten Ausruf von sich gab, der gewiss seiner relativen Nacktheit galt. »Ich war schwimmen«, erklärte Pierre, ließ dann von dem Bärtigen ab und nahm die Verfolgung auf.

Lavigne war schnell, er sprintete das abschüssige Gelände hinab, als gelte es, eine Medaille zu gewinnen. Geradewegs zurück zum Strand.

Wenn er das Motorboot erreichte, dachte Pierre, war alles verloren.

Er änderte seine Route, rannte in Richtung des Weges, der direkt hinunterführte und auf dem er wesentlich schneller vorankam als über den unebenen Hang. Als er rechts Lavigne aus dem Wald kommen sah, setzte er zu einem Sprint an, passierte das sandfarben verputzte Haus mit den blauen Fensterläden, überquerte die Terrasse und sprang mit einem Satz über das Geländer. Hastete durch den weichen Sand und erreichte nur wenige Meter vor Lavigne das Motorboot, dessen Schlüssel er abzog und in hohem Bogen ins Wasser warf.

Erschrocken blieb Lavigne stehen, dann lachte er teuflisch und schleuderte das Röhrchen in einer dynamischen Bewegung hinterher. Mit lautem Platschen versank es in beachtlicher Entfernung im Meer.

»So!«, sagte er. »Sie können uns gar nichts nachweisen. Bis Sie das Ding wiederfinden, sind sämtliche Spuren vom Salzwasser zerstört.«

»Das hilft Ihnen nichts«, sagte Pierre. »Das Meer wird der anhaftenden DNA nicht viel anhaben. Außerdem besitzt das Gehäuse einen Schraubverschluss, an dessen riefeliger Oberfläche jede Menge Spuren haften. Und ich bin mir sicher, dass sich auf dem gummiartigen Material des Sprengstoffs ebenfalls so einiges feststellen lässt. Es ist vorbei.«

Mit dem Blick eines in die Ecke gedrängten Wildtieres blickte Lavigne auf die Klippen, die die Bucht umgaben, und weiter hinaus aufs Meer.

»Nur für den Fall, dass Sie zu fliehen versuchen«, sagte Pierre betont gelassen. »Der *Jardin des Méditerranées* ist umzäunt und der einzige offene Ausgang von Sicherheitsmitarbeitern besetzt. Möglicherweise begegnen Sie auf dem Weg dorthin auch der Polizei. Sie könnten natürlich versuchen zu schwimmen, aber bis Sie zum nächsten Strand gelangen, sind die Beamten längst da.«

Damit ging er zur Wasserkante und wusch sich Erde, Sand und Piniennadeln ab, bevor er in aller Seelenruhe über das Tor auf die Terrasse kletterte und zu den Stühlen ging, auf denen seine Sachen lagen.

Nun kniff Jordan Lavigne die Augen zusammen und sah über die Anhöhe in Richtung des entfernt liegenden Haupthauses des botanischen Gartens, als versuche er, die Entfernung abzuschätzen. Dann waren auch schon Stimmen von mindestens zwei Männern zu vernehmen, die sich der Bucht rasch näherten.

Mit einem Aufstöhnen setzte sich Lavigne in den Sand und ließ den Kopf auf die Knie sinken. Dort verharrte er unter Pierres Argusaugen, bis die Beamten der *police municipale* von Cavalaire-sur-Mer den Strand betraten und den Saboteur bis zum Eintreffen der Gendarmerie sicherten.

26

Pierres Körper hatte sich angefühlt, als hätte er in einer Kühltruhe übernachtet, und es dauerte eine Ewigkeit, bis er sich wieder angezogen hatte.

Die Kleidung hatte ihm am Körper geklebt, und die Finger waren zu klamm, um die Hemdknöpfe richtig zu umfassen. Als sie endlich geschlossen waren, hatte er die Kommissarin aus Hyères angerufen und über die Geschehnisse informiert. Sie versprach, sofort per Boot zu kommen, er solle sich für Fragen bereithalten. Dann hatte er das wärmende Sakko angezogen, er war wohl noch nie so froh gewesen, eines dabeizuhaben, und war den Weg zurück nach oben gegangen.

Als Pierre wieder am *Café des Jardiniers* ankam, sprang Charlotte von ihrem Platz auf und eilte ihm entgegen.

»Alles in Ordnung?«, fragte sie und küsste ihn, bevor er antworten konnte. Strich ihm mit den Fingern übers Gesicht, als wolle sie untersuchen, ob noch alles dran war. »Es heißt, der Sicherheitsdienst sei zum Einsatz gekommen, und gerade eben sind Polizisten hier vorbeigerannt.«

Pierre nickte beruhigend und nahm sie wortlos in den Arm. Dann setzten sie sich an den Tisch. Das Windlicht war entzündet worden, um der beginnenden Dämmerung zu trotzen. An seinem Platz warteten zwei erstaunlich große Lammkarrees, gespickt mit Knoblauch und kleinen Rosmarinbüschen, und als Beilage *pommes duchesse*. Charlottes Teller war längst abgeräumt.

Pierre ignorierte das Essen mit Bedauern, umfasste stattdessen Charlottes Hände und erzählte mit geflüsterten Worten, was ihm widerfahren war. Von seinen Entdeckungen auf dem Luftkissenboot der Tauchschule und von der Verfolgungsjagd, die damit endete, dass Jordan Lavigne das Röhrchen mit dem Plastiksprengstoff ins Meer geworfen hatte.

»Sein Aktivistenfreund und er sind festgenommen«, schloss er. »Ich muss gleich wieder zum Strand, um der Kommissarin zu zeigen, an welcher Stelle die Senderhülle ungefähr liegt.«

»Was ist mit dem provozierten Taucherunfall?«, fragte Charlotte. »Glaubst du, es besteht ein Zusammenhang zu den Sabotageakten?«

Pierre wiegte den Kopf. »Es scheint fast so, weil Camille Audebert eine Art Verbindung zwischen beidem darstellt. Aber ich bin davon überzeugt, dass die geplante Aktion und die präparierten Riegel zwei verschiedene Dinge sind. Um das zu verifizieren, muss ich schnell noch etwas googeln.« Er sah auf seinen Teller, auf dem sich die beiden aufgestellten Lammkarrees wie ein Miniaturgebirge ausnahmen. Und die mit der Tülle aufgespritzten, gebackenen Kartoffelhäubchen sahen aus wie umrahmende Sterne. Das Wasser lief ihm im Mund zusammen, er ließ Charlottes Hände los und griff zu Gabel und Messer. »Vorher will ich aber hiervon probieren.«

Hungrig schnitt er einen Bissen von dem Fleisch ab – es schmeckte köstlich nach Knoblauch und Kräutern, auch wenn es schon kalt war –, trank dann einen Schluck Rotwein. Anschließend spießte er mit der Gabel eines der außen krossen und innen butterzarten Kartoffelhäppchen auf, zog es durch die Sauce und kaute mit großem Genuss.

Gleichzeitig tippte Pierre einige Stichworte in die Suchleiste seines Browsers ein, bis er gefunden hatte, wonach er forschte.

»Es gibt ein Medikament aus der Gruppe der Benzodiazepine, das ebenso abhängig macht wie das früher als Valium bekannte Diazepam«, erklärte er Charlotte, während er den Fachartikel überflog. »Es wirkt beruhigend und muskelentspannend. Sein Name ist Triazolam. Ein sehr potentes, rasch helfendes Schlafmittel.« Er sah auf. »Die Nebenwirkungen sind bei entsprechender Dosierung enorm und reichen von Halluzinationen über Atem- und Kreislaufdepression bis hin zur Amnesie.«

»Und die Substanz lässt sich in Blut und Urin nicht nachweisen?«

»Nur kurzzeitig. In der Regel wird sie innerhalb von zwei bis vier Stunden abgebaut. Es gibt da allerdings ein Problem. Wenn der Körper das Mittel so schnell eliminiert, dann wäre jemand, der es unbeabsichtigt einnimmt, wie vermutlich Camille, nur wenige Stunden stark beeinträchtigt. Da sie zu müde war, um ihren Freund von dem Tauchgang abzuhalten, hat sie den Riegel vermutlich nicht vor drei oder vier Uhr nachts gegessen.«

»Dann ruf sie an und frag sie.«

Pierre runzelte die Stirn. »Ich hoffe, sie geht ran.«

Er wählte die Nummer, und entgegen seiner Erwartung nahm Camille Audebert tatsächlich ab.

»Monsieur Durand?« Sie klang nervös. »Sagen Sie, was ist passiert? Vorhin hat mich eine Kommissarin der *police nationale* in Hyères angerufen und mir seltsame Fragen gestellt.«

»Was für Fragen denn?«

»Ob ich ihr erklären könne, was am Morgen von Florents letztem Tauchgang geplant war.«

»Und, wissen Sie es?«

»Nein. Wie auch? Ich habe tief und fest geschlafen. Das habe ich der Kommissarin auch gesagt.«

Sie lügt, dachte Pierre, der es dank Charlottes Sprachaufzeichnung besser wusste, sie schützt sich selbst.

»Genau deswegen rufe ich Sie an. Wo sind Sie gerade?«

»In Florents Wohnung. Sein Vater möchte, dass ich ihm den Schlüssel zurückgebe. Ich werde also meine Sachen zusammenpacken und die Insel morgen früh verlassen.«

»Er wirft Sie raus, mitten in der Trauer?« Pierre war empört.

»Vielleicht ist es besser so. Was wollten Sie von mir wissen?«

»Haben Sie am Morgen vor Florents Tod einen Energieriegel gegessen?«

Sie zögerte. »Woher wissen Sie das?«

Er ignorierte die Frage. »Um wie viel Uhr war das?«

»Ich … bin um fünf wach geworden und hatte Hunger. Da habe ich einen halben von den Riegeln gegessen, die Florent immer mit zum Tauchen nimmt.«

Camille Audebert war wach geworden, weil sie auf Florent aufpassen sollte, aber Pierre wollte sie nicht vorschnell mit seinem Wissen konfrontieren. Er sah zu Charlotte und hob den Daumen.

»Und das macht er jedes Mal?«

»Ja, er hat die frisch zubereitete Mischung aus Cerealien und Datteln geliebt. Florent war der Meinung, dass er unter Wasser dann mehr Energie hatte. Er hat das Rezept sogar selbst kreiert.«

»Und das Hotel hat die Zubereitung übernommen«, ergänzte Pierre. »Wissen Sie auch, wer für die Herstellung verantwortlich ist?«

»Soweit ich weiß, die Küchencrew.« Camille Audebert stockte. »Sie meinen …? Allmählich begreife ich, worauf Sie hinauswollen. Sie glauben, da war etwas drin, das müde macht. Heißt das, jemand hat seinen Tod provoziert? War es das, was Florent mir noch mitteilen wollte, bevor er starb?« Jetzt war sie regelrecht aufgebracht. »Der Arme! Sie hatten von Anfang an recht. Aber wer …?« Camille Audebert klang irritiert, dann war sie plötzlich ganz klar. »Ich danke Ihnen für diese wichtige Information. *Au revoir.*«

»Nein, warten Sie!«, rief Pierre, überrascht von dem abrupten Ende des Gesprächs. »Ich muss wissen, ob es noch Reste davon …«

Doch sie hatte bereits aufgelegt. Noch einmal wählte er ihre Nummer, vergeblich.

Charlotte sah ihn mit großen Augen an. Offenbar hatte sie einen Teil des Gespräches mitgehört. »Glaubst du, sie weiß, wer es war?«

»Es klang fast danach.« Er warf einen Blick auf seine neue Taucheruhr, froh, dass sie noch immer tadellos funktionierte. Es war neunzehn Minuten nach acht. Pierre bat Charlotte, ihm die Mobilnummer von Madame Cizeron zu nennen, dann erhob er sich. »Ich muss runter zum Strand. *Commissaire* Giraud ist sicher längst eingetroffen.«

»In Ordnung.« Charlotte lächelte aufmunternd. Von Weitem waren die ersten Töne der Musiker zu hören. Der Cellist stimmte sein Instrument, alles klang sehr feierlich. »Meinst du, du bist zum Konzertbeginn zurück?«

»Ich versuche es. Aber versprechen kann ich es nicht.« Pierre betrachtete ihr Gesicht und forschte nach einem Ausdruck des Zweifels. Fragte sich, ob sie es wirklich für eine gute Idee hielt, wenn er weiter ermittelte. Aber sie lächelte ihn noch immer an und hob die gedrückten Daumen.

»Viel Glück, *mon policier.*«

Er gab ihr einen Kuss, dieses Mal länger, und wollte sich gerade zum Gehen wenden, als sein Blick auf das Lammkarree fiel. Gierig griff er es mit den Fingern, biss noch zweimal davon ab und trank sein rotweingefülltes Glas bis zur Neige. »Bis nachher, *ma douce*«, sagte er zum Abschied und wischte Finger und Mund mit der Serviette ab. »Ich liebe dich.«

Dann rannte er zwischen den duftend exotischen Blüten hindurch zu dem Weg, der zur *Baie du Figuier* führte.

Triazolam, dachte Pierre, während er die Bruchsteinstufen hinunterschritt, war ein verschreibungspflichtiger Wirkstoff – es sei denn, man hatte Verbindungen zum Schwarzmarkt. Er fragte sich, ob *Docteur* Trébert ein entsprechendes Medikament verschrieben hatte und vor allem, wem. Und ob dies der Beweis war, von dem er am Telefon gesprochen hatte. Pierre erinnerte sich, dass der Arzt sich von ihm ein letztes Detail erhofft und ihn gefragt hatte, ob der sterbende Florent Besnard erwähnte, was er gegessen hatte. Und wie enttäuscht Trébert gewesen war, als er verneinte.

Alles passte plötzlich zusammen.

Pierre übersah die ihn umgebende wildschöne Natur und wählte die private Mobilnummer der Sprechstundenhilfe. Es dauerte eine Weile, bis Madame Cizeron den Anruf entgegennahm.

»Monsieur Durand, gibt es Neuigkeiten?« Ihre Stimme klang nasal und schleppend, als hätte sie geweint.

»Ich habe eine dringende Frage«, antwortete er ausweichend. »Hat der *Docteur* Claude Besnard ein Medikament mit dem Wirkstoff Triazolam verschrieben?«

Sie zögerte. »Nein.«

Das kurze Schweigen befeuerte seine Neugierde. »Vielleicht wem anders aus der Familie?«

»Ja, ich darf Ihnen aber keinen Namen nennen, Patientengeheimnis. Außerdem ist es lange her. Warum wollen Sie das wissen?«

»Das erkläre ich Ihnen später. Aus welchem Grund war die Person in Behandlung?« Erneut entstand eine Pause, und er setzte nach. »Ich weiß, es fällt unter die ärztliche Schweigepflicht, aber wenn Sie nicht darüber reden, dann wird der Mord an *Docteur* Trébert womöglich nie aufgeklärt.«

»Sie glauben also doch, dass es Mord war?« Madame Cizeron schnäuzte sich die Nase.

»Ich bin mir dessen sehr sicher.«

Die Sprechstundenhilfe schien abzuwägen, wem ihre Loyalität galt. Dem verehrten und betrauerten Edgart oder den gesetzlichen Vorschriften.

»Also gut«, antwortete sie entschieden. »Es war Monique. Sie kam wegen Schlafstörungen zu Edgart. Aber sie hat ganz bestimmt nichts mit der Sache zu tun.«

»Monique Besnard?« Überrascht zog er die Brauen hoch. »Und was genau hat *Docteur* Trébert ihr dagegen verschrieben?«

»Halcion. Es enthält den Wirkstoff Triazolam.«

Touché, dachte Pierre, er war auf der richtigen Spur. Wenngleich das noch nicht hieß, dass die Frau des Hoteliers direkt beteiligt war.

»Wie lange ist die Verschreibung her?«

»Ich denke … ein Jahr?«

Wieder ein Zögern, Pierre spürte, wie sein Puls anstieg. »Madame«, sagte er mit Nachdruck, »wenn Sie jetzt die Antwort verweigern, könnte das den Fall so weit behindern, dass er nicht zum Abschluss gebracht wird. Und das wollen Sie doch sicher nicht, oder?«

Er war stehen geblieben, auf einem Treppenabsatz zwischen dem *Café* und der Bucht. Palmenblätter rauschten im lauen Abendwind, ein paar Frösche stimmten ein Konzert an. Ihr Quaken klang, als lachten sie ihn aus.

»Aber Monique würde nie einer Menschenseele etwas zuleide tun. Für sie lege ich meine Hand ins Feuer.«

»Mir geht es vor allem um das Medikament«, erklärte Pierre

ruhig, während es in seinem Inneren vor Ungeduld brodelte. »Das Triazolam könnte eine Rolle bei Florents Tod gespielt haben. Und der *Docteur* hat es offenbar geahnt. Fakt ist, dass dieses Mittel bereits nach kurzer Zeit weder im Blut noch im Urin nachweisbar ist. In der Flasche mit dem Sportgetränk waren keinerlei Rückstände, aber es gibt einen konkreten Hinweis darauf, dass Florent vor dem Tauchgang einen Energieriegel gegessen hat, eine Spezialität des *Hôtel Georges*.«

»Sie glauben also, dass jemand aus dem Hotel den Riegel präpariert hat.« Sie sagte es ganz ruhig. Nachdenklich. »Jemand, der von Moniques Tablettenabhängigkeit wusste und …« Sie hielt inne, sog erschrocken die Luft ein.

Pierre musste schmunzeln. Madame Cizeron hatte sich gerade verraten. »Eine Tablettenabhängigkeit, soso. Wann hat der *Docteur* das letzte Rezept ausgestellt?«

»Vergangene Woche.« Jetzt flüsterte sie. »Ich weiß, es war nicht richtig, aber Edgart wollte ihr nach der ersten Verschreibung kein weiteres Rezept geben. Wegen der drohenden Abhängigkeit und der möglichen Nebenwirkungen. Aber es war längst zu spät. Monique hat mich angefleht, das Saisongeschäft ist nun mal sehr stressig. Wenn man da nachts lange wach liegt, dann kommt man nicht durch den Tag.«

»*Sie* haben ihr die Rezepte ausgestellt?«

Madame Cizeron atmete tief ein und wieder aus. »In der Schublade lagen immer Vordrucke mit Edgarts Unterschrift. So konnte ich Nachfolgerezepte ausfüllen, ohne ihn jedes Mal zu fragen. Herrgott, ich wollte doch nur helfen!«

»Hat *Docteur* Trébert davon gewusst?«

»Nein. Das heißt, bis gestern.« Wieder ein langer Atemzug, ehe sie weitersprach. »In seinem Papierkorb lag nicht nur der zerrissene Gerichtsbescheid, sondern auch ein Rezept für Monique, das ich für den Versand vorbereitet hatte.«

»Und wo sind die zerrissenen Schriftstücke jetzt?«

»Im Hausmüll. Er wird morgen geleert.«

»Ich danke Ihnen für Ihre Offenheit«, sagte Pierre und bat Madame Cizeron, noch am Abend zur Praxis zu gehen und die Unterlagen aus dem Müll zu fischen, es seien wichtige Beweise. Damit beendete er das Gespräch.

Endlich hatte er etwas in der Hand.

Er wollte gerade das Telefon in die Innentasche des Sakkos schieben, als er feststellte, dass der Akku nur noch neunzehn Prozent hatte. Aber das sollte ausreichen, bis er wieder bei Charlotte war.

27

Als Pierre den Strand erreichte, tauchte die untergehende Sonne den Himmel gerade in ein pastelliges Licht, er schimmerte in Goldgelb, Apricot und Rosé.

Hinter dem Motorboot der verhafteten Aktivisten lag nun ein Schnellboot der *brigade nautique* der *police nationale* im Wasser. Am Strand stand *Commissaire* Giraud und dirigierte einen Polizeitaucher, der im Wasser nach dem knallgelben Gehäuse schnorchelte. Statt ihrer Dienstuniform trug sie eine dunkle Jeans zu Shirt und Blazer. Ohne das Hutschiffchen auf dem Kopf wirkte sie noch jünger als sonst, regelrecht jugendlich.

»Ein Stück weiter nach links«, sagte Pierre. »In der Richtung müsste auch der Schlüssel des Motorbootes liegen, nur etwa zehn Meter näher am Strand.«

Der Schnorchler hob den Daumen und veränderte seine Position.

Die Kommissarin wandte sich um. »Ah, Kollege Durand.« Sie gab ihm freudestrahlend die Hand. »Schick sehen Sie aus in Ihrem Sakko.«

Verlegen strich Pierre über den Stoff. »Meine Frau und ich, wir haben Karten für das Freiluftkonzert der *Domaine du Rayol*. Sie spielen Sonaten von Beethoven, Brahms und Rachmaninow.«

Den letzten Komponisten betonte er besonders kehlig. Er

musste zugeben, dass die Vorstellung, gut zwei Stunden lang einem Klavierspieler und einem Cellisten zu lauschen, für ihn nur halb so spannend war wie für Charlotte.

»Ui, da hat aber jemand Geschmack.« *Commissaire* Giraud lachte, wurde jedoch schnell wieder ernst. »Ich möchte mich bei Ihnen bedanken. Wegen Ihrer Hartnäckigkeit werden wir die Saboteure wohl für eine sehr lange Zeit hinter Schloss und Riegel bringen. Sie können sich nicht vorstellen, wie erleichtert wir alle sind.«

»Das freut mich«, sagte Pierre und sah zu dem Taucher, der nun triumphierend das knallgelbe Röhrchen in die Höhe reckte. »Dann trauen Sie inzwischen also meinem ermittlerischen Gespür?«

»Aber ja.«

»Das ist gut. Ich möchte Sie nämlich um einen Gefallen bitten.«

»Und der wäre?« Sie sah ihn mit misstrauisch erhobenen Brauen an.

»Es geht noch einmal um den Tod von Florent Besnard.« Pierre hob abwehrend die Hand. »Ich weiß, Sie sind der Meinung, es sei ein Tauchunfall gewesen, aber ich habe möglicherweise einen handfesten Beweis dafür, dass es Mord war. Es geht um ein kurz wirkendes und nachweisbares Beruhigungsmittel, vermutlich in einem Energieriegel, der im *Hôtel Georges* hergestellt wird und den der junge Mann vor dem Tauchgang gegessen hat. Ein solches Mittel wirkt dämpfend auf das Zentralnervensystem und kann in großer Tiefe Panikreaktionen hervorrufen, weil der Körper nicht mehr kontrollierbar scheint.«

»Und von welchem handfesten Beweis reden Sie?«

»Dafür müsste ich noch einmal Ihre Kriminaltechniker um Unterstützung bitten. In der Abteilung von La Croix-Valmer liegt das entsprechende Packpapier, das sollte man auf Fingerabdrücke untersuchen und mit denen des Hotelpersonals abgleichen. Eventuell existieren auch noch Spuren des Riegels in der Wohnung des Toten. Seine Freundin Camille Audebert hat eine Hälfte davon gegessen und ist in einen sofortigen Tiefschlaf gefallen. Wenn man solche Riegel teilt, gibt es ja meist Krümel oder Bruchstücke. Möglicherweise finden sich dort also noch Spuren der Substanz.«

Commissaire Giraud sah ihn aufmerksam an. »Sie wollen also die Fingerabdrücke des Hotelpersonals abnehmen lassen. An wen denken Sie da?«

Dass sie die Tat an sich nicht mehr in Frage stellte, deutete Pierre als ein gutes Zeichen. »Es betrifft vor allem drei Personen: Claude Besnard, seine zweite Frau Monique und deren Sohn Afonso Pinheiro. Es ist notwendig, ihre Alibis zu überprüfen. Die Motive des Hoteliers und des Stiefsohns habe ich Ihnen ja bereits an der *Batterie des Mèdes* ausführlich dargelegt. Monique Besnards Beweggründe entsprächen dann in etwa denen ihres Sohnes.«

Commissaire Giraud seufzte. »Ehrlich gesagt, erinnere ich mich nur vage an die Einzelheiten. Ich bin viel zu wenig im Thema, um die richtigen Fragen zu stellen. Wie wäre es daher, wenn Sie das Gespräch leiten?«

»Ich?«

»Ja. Wir könnten mit dem Schnellboot zur Insel fahren. Es bedarf natürlich einer offiziellen Bitte um Amtshilfe bei Ihrem Vorgesetzten in Sainte-Valérie, aber das ist reine Formsache. Wie lautet noch mal der Name des Bürgermeisters?«

»Es ist eine Frau, *Madame le maire* Marianne Levy.«

Commissaire Giraud zog ihren Notizblock hervor und schrieb den Namen auf. »Prima, wird erledigt. Dann kümmere ich mich mal um den behördlichen Teil.« Sie sah auf ihre Uhr.

»Unter diesen Voraussetzungen bekomme ich von der Staatsanwaltschaft sicher eine nichtrichterliche Durchsuchungsanordnung für Florent Besnards Wohnung. Nur für den Fall, dass Camille Audebert die Kollegen von der Kriminaltechnik nicht hineinlässt. Und ich übernehme es, den Hotelier von der geplanten Zusammenkunft zu informieren, das ist dann offizieller.« Die Kommissarin war jetzt ganz klar und fokussiert. »Benötigen Sie noch jemanden vor Ort, ich meine, außer den genannten Personen?«

Pierre überlegte. »Ja, Camille Audebert. Ich habe noch ein paar Fragen an sie.« Er schickte einen Stoßseufzer in den Himmel. Endlich kam Bewegung in die Sache.

»Wird erledigt. Ich will nur rasch sicherstellen, dass der Sprengstoff gleich der Kriminaltechnik übergeben wird.« *Commissaire* Giraud ging zu ihrem Kollegen, der die Schnorchelausrüstung inzwischen abgelegt hatte, und besprach etwas mit ihm, dann winkte sie Pierre, ihr zum Polizeiboot zu folgen. »Na, dann mal los.«

Pierre setzte Charlotte über die neuesten Entwicklungen per Kurznachricht in Kenntnis, um den Akku seines Handys zu schonen. Versprach ihr, rechtzeitig zum Ende des Konzerts zurück zu sein, sie solle auf ihn warten. Dann zog er seine Schuhe aus, krempelte die Hose hoch und folgte der Kommissarin durch die kniehohe Brandung bis zum Boot, das mit laufendem Motor auf und ab schaukelte.

Das Wasser schimmerte glutrot im Licht der im Meer versinkenden Sonne, als das Schnellboot der *brigade nautique* den Hafen von Porquerolles erreichte. Die Segelschiffe lagen ruhig nebeneinander, kein Lüftchen regte sich. Bis das Polizeiboot sich einen Weg zum Anleger bahnte und die Reihen der Masten zum Schaukeln brachte.

Während der gesamten dreißigminütigen Überfahrt telefonierte *Commissaire* Giraud über den satellitengestützten Netzzugang an Bord. Und auch Pierre führte ein kurzes Gespräch, das der Vorbereitung der Befragung diente. Wofür er die Telefonauskunft von Cavalaire-sur-Mer bemüht hatte.

Am Kai wartete ein Beamter der *police nationale* auf die Ankömmlinge.

»Wir haben uns bereits Zugang zur Wohnung von Florent Besnard verschafft«, berichtete er, kaum dass die Kommissarin festen Boden betreten hatte. »Es war niemand dort. Die Kollegen von der Spurensicherung sind zurzeit vor Ort. Sie haben auch einen Spürhund dabei und überprüfen die Räume auf Rückstände des Sprengstoffes.«

Commissaire Giraud nickte mit angespannter Miene. »Ich habe Camille Audebert telefonisch nicht erreicht. Gibt es irgendwelche Hinweise auf ihren Verbleib?«

Der Beamte verneinte. »Im Flur stand ein Rucksack mit Shorts und T-Shirts in Frauengrößen, ich nehme an, die gehören ihr. Und raten Sie mal, was wir darunter entdeckt haben.« Er fuhr fort, ohne die Antwort abzuwarten. »Er war randvoll gefüllt mit alten Münzen, Ringen, Uhren und Ketten. Der Korrosion zufolge alles Fundstücke aus dem Meer.«

Pierre merkte auf. »Waren auch *Louis d'Or* darunter?«

»Ja, neun Stück.«

Pierre nickte. Florent hatte offenbar nicht vorgehabt, alle Fundstücke mit seinem Vater zu teilen.

»Laut der Prägung am Rand«, erklärte der Mann, »stammen die Goldmünzen aus dem Jahr siebzehnhundertfünfzig.«

»Siebzehnhundertfünfzig?«, fragte Pierre erstaunt und zog die Stirn in Falten. Welch seltsamer Zufall, dachte er, denn laut der Legende entsprach diese Zahl exakt der Menge der Münzen.

»Gute Arbeit«, lobte *Commissaire* Giraud. »Bitte suchen Sie nun gemeinsam mit den Kollegen der hiesigen *police municipale* nach der Vermissten. Und kontaktieren Sie den Schiffsführer der Fähre, die den Shuttle für die Angestellten organisiert. Ich glaube zwar nicht, dass Mademoiselle Audebert die Insel ohne ihre Beute verlassen hat, aber wir müssen alles absichern. Wir kümmern uns um die Verdächtigen.«

»In Ordnung.« Damit hob der Kollege sein Funkgerät und wandte sich ab.

Pierre und die Kommissarin eilten den Kai entlang und weiter die Straßen der Altstadt hinauf in Richtung des *Hôtel Georges*. Das Geräusch ihrer Schritte hallte laut durch die Gassen, wurde von den Häusern reflektiert, in deren Fenstern vereinzelt Lichter glommen.

Die Sonne war inzwischen untergegangen. Über den Bäumen stand ein blasser Mond, der sich nur wenig vom immer dunkler werdenden Abendhimmel abhob.

Als sie das Hotelgelände erreichten, kam ihnen Claude Besnard entgegen, er wirkte aufgelöst und schnaufte von dem kurzen Lauf.

»Meine Frau ist verschwunden«, rief er. »Ich weiß nicht, wo sie ist.«

Commissaire Giraud hob besorgt die Hände. »Wann haben Sie sie das letzte Mal gesehen?«

»Vor etwa einer Stunde. Sie hatte starke Kopfschmerzen und wollte sich hinlegen. Ich war in unserer Wohnung, aber sie ist nicht da.«

»Wo befindet sich Ihre Wohnung?«

»In einem Anbau des Hotels.« Ein schweres Seufzen. »Ich bin durch den ganzen Ort hin zum Bouleplatz an der *Place d'Armes* gelaufen, wo sie gerne sitzt. Selbst den Weg von der *Rue de l'Artisanat* zu der von ihr geliebten *Pointe Béarlieu* bin ich hinauf, obwohl es bereits dunkel ist, ohne Erfolg. Und ich habe ihre Freundinnen gefragt, mit denen sie sich manchmal zum Kartenspielen trifft, auch sie wissen nicht, wo Monique ist. Ich mache mir wirklich große Sorgen.«

»Ist Ihnen in der Wohnung etwas aufgefallen?«

»Nein, alles war wie immer. Das heißt, eine Sache ist eigenartig. Monique hatte gesagt, sie wolle sich hinlegen, aber die Bettdecke war glatt gezogen wie am Morgen.«

Commissaire Giraud hob ihr Funkgerät und sprach hinein. Zählte die genannten Orte auf und schickte die Beamten zu dem Landstrich unterhalb der Anhöhe am *Pointe Béarlieu.*

Pierre dachte an das Gespräch mit Camille Audebert und daran, dass sie offenbar genau wusste, wer die Tat begangen hatte. Eine furchtbare Ahnung schnürte ihm die Kehle zu.

Zwei Frauen waren verschwunden. Und eine von beiden befand sich aller Wahrscheinlichkeit nach in Lebensgefahr.

28

Weil das Restaurant noch besetzt war, bat Claude Besnard Pierre und die Kommissarin in sein Büro. Er hängte sein Jackett an einen Haken neben der Tür und setzte sich hinter den großen Schreibtisch aus hellem Holz. Stützte den Kopf schwer in die Hände.

Auch Afonso Pinheiro war anwesend. Sein Hemd war strahlend weiß und die Hose wirkte wie frisch gebügelt. Nur einige Soßenspritzer auf der Kellnerschürze zeugten von einem langen Arbeitstag. Er nahm auf einem der Besucherstühle Platz und kaute nervös auf seiner Lippe. *Commissaire* Giraud setzte sich auf die Schreibtischkante.

»Wir sind hier zusammengekommen«, sagte sie, »weil sich in diesem Moment ein Drama abzuspielen scheint. Während wir uns hier im Büro befinden, durchkämmen Polizeibeamte den Ort auf der Suche nach zwei spurlos verschwundenen Personen: Camille Audebert und Monique Besnard, geschiedene Pinheiro. Und wir hoffen, Ihre Aussagen können ein weiteres Unglück verhindern.« Sie wies auf Pierre, der mitten im Raum stehen geblieben war. »Mein Kollege Durand wird Ihnen nun ein paar Fragen stellen, und ich bitte Sie, diese wahrheitsgemäß zu beantworten.«

»Ich sage alles, was Sie wissen wollen.« Afonso Pinheiro seufzte tief, ihm war die Besorgnis anzusehen.

»Wenn es nur Monique zurückbringt«, ergänzte Claude

Besnard. Auch er fühlte sich in seiner Rolle als untätig Abwartender nicht wohl. Er rutschte auf dem Ledersessel nach vorne, dass es knarrte. »Ich verstehe noch immer nicht, was hier los ist. Was in Gottes Namen haben Camille und meine Frau miteinander zu tun?«

»Wir haben da eine Vermutung«, antwortete Pierre ruhig. »Aber es sind noch einige Fragen offen, die wir mit Ihrer Hilfe klären wollen. Dafür muss ich allerdings etwas weiter ausholen, damit wir alle, auch Monsieur Pinheiro, auf dem neuesten Stand sind.« Er nickte dem jungen Mann zu, sah dann zu Claude Besnard. »Alles begann am Montagabend, als Ihr Sohn Florent gegen achtzehn Uhr das Hotel betrat, um Sie über den bevorstehenden Tauchgang zu informieren. Ihre Beziehung zueinander haben Sie als gut beschrieben, aber das war nicht immer so.«

Besnard nickte. »Ich war sehr froh, dass sich unser Verhältnis wieder entspannt hatte.« Er rieb sich mit beiden Händen über das Gesicht, und Pierre hatte den Eindruck, dass er sich sehr zusammennehmen musste, damit ihn die Trauer um den verlorenen Sohn nicht übermannte.

»Sie beide hatten eine Übereinkunft getroffen«, rekapitulierte Pierre, »die beide Seiten zufriedenstellte. Florent versprach, ins Hotel einzusteigen. Sie wiederum gestanden ihm zu, seiner Tauchleidenschaft ungeachtet dessen weiter nachzugehen. Hintergrund dieser Übereinkunft war, nehme ich an, Ihr gemeinsames Interesse an der Schatzsuche, ist das richtig?«

»Und wie kommen Sie auf diese Vermutung?«

»Eine Vorrichtung am Bug des von Ihnen finanzierten Luftkissenbootes lässt darauf schließen. Man kann dank des Hebezuges nicht nur Schüler zu den Tauchgebieten fahren, sondern auch Lasten aus dem Meer heben.«

Claude Besnard blieb stumm, und Pierre fuhr fort.

»Damit haben Sie quasi als Investor mit Erfolgsbeteiligung fungiert. Und die wäre gewiss nicht unerheblich gewesen, denn Ihr Sohn hatte bei einem seiner Tauchgänge eine Handvoll *Louis d'Or* gefunden, an einer Stelle, an der sie niemand vermutete. Florent war sicher, dass es sich um den legendären verschollenen Goldschatz der *Ville de Grasse* handelte.«

Afonso Pinheiro, der mit hängenden Schultern im Stuhl gesessen hatte, richtete sich auf. Die Augen ungläubig auf seinen Stiefvater gerichtet. »Du hast ihm diese Spinnerei auch noch finanziert? Das Wrack wurde doch bereits mehrfach untersucht, sogar von Marinetauchern der Seepräfektur.«

Der Hotelier warf ihm einen ärgerlichen Blick zu. »Florent war davon überzeugt, dass sich beim Weitererzählen der Legende, die sich um dieses Wrack rankt, etwas verschoben hatte. Befördert hat das vor allem der Bericht von Jacques-Yves Cousteau. Der Dokumentarfilmer hat die Geschichte in den Fünfzigerjahren von einem alten Taucher erzählt bekommen, der aus erster Hand von dem Goldschatz erfahren haben wollte. Der ganze Beitrag strotzt nur so von Fehlern. Schon bei der Mengenangabe, die seither als Grundlage für die Schatzsuchenden gilt, war einiges durcheinandergekommen, denn es handelte sich nicht um tausendsiebenhundertfünfzig *Louis d'Or*, sondern um dreißigtausend Goldmünzen. Sie stammen aus dem Jahr siebzehnhundertfünfzig, daher die Verwechslung.«

»Dreißigtausend!« *Commissaire* Giraud stieß einen Pfiff aus, damit sprach sie genau das aus, was Pierre dachte. »Und diesem Schatz war Ihr Sohn auf der Spur?«

Claude Besnard schloss die Augen, als müsse er sich sammeln, doch als er die Lider wieder hob, war sein Blick klar.

»Florent hatte während einer Veranstaltung von *Les Planteurs de Mer Méditerranée* zufällig die inzwischen hochbetagte Enkeltochter des Tauchers kennengelernt, die von den

Erlebnissen ihres Großvaters erzählte und ihn auf eine andere Fährte brachte.« Er hob beide Hände. »Fragen Sie mich jetzt bitte nicht nach den Details, darüber hat Florent nie gesprochen. Aber es hat mehrere Monate gedauert und die Anschaffung von teurem Equipment erfordert, bis er die Münzen tatsächlich fand.«

»Sie reden von einem Schatz«, bemerkte *Commissaire* Giraud spitzfindig, »der juristisch gesehen dem Staat gehört. Ebenso wie die bereits geborgenen Münzen.«

Claude Besnard sah sie mit bitterböser Miene an. »Ich vergaß, dass eine Vertreterin des Staates anwesend ist«, sagte er sarkastisch. »Aber das ist jetzt auch egal, weil der Schatz nun für immer im Meer verschollen bleiben wird.«

Pierre warf der Kommissarin einen beschwichtigenden Blick zu. Dann räusperte er sich, woraufhin alle Augen wieder auf ihn gerichtet waren.

»Ihr Sohn ist also zu Ihnen gekommen, weil er mit Ihnen über den geplanten Tauchgang sprechen wollte«, sagte er an Besnard gewandt. »Wo fand die Unterhaltung statt?«

»Hier, in meinem Büro. Florent hat dort gesessen.«

Er zeigte auf den Stuhl, auf dem Afonso Pinheiro unruhig hin und her zu rutschen begann.

»War sonst noch jemand im Raum?«

»Monique«, antwortete Besnard. »Das heißt, sie kam irgendwann rein und fragte, ob sie uns etwas bringen könne.«

»Hat Ihr Sohn um einen Energieriegel gebeten?«

»Um zwei Stück, um genau zu sein.« Der Hotelier stutzte. »Woher wissen Sie davon?«

»Dazu komme ich später. Daraufhin hat Ihre Frau die beiden Riegel aus der Küche geholt?«

»Ja.« Besnard zog verunsichert die buschigen Brauen zusammen. »Spricht etwas dagegen?«

Pierre ging nicht auf die Frage ein. »Und wie lange hat es gedauert, bis sie zurückkam?«

»Das weiß ich nicht mehr so genau.« Besnard zuckte die Schultern. »Aber ich erinnere mich, dass Florent nervös wurde. Er sagte, er wolle am Morgen früh aufstehen und müsse los.«

Pierre ging einen Schritt auf den Schreibtisch zu, hinter dem sich Claude Besnard verschanzt hatte wie hinter den Zinnen einer Burg. »Ich kann Ihnen sagen, warum es so lange gedauert hat. Ich gehe davon aus, dass Ihre Frau nicht gleich in die Küche gegangen ist, um die Energieriegel einzupacken. Sie hatte vielmehr eine spontane Eingebung, wie sie ihrem eigenen Sohn zu der ihm ihrer Meinung nach zustehenden Position verhelfen könnte. Deshalb hat sie in Ihrer gemeinsamen Wohnung ein Medikament geholt, das sie zum Einschlafen braucht. Der Name ist Halcion. Es enthält den Wirkstoff Triazolam, ein starkes Beruhigungsmittel, das rasch wirkt und im Körper auch schnell wieder abgebaut wird, weshalb es nur wenige Stunden später nicht mehr nachweisbar ist. Sie hat die Tabletten zerstoßen und die Energieriegel so geschickt damit präpariert, dass der Wirkstoff keine Spuren auf dem Papier hinterließ.«

»Das ist …« Besnard fuhr auf. »Das ist eine unverschämte Lüge! Sie haben keinen Beweis für Ihre Behauptung.«

Pierre winkte ab. Im Augenwinkel sah er, dass Afonso Pinheiro wie erstarrt dasaß und auf den Boden blickte. *Commissaire* Giraud hatte ihren Block hervorgeholt und machte sich Notizen.

»Ich habe lange gehadert, ob ich Florents Aussage, er sei vergiftet worden, wirklich ernst nehmen soll«, fuhr Pierre fort und begann, im Raum umherzuwandern. »Und als ich es schließlich tat, da kam es mir vor, als würde ich einer Fata Morgana hinterherlaufen, denn nichts deutete darauf hin, dass er recht hatte. Selbst als Camille Audebert mir von der Nacht vor dem Unglück berichtete, habe ich es nicht begriffen. Mit ihr war Florent nämlich nach Ihrem Gespräch verabredet, und sie erzählte, wie müde sie gewesen sei, sie habe wie ein Stein geschlafen. Und auch, als ich erfuhr, dass sie nicht nur müde, sondern regelrecht ausgeknockt war, weshalb sie am Morgen kaum aus dem Bett kam, stellte ich keinen Zusammenhang her. Erst als ich mir das Luftkissenboot ansah und das weißgraue Packpapier entdeckte, das Sie in Ihrem Hotel verwenden, da begriff ich, was geschehen war. Camille Audebert hatte einen der beiden Riegel probiert. Und zwar nicht am Abend, sondern am frühen Morgen.«

»Hat sie Ihnen das erzählt?« Der Hotelier runzelte die Stirn.

»Ja, sie hat es bestätigt.«

»Haben Sie schon einmal daran gedacht«, schnaubte Besnard, »dass Camille die Spur gelegt haben könnte, um uns zu schaden? Vielleicht hat sie den Riegel ja selbst präpariert. Sie mag mich nicht und war dagegen, dass Florent sich mit mir zusammentat. Das ist eine ganz durchtriebene Person, und es würde mich nicht wundern, wenn sie meinen Sohn auf dem Gewissen hätte.«

Commissaire Giraud blickte von ihren Notizen auf. »Mit welchem Motiv?«

»Sie will an den Goldschatz, ist doch klar!« Besnard spie den Satz förmlich aus. »Florent muss ihr davon erzählt haben, er war ihr mit Haut und Haaren verfallen.«

In gespieltem Erstaunen weitete die Kommissarin die Augen. »Ich dachte, es seien erst eine Handvoll Münzen geborgen, nicht der gesamte Schatz?«

Besnard schien nicht zu begreifen, worauf sie hinauswollte. »Ja, aber Florent hatte vor, an dem Unglücksmorgen mit der Bergung zu beginnen.«

»So wie Sie die Sache schildern«, fuhr *Commissaire* Giraud

fort, »ergibt es keinen Sinn. Hätte Camille mit ihrem Mordversuch dann nicht warten müssen, bis alles an Land geschafft war? Es sei denn, der Schatz befindet sich entgegen Ihrer Aussage bereits in seinem Besitz, und Sie versuchen, diese Tatsache vor uns zu verheimlichen.«

»Warum sollte ich das tun?«

»Weil Sie ihn für sich haben möchten und verhindern wollen, dass der Staat die Münzen kassiert.«

Sie saß ganz aufrecht und weidete sich an Besnards verblüfftem Blick.

»Und dafür bringe ich meinen eigenen Sohn um?«, empörte sich Besnard. »Das ist absurd!«

»Sie können sich nicht vorstellen«, entgegnete die Kommissarin, »wie oft ich schon erlebt habe, dass Familienbande nichts mehr gelten, sobald Geld im Spiel ist.«

Ein kluger Einlass, dachte Pierre, denn tatsächlich gab es zwei mögliche Motive für die Tat: Gewinnsucht und Ehrgeiz. Und alle beiden Verdächtigen hier im Raum hatten einen Grund, Florent Besnard beseitigen zu wollen.

Sämtliche Indizien wiesen darauf hin, dass Monique Besnard die Tat begangen hatte, allerdings gab es einen Haken. Wenn man davon ausging, dass *Docteur* Tréberts Sturz kein Suizid gewesen war, sondern die Beseitigung eines Mitwissers, dann hatte sie nicht alleine gehandelt.

Abgesehen davon, dass es für eine Frau ihrer Größe unmöglich war, einen fast zwei Meter großen Mann die Klippen hinabzuzwingen, hatte Madame Besnard in der fraglichen Zeit ein Alibi. Sie hatte die ganze Zeit an der Rezeption gestanden. Im Gegensatz zu ihrem Mann, der nach eigenem Bekunden mal hier und mal dort gewesen war, ohne konkret zu werden. Zur Ausführung der beiden Taten hätte er nicht einmal die Hilfe seiner Frau gebraucht, nur Zugang zu ihren Medikamenten, was allerdings bedeuten würde, dass er bei der Schilderung des Abends gelogen hatte, um den Verdacht auf sie zu lenken.

Und auch Afonso Pinheiro hatte für seine Mittagspause kein verlässliches Alibi, er könnte dem *Docteur* durchaus den tödlichen Stoß versetzt haben.

Pierre ging noch einmal in Gedanken alle Punkte durch. Er spürte, dass er ganz nah dran war, nur einen Funkenflug von der Lösung entfernt. Er musste weitermachen. Alles auf den Tisch legen, etwas riskieren, bis einer der Anwesenden einknickte. Und dafür musste er Emotionen erzeugen.

»Kollege Durand, fahren Sie bitte fort.«

Pierre fühlte sich, als habe ihn die Stimme der Kommissarin aus dem Schlaf gerissen. »Sofort«, sagte er.

Sie lächelte aufmunternd.

Kurz schloss er die Augen, um sich zu sammeln. Erinnerte sich an den nächtlichen Traum, der ihn noch am Morgen beschäftigt hatte. An das Gefühl der Bedrohlichkeit der Meerestiefe. An die Luftnot und die Panik. Dann öffnete er die Lider und begann mit eindringlicher Stimme zu reden, hoch konzentriert.

»Wer auch immer die Substanz untergemischt hat, der hat ohne Skrupel einkalkuliert, dass Florent wie gewohnt vor dem Tauchgang einen Energieriegel aß. Um sich dann vom Boot etwa dreißig Meter, vielleicht auch mehr, in die Tiefe zu lassen. Es muss ein furchtbarer Moment für ihn gewesen sein, als er merkte, dass er seinen Körper nicht mehr unter Kontrolle hatte. Auch sein Gehirn reagierte anders als gewohnt. Alles schien abgedämpft und verschwommen. Wie ein einziger Rausch. Er ist vermutlich in Panik geraten. Vom Verstand her wusste er, wenn er zu schnell aufstieg, würde er bleibende Schäden riskieren, vielleicht sogar den Tod. Aber das Bedürfnis, an die Oberfläche zu gelangen, war stärker. Triazolam kann hoch dosiert Panikattacken hervorrufen, die sich jeder verstandesmäßigen Kontrolle entziehen. Was dann folgt, ist ein völlig automatisierter, vom Nervensystem gesteuerter Prozess. Gegen jede Vernunft strebte Florent an die Oberfläche. Er hatte keine Chance.«

Im Raum breitete sich eine bleierne Stille aus. Besnards Gesicht wirkte eingefallen. Seinem Stiefsohn liefen Tränen hinab. *Commissaire* Giraud zog ein Papiertaschentuch aus der Jackentasche und reichte es ihm.

»Der Mord war eigentlich perfekt, jeder musste es für einen Unfall halten. Nur gab es da ein Problem.« Pierre machte eine kleine Pause und sah die beiden Männer ruhig an. »*Docteur* Trébert«, fuhr er fort, »hat die Zusammenhänge geahnt. Am Telefon berichtete er mir, dass Florent ihm den Namen der Person genannt hatte, die seinen Tod zu verantworten hatte. Er sagte, er habe sogar einen Beweis. Aber er wollte sich erst bei einem persönlichen Treffen dazu äußern, wozu es leider nicht mehr gekommen ist. Stattdessen entschied er sich, spontan auf die Insel zu fahren. Lange wusste ich nicht, weshalb er seine Meinung geändert hatte. Bis mir klar wurde, dass ihn die finanzielle Not dazu getrieben hatte, den Täter zu konfrontieren. Er kam hierher, ins *Hôtel Georges*. Und das wurde ihm zum Verhängnis.«

Claude Besnard trommelte mit den Fingern auf den Tisch. »Das sind gewaltige Anschuldigungen, Monsieur. Allein: Es fehlen die Beweise für Ihre Behauptung.«

»Immerhin gibt es handfeste Indizien, die meine Theorie unterstreichen. Das wichtigste Indiz ist Ihre persönliche Verbindung zu André Gallo, jenem Mann, der Trébert wegen eines angeblichen Behandlungsfehlers verklagt hat. Sie selbst haben mir erzählt, dass der *Docteur* Sie angefleht habe, sich für ihn einzusetzen.«

»Was hat denn das damit zu tun?«

»Die Klage ist der Grund, warum der *Docteur* sich dazu entschieden hat, Sie aufzusuchen. Ich habe vorhin auf der Überfahrt mit Edgart Tréberts Anwalt telefoniert, er war zum Glück trotz der späten Stunde noch in seiner Kanzlei. Er bestellte den *Docteur* für Montagabend zu sich nach Cavalaire-sur-Mer, um mit ihm das abschließende Urteil zu besprechen, das er in dessen Abwesenheit entgegengenommen hatte. Er eröffnete ihm, dass das Gericht André Gallos Klage folgen und keine Revision mehr zulassen werde. Trébert ist angesichts der festgelegten Summe schier zusammengebrochen. Weil der Anwalt Sorge hatte, seinen Klienten alleine zu lassen, sind die beiden anschließend noch in eine Bar gegangen.«

»Aha«, entfuhr es der *Commissaire,* und sie hob bedeutungsvoll den Stift, mit dem sie sich gerade Notizen gemacht hatte.

»Laut Aussage des Anwalts«, fuhr Pierre unbeirrt fort, »hat der *Docteur* nur alkoholfreie Cocktails getrunken. Dennoch nahm Trébert sich ein Hotelzimmer. Er sah sich in seiner seelischen Verfassung wohl nicht in der Lage, noch nach Hause zu fahren. Ob er später doch noch Alkohol getrunken hat, steht in den Sternen. Es ist für die weiteren Ermittlungen jedoch unerheblich.«

»Unerheblich?« Afonso Pinheiro verzog den Mund und schob das Taschentuch in die Hose. »Angesichts Ihrer Anschuldigungen scheint es von entscheidender Bedeutung. Trébert ist sturzbetrunken von den Klippen gestürzt, weil das Urteil ihm das Genick gebrochen hat. Alles andere ist reine Spekulation. Hier werden beliebig Zusammenhänge konstruiert und nach Gusto neu zusammengestellt.«

»Ich bin noch nicht fertig«, entgegnete Pierre. »Gehen wir noch einmal gedanklich zum Dienstagmorgen. Als *Docteur* Trébert Florent zu Hilfe eilte und den Namen des Täters respektive der Täterin erfuhr, war er zunächst zu perplex, um es der Polizei mitzuteilen. Wie er mir am Telefon sagte, glaubte er, dieser habe nur fabuliert. Doch zurück in der Praxis fand er einen Beweis in Form eines Rezeptes, das die Sprechstundenhilfe Ihrer Freundin Monique ausgestellt hatte. Für ein Schlafmittel, das sich aller Wahrscheinlichkeit nach in dem Energieriegel verbarg, den sie Florent am Abend vor dem Tauchgang brachte.«

»Sie glauben«, rief Afonso Pinheiro empört aus und sprang auf, »dass meine Mutter etwas damit zu tun hat?«

»Zunächst hatte ich unter anderem Sie für die Giftmischerei in Verdacht. Aber dann erwähnten Sie mir und meiner Frau gegenüber, dass das Restaurant montags geschlossen habe, es sei Ihr freier Tag. Vorausgesetzt, Monsieur Besnards Schilderungen des Abends entsprechen der Wahrheit, bleibt niemand sonst übrig.«

»Das ist eine infame Unterstellung, und ich werde nicht zulassen, dass Sie meine Mutter derart …«

»Schweig still«, stieß Claude Besnard aus. Sein Gesicht war tiefrot, und er sah aus, als beginne er allmählich zu begreifen, was vorgefallen war. Er wartete, bis sein Stiefsohn wieder Platz genommen hatte, dann wandte er sich Pierre zu. »Fahren Sie fort, *Monsieur le policier* Durand. Ich will wissen, wie es weitergeht.«

»Danke.« Pierre atmete tief ein und wieder aus. Damit hatte sich geklärt, wer in den Fall verwickelt war und wer nicht. »Hiermit änderte sich die Situation des *Docteurs* schlagartig«, redete er weiter. »Er hatte eine Information in der Hand, von der er sich einen Vorteil erhoffte. Zu dem Zeitpunkt jedoch dachte er noch daran, die tatverdächtige Person der Polizei zu übergeben. Ihm fehlte nur noch eine Information. Offenbar ging er davon aus, Florent habe mir gesagt, was er vor dem

Tauchgang gegessen hatte. Um kurz vor elf rief *Docteur* Trébert mich an. Leider konnte ich ihm nicht weiterhelfen, und wir vereinbarten ein Treffen. Als ihm seine Sprechstundenhilfe die Post brachte, darunter auch das angekündigte Urteil des Gerichts, in dem auch sämtliche zu leistenden Zahlungen noch einmal genau aufgelistet waren, entschied er sich spontan, die Tat nicht der Polizei anzuzeigen, sondern seinen Trumpf auszuspielen.« Er sah Claude Besnard direkt an. »Was geschieht, wenn Sie einen Anruf an Ihrem Bürotelefon nicht entgegennehmen?«

»Er wird an die Rezeption weitergeleitet.«

»*Docteur* Trébert hat Ihre Nummer um elf Uhr neununddreißig gewählt. Wo waren Sie um diese Zeit? Laut Ihrer Frau hatten Sie eine Verabredung mit einem Architekten. Können Sie das bestätigen?«

»Ich …« Er schürzte die Lippen und zuckte schließlich mit den Schultern. »Ich war bei einer … guten Freundin, Margot Valentin. Sie leitet unser Eiscafé. Sie können gerne bei ihr nachfragen, sie wird es Ihnen bestätigen.«

Pierre nickte. Deshalb hatte er also bei seinem Alibi so herumgeeiert. Er sah zu *Commissaire* Giraud, die bei dieser Information von ihren Notizen aufsah.

»Der Anruf wurde von irgendwem entgegengenommen«, fuhr Pierre fort. »Laut Aufzeichnung des Routers der Praxis dauerte er vier Minuten. Ich gehe davon aus, dass Ihre Frau das Gespräch geführt hat, da sie an der Rezeption arbeitet. Möglicherweise beschließt *Docteur* Trébert spontan, sie zu konfrontieren und mit seinem Wissen unter Druck zu setzen. Er hat nur noch ein Ziel: seine Zukunft zu sichern. Vielleicht wollte er Ihre Frau erpressen, um die enormen Zahlungen zu leisten. Vielleicht hoffte er auch, Monique könne an Ihrer Stelle André Gallo zu einem Kompromiss bewegen. Was danach geschieht, ist mir noch nicht ganz klar. Jedenfalls kommt *Docteur* Trébert ins Hotel und wartet. Worauf, das weiß ich nicht, vielleicht hat Ihre Frau ihn hingehalten, um sich mit jemandem zu beraten, was zu tun sei. Schließlich kommt Leben ins Spiel, und *Docteur* Trébert erhält eine Information, die ihn offenbar nervös macht. Er trinkt zwei doppelte *eau de vie* und leiht sich anschließend ein Fahrrad. Später heißt es, er habe auch Rum gekauft, denn er wird am Fuß der Klippen neben einer zerschellten Flasche gefunden, mit zweieinhalb Promille im Blut. Die Polizei geht von Selbstmord aus. Aber ich frage mich inzwischen, ob der Schnaps vielleicht sogar Teil des Plans war. Denn davon wissen wir nur aus der Erzählung Ihrer Frau und von der Einbuchung in die Restaurantkasse.«

»Aber warum hätte Monique das tun sollen?«, fragte Besnard, um Fassung bemüht. »Sie ist ein liebevoller Mensch, fleißig und ehrbar.«

»Genau wie Ihr Stiefsohn.« Pierre sah zu Afonso Pinheiro, der in sich zusammengesunken dasaß und seine Handflächen umklammerte, als wolle er beten. Dann wandte er sich wieder an Besnard. »Die Freundin Ihrer Frau, die in der Praxis von Edgart Trébert arbeitet, heißt Sylvie Cizeron, Sie kennen sie gewiss. Madame Cizeron erwähnte mir gegenüber, wie fleißig Afonso sei und wie verantwortlich er sich für das Hotel und das Restaurant einsetze. Auch ich habe ihn als äußerst zuvorkommend und hilfsbereit erlebt. Es ist geradezu außergewöhnlich, wie sehr er um das Gästewohl bemüht ist.«

»Das weiß ich auch sehr zu schätzen.«

»Und trotzdem haben Sie Ihrem umtriebigen Sohn den Vorzug gegeben, dem das Tauchen offenbar wichtiger war als das Hotel. Haben Sie eine Ahnung, was es mit einem Menschen macht, der sich Tag für Tag für etwas abstrampelt und am Ende trotzdem nicht genügt?«

Afonso Pinheiro stieß ein Schluchzen aus. Er hatte sichtbar Mühe, seine Emotionen zu kontrollieren. Seine Finger glitten an der Kellnerschürze auf und ab, als suchten sie in dem dunklen Stoff Halt.

»Als Mutter konnte Monique das nicht länger mit ansehen. Gut möglich, dass es ein spontaner Entschluss war, das Betäubungsmittel beizumischen. Vielleicht war auch die sichtliche Vertrautheit zwischen Vater und Sohn der Auslöser. Aber die Tat selbst war eiskalt ausgeführt. Ihr muss klar gewesen sein, dass eine solche Medikamentengabe beim Tauchen in einer derartigen Meerestiefe tödlich wirkt. Nur hatte sie nicht mit der Zähigkeit gerechnet, mit der Florent am Leben blieb, und damit, dass er den Namen der Täterin nannte.«

»Sie fabulieren«, flüsterte Afonso Pinheiro, nachdem er sich erneut geschnäuzt hatte. »*Maman* ist keine Mörderin. Außerdem war sie nach *Docteur* Tréberts Besuch die ganze Zeit hier im Hotel.«

»Das ist richtig.« Pierre sah ihn direkt an. »Mir fehlt ehrlich gesagt die Fantasie, etwas anderes anzunehmen, als dass an diesem Punkt Sie, Monsieur Pinheiro, ins Spiel kommen. Denn Getränke lassen sich ja auch einbuchen, ohne dass der Gast davon weiß. Es würde auch erklären, warum Sie ausweichend geantwortet haben, als ich Sie gestern fragte, wo Sie Ihre Mittagspause verbrachten. Denn dass Ihre Mutter den *Docteur* nicht von der Klippe gestoßen haben kann, lässt auf einen Mittäter schließen. Sie hätten sowohl die Kraft als auch den Antrieb gehabt, es zu tun. Sicher wollten Sie nicht, dass Ihre Mutter, die sich so tatkräftig für Ihre Zukunft eingesetzt hat, am Ende als Mörderin entlarvt wird. Habe ich recht?«

Afonso Pinheiro erblasste, aber er schwieg. Man hätte eine Stecknadel fallen hören können, so still war es im Raum.

»Sie haben kein Alibi, weil Sie nämlich zur *Batterie des*

Mèdes gefahren sind, um auf *Docteur* Trébert zu warten. Wie hat Ihre Mutter es geschafft, ihn dorthin zu locken? Hat sie ihm erzählt, André Gallo wolle mit ihm sprechen? Oder planten Sie eine Geldübergabe?«

»Nein.«

»Wie war es dann?«

Afonso Pinheiro schlug die Augen nieder, seine Finger rieben erneut über den Stoff.

»Wo ist deine Mutter?«, fragte Claude Besnard mit gepresster Stimme. Dann schrie er: »Verdammt noch mal, wo ist sie?«

»Ich weiß es nicht.« Ein Schluchzen entfuhr Pinheiros Kehle.

»Hat sie meinen Florent umgebracht? Stimmt es, was der *Policier* behauptet?«

Der junge Mann presste die Lippen aufeinander.

»Wenn Sie Ihre Mutter lieben«, warf *Commissaire* Giraud mit sanfter Stimme ein, »dann sollten Sie uns sagen, was sie vorhat. Ansonsten können wir nicht verhindern, dass noch mehr passiert.«

»Sie …« Er schluckte heftig. Die Hände lagen jetzt reglos auf seinen Knien. »Sie wollte sich mit Camille treffen.«

Pierres Herz machte einen Satz. »Wo?«

»Das hat sie mir nicht gesagt.«

»Warum dieses Treffen?«

»Sie meinte … Camille habe alles gewusst. Sie hat meiner Mutter wohl Vorhaltungen gemacht. Sie drohte, der Polizei alles zu erzählen. *Maman* sagte, sie wolle es ihr ausreden.« Er schluchzte und schlug die Hände vors Gesicht. »Ich kann das alles nicht mehr. Es ist ein Albtraum, es muss endlich aufhören. Ich habe das Ganze nie gewollt, aber als der *Docteur* ins Restaurant kam …« Er blickte auf, das Gesicht rot verquollen. Tränen liefen ihm über die Wangen und tropften auf den Kragen seines blütenweißen Hemdes. »*Docteur* Trébert drohte, zur Polizei zu gehen, wenn sie seinen Forderungen nicht nachkam, er stehe bereits mit einem Beamten in Kontakt. In ihrer Verzweiflung hat sie sich an mich gewandt. Sie flehte mich an, ihr zu helfen, sie habe es schließlich nur für mich getan.« In einer hilflosen Geste hob er die Hände. »Ich war wie vor den Kopf geschlagen, ich wusste von alldem ja nichts. Mir blieben nur wenige Minuten, eine Entscheidung zu treffen. Meine Mutter hat versucht, die Ungerechtigkeit zu tilgen, die mir widerfahren ist. Hätte ich sie zum Dank in ihrer Not im Stich lassen sollen?«

»Ja, das hätten Sie.«

Pierre atmete tief durch. Der junge Mann hatte aus Liebe zu seiner Mutter eine fatale Entscheidung getroffen, die sein Leben in eine komplett andere Richtung drehte. Es war tragisch. Afonso Pinheiro tat ihm leid.

»Was hat Ihre Mutter zu *Docteur* Trébert gesagt, woraufhin er aufgebracht hinausstürmte?«, hakte *Commissaire* Giraud nach.

»Dass André Gallo ihr etwas schulde. Und dass er bereit sei, sich mit ihm zu treffen. Ich war selbst erstaunt, wie bereitwillig der *Docteur* es geglaubt hat, aber er war so verzweifelt, es war sein Strohhalm.«

»Und die beiden doppelten *eau de vie*?«

»Die hat er selbst bestellt. Aber den Rum, den habe ich mitgenommen, als ich zum Treffpunkt fuhr und dort auf ihn wartete.« Pinheiros Blick war jetzt auf das Regal mit den Akten gerichtet, aber er blickte hindurch, als wäre er in diesem Augenblick in Gedanken bei jenem schicksalhaften Nachmittag. »Der Platz war menschenleer«, flüsterte er schwerfällig. »Alles schien so einfach! Ein gezielter Schlag auf den Hinterkopf, dann schnell den Alkohol einflößen, während er bewusstlos am Boden liegt, und ihn von der Klippe stürzen. Aber der *Docteur* war schwerer als erwartet, und ich hatte die ganze Zeit Angst, dass Touristen vorbeikommen und mich dabei beobachten.« Er schüttelte den Kopf. »Ich hätte nie geglaubt, dass ich jemals in der Lage wäre, so etwas zu tun.« Er sah auf, die Augen geweitet, als ekele er sich vor sich selbst. »Ich bin ein friedlicher Mensch, das müssen Sie mir glauben. Und nun reicht es. Camille ist noch so jung. *Maman* darf sie nicht …« Wieder schüttelte er den Kopf. »Ich will, dass es endlich aufhört!«

Claude Besnard starrte seinen Stiefsohn an, fassungslos.

»Ich frage mich«, sagte die Kommissarin nachdenklich, »wie Monique Besnard es anstellen will, Camille Audebert von einer Aussage bei der Polizei abzuhalten.«

Abrupt erhob sich Besnard, der bei ihren Worten erbleicht war, von seinem Stuhl und ging zu einem Aktenschrank, hinter dessen Tür sich ein Safe befand. Mit fliegenden Fingern tippte er eine Kombination ein, öffnete die Tür. Drehte sich um. »Die Waffe ist fort.«

Pierre sprang auf. »Was für eine Waffe?«

»Eine Steyr Luftpistole LP fünfzig. Ich bin Mitglied in einem Sportschützenverein.«

Alarmiert hob *Commissaire* Giraud ihr Funkgerät und bat um Verstärkung. »Wo könnte sich Ihre Frau mit Camille Audebert getroffen haben, um ungestört zu reden?«

»Auf dem Boot«, entfuhr es Afonso Pinheiro, und Besnard nickte heftig.

»Ich sehe schnell nach, ob es noch da ist«, rief der Hotelier. Er nahm sein Jackett vom Haken und stürmte aus dem Raum.

29

Den ganzen Weg durch die Altstadt war Pierre gerannt, Claude Besnard vorneweg, der nach einigen Minuten laut und vernehmlich schnaufte.

»Weiter«, trieb Pierre ihn an, als der Hotelier stehen blieb und mit auf die Knie gestützten Händen nach Luft rang. »Wir dürfen keine Zeit verlieren.«

Sein Herz hämmerte in der Brust. Während sie weiter dem Hafen entgegenliefen, fragte er sich, was in Camille Audebert gefahren war, dass sie sich ohne Not in eine solche Gefahr begeben hatte. Hatte sie etwa geglaubt, Monique Besnard würde sich stellen, wenn sie sie konfrontierte? Aber sie ahnte ja nicht, dass die Frau des Hoteliers auch ihren Sohn mit reingerissen hatte und dessen Leben mit Klauen und Zähnen verteidigte.

Er hoffte, dass sie nicht zu spät kämen.

Selbst wenn die von der Luftdruckpistole ausgehende Gefahr nicht annähernd so hoch war wie die einer scharfen Waffe, so gehörte das entwendete Modell mit einer Mündungsenergie von bis zu 7,5 Joule zu den kraftvolleren Schnellfeuerpistolen. Ein aus nächster Nähe abgeschossenes Projektil konnte sehr wohl tödliche Folgen haben.

Endlich waren die Lichter des Hafens zu sehen, die sich orangegelb im Wasser spiegelten. Helle Strahler beleuchteten Bäume und Hauswände. Aus einem Restaurant, dessen Terrasse mit Plastikvorhängen zum Wintergarten umfunktioniert worden war, drang leises Gelächter.

Jetzt waren sie am Ankerplatz angekommen, an dem das Boot der Besnards normalerweise lag. Dort klaffte eine große Lücke.

»Es ist fort!«, rief der Hotelier keuchend und wischte sich mit einem Taschentuch die Stirn ab. Suchend sah er sich um. Die Fenster der Lagerhallen waren unbeleuchtet, nur auf einer entfernt liegenden Segeljacht brannte Licht.

»Gibt es GPS-Ortung an Bord?«, fragte Pierre.

»Nein, so etwas brauchen wir hier nicht.«

»Jetzt schon.«

Besnard überging Pierres trockenen Kommentar und lief zu der beleuchteten Jacht, sprang an Bord und klopfte einen Mann heraus, der ihm sichtlich alarmiert Rede und Antwort stand.

»Er hat gesehen, wie Monique rausgefahren ist«, berichtete der Hotelier, als er zurück war. »Es muss kurz vor neun gewesen sein. Aber er hat nicht darauf geachtet, ob noch jemand an Bord war.«

»*Putain!*«, entfuhr es Pierre. »Ist Ihnen das Fehlen des Bootes nicht aufgefallen, als Sie nach Ihrer Frau gesucht haben?«

»Nein, hier habe ich nicht nachgesehen«, gab Besnard zur Antwort. »Monique hasst das offene Meer. Sie hat noch nicht einmal den Bootsführerschein.«

Pierre runzelte überrascht die Stirn. »Kann sie denn«, fragte er, »überhaupt mit einer Waffe umgehen?«

»Ich glaube schon. Ich habe sie mal zu einem Training mitgenommen.«

Pierre stöhnte auf. »Haben Sie ein Foto von dem Boot?«

Besnard scrollte durch die Galerie seines Mobiltelefons und hielt Pierre eine Aufnahme hin, die ein etwa neun Meter langes Power-Boot zeigte, mit schnittigem graublauen Rumpf, einer Sitzecke und einem am Bug befindlichen Sonnenplatz.

»Es ist ein *Cap Camarat 6.5* von der Firma *Jeanneau*«, erklärte Besnard.

Pierre ließ sich das Bild zuschicken und leitete es sofort an die Kommissarin weiter.

Commissaire Giraud hatte ihn vorhin gebeten, ihr seine Position durchzugeben, sobald er einen Hinweis auf den Verbleib von Monique Besnard hatte. Sie würde nachkommen, sobald die Kollegen da waren, die Afonso Pinheiro sichern sollten. Jetzt wählte Pierre ihre Nummer und brachte sie auf den neusten Stand.

»Wir treffen uns am Schnellboot, mit dem wir auf die Insel gekommen sind«, schlug sie vor. »Ich werde auch einen Hubschrauber anfordern, er soll das Meer nach den Vermissten absuchen.«

»In Ordnung.« Pierre verabschiedete sich von Besnard und machte sich auf den Weg zu dem Platz, an dem das Schnellboot der *brigade nautique* vertäut lag.

Es war elf Minuten nach zehn, als sie den Hafen von Porquerolles verließen. Pierre dachte an Charlotte, die in diesem Moment im Konzert saß und den Klängen von Klavier und Cello lauschte. Noch während das Schnellboot auf die Ausfahrt zusteuerte, versuchte er, ihr eine Nachricht zu schicken, aber das Telefon leuchtete nur kurz auf, dann war sein Akku leer.

»*Merde!*«, rief er aus. »Haben Sie ein Ladekabel an Bord?«

»Bedaure«, sagte *Commissaire* Giraud mit Blick auf sein Gerät. »Nicht für Ihr Modell.«

Sie wählten den westlichen Weg um die Insel. Wind kam auf, und der Mond verschwand hinter einer Wolkenwand, als das Boot der *brigade nautique* Fahrt aufnahm und durch das Wasser preschte, dass die Gischt aufspritzte. Es verlangsamte das Tempo erst, als sie einige frei ankernde Jachten passierten, dann blieben sie eng an der Küstenlinie und fuhren mit gedrosselter Geschwindigkeit weiter.

Pierre stand an der Reling, hoch konzentriert, und blickte durch das Fernglas von *Brigadier* Clotis, der das Schnellboot steuerte. Der Wind wurde stärker und ging in eine steife Bö über, die ihn frösteln ließ. Er machte sich Sorgen um Camille Audebert. Seit gut eineinhalb Stunden waren sie und Monique Besnard nun auf dem Wasser, und er hatte Zweifel, ob die junge Frau überhaupt noch am Leben war.

Sie ließen die *Plage d'Argent* und die *Pointe du Bon Renaud* hinter sich. Nun war das Ufer nur noch ein dunkler Streifen, die Klippen und Wälder waren kaum mehr voneinander zu unterscheiden.

Je weiter sie kamen, desto mehr verlor sich Pierres Hoffnung. Er sah zu der Kommissarin, die sich über das Display des Radars beugte, auf der Suche nach weiteren Booten.

»Was, wenn sie aufs offene Meer hinausgefahren sind?«, fragte Pierre laut, während er das Fernglas wieder vor die Augen hob und das Ufer scannte. Eine weitere Bucht, der nächste Strand, davor mehrere Segeljachten.

»Wenn wir sie nach dem Umrunden der Insel nicht gefunden haben, fordern wir Verstärkung an. Weit können sie nicht sein. Die *Cap Camarat 6.5* kommt auf eine Höchstgeschwindigkeit von rund achtunddreißig Knoten. Das sind etwa siebzig Kilometer pro Stunde.«

Am Horizont tauchte ein blinkender Punkt auf, der sich vom Festland her tief über dem Meer in Richtung der Insel bewegte und schließlich nach Osten abdrehte. Sicher der angekündigte Helikopter, dachte Pierre. Nun waren sie nicht mehr allein auf der Suche.

Sie hatten gerade eine Landzunge passiert, als ein Funkspruch einging, den *Brigadier* Clotis entgegennahm.

»Die Kollegen haben gerade Meldung vom Hotel *Mas du Langoustier* bekommen. Es hat zweimal hintereinander laut geknallt, offenbar Schüsse. Den Zeugen nach kam es aus nordöstlicher Richtung.«

Er stellte den Motor ab, und sie beugten sich gemeinsam über die digitale Seekarte.

»Das Zielgebiet liegt auf der anderen Seite der Insel«, stellte Pierre fest. »Wie lange brauchen wir bis dorthin?«

»Es ist nicht weit«, sagte der *Brigadier.* »Höchstens sechs oder sieben Minuten.«

Er gab wieder Gas.

Bald hörten sie den Hubschrauber näher kommen, er flog über sie hinweg und hinterließ aufgewühltes Wasser.

»Sie haben das Boot gefunden«, rief *Brigadier* Clotis, nachdem er einen weiteren Funkspruch erhalten hatte. »Die Vermissten sind in der *Calanque du Brégançonnet.*«

Als sie in die Bucht hineinfuhren, an steinigen Hängen mit bewaldeten Kappen vorbei, sahen sie das Power-Boot der Besnards. Es kam fast unerwartet. Pierre hatte den Blick so lange ins Nichts gerichtet, dass es ihn fast erstaunte, als es nun endlich vor ihnen lag.

Der Helikopter kreiste über ihnen, ein Scheinwerfer beleuchtete zwei Frauen. Und im selben Augenblick, als Pierre die Situation erfasste, erkannte er, dass sich keineswegs Camille Audebert in Gefahr befand, sondern Monique Besnard.

Die Frau des Hoteliers saß auf der Bank, die Arme um ihren Körper geschlungen. Ihr kurz gestuftes Haar stand nach allen Seiten ab und wehte im Wind. Heftig zitternd sah sie dem Boot mit einer Mischung aus Erleichterung und Furcht entgegen. Neben ihr an der Reling waren zwei Einschläge zu erkennen, die das Material zerfetzt hatten.

Ein Stück erhöht auf dem Platz vor dem Steuerrad stand

Camille Audebert, die Luftpistole auf das Schnellboot der Polizei gerichtet.

»Kommen Sie nicht näher«, schrie sie mit sich überschlagender Stimme und fuchtelte mit der Waffe. »Erst will ich, dass diese Person Ihnen erzählt, was sie getan hat.«

Ihr hübsches Gesicht erschien im Licht des Scheinwerfers verzerrt. Sie wirkte vollkommen überfordert. Was, wie Pierre wusste, eine denkbar schlechte Ausgangsposition war. In dieser Situation konnte jede Hysterie, jede Überreaktion fatale Folgen haben.

»Camille«, sprach die Kommissarin die junge Frau mit Vornamen an, den Oberkörper weit über die Reling gelehnt. »Legen Sie die Luftpistole weg, bitte.« Ihre Stimme klang beschwörend. Ein ruhiger, warmer Tonfall. »Mit vorgehaltener Waffe ist ein Geständnis ohnehin nichts wert. Daher: Reichen Sie mir die Pistole, dann können wir in aller Ruhe miteinander reden.«

Brigadier Clotis steuerte das Schnellboot vorsichtig näher an das der Besnards heran, sodass sie nun parallel ausgerichtet waren.

»Ich bin ja so froh, dass Sie da sind«, stieß Monique Besnard aus. »Diese Frau ist vollkommen verrückt, sie behauptet, ich sei schuld an Florents Tod.« Sie erhob sich stürmisch, woraufhin das Motorboot ins Wackeln geriet. »Camille hat versucht, mich ins Wasser zu stoßen, sie wollte mich umbringen.«

Die junge Frau stöhnte auf und umklammerte die Luftpistole, sodass ihre Knöchel weiß hervortraten. »Weil Sie nicht die Wahrheit sagen wollten. Aber ich könnte niemals einen Menschen umbringen. Im Gegensatz zu Ihnen. *Sie* haben mich doch mit vorgehaltener Waffe auf das Boot hier gezwungen. Sie wollten mit mir aufs offene Meer fahren und mich töten. Es war mein Glück, dass Sie eine so grauenhafte Bootsführerin sind. Hätte ich Sie nicht überwältigt, wäre ich längst nicht mehr am Leben.«

»Sie lügt!« Monique Besnard machte einen Schritt auf das Polizeiboot zu. Die Augen weit aufgerissen. »Sie müssen diese Verrückte festnehmen.«

»Hinsetzen!«, schrie Camille Audebert und richtete die Waffe wieder auf ihre Gegnerin. »Sonst schieße ich.«

Sofort sank Monique Besnard auf ihren Sitz zurück. »Da sehen Sie, wozu die Frau fähig ist.«

»Ganz ruhig«, sagte *Commissaire* Giraud sanft, obwohl ihr die Anspannung anzumerken war. »Es ist alles gut, Camille. Wir wissen bereits, was passiert ist.«

»Was sagen Sie da?« Die junge Frau senkte die Waffe. Unsicher, ob sie dem Gesagten glauben durfte.

»Wir haben ermittelt, dass Monique Besnard Ihrem Freund ein Medikament untergemischt hat, dessen Wirkung ursächlich für den Tauchunfall war.«

Die Frau des Hoteliers schüttelte heftig den Kopf. »Das ist eine Lüge. Sie haben keinen Beweis dafür.«

»Doch, das haben wir. Es geht um einen präparierten Energieriegel, der für Florent bestimmt war. Die Spuren davon werden in diesem Augenblick in seiner Wohnung gesichert. Leugnen ist zwecklos. Ihr Sohn hat bereits gestanden.«

»Afonso … Aber …« Hilflose Verzweiflung überschattete Madame Besnards Miene. Sie begann zu weinen, legte schluchzend die Hände über ihr Gesicht. »Dabei habe ich das alles nur für ihn getan.«

Aufatmend legte Camille Audebert die Luftpistole auf den Boden.

Der *Brigadier* manövrierte das Boot näher, bis die beiden Fender gegeneinanderstießen. Sofort kletterte Pierre über die Bordwand, sprang mit einem Satz auf das Sonnendeck des im

Wasser schaukelnden Bootes und eilte zu der Waffe, die er augenblicklich an sich nahm.

»Es ist alles in Ordnung«, sagte er zu Camille Audebert, die am ganzen Leib zitterte.

Pierre starrte auf den Hubschrauber, in dessen Lichtkegel die Kommissarin nun ebenfalls auf das Powerboot kletterte, um Monique Besnard festzunehmen.

Es ist vorbei, dachte Pierre erschöpft und rieb sich mit der freien Hand über das Haar. Dieser Fall war einer seiner eigenartigsten Ermittlungen. Ein Familiendrama, ebenso entsetzlich wie tragisch. Eine Mutter, die alles dafür getan hatte, um die Zukunft ihres Sohnes zu sichern. Und die stattdessen alles zerstörte, weil sie ihn aus Angst vor dem sicheren Gefängnis zum Verbrecher machte.

Er war froh, dass er nicht dabei sein musste, wenn sie die Trümmer auf der Polizeiwache zusammenkehrten. Die Bürokratie, die einem solchen Fall folgte, überließ er mit Freuden *Commissaire* Giraud.

30

Der böige Wind war stärker geworden, und Pierre musste sich festhalten, als der Helikopter schwankend an Höhe gewann.

Noch einmal winkte er *Commissaire* Giraud zu, die sich allmählich entfernte und schließlich mitsamt dem orangefarbenen Boot der eingetroffenen Rettungskräfte aus seinem Blickfeld verschwand.

Als er sie gefragt hatte, wie er nun schnellstmöglich wieder nach Rayol-Canadel-sur-Mer komme, da hatte sie ihn nur verständnislos angesehen und gemeint, ob er den erfolgreichen Abschluss des Falls denn nicht noch mit den Kollegen feiern wolle. Doch als er sie daran erinnerte, dass Charlotte alleine im Freiluftkonzert saß, das vermutlich in diesem Augenblick endete, und dass er seiner Frau versprochen hatte, rechtzeitig zurück zu sein, da hatte sie schnell und unkompliziert reagiert.

»Nehmen Sie den Helikopter«, sagte sie. »Er fliegt ohnehin zurück zum Festland.«

Und so war er über die wackelige Strickleiter an Bord des Polizeihubschraubers geklettert, der ihn nun über das Meer zurückbrachte.

Während sich die Küstenlinie rasch näherte, dachte Pierre an das kurze Gespräch, das er mit Camille Audebert geführt hatte, als sie nebeneinander am Steuerstand warteten, bis Madame Besnard abgeführt und auf das Polizeiboot gebracht worden war.

»Was haben Sie eigentlich damals an der *Plage Notre-Dame* gemeint«, fragte Pierre sie, »als Sie Jordan Lavigne entgegneten, davon werde Florent auch nicht wieder lebendig?«

Sie kniff die Augen zusammen, als denke sie nach. Dann seufzte sie. »Ich war aufgebracht wegen Jordans Vorhaltungen, weil ich meine Aufgabe verschlafen hatte. Dabei war er mindestens genauso schuld an dem Zusammentreffen mit Florent, Jordan hatte versprochen, das Boot bis um sechs Uhr zurückzubringen, aber er verpasste den ersten Shuttle für die Angestellten. Und das habe ich ihm vorgeworfen. Er entschuldigte sich, woraufhin ich meinte, das mache Florent auch nicht wieder lebendig.«

Pierre nickte. »Sie wussten von dem geplanten Sabotageakt, und trotzdem haben Sie mir Dinge verraten, die ihm schaden konnten.«

Sie lächelte ihn matt an. »Ich habe geahnt, dass Sie ein Polizist sind, Ihre Art der Fragestellung hat Sie verraten. Ich wollte endlich einen Schlussstrich unter all das ziehen. Ich habe diese Aktionen nie gutgeheißen und wollte sie nicht länger decken. Vor allem nicht nach den Explosionen auf dem Parkplatz. Das war echt gefährlich, die können von Glück reden, dass dabei niemand zu Schaden gekommen ist.«

Pierre hatte sie angesehen und gewusst, dass sie ihren Weg gehen würde. Im Einsatz für den Umweltschutz, aber mit Worten und Aufklärung, nicht mit Gewalt.

Jetzt flog der Helikopter an der Küste vor Le Lavandou vorbei, ein von unzähligen Lichtpunkten beleuchteter Streifen. In wenigen Minuten würde der Pilot ihn an der *Plage du Rayol* herablassen. Von dort waren es nur wenige Meter bis zum botanischen Garten.

Pierre sah auf die Uhr, es war neun Minuten nach elf. Das Konzert war offiziell beendet, doch wenn er Glück hatte, machten die Musiker eine Zugabe, und sicher würde es eine Weile dauern, bis sich die Gäste von den Stühlen erhoben und zurück zum Eingangsgebäude gingen, um dort vielleicht noch einen Sekt zu trinken.

Er musste sich beeilen, aber er wollte es unbedingt schaffen. Den Gedanken, dass Charlotte vor dem verschlossenen Tor stand und auf ihn wartete, wollte er nicht zu Ende führen.

Es war bereits fünfundzwanzig nach elf, als Pierre den Eingang des *Jardin des Méditerranées* erreichte. Davor stand ein dunkler Wagen, in den gerade einer der Künstler stieg. Alarmiert eilte Pierre zum Tor, es war noch geöffnet, im Empfangshaus brannte helles Licht.

Er hatte Charlotte versprochen, hierher zurückzukommen. Vielleicht, so seine Hoffnung, wartete sie im Foyer noch auf ihn.

Hastig legte er die Hand auf den Türknauf zu dem gläsernen Portal, als es innen geöffnet wurde. Vor ihm stand ein Angestellter, in beiden Händen bis an den Rand gefüllte Müllsäcke, und sah ihn überrascht an.

»Nanu, haben Sie etwas vergessen?«

»Ich suche meine Frau.« Pierre warf einen Blick in das Innere des Hauses. Im Foyer stand eine Gruppe Herren in eleganten Anzügen, in der Hand Champagnergläser. Weiter hinten zwei ältere Damen ins Gespräch mit einem Mann im Frack vertieft. Von Charlotte keine Spur.

»Es sind keine weiteren Gäste da«, sagte der Mann mit den Mülltüten.

»Seit wann ist das Konzert zu Ende?«

»Seit einer halben Stunde.«

Pierre seufzte tief. »Danke, *bonne nuit*.«

Den ganzen Weg zum Hotel rannte er. Durch die dunkle

Nacht und den teils unbeleuchteten, schlecht befestigten Weg den Berg hinauf. Als er endlich ankam, stand der weiße Renault Twingo auf dem Parkstreifen beim Hotel. Wenigstens war Charlotte gut angekommen.

Pierre stürmte an der unbesetzten Rezeption vorbei auf ihr Zimmer. Es war leer.

»Verdammt!« Er riss die Balkontür auf, beugte sich über das Geländer, als er im Licht der Pool-Beleuchtung eine einsame Person auf der Sitzgruppe am Geländer vor dem abschüssigen Hotelgarten sitzen sah. Charlotte!

Pierre rannte durch die Gänge und über die Treppen hinunter zum Pool.

Sie saß eingehüllt in eine Fleecedecke, die das Hotel für die Gäste ausgelegt hatte. Auf dem Tisch vor ihr standen eine Flasche Wein und ein einsames, halb leeres Glas. Jetzt zündete sie sich eine Zigarette an und inhalierte den Rauch.

Er unterdrückte ein Niesen und setzte sich neben sie. »Entschuldige, dass ich zu spät gekommen bin, das war nicht meine Absicht. Aber mein Akku war leer, ich konnte dich nicht anrufen.«

Sie wandte den Kopf und blies ihm Qualm ins Gesicht.

»Seit wann rauchst du?«, fragte er erstaunt.

»Seit eben. Die hat mir jemand angeboten, weil er dachte, ich bräuchte Gesellschaft. Die Zigarette habe ich genommen, die Gesellschaft nicht.« Sie nahm einen weiteren Zug, hustete heftig und wehrte seine Hand ab, als er ihr auf den Rücken klopfen wollte.

»Wie viel hast du getrunken?«, fragte er mit Blick auf den Wein.

»Genug. Hast du noch Hunger?« Sie tippte auf ein Päckchen, das neben ihr lag. »Sie haben mir alles eingepackt.« Dann seufzte sie. »Es war ein schönes Konzert, du hast etwas verpasst.« Sie drückte die Zigarette im Aschenbecher aus. »Ich hatte einen herrlichen Blick auf die Empore mit den Künstlern, und als das Konzert begann, war das Licht weich und wunderschön.« Sie sah ihn an. »Und wo warst du, als die Sonne unterging?«

»Auf dem Weg zum *Hôtel Georges.*« Er nahm ihre Hand. »Hast du nicht selbst gesagt«, fragte er leise, »ich solle die Ermittlungen zu Ende bringen?«

Charlotte überlegte. »Ja, das habe ich. Aber da wusste ich nicht, wie schwer es ist, einen romantischen Abend allein zu verbringen.«

»Keine Sorge, *ma douce.* Ab jetzt genießen wir alles gemeinsam.«

Sie lächelte versöhnt. »Wie war es denn? Ist der Täter geschnappt?«

»Ja«, sagte er. »Es war Monique Besnard. Sie hat ihren Sohn mit hineingezogen, er ist der Mörder von *Docteur* Trébert.«

»Das hast du gut gemacht, *mon policier.*« Sie lächelte breit. »Ich würde dich jetzt gerne küssen, aber ich glaube, ich schmecke ziemlich nach Rauch und Wein.«

»Das ist mir egal«, flüsterte er und zog sie an sich.

Fast fünf Tage der Flitterwochen lagen noch vor ihnen. Und er hatte vor, jede einzelne Minute davon mit Charlotte zu genießen.

Epilog

Vor ihnen erhob sich die Silhouette von Sainte-Valérie, und Pierre reckte den Kopf durch das hinabgelassene Fenster, bis Charlotte den Leihwagen auf die Landstraße lenkte, die zu ihrem ehemaligen Bauernhof führte.

Pierre freute sich auf ihr Zuhause, auch wenn er schon jetzt die Côte Varoise mit ihren zauberhaften Landschaften vermisste.

Es war eine wunderbare Zeit gewesen in Rayol-Canadel-sur-Mer, trotz des Schnupfens, den er gewiss seinen Ausflügen ins Meer zu verdanken hatte und den er tapfer ignorierte.

Am ersten Tag nach der Verhaftung von Monique Besnard hatten Charlotte und er eine Pause eingelegt und viel Zeit am Pool verbracht, um sich von den Anstrengungen zu erholen. Sie hatten gelesen und sich mittags Snacks an die Liegen bringen lassen und am Abend Cocktails auf einem der Lounge-Sofas mit Blick auf die Bucht geschlürft.

Es war herrlich dekadent gewesen, und Pierre hatte sich schnell erholt, sodass ihnen noch genügend Zeit für Ausflüge in die Umgebung blieb. Nach Ramatuelle und Bormes-les-Mimosas und zur Insel Porquerolles mit ihren sagenhaften Stränden und Küstenformationen, die Charlotte nun mit eigenen Augen bestaunen konnte. Und sie hatten noch einmal den *Jardin des Méditerranées* bei Tag besucht und waren begeistert über die Vielzahl der exotischen Pflanzen und die Schönheit der Wanderwege.

Sie hatten auch ein bisschen an ihrem neuesten, ganz privaten Projekt gearbeitet. Wobei Arbeit dafür das falsche Wort war.

»Hast du eine Ahnung, wie viele Anrufe du bis zur Lösung des Falls getätigt hast?«, fragte Charlotte unvermittelt, als sie in die Zypressenallee bogen, die direkt zum Hof führte. »Ich hatte zwischendurch das Gefühl, du seist mit deinem Telefon verwachsen.«

»Nein, aber das lässt sich ganz leicht herausfinden.«

Er öffnete die Anrufliste und zählte durch. »Es waren seit dem Anruf des Arztes sieben eingehende und einundzwanzig ausgehende. Inklusive der unbeantworteten.«

»So viele?« Sie lachte herzlich. »Und wie viele waren es danach?«

Er grinste. »Nicht ein einziger. Ich würde sagen, ab dann hatten wir sehr entspannte und vor allem ruhige Flitterwochen.«

»Es war wundervoll. Genauso wie ich es mir erhofft habe.«

Sie passierten den Weinberg, den Pierre an den Sommelier Martin Cazadieu verpachtet hatte, und fuhren über die Brücke, die den kleinen Bach überspannte, bis auf den Hof.

»Nanu«, sagte Pierre, als Charlotte den Motor ausstellte, »was ist das denn für ein Begrüßungskomitee?«

Er sah zum Außengehege, dessen Gatter offen stand. Davor warteten die Ziegen, eine Kaskade von Luftballons um den Bauch gebunden, die sich munter im lauen Wind bewegten. Das heißt, Lilou hatte nur noch zwei Ballons, die anderen hingen zerschlissen herunter und schleiften über den Boden, als die beiden Ziegen ihnen entgegentrabten.

Pierre stieg aus und ging in die Hocke, um Cosima und Lilou in den Arm zu nehmen. »Na, meine Hübschen, hat Didier gut auf euch aufgepasst?«

Ein fröhliches Keckern erklang, und Pierre musste herzlich lachen.

»Da hängt etwas an Cosimas Hals«, bemerkte Charlotte, die den Moment mit der Kamera ihres Mobiltelefons festhielt.

Tatsächlich, an einem Band war ein eingedrehter Zettel befestigt. Pierre nahm ihn ab und richtete sich auf, während er das Papier entrollte.

»Und?«, fragte Charlotte neugierig und trat näher. »Was steht drauf?«

»Nur ein Wort, dafür in Großbuchstaben«, sagte er verwundert. »ÜBERRASCHUNG«, las er laut vor, als im selben Moment aus den Büschen, dem Stall und hinter der Sitzgarnitur bei der Pergola ihre Freunde hervorströmten und laut und fröhlich »Willkommen zu Hause!«, riefen.

Pierre sah Farid und Arnaud Rozier mit Nanette, Martin Cazadieu, Philippe und Georgette, Albert und schließlich Isabelle samt all den anderen Angestellten aus Charlottes *Épicerie*. Selbst die Bürgermeisterin Marianne Levy war gekommen und schüttelte Pierres Hände, als würde sie ihm einen Preis überreichen, gratulierte ihm zu dem erfolgreichen Einsatz.

Gisèle und Penelope stellten Platten mit Kuchen und Gebäck auf den Tisch, von dem Didier Carbonne sofort ein Stück stibitzte und in den Mund schob, um dann mit ausgebreiteten Armen auf die Flitterwöchner zuzukommen.

»Na, damit habt ihr wohl nicht gerechnet?«, sagte er und grinste, dass man seine Zahnlücken sehen konnte.

»Niemals!«, rief Pierre aus. »Die Überraschung ist euch wirklich gelungen. Habt ihr euch denn alle dafür freigenommen?«

»Einer fehlt noch«, sagte Luc augenzwinkernd, »Stéphane Poncet. Aber der müsste jeden Augenblick da sein.«

Wie aufs Stichwort erklang Hupen. Pierre blickte sich suchend um, aber es kam nicht von der Straße, sondern aus dem Stallgebäude. Sofort liefen Luc und Penelope zum Tor und öffneten die beiden Flügel.

Zuerst war nur ein schwarzer Stoßfänger zu erkennen mit riesengroßen aufgeblendeten Lichtern. Dann rollte ein Renault Twingo ins Freie, auf dem Dach eine riesengroße rote Schleife. Der Mechaniker fuhr mit herabgelassenen Scheiben, drehte zwei Runden über den Hof – begleitet von lautem Johlen und Klatschen – und blieb schließlich vor den beiden Rückkehrern stehen.

»Was …?« Pierre hatte es die Sprache verschlagen.

»Der ist für euch«, sagte Gisèle feierlich. »Wir haben alle zusammengelegt, weil ihr doch kein richtiges Auto habt. Charlottes Firmenwagen ist für die *Épicerie* im Einsatz, und der Streifenwagen ist für private Fahrten tabu. Also dachten wir, wir beenden die Zeiten, in denen ihr euch ständig fremde Autos ausleihen müsst, und schenken euch ein Gefährt, das euch Unabhängigkeit garantiert. Na, wie findet ihr das?«

»Das ist fantastisch!«, rief Charlotte und strahlte wie ein Kind vor dem Weihnachtsbaum. »Wo habt ihr den denn her?«

»Stéphane hat ihn auf einer Autobörse erstanden und wieder fahrtüchtig gemacht.«

Der Mechaniker öffnete die Tür und schälte sich aus dem Fahrersitz. »Er ist zwar schon siebzehn Jahre alt, hat aber nur neunundfünfzigtausend Kilometer auf dem Tacho«, erklärte er und überreichte Pierre die Schlüssel. »Und er ist hundertmal besser als der Kastenwagen, den du dir immer von Didier borgst.«

»He!« Der Uhrmacher hob drohend den Finger. »Sag nichts gegen mein Schätzchen.«

Alle lachten, und nun gingen Pierre und Charlotte durch die Reihen, um jeden einzeln zu umarmen und sich für das großartige Geschenk zu bedanken.

Danach wurde das Kuchenbuffet eröffnet, Crémant und Rosé wurden ausgeschenkt, und die beiden erzählten von den Ereignissen der Hochzeitsreise, bis die Schatten länger wurden und sich die Luft so stark abkühlte, dass sich die Gäste einer nach dem anderen verabschiedeten.

Stéphane Poncet nahm den Leihwagen gleich selbst entgegen und stellte das im Kofferraum verstaute Gepäck mitten auf dem Hof ab. Das sei einfacher für sie alle, und er müsse nicht zu Fuß zum Dorf zurück. Hupend fuhr er vom Hof, seine Tochter Isabelle auf dem Beifahrersitz.

Farid, der als Letzter an der Reihe war, zog er Pierre auf die Seite.

»Die Sache mit der Villa für deinen Vater«, sagte er und druckste ein wenig herum. »Kannst du ihm das eventuell wieder ausreden?«

»Nanu?« Pierre stutzte. »Was ist denn mit dir los, ich dachte, du brauchst das Geld?«

»Nun ja, vielleicht nicht ganz so dringend wie behauptet.« Wieder ein Zögern. Farid strich sich verlegen über das dunkel gelockte Haar. »Weißt du eigentlich, was Alains Freundin Audrey beruflich macht?«

»Nein.« Erst jetzt fiel Pierre auf, dass er nie danach gefragt hatte.

Farid sah ihn mit weiten Augen an. »Sie ist Immobilienmaklerin. Und sie will ein Büro in Sainte-Valérie eröffnen.«

Beinahe hätte Pierre laut aufgelacht. Ihm fiel darauf so einiges als Antwort ein. Etwa »selbst schuld« oder »tja, Pech gehabt, hättest du mal auf mich gehört«. Aber so war er nicht. Er klopfte Farid auf die Schulter und nickte ihm aufmunternd zu.

»Ich will sehen, was ich tun kann«, sagte er. Es war schließlich auch in seinem eigenen Interesse.

»Danke!« Farid atmete erleichtert aus. »Du bist ein echter Freund.« Damit verabschiedete er sich von Pierre, gab Charlotte einen Handkuss und eilte zu dem Platz am Eichenwäldchen, wo er seinen Wagen verborgen hinter dichtem Buschwerk abgestellt hatte.

Pierre blickte ihm nach, die Stirn gerunzelt. Charlotte gesellte sich zu ihm, und gemeinsam beobachteten sie, wie Farids Cabrio auf der Zypressenallee immer kleiner wurde und schließlich hinter einer Kurve verschwand.

»Und?«, fragte Charlotte, als sie den Griff ihres Koffers umfasste. »Wie willst du das anstellen, das mit deinem Vater?«

»Mir fällt bestimmt etwas ein«, antwortete Pierre im Brustton der Überzeugung und zog seinen eigenen Koffer zum Eingang des Hauses. »Wäre ja schade um die schöne ruhige Zeit, die noch vor uns liegt. Irgendwie werde ich Alain schon umstimmen.«

Er steckte den Schlüssel ins Schloss und lächelte Charlotte an, gab sich große Mühe, Zuversicht auszustrahlen. Denn ganz so sicher, wie er klang, war er nicht.

Anmerkungen der Autorin

Das charmante Dörfchen Sainte-Valérie liegt irgendwo zwischen Weinbergen und Olivenhainen in der Nähe von Gordes. Wer es auf der Landkarte sucht, wird feststellen, dass es den Ort in der Realität gar nicht gibt. Ebenso wenig den Berg, auf dem es liegt, und somit auch die Straße, die hinunter ins Luberontal führt.

Nicht nur Sainte-Valérie ist meiner Fantasie entsprungen, sondern auch dessen Bewohner sowie alle Personen und deren Handlungen in diesem Buch. Ähnlichkeiten mit toten oder lebenden Personen oder realen Ereignissen sind nicht beabsichtigt und wären rein zufällig.

Der Schöpfer der Maigret-Romane, Georges Simenon, war natürlich auch im wahren Leben ein erklärter Liebhaber der Insel Porquerolles. Allerdings übernachtete er nicht im fiktiven *Hôtel Georges*, sondern im *Café de la Poste* auf der *Place d'Armes*. Seinen Pastis trank er bevorzugt in der *L'Arche de Noé*, einem kleinen Hotel mit Bar.

Real sind auch die im Roman geschilderten Probleme der Insel Porquerolles, die ebenso wie die gesamte Region Var von der zunehmenden Trockenheit stark betroffen ist. Die echte Pipeline, die eine verlässliche Wasserversorgung garantieren soll, trägt den Namen *Sealine* und wird von der *Metropole Toulon Provence Méditerranée* betrieben. Auch dieses Projekt wurde wegen der baubedingten Zerstörungen der Seegraswiesen kritisiert. Im Oktober 2022 legte ein Verein im Namen des *Posidonia*-Schutzes Rechtsmittel ein, weshalb sich die Erteilung der Baugenehmigung verzögerte. Sabotageakte wie in diesem Krimi gab es glücklicherweise keine. Die Bauarbeiten haben inzwischen begonnen, die Fertigstellung der Wasserleitung ist zur Sommersaison 2024 geplant.

Wer sich den Film zu den Auswirkungen der Ankerwürfe von Jachten und Motorbooten auf die Seegraswiesen ansehen möchte, den Penelope während ihrer Recherchen entdeckt, der findet ihn auf YouTube (besonders eindrücklich ab Minute 2:12). Der Titel lautet: *L'impact des ancrages sur les herbiers de Posidonie/Nouvelle version.* Eingestellt wurde der Film von der *Andromède Océanologie,* einer Organisation, die sich für den Schutz empfindlicher Meeresökosysteme einsetzt.

In diesem Punkt hat es glücklicherweise einige Fortschritte gegeben. Zusätzlich zur verstärkten Einführung von Ankerverbotsplätzen in Gebieten mit Seegraswiesen hat man das Programm REPIC gestartet, das seit 2020 in den besonders stark betroffenen Bereichen Golfe Juan und Beaulieu-sur-Mer greift. Man testete dort die manuelle Wiedereinbringung der entrissenen Pflanzen in den Meeresboden mithilfe von speziellen Haken, die Taucher samt den Wurzeln zurück in den Boden stecken. Der Aufwand ist immens, aber die Überlebensrate ermutigend: Rund 80 Prozent der transplantierten Pflanzen sind nach zwei Jahren noch intakt.

Ähnlich spannend wie die Recherchen zur Wasserversorgung von Porquerolles und zu dem Erhalt der Seegraswiesen fand ich den Einblick in die Welt des Tauchens.

Um die medizinischen Besonderheiten einer Dekompressionskrankheit zu verstehen, habe ich mich von Prof. Dr. Claus-Martin Muth beraten lassen, dem Sektionsleiter Notfallmedizin und Facharzt für Anästhesiologie im Universitätsklinikum Ulm.

Er ist ein ausgewiesener Experte der Tauchmedizin, dessen eindrückliche Schilderungen eine große Inspirationsquelle für mich waren und dem ich hiermit ganz besonders danken möchte.

Provenzalische Flut ist der zehnte Fall von Pierre Durand, es gibt also ein Jubiläum zu feiern. Seit Erscheinen des ersten Buches, *Provenzalische Verwicklungen*, im März 2014 hat sich die Serie zu einer der erfolgreichsten französischen Krimireihen Deutschlands entwickelt, die regelmäßig auf den oberen Bestsellerplätzen steht. Eine Auszeichnung, die mich sehr stolz und vor allem dankbar macht. Daher möchte ich an dieser Stelle ein großes Dankeschön an alle aussprechen, die diesen Erfolg erst möglich gemacht haben:

Als Allererstes meiner wundervollen Familie, deren warmherzige Unterstützung und Wertschätzung mich all die Jahre getragen hat.

Dem Blanvalet Verlag mit all den Mitarbeiterinnen und Mitarbeitern aus Lektorat, Presse/Veranstaltungen, Marketing und Vertrieb, deren großes Engagement beflügelnd ist.

Meiner langjährigen Lektorin Angela Troni, die alle zehn Titel begleitet hat und deren exzellenter Blick für Plot und Sprache die Manuskripte zum Glänzen bringen.

Lars Schultze-Kossack, der mich seit *Provenzalischer Rosenkrieg* als Agent betreut und dessen unerschütterlicher Glaube an den Erfolg der Serie mir in einer vermeintlichen Talsohle Rückenwind gab.

Den Buchhändlerinnen und Buchhändlern, die Pierres Fälle ihrer Kundschaft empfehlen. Und auch Ihnen, liebe Leserinnen und Leser, die dieser Reihe mit Freude folgen. Sie sind das Wichtigste und Schönste, was einer Autorin passieren kann.

Mille mercis!
Ihre Sophie Bonnet

Glossar

à jour	ins Deutsche übernommene Redewendung: auf den neuesten Stand bringen
à bientôt	bis bald
apéro dînatoire	ungezwungener abendlicher Snack
billetterie	Kasse, Kartenverkauf
bisou	Küsschen
bonne nuit	gute Nacht
brouillade	im Wasserbad aufgeschlagenes Rührei
Chapeau!	Hut ab!
côte de veau	Kalbskotelett
d'accord	einverstanden
désolé(e)	tut mir leid
eau de vie	wörtlich: Lebenswasser; aus Obst oder Weintrester destillierter Schnaps
fait maison	hausgemacht
fromage blanc	wörtlich: weißer Käse; französische Frischkäsespezialität, die geschmacklich an eine Mischung

	aus Quark und Joghurt erinnert
haute volée	wörtlich: hochfliegend; Schickeria, die feine Gesellschaft
lune de miel	wörtlich: Honigmond; französisch für Flitterwochen
ma douce	Kosename: meine Sanfte, meine Süße
magnifique	großartig, wunderschön
mairie	Bürgermeisteramt, entspricht dem Rathaus in Orten mit Stadtrecht
maison de maître	Villa, Herrenhaus
Maître d'hôtel	Restaurantleiter
merveilleux	wundervoll
millefeuille	wörtlich: tausend Blätter; hier die Bezeichnung eines mehrfach geschichteten Blätterteiggebäcks
moules frites	Muscheln mit Pommes frites
N'est-ce pas?	Ist es nicht so? Nicht wahr?
On y va!	Auf geht's!
panisses	Fritten aus Kichererbsen
pommes duchesse	Herzoginkartoffeln
sans gaz	ohne Sprudel
soirée romantique	romantischer Abend; festliche Abendveranstaltung in romantischer Atmosphäre
Touché!	Treffer!
Zut (alors)!	Verdammt!/So ein Mist!

Rezepte zu »Provenzalische Flut«

Liebe Leserinnen und Leser,

der zehnte Fall von Pierre Durand führt uns an die Côte Varoise und auf die wildschöne Insel Porquerolles, deren Buchten und Strände für ihr karibisches Flair bekannt sind.

Die dichten Seegraswiesen in dieser Region sind Heimat von Skorpionfischen wie dem Drachenkopf, dessen Stacheln ein sehr schmerzhaft wirkendes Gift enthalten. Da der Fisch ohne die Stacheln als *racasse* auch Bestandteil der klassischen Bouillabaisse ist, hätte an dieser Stelle ein Rezept sicherlich gut gepasst. Aber nachdem die Suppe bereits im Anhang von *Provenzalische Intrige* sowie in meinem Kochbuch *Provenzalischer Genuss* zu finden ist, verweise ich hiermit auf meine Homepage www.sophie-bonnet.de, auf der ich es für Sie noch einmal zum Nachkochen eingestellt habe.

Der Rezeptteil dieses Buches beginnt mit der kalten Gurkensuppe samt Crevettenspieß, die Charlotte und Pierre im *Hôtel Georges* essen.

Das zweite Gericht sind die *panisses* mit Chorizo, die Charlotte in ihrer *L'Épicerie provençale* anbietet und die sich Penelope für ihre Mittagspause einpacken lässt. Dazu gibt es im Tipp eine Anleitung zur Herstellung der perfekten Aïoli.

Und schließlich bekommt auch die weltberühmte *tarte*

tropézienne hier einen Platz. Ein köstlicher Klassiker aus der Region, an dem im Urlaub niemand vorbeikommt.

Ich wünsche Ihnen wie immer viel Vergnügen beim Zubereiten und *bon appétit*

Ihre
Sophie Bonnet

Soupe froide de concombre avec brochette de crevettes

Die kalte Gurkensuppe ist genau das richtige Essen für warme Sommertage. Sie ist schnell zubereitet und bekommt dank der Röstaromen des Garnelenspießes eine besonders würzige Note.

Für 4 Personen

Zubereitungszeit: 30 Minuten + 1 Stunde Kühlzeit + 10 Minuten Garzeit

2 Salatgurken
6 Minzblätter + etwas mehr zum Garnieren
2 Knoblauchzehen
250 g Joghurt, fettarm
2 EL Saft einer Zitrone
½ TL Piment d'Espelette (alternativ süßes Paprikapulver mit Chilipulver mischen)
Salz
Pfeffer aus der Mühle
20 Garnelen, entdarmt
4 lange Holzspieße
5 EL Olivenöl

1. Die Gurken schälen und in Stücke schneiden. Die Minzblätter waschen, trocken schütteln und zerkleinern. Einen Teil für die Garnitur beiseitelegen. Den Knoblauch abziehen und grob hacken.

2. Gurken und Minzblätter zusammen mit einem Drittel des Knoblauchs, dem Joghurt und einem Esslöffel Zitronensaft in eine hohe Schüssel geben. Alles zusammen mit dem Stabmixer pürieren. Mit Salz und Pfeffer abschmecken. Die Suppe für mindestens eine Stunde in den Kühlschrank stellen.

3. In der Zwischenzeit die Garnelen waschen und trocken tupfen. Je fünf Garnelen auf die Holzspieße stecken und in eine Schale legen. Den restlichen Knoblauch mit dem Olivenöl, dem verbliebenen Zitronensaft, Salz und Pfeffer vermengen. Auf den Spießen verteilen und ebenfalls kalt stellen.

4. Am Ende der Kühlzeit die Suppe aus dem Kühlschrank nehmen und in Schalen füllen. Mit den restlichen Minzblättern garnieren. Eine Grillpfanne auf mittlerer Stufe erhitzen. Die aufgespießten Crevetten auf beiden Seiten je zwei bis drei Minuten braten.

5. Die Spieße über den Rand der Suppenschale legen und alles zusammen servieren.

Tipp: Für einen schönen Crunch sorgt eine Garnitur aus gewürfelten, in der Pfanne gerösteten und mit Salz und Pfeffer gewürzten Weißbrotscheiben. Auf der Suppe verteilen und sofort servieren.

Panisses

Diese Fritten aus Kichererbsenmehl sind fester Bestandteil der provenzalischen Küche. Sie sind eine perfekte Beilage zu Fisch und Fleisch, man isst sie mit Ofengemüse und einem Kräuterdip oder pur zum Aperitif.

Das Gericht kam mit den ligurischen Arbeitern ins Land, die im neunzehnten Jahrhundert in den Fabriken von L'Estaque bei Marseille beschäftigt waren. Von dort hat sich das Rezept in ganz Südfrankreich verbreitet.

Während man die *panisses* in Nizza mit einem Schuss Olivenöl verfeinert, werden sie in Marseille ganz traditionell pur zubereitet: nur mit Kichererbsenmehl, Wasser und Salz.

Aufgepeppt werden sie in beiden Regionen, es gibt sie mit Kräutern und/oder Knoblauch. Die Idee, dieses Gericht mit der in Südfrankreich beliebten spanischen Chorizo zu würzen, stammt von Julien Duboué, der allerdings statt des Wassers einen Liter Kochsahne verwendet.

Charlotte bleibt in diesem Punkt lieber bei der traditionellen Variante, aber probieren Sie gerne aus, was Ihnen besser schmeckt. Wer auf die Chorizo verzichten möchte, erhält – vielleicht ergänzt von gehacktem Knoblauch und einem Esslöffel klein geschnittener getrockneter Tomaten – ein köstliches veganes Gericht.

Für 4 Personen

Zubereitungszeit: 30 Minuten + etwa 2 Stunden Kühlzeit + 20 Minuten Garzeit

2 Zweige Rosmarin
2 Zweige Thymian
125 g Chorizo
250 g Kichererbsenmehl, fein gemahlen
1 Liter Wasser
1 EL Olivenöl
½ TL Salz
Pfeffer aus der Mühle
200 ml Oliven- oder Sonnenblumenöl
Fleur de Sel

1. Die Kräuter waschen und trocken schütteln. Blätter von den Stängeln zupfen und fein hacken. Die Chorizos sehr fein schneiden, größere Fettstücke entfernen. Das Kichererbsenmehl sieben. Alles beiseitestellen. Eine hohe rechteckige Form mit Öl einfetten.

2. Für den Teig das Wasser mit dem Salz zum Kochen bringen. Den Topf vom Herd nehmen und das Kichererbsenmehl langsam und unter dem permanenten Einsatz eines Stabmixers hineingeben. Sobald es eine sämige Konsistenz erreicht hat, wieder auf den Herd stellen. Bei niedriger Temperatur für etwa fünfzehn Minuten unter ständigem Rühren mit dem Schneebesen erhitzen, bis die Masse stark eingedickt ist. Den Topf vom Herd nehmen.

3. Die Chorizo-Stücke und die Kräuter hinzufügen, mit Salz und Pfeffer würzen. Die Mischung in der gefetteten Form verteilen und an einem kühlen Ort vollständig erkalten lassen. Das kann bis zu zwei Stunden dauern.

4. Die Form mit der abgekühlten Masse auf eine Arbeitsplatte stürzen. Den gelösten *panisses*-Teig in längliche Stücke schneiden. Schön sind auch Rauten oder Dreiecke, die Form bleibt Ihrer Fantasie überlassen.

5. Das Oliven- oder Sonnenblumenöl in eine große Pfanne füllen, sodass der Boden gerade so bedeckt ist. Das Öl bei hoher Temperatur erhitzen. Die geschnittenen *panisses* portionsweise hineingeben und nach etwa zwei bis drei Minuten wenden, bis sie rundum eine goldbraune Farbe angenommen haben.

6. Die fertigen *panisses* auf einem saugfähigen Küchentuch abtropfen lassen und auf einer Platte angerichtet und mit etwas Fleur de Sel bestreut servieren.

Tipp: Besonders lecker schmecken die mit Chorizo aromatisierten *panisses,* wenn man sie in Aïoli tunkt. Hierfür benötigen Sie 200 ml Olivenöl, 1 frisches, zimmerwarmes Eigelb, 2 Knoblauchzehen, 1 EL Zitronensaft, 1 TL Senf, 1 TL Zucker und 1/4 TL Salz. Alle Zutaten bis auf das Öl in einen hohen Rührbecher geben und mit einem Stabmixer pürieren. Dann das Öl langsam während des Mixens hinzugeben. Zum Schluss den Stabmixer langsam nach oben führen, bis alle Zutaten cremig verbunden sind.

Tarte Tropézienne

Im Anhang des Vorgängerbandes *Provenzalische Täuschung* gab es ebenfalls ein Rezept auf Basis eines Briocheteiges, und es sei mir verziehen, wenn ich hier ein weiteres vorstelle, denn diese Tarte ist der leckerste Exportschlager von Sainte-Tropez.

Es heißt, Brigitte Bardot habe während der Dreharbeiten zu *Und immer lockt das Weib* einen Kuchen gegessen, dessen Rezept von der polnischen Großmutter des Bäckers Alexandre Micka stammte, der seine Konditorei 1955 an der *Place de Lices* in Saint-Tropez eröffnete. Der Kuchen sei bei der Schauspielerin so gut angekommen, dass sie vorschlug, ihm einen Namen mit Bezug auf den damals noch unbekannten Fischerort zu geben.

Die Bezeichnung *tarte tropézienne* war geboren, und der Kuchen gilt seither als das Highlight südfranzösischer Konditorkunst.

Im Originalrezept wird die Tarte mit einer sogenannten Diplomatencreme gefüllt, die aus drei einzeln gefertigten Bestandteilen hergestellt wird: einer vanilligen *crème pâtissière*, einer Sahnecreme und einer Gelatinemasse. In der hier verwendeten leicht abgekürzten Variante werden einige Arbeitsschritte zusammengefasst, das Ergebnis ist aber nicht minder köstlich.

12 Stücke

Zubereitungszeit: 45 Minuten + insgesamt 2 Stunden 30 Minuten Ruhezeit bzw. 1 Stunde Kühlzeit + 25 Minuten Backzeit

Briocheteig
7 g Trockenhefe
50 g Zucker
500 g Mehl
1 Prise Salz
120 ml zimmerwarme Milch
120 g weiche Butter
3 Eier

Cremefüllung
300 ml Milch
300 ml Sahne
2 Vanilleschoten
80 g Zucker
50 g Maisstärke
4 Eigelbe
100 g Butter
2 Blatt Gelatine

Glasur
1 Eigelb
50 ml Orangenblütenwasser
80 g Puderzucker
Abrieb einer Bio-Orange
Abrieb einer Bio-Limette
30 g Hagelzucker zum Bestreuen

1. Für den Briocheteig die Hefe mit dem Zucker, dem Mehl und dem Salz vermengen. Nun Milch, Butter und Eier einrühren und alles mit dem Knethaken des Handrührers etwa zehn Minuten lang zu einem glatten Teig verarbeiten.

2. Den Teig abgedeckt bei Raumtemperatur etwa zwei Stunden ruhen lassen. Danach auf einer bemehlten Arbeitsfläche mit den Händen erneut durchkneten. Zu einem Kreis von etwa 24 Zentimetern Durchmesser ausrollen. Eine weitere Stunde zugedeckt ruhen lassen.

3. In der Zwischenzeit die Füllung zubereiten. Die Vanilleschoten auskratzen und mit der Milch und 200 Millilitern der Sahne in einen Topf geben. Bei mittlerer Hitze unter Rühren erwärmen. Die Vanillesahne vom Herd nehmen, sobald sie köchelt..

4. Die Gelatineblätter einzeln zum Einweichen in kaltes Wasser legen. In einer Schüssel Zucker, Stärke und Eigelbe mit dem Schneebesen aufschlagen, bis eine dicke Masse entsteht. Die Vanillesahne langsam und unter ständigem Rühren hinzugeben.

5. Die eingeweichten Gelatineblätter ausdrücken. Zunächst mit einigen Esslöffeln der warmen Flüssigkeit aufschlagen, dann zurück in den Topf geben und bei geringer Hitze mit der Creme verrühren, bis sie puddingartig eindickt. Zuletzt die Butter unterrühren..

6. Die fertige Creme in eine Schüssel gießen. Mit Frischhaltefolie abdecken und für eine Stunde in den Kühlschrank stellen.

7. Den Backofen bei 180 °C Ober-/Unterhitze (160 °C Umluft, Gas Stufe 2–3) vorheizen. Für die Glasur den Orangen- und Limettenabrieb mit dem Puderzucker und dem Orangenblütenwasser verrühren.

8. Den Briocheteig in eine gefettete runde Backform geben. Mit der Glasur bestreichen und den Hagelzucker darüberstreuen. Auf mittlerer Schiene 25 Minuten backen. Abkühlen lassen.

9. Die Brioche aus der Form nehmen und quer halbieren. Die restliche Sahne aufschlagen und unter die gekühlte Creme heben. Die Masse in einen Spritzbeutel füllen und in kleinen Kugeln kreisförmig auf der unteren Hälfte verteilen. Den Deckel aufsetzen und servieren.